Guerreiros da esperança

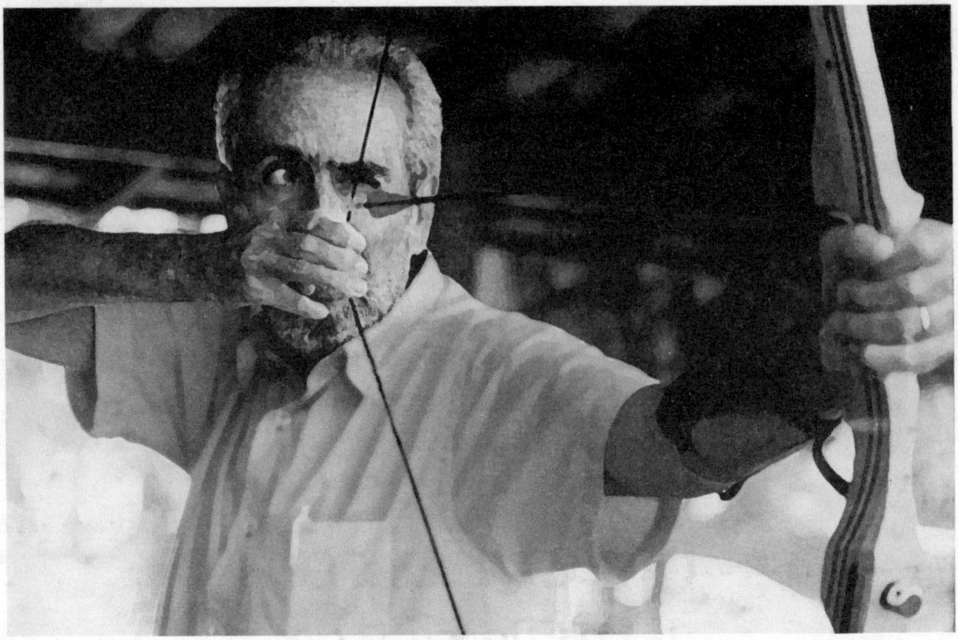

O ARQUEIRO

Geraldo Jordão Pereira (1938-2008) começou sua carreira aos 17 anos, quando foi trabalhar com seu pai, o célebre editor José Olympio, publicando obras marcantes como *O menino do dedo verde*, de Maurice Druon, e *Minha vida*, de Charles Chaplin.

Em 1976, fundou a Editora Salamandra com o propósito de formar uma nova geração de leitores e acabou criando um dos catálogos infantis mais premiados do Brasil. Em 1992, fugindo de sua linha editorial, lançou *Muitas vidas, muitos mestres*, de Brian Weiss, livro que deu origem à Editora Sextante.

Fã de histórias de suspense, Geraldo descobriu *O Código Da Vinci* antes mesmo de ele ser lançado nos Estados Unidos. A aposta em ficção, que não era o foco da Sextante, foi certeira: o título se transformou em um dos maiores fenômenos editoriais de todos os tempos.

Mas não foi só aos livros que se dedicou. Com seu desejo de ajudar o próximo, Geraldo desenvolveu diversos projetos sociais que se tornaram sua grande paixão.

Com a missão de publicar histórias empolgantes, tornar os livros cada vez mais acessíveis e despertar o amor pela leitura, a Editora Arqueiro é uma homenagem a esta figura extraordinária, capaz de enxergar mais além, mirar nas coisas verdadeiramente importantes e não perder o idealismo e a esperança diante dos desafios e contratempos da vida.

ANDREA HIRATA

Guerreiros da esperança

ARQUEIRO

tradução: Regina Lyra
preparo de originais: Rachel Agavino
revisão: Clarissa Peixoto e Rafaella Lemos
diagramação: Ilustrarte Design e Produção Editorial
capa: Miriam Lerner
imagem de capa: Miles Films & Mizan Productions / Timur Angin
impressão e acabamento: Lis Gráfica e Editora Ltda.

CIP-BRASIL. CATALOGAÇÃO-NA-FONTE
SINDICATO NACIONAL DOS EDITORES DE LIVROS, RJ

H559g Hirata, Andrea
Guerreiros da esperança / Andrea Hirata
[tradução de Regina Lyra]; São Paulo: Arqueiro, 2012.
288p.; 16x23 cm

Tradução de: The rainbow troops
ISBN 978-85-8041-067-9

1. Ficção indonésia. I. Lyra, Regina. II. Título.

CDD: 828.995983
12-2163 CDU: 821.111(594)-3

Todos os direitos reservados, no Brasil, por
Editora Arqueiro Ltda.
Rua Funchal, 538 – conjuntos 52 e 54 – Vila Olímpia
04551-060 – São Paulo – SP
Tel.: (11) 3868-4492 – Fax: (11) 3862-5818
E-mail: atendimento@editoraarqueiro.com.br
www.editoraarqueiro.com.br

Dedico este livro a meus professores
Ibu Muslimah Hafsari e Bapak Harfan Effendy Noor
e a meus dez amigos de infância, os guerreiros do arco-íris

Dez alunos novos

Naquela manhã, quando eu era apenas um menino, estava sentado num banco comprido do lado de fora da escola, à sombra de um velho *filicium*, uma árvore-samambaia. Ao meu lado, com o braço em volta dos meus ombros, meu pai assentia e sorria para cada dupla de pai e filho sentados lado a lado no banco à nossa frente. Era uma ocasião importante: o primeiro dia do ensino fundamental.

No final daqueles bancos compridos havia uma porta aberta e, lá dentro, uma sala de aula vazia. O batente da porta estava empenado. Toda a escola, aliás, parecia um pouco torta, como se fosse desabar a qualquer momento. Na entrada, dois professores pareciam anfitriões de uma festa dando as boas-vindas aos convidados. Um deles era um senhor de rosto paciente, Bapak K. A. Harfan Efendy Noor, ou Pak Harfan – o diretor da escola. A outra era uma moça que usava um *jilbab*, um lenço de cabeça: Ibu N. A. Muslimah Hafsari, ou simplesmente Bu Mus. Como meu pai, eles também sorriam.

No entanto, o sorriso de Bu Mus era forçado. Ela estava apreensiva. Seu rosto, tenso, se contraía de nervosismo. Não parava de contar quantas crianças estavam sentadas nos bancos, tão preocupada que nem se importava com o suor que escorria por suas pálpebras e brotava ao redor do nariz, borrando sua maquiagem.

– Nove alunos, só nove, *Pamanda* Guru, ainda falta um – falou ao diretor, ansiosa. Pak Harfan encarou-a com um olhar vazio.

Eu também estava ansioso – por causa da inquietude de Bu Mus e da sensação de ter o peso da responsabilidade de meu pai se espalhando por todo o meu corpo. Embora ele parecesse amistoso e à vontade, seu braço rígido em volta do meu pescoço denunciava que seu coração batia acelerado. Eu sabia que ele estava nervoso. Também tinha consciência de que, para um mineiro de 47 anos que ganhava um salário modesto, não era fácil mandar um de seus muitos filhos para a escola. Teria sido bem mais simples me oferecer como ajudante a um comerciante chinês em sua banca de produtos de mercearia ou então me mandar para o litoral, a fim de trabalhar como faz-tudo e ajudar nas despesas da família. Matricular um filho na escola implicava anos de gastos, o que não era nada fácil para a nossa família.

Pobre do meu pai.

Não tive coragem de olhá-lo nos olhos.

Talvez fosse melhor eu simplesmente voltar para casa, esquecer a escola e seguir os passos de alguns dos meus irmãos e primos mais velhos, que se tornaram faz-tudo...

Meu pai não era o único que tremia. Os rostos de todos os adultos mostravam que, na verdade, eles não estavam sentados naqueles bancos. Seus pensamentos, como os de meu pai, vagavam pelo mercado de produtores, imaginando que os filhos teriam uma vida melhor se trabalhassem. Eles não estavam convencidos de que a instrução dos filhos, com a qual só podiam arcar até o ginásio, iria melhorar o futuro de suas famílias. Foram até ali naquela manhã por obrigação, para evitar censuras dos funcionários do governo por não mandarem as crianças para a escola, para se submeterem às exigências modernas de não condenar os filhos ao analfabetismo.

Eu conhecia todos os que estavam sentados à minha frente – as crianças e seus pais. O único estranho era um garoto pequeno e sujo, de cabelo cacheado e ruivo, que tentava se desvencilhar das mãos do pai, um homem que não usava sapatos e vestia calças baratas de algodão.

Os outros eram meus amigos. Como Trapani, por exemplo, sentado no colo da mãe; Kucai, ao lado do pai; Sahara, que mais cedo se zangara com a mãe porque queria entrar na sala de aula; ou Syahdan, que estava sozinho. Éramos vizinhos, malaios da comunidade mais pobre da ilha. A escola de ensino fundamental Muhammadiyah, por sua vez, também era a mais pobre de Belitung. Havia apenas três motivos para que os pais matriculassem seus filhos ali. O primeiro era que a Muhammadiyah não cobrava mensalidade e eles contribuíam com o que podiam, quando podiam. Em segundo lugar, temiam que os filhos tivessem mente fraca e acabassem facilmente desencaminhados pelo demônio, por isso queriam lhes proporcionar uma firme orientação islâmica desde cedo. O fato de os filhos não terem sido aceitos em nenhuma outra escola era o terceiro motivo.

Bu Mus, que parecia cada vez mais nervosa, olhava fixamente para a estrada principal, com a esperança de ver chegar mais um aluno. Observar sua esperança vã nos assustou. Ao contrário das outras escolas de ensino fundamental, cheias de alegria ao recepcionar os alunos para o novo ano, a atmosfera no primeiro dia na Muhammadiyah era de grande preocupação – e os mais apreensivos eram Bu Mus e Pak Harfan.

Os humildes professores viviam aquela situação estressante por causa de um aviso do superintendente escolar do Departamento de Educação e Cultura da Sumatra do Sul: se tivesse menos de 10 alunos novos, a Escola Fundamental Muhammadiyah, a mais antiga de Belitung, seria fechada. Bu Mus e Pak Harfan se preocupavam com essa ameaça, os pais pensavam nas despesas, enquanto nós – as nove crianças no meio do fogo cruzado – estávamos apreensivos com a ideia de não poder estudar.

No ano anterior, a Muhammadiyah tivera apenas 11 alunos. Nesse ano, Pak Harfan estava pessimista quanto à possibilidade de ter os 10 exigidos, por isso preparara secretamente um discurso de encerramento das atividades. O fato de faltar apenas um aluno tornava tudo ainda mais doloroso.

– Vamos esperar até as onze horas – disse ele a Bu Mus e aos pais, que já perdiam as esperanças.

Fez-se silêncio.

O rosto de Bu Mus estava vermelho de tanto conter as lágrimas. Eu entendia como ela se sentia, pois sua esperança de ensinar era tão grande quanto a nossa de aprender. Aquele seria seu primeiro dia como professora, um momento com o qual ela sonhava havia muito tempo. Formara-se na semana anterior na *Sekolah Kepandaian Putri*, uma escola de ensino médio para moças na capital da regência, Tanjong Pandan. Bu Mus tinha apenas 15 anos. Infelizmente, sua ferrenha determinação em ser professora estava prestes a tomar um banho de água fria da amarga realidade – a ameaça de a escola ser fechada por falta de um único aluno.

Debaixo do sino que anunciava a hora da entrada, Bu Mus parecia uma estátua, com o olhar fixo no pátio da escola e na estrada. Ninguém apareceu. O sol subia no céu, a caminho de marcar o meio do dia. Esperar mais um aluno era como tentar segurar o vento.

Nesse meio-tempo, os pais provavelmente encaravam a situação como um sinal para seus filhos – seria melhor mandá-los trabalhar. As outras crianças e eu estávamos de coração partido: por encarar nossos pais desprivilegiados, por testemunhar os últimos momentos antes do fechamento da velha escola justo no dia em que deveríamos começar as aulas, e por saber que nosso grande desejo de estudar seria sufocado por tão pouco. Mantínhamos a cabeça baixa.

Faltavam cinco para as onze. Bu Mus não conseguia mais esconder a tristeza. Os grandes sonhos que tinha para essa escola pobre estavam prestes a ruir antes mesmo de terem decolado. Além disso, os 32 anos de serviços leais e não remunerados que Pak Harfan prestara acabariam naquela trágica manhã.

– Só nove crianças, *Pamanda* Guru – disse Bu Mus novamente, com a voz trêmula e grave, normal para alguém com o coração partido. Ela chegara ao ponto em que já não pensava com clareza, repetindo aquilo que todos já sabiam.

Finalmente, o tempo acabou. Já eram 11h05 e o número de alunos não havia chegado a 10. Meu entusiasmo esfuziante pela escola feneceu. Tirei o braço do meu pai dos meus ombros. Sahara soluçava abraçada à mãe, porque realmente queria estudar. Usava meias e sapatos, um *jilbab* e uma blusa, e carregava cadernos, uma garrafa d'água e uma mochila – tudo novo.

Pak Harfan se aproximou dos pais e os cumprimentou, um a um. Foi devastador. Os pais lhe davam tapinhas nas costas, a fim de consolá-lo. Os olhos de Bu Mus brilhavam, cheios de lágrimas. Pak Harfan se postou diante dos pais. Parecia arrasado enquanto se preparava para fazer o discurso final. No entanto, quando começou a dizer as primeiras palavras – "*Assaluamu'alaikum*, que a Paz esteja convosco" –, Trapani gritou, assustando todo mundo:

– Harun! – Ele apontava para a extremidade do pátio.

Todos nos viramos imediatamente e vimos, ao longe, um menino alto, magrinho, caminhando desajeitadamente em nossa direção. Suas roupas e seus cabelos pareciam limpíssimos. Vestia uma camisa branca de mangas compridas por dentro da bermuda. Os joelhos batiam um no outro enquanto ele andava, formando um *x* à medida que seu corpo se movia daquele jeito desengonçado. Uma mulher gorducha de meia-idade o seguia com dificuldade. O menino engraçado era Harun, um grande amigo nosso. Já estava com 15 anos, a mesma idade de Bu Mus, mas era um pouco atrasado mentalmente. Estava muito feliz e andava depressa, meio correndo, como se mal pudesse esperar para nos alcançar. Não prestava atenção na mãe, que tropeçava atrás dele, tentando não largar sua mão.

Ambos estavam quase sem fôlego ao parar diante de Pak Harfan.

– Bapak Guru – disse a mãe, tentando recuperar o fôlego. – Por favor, aceite Harun. A Escola para Portadores de Necessidades Especiais fica na ilha Bangka. Não temos dinheiro para mandá-lo para lá.

Harun cruzou os braços sobre o peito, o rosto iluminado de felicidade. A mãe prosseguiu:

– E, mais importante, é melhor ele frequentar esta escola do que ficar em casa, onde vive perseguindo minhas galinhas.

Harun abriu um grande sorriso, mostrando os dentes grandes e amarelos. Pak Harfan também sorria. Olhou para Bu Mus e deu de ombros.

– Agora são 10 – falou.

Harun havia nos salvado! Batemos palmas e demos vivas. Sahara, que não aguentava mais ficar sentada, se levantou, endireitou as dobras do *jilbab* e, com determinação, pôs a mochila nas costas. Bu Mus corou. As lágrimas da jovem professora secaram e ela enxugou o suor do rosto manchado de pó de arroz.

O homem-pinheiro

Bu Mus, que alguns minutos antes estivera nervosa, com o rosto vermelho e manchado, agora parecia um lírio gigante. Caminhava ereta, como o caule longilíneo dessa linda flor. Seu véu tinha a cor branca suave do lírio e suas roupas até emanavam o típico aroma de baunilha. Animada, começou a definir nossos lugares.

Aproximou-se de cada responsável sentado nos bancos compridos, conversando com eles amigavelmente antes de fazer a chamada. Todos já haviam entrado na sala de aula e descoberto com quem se sentariam, menos eu e o garotinho sujo de cabelo ruivo cacheado que eu não conhecia. Ele não conseguia ficar quieto e tinha cheiro de borracha queimada.

– Pak Cik, seu filho vai dividir a carteira com Lintang – disse Bu Mus a meu pai.

Ah, então era assim que ele se chamava, Lintang. Que nome estranho!

Ao ouvir isso, Lintang se remexeu, tentando se soltar para entrar na sala de aula. O pai se esforçava para acalmá-lo, mas o garoto libertou-se de suas mãos, deu um salto para se afastar e correu para a sala de aula a fim de encontrar seu lugar por conta própria. Fiquei para trás, observando tudo de fora. O menino parecia uma criança pequena sentada num pônei – encantado, sem querer descer. Havia acabado de dar uma rasteira no destino e agarrara a educação pelos chifres.

Bu Mus se aproximou do pai de Lintang. O homem parecia um pinheiro atingido por um raio: negro, murcho, magro como um graveto. Era pescador, mas tinha o rosto de um pastor bondoso, o que mostrava que era um homem gentil, de bom coração e esperançoso. No entanto, como a maioria dos indonésios, também não sabia que a educação é um direito humano básico.

Ao contrário de outros pescadores, falava baixinho. Contou a Bu Mus uma história:

– Ontem – começou, nervoso – um bando de pássaros *pelintang pulau* apareceu no litoral.

Disse que os pássaros sagrados haviam pousado por um instante na ponta de uma amendoeira, o que indicava que uma tempestade estava se aproximando. O tempo foi ficando cada vez pior, atiçando a fúria do mar. Os pescadores de Belitung, como o pai de Lintang, acreditavam piamente que esses pássaros visitavam a ilha para alertar sobre tempestades iminentes.

Sem exceção, todos os homens das gerações anteriores da família desse homem-pinheiro tinham sido incapazes de escapar ao ciclo endêmico da pobreza, inevitavelmente tornando-se pescadores na comunidade malaia. Eles eram incapazes de trabalhar por conta própria – não por falta de mar, mas por falta de barcos. Naquele ano, o pai de Lintang pretendia quebrar esse ciclo. Seu filho mais velho não seria pescador como o pai. Em vez disso, se sentaria ao lado do outro garotinho de cabelo cacheado – eu – e faria o caminho de ida e volta de bicicleta, todos os dias. Se sua verdadeira vocação fosse ser pescador, então a jornada de 40 quilômetros numa estrada de terra e cascalho acabaria minando sua determinação em estudar. O cheiro de queimado que eu sentira mais cedo, na verdade, vinha de suas sandálias *cunghai*, feitas de pneus de carro. Estavam gastas de tanto Lintang pedalar sua bicicleta.

Sua família era de Tanjong Kelumpang, uma aldeia não muito distante da beira do mar. Para chegar lá, era preciso passar por quatro zonas cobertas de palmeiras-laca, lugares pantanosos que davam medo em quem morava na nossa aldeia. Nessas zonas de palmeiras, não era raro encontrar um crocodilo do tamanho de um coqueiro cruzando a estrada. A aldeia litorânea de Lintang ficava no extremo leste de Sumatra e podia ser considerada a parte mais isolada e pobre da ilha Belitung. Para Lintang, o distrito municipal onde ficava a escola parecia uma cidade metropolitana e, para chegar lá, sua viagem de bicicleta começava na hora do *subuh*, a prece matinal, por volta das quatro da manhã. Ah! Um garotinho tão pequeno...

Quando me aproximei de Lintang na sala de aula, ele me cumprimentou com um forte aperto de mão, como um pai faria com o primeiro pretendente da filha. O excesso de energia em seu corpo irradiou-se para o meu, atingindo-me como um choque. Ele falava sem parar, cheio de interesse, num estranho dialeto de Belitung, típico dos moradores de áreas remotas.

Seus olhos se iluminaram ao percorrer a sala, animados. O garoto era como a planta chamada brilhantina. Quando gotas d'água caem em suas pétalas, libera pólen – cintilante, florescente e cheio de vida. Perto dele, eu me sentia desafiado para uma corrida de 100 metros. Seu olhar parecia questionar: "Quão rápido você corre?"

Bu Mus entregou formulários para que os pais preenchessem com nome, ocupação e endereço. Todos começaram a escrever, menos o pai de Lintang. Ele aceitou o papel com hesitação e segurou-o, tenso. O formulário parecia um objeto alienígena em suas mãos. O homem olhou para a esquerda depois para a direita, observando os outros pais ocupados. Levantou-se, com uma expressão confusa:

– Ibu Guru – falou, devagar –, desculpe, mas não sei ler nem escrever. – Em seguida acrescentou, num tom lamentoso, que nem sequer sabia em que ano nascera.

De repente, Lintang deu um pulo da carteira, foi até o pai, pegou o formulário e exclamou:

– Eu é que vou preencher este formulário depois, *Ibunda** Guru, quando tiver aprendido a ler e escrever!

Todos ficaram espantados ao ver o pequeno Lintang defender o pai.

Eu mesmo ainda estava confuso. Eram muitas coisas novas para uma criança pequena absorver em tão pouco tempo. Ansiedade, alegria, preocupação, vergonha, novos amigos, novos professores – tudo isso fervilhava dentro de mim.

Havia outra coisa que piorava ainda mais a situação: o par de sapatos novos que minha mãe comprara para mim. Tentei escondê-lo, mantendo as pernas para trás enquanto estava sentado. Feitos de plástico duro preto com listras brancas, os sapatos realmente pareciam chuteiras horrorosas. De manhã, enquanto tomávamos café, meus irmãos mais velhos tinham rido tanto que ficaram com a barriga doendo. Um olhar do meu pai foi o suficiente para fazer com que eles se calassem. Mas meus pés doíam e meu coração estava envergonhado, as duas coisas por causa daquele sapato.

---

* Ibu e ibunda são formas respeitosas de tratamento usadas na Indonésia para mãe, professora e qualquer mulher numa posição importante. (N. da E.)

Enquanto isso, a cabeça de Lintang se movia como a de uma coruja. Para ele, a coleção de objetos de nossa sala – uma régua de madeira, um vaso de argila que ficava sobre a mesa de Bu Mus e que fora o trabalho de artes de um aluno do sexto ano, o quadro-negro antigo e o giz espalhado pelo chão, já transformado em pó – era absolutamente incrível.

Então vi o pai de Lintang, o homem-pinheiro, observando, com um sorriso agridoce, a crescente excitação do filho. Entendi. Aquele homem, que nem sequer sabia o dia do próprio aniversário, imaginava como o filho ficaria de coração partido caso tivesse que abandonar a escola no início do ginásio pelos motivos clássicos: falta de dinheiro ou as exigências injustas da vida. Para ele, a educação era um mistério. Em quatro gerações da família, que era até onde a memória de seu pai alcançava, Lintang seria o primeiro a frequentar a escola. Muitas gerações antes do que ele podia se lembrar, seus ancestrais tinham vivido durante o período antediluviano, uma época longínqua em que o povo malaio levava uma vida nômade, usava roupas feitas de casca de árvore, dormia nos galhos e adorava a lua.

Bu Mus definiu os lugares na classe basicamente de acordo com nossas semelhanças físicas. Lintang e eu ficamos na mesma carteira porque tínhamos cabelos cacheados. Trapani sentou-se com Mahar porque eram os mais bonitos, com feições que lembravam os idolatrados cantores malaios tradicionais. Trapani não estava interessado na aula e não parava de olhar pela janela, esperando que a cabeça da mãe se destacasse, vez por outra, entre as dos outros pais.

Borek e Kucai, no entanto, se sentaram juntos não porque fossem parecidos, mas porque os dois eram difíceis de controlar. Mal se passaram alguns minutos de aula, Borek já estava esfregando um apagador no rosto de Kucai. Para completar, Sahara, a menina pequena de véu, derrubou de propósito a garrafa d'água de A Kiong, fazendo o chinês chorar como se tivesse visto um fantasma. Sahara era muito cabeça-dura. O caso da garrafa d'água deu início a uma rivalidade entre os dois que duraria vários anos. O choro de A Kiong quase arruinou as agradáveis apresentações daquela manhã.

Para mim, aquele dia foi inesquecível e eu o guardaria na memória durante décadas. Naquela manhã vi Lintang segurando sem jeito um lápis grande, sem ponta, como se fosse um facão. Seu pai comprara para ele o lápis errado.

Era de duas cores diferentes, uma ponta vermelha e a outra, azul. Aquele não era o tipo de lápis que os alfaiates usam para marcar as roupas? Ou com o qual os sapateiros riscavam o couro? Qualquer que fosse a utilidade daquele lápis, definitivamente ele não servia para escrever.

O caderno que Lintang trouxera também era do tipo errado. Tinha uma capa azul-escura e uma pauta de três linhas, do tipo que só usaríamos no segundo ano, quando aprendêssemos a escrever em letra cursiva. Porém o que jamais esquecerei é que, naquela manhã, vi um garoto do litoral, meu companheiro de carteira, segurar um caderno e um lápis pela primeira vez. E, nos anos seguintes, tudo o que ele escrevesse seria fruto de uma mente brilhante e cada frase que pronunciasse seria como um raio de luz. Com o passar dos anos, aquele menino pobre do litoral venceria a nuvem carregada que por tanto tempo encobrira nossa escola e se tornaria a pessoa mais brilhante que já conheci em toda a minha vida.

A vitrine de vidro

Não é muito difícil descrever a Muhammadiyah. Ela era uma entre centenas – talvez milhares – de escolas pobres da Indonésia, que, se chutadas por uma cabra no cio, desabaria, desfazendo-se em mil pedaços.

Só havia dois professores para todas as matérias e séries. Não usávamos uniforme. Nem sequer tínhamos um banheiro. Nossa escola ficava à beira de uma floresta. Assim, quando precisávamos, bastava nos escondermos no mato. E a professora ficava vigiando, para o caso de sermos picados por uma cobra.

Também não tínhamos kit de primeiros socorros. Quando ficávamos doentes, não importava o que fosse – diarreia, tosse, gripe, coceira –, Bu Mus nos dava uma pílula grande e redonda, que parecia o botão de uma capa de chuva. Era branca e amarga e, depois que a tomávamos, ficávamos empanzinados. Havia três letras grandonas no comprimido: AFC – aspirina, fenacetina e cafeína. Nos arredores de Belitung, a pílula era famosa como um remédio mágico, capaz de curar qualquer doença. Essa panaceia foi a solução do governo para compensar a escassez de fundos para a saúde da população pobre.

A Muhammadiyah nunca recebia a visita de funcionários do governo, administradores escolares ou membros da assembleia legislativa. O único visitante que aparecia com frequência era um homem que se vestia como um ninja. Trazia nas costas um tubo grande de alumínio, com uma mangueira pendurada. Parecia pronto para viajar para a lua. Esse homem era mandado pelo departamento de saúde para pulverizar gás químico contra os mosquitos. Sempre que as baforadas brancas e espessas subiam, como sinais de fumaça, gritávamos e comemorávamos com entusiasmo.

A escola não tinha guardas, pois não possuía nada que valesse a pena roubar. Um mastro de bambu amarelo era a única indicação de que aquele era um prédio escolar. Uma placa com o desenho de um sol com raios brancos pendia, torta, do mastro. Nela estava escrito:

SD MD
Sekolah Dasar Muhammadiyah

Havia uma frase em árabe bem embaixo do sol. Depois que aprendi o idioma, no segundo ano, soube que a frase dizia *amar makruf nahi mungkar, faça o bem e evite o mal* – o princípio básico da Muhammadiyah, a segunda maior organização islâmica na Indonésia, com mais de 30 milhões de seguidores. Aquelas palavras foram gravadas em nossas almas e ali permaneceriam ao longo de toda a jornada para a vida adulta. Nós as conhecíamos como a palma de nossas mãos.

Vista de longe, nossa escola parecia prestes a desmoronar. As velhas vigas de madeira estavam vergadas e pareciam incapazes de suportar o telhado pesado. Lembravam um barraco. A construção do prédio não tinha seguido princípios arquitetônicos adequados. As janelas e a porta não podiam ser trancadas porque não estavam em simetria com os batentes, mas, de qualquer modo, nunca precisavam ser trancadas mesmo.

A atmosfera dentro da sala de aula podia ser descrita com palavras como: subutilizada, impressionante, amargamente tocante. Entre outras coisas, subutilizada era uma decrépita vitrine de vidro com uma porta que não se mantinha fechada. Um calço de papel era a única coisa que resolvia esse problema. Numa sala de aula normal, esse tipo de vitrine costuma conter fotos de ex-alunos bem-sucedidos ou do diretor com ministros da educação. Também poderia ser usada para exibir placas, medalhas, certificados e troféus dos grandes feitos escolares. Na nossa sala, porém, a grande vitrine ficava num canto, intocada. Era um adereço patético, totalmente destituído de conteúdo porque nenhum funcionário do governo desejava visitar nossos professores, não havia ex-alunos que despertassem orgulho e certamente ainda não havíamos conquistado nada importante.

Ao contrário das salas de aula de outras escolas do ensino fundamental, na nossa não havia mesa de tabuada. Também não tínhamos calendário, fotos do presidente e do vice-presidente da Indonésia ou mesmo de nosso símbolo nacional – um pássaro estranho com um rabo de oito penas e a cabeça virada para sua direita. A única coisa pendurada nas paredes de nossa sala era um pôster. Ficava bem atrás da mesa de Bu Mus e estava lá para tapar um grande buraco numa das tábuas de madeira. O pôster mostrava um homem com uma barba espessa. Ele usava um camisolão comprido e esvoaçante e tinha um violão estiloso pendurado no ombro. Seus olhos melancólicos brilhavam, como se ele já houvesse passado pelas grandes provações da vida e tivesse a intenção de lutar contra toda a maldade existente na face da Terra. Olhava de esguelha para o céu e um monte de dinheiro caía em seu rosto. Era Rhoma Irama, o cantor de *dangdut*, um ídolo malaio do interior – o nosso Elvis Presley. Na parte inferior do pôster havia uma frase que, quando entrei na escola, não entendi. No segundo ano, porém, depois que aprendi a ler, descobri o que estava escrito: RHOMA IRAMA, HUJAN DUIT! Rhoma Irama, chuva de dinheiro!

As escolas indonésias são obrigadas a exibir o retrato do presidente e do vice, além do símbolo nacional *Garuda Pancasila* – que incluía o estranho pássaro com rabo de oito penas, sempre olhando para a direita (o *Garuda*), e um emblema que representava os cinco princípios da ideologia indonésia (*Pancasila*). Esse é um fator determinante para a avaliação das escolas-modelo. Mas na Muhammadiyah isso não importava, pois não era uma escola-modelo – nem sequer era avaliada. Ninguém jamais fora até lá verificar se as fotos obrigatórias estavam ou não penduradas na parede, pois a Secretaria de Educação mal sabia da nossa existência. Era como se nossa escola estivesse perdida no tempo e no espaço. Mas não importava, tínhamos uma foto ainda melhor: Rhoma Irama!

Imagine os piores problemas possíveis para uma sala de aula do ensino fundamental: um telhado com buracos tão grandes que permitiam aos alunos ver os aviões no céu e os obrigavam a usar guarda-chuvas durante a aula nos dias de mau tempo; um chão de cimento que se decompunha constantemente, virando areia; ventos fortes que abalavam nossos nervos e nos enchiam de medo de que a escola desabasse; além da necessidade de expulsar as cabras da sala de aula antes que pudéssemos entrar. Passamos por tudo isso. Portanto, meu amigo, falar da pobreza da nossa escola já não interessa. Mais importante é falar das pessoas que dedicaram a vida a garantir a sobrevivência de um lugar como aquele. E essas pessoas são o nosso diretor, Pak Harfan, e nossa professora, Bu Mus.

O urso-pardo

Como a nossa escola, Pak Harfan é fácil de descrever. Seu bigode volumoso se unia a uma barba espessa e opaca, castanha e levemente grisalha. Seu rosto era meio assustador.

Se alguém perguntasse a Pak Harfan sobre a barba emaranhada, ele não se daria o trabalho de explicar. Em vez disso, entregaria ao curioso um exemplar do livro *Keutamaan Memelihara Jenggot*, ou A excelência de cuidar de uma barba. Bastava a leitura da introdução para que a pessoa se envergonhasse de ter feito a pergunta.

Em nosso primeiro dia, Pak Harfan vestia uma camisa simples, que em algum momento devia ter sido verde, mas agora era branca. Ela ainda mostrava leves vestígios de cor. O colarinho estava frouxo e puído. A camiseta que usava por baixo tinha vários furos e a calça desbotara de tanto ser lavada. O cinto barato de plástico trançado continha muitos furos – provavelmente vinha sendo usado desde a adolescência. Em prol da educação islâmica, havia dezenas de anos que Pak Harfan trabalhava sem remuneração na escola Muhammadiyah. Sustentava a família vendendo o que colhia da horta no quintal de sua casa.

Pak Harfan parecia muito um urso-pardo, por isso as crianças ficavam assustadas quando o viam pela primeira vez. As menores costumavam ter ataques de medo. Mas, naquela primeira manhã, quando ele começou a falar conosco, seu discurso de boas-vindas soou como poéticas pérolas de sabedoria e um clima alegre envolveu sua humilde escola. Quase imediatamente Pak Harfan ganhou nossos corações. Ele nos contava a história da Arca de Noé e dos casais de animais salvos do dilúvio.

– Houve aqueles que se recusaram a acreditar no aviso de que as águas da enchente estavam chegando – disse ele, começando a história, todo animado.

Nós o observávamos encantados, presos a cada palavra.

– A arrogância cegou seus olhos e ensurdeceu seus ouvidos, até que foram esmagados sob as ondas...

A história nos impressionou bastante. Lição moral número um: quem não reza com fervor tem que ser um ótimo nadador.

Pak Harfan passou então para a fascinante narrativa de uma batalha histórica da época do Profeta, cujos participantes eram sacerdotes, e não soldados: a batalha de Badr. Milhares de soldados coraixitas, maus e fortemente armados, foram derrotados por apenas 313 muçulmanos.

– Espalhem a notícia, família de Ghudar! Todos sucumbirão à morte nos próximos 30 dias! – gritou Pak Harfan enquanto contemplava o céu, solenemente, pela janela da sala de aula, enunciando os sonhos de um habitante de Meca que profetizou a destruição dos coraixitas na grande batalha de Badr.

Seus gritos me fizeram ter vontade de pular da cadeira. Ficamos deslumbrados. A voz forte de Pak Harfan havia mexido com nossas almas. Todos nos inclinamos para a frente, esperando ouvir mais, empertigando nossos peitos corajosos, querendo defender a luta de nossos antepassados religiosos.

Então, Pak Harfan esfriou os ânimos com uma história sobre o sofrimento vivido pelos fundadores da nossa escola – como foram ignorados pelos colonizadores holandeses, abandonados pelo governo, esquecidos por todos e, ainda assim, não desistiram de levar adiante seus sonhos em prol da educação.

Pak Harfan nos contou todas essas histórias com entusiasmo igual ao de quando falara da batalha de Badr, mas, ao mesmo tempo, com a serenidade da brisa da manhã. Cada palavra e cada gesto dele nos deixavam enfeitiçados. Havia um traço de gentileza e bondade nele. Sua postura era a de um homem sábio e corajoso, que enfrentara as dificuldades amargas da vida, possuía um conhecimento tão vasto quanto o oceano, estava disposto a correr riscos e verdadeiramente interessado em explicar as coisas de uma maneira que os outros pudessem entendê-las.

Mesmo naquele primeiro dia, pudemos ver que Pak Harfan se sentia realmente à vontade diante dos alunos. Era um *guru* na verdadeira acepção da palavra, no seu significado híndi: alguém que não só transmite conhecimento, mas também é amigo e guia espiritual de seus alunos. Com frequência aumentava e baixava o tom da voz, segurando as extremidades da mesa ao enfatizar determinadas palavras e erguendo em seguida ambas as mãos como se executasse uma dança da chuva.

Quando nós, alunos, lhe fazíamos perguntas, Pak Harfan se aproximava a passos curtos e rápidos, com uma expressão intensa em seus olhos calmos, como se fôssemos as crianças malaias mais preciosas que existiam. Ele sussurrava em nossos ouvidos, recitava fluentemente poesia e versos corânicos, desafiava a nossa compreensão, tocava nossos corações com conhecimentos e depois se calava, como alguém que sonha acordado com um amor há muito perdido. Era lindo.

Usando palavras humildes, poderosas como pingos de chuva, ele nos transmitia a essência da correção da vida simples. Inspirava-nos a estudar e nos deslumbrava com seu conselho de que jamais cedêssemos frente às dificuldades. A primeira lição que Pak Harfan nos deu foi sobre buscarmos nossos sonhos com vontade e convicção. Ele nos convenceu de que a vida podia ser feliz mesmo na pobreza, desde que se tivesse a coragem de, em vez de receber, dar o máximo possível.

Nós nem piscávamos observando aquele magnífico contador de histórias. Embora fosse um homem velho vestindo roupas surradas, seu raciocínio e suas palavras resplandeciam. Quando falava, ouvíamos encantados e atentos, aguardando, impacientes, as próximas palavras. Eu me sentia incrivelmente sortudo por estar ali, no meio daquela gente incrível. Havia beleza naquela escola pobre, uma beleza que eu não trocaria por mil escolas luxuosas.

Quando Pak Harfan quis nos arguir sobre a história que acabara de contar, levantamos a mão depressa – ainda que não tivéssemos certeza de que saberíamos a resposta –, disputando a oportunidade de responder antes mesmo que ele tivesse uma chance de fazer sua pergunta.

Infelizmente, o professor cativante e cheio de energia pediu licença à turma, pois seu tempo havia acabado. Uma hora com ele pareceu um minuto. Observamos cada passo que deu até sair da sala. Nossos olhos não conseguiam se desviar porque havíamos nos apaixonado por ele. Nosso professor também conseguira que nos apaixonássemos por aquela velha escola. A explanação sobre temas gerais que Pak Harfan deu no primeiro dia de aula na Escola Fundamental Muhammadiyah gravou a fogo em nossos corações o desejo de defender a qualquer custo essa escola praticamente em ruínas.

Então Bu Mus assumiu a turma. Apresentações. Um por um, todos os alunos se levantaram e disseram seu nome. Enfim, chegou a vez de A Kiong. Suas lágrimas haviam secado, mas ele ainda soluçava. Foi chamado à frente da sala e ficou deslumbrado. Sorria entre os soluços. Com a mão esquerda apertava uma garrafa d'água vazia – cujo conteúdo Sahara havia derramado – e, com a direita, agarrava-se com força à tampa.

– Por favor, diga seu nome e seu endereço – pediu-lhe Bu Mus carinhosamente.

A Kiong lançou um olhar hesitante para a professora e depois voltou a sorrir. O pai abriu caminho em meio aos demais responsáveis, querendo ver o filho em ação. No entanto, mesmo após ouvir o mesmo pedido várias vezes, A Kiong continuou sem dizer uma palavra, apenas sorrindo.

– Vamos lá – insistiu Bu Mus outra vez.

A Kiong respondeu unicamente com seu sorriso. Continuou olhando para o pai, que parecia cada vez mais impaciente. Pude ler a mente do homem: *Vamos lá, filho, fortaleça seu coração e diga seu nome! Ao menos diga o nome do seu pai, só uma vez! Não envergonhe nossos compatriotas!* O pai chinês tinha um rosto afável. Era fazendeiro, o status mais baixo na hierarquia social dos chineses em Belitung.

Bu Mus insistiu uma última vez.

– Muito bem, esta é a sua última chance de se apresentar. Se não está pronto, é melhor voltar para o seu lugar.

Porém, em vez de se mostrar triste por ter sido incapaz de responder, A Kiong ficou ainda mais feliz. Não disse nada. Seu sorriso era largo e suas bochechas de esquilo estavam coradas. Lição moral número dois: não pergunte o nome e o endereço de alguém que mora numa fazenda.

E assim terminaram as apresentações naquele memorável mês de fevereiro.

Flo

A ilha de Belitung

A pequena Belitung é a ilha mais rica da Indonésia, talvez até do mundo. Faz parte da Sumatra, mas, por causa de sua riqueza, emancipou-se. Ali, naquela terra remota, a antiga cultura malaia surgiu sorrateiramente, vinda de Málaca, e por muito tempo um segredo ficou escondido, mas acabou sendo descoberto pelos holandeses. No fundo da terra pantanosa corria um tesouro: o estanho. Abençoado estanho. Um punhado valia mais do que dezenas de baldes de arroz.

Como a Torre de Babel, a metafórica escada para o céu, símbolo de poder, o estanho em Belitung era uma torre de prosperidade, crescendo incessantemente sobre a península de Málaca, constante como o barulho das ondas do mar.

Se alguém enfiasse o braço nos rasos depósitos aluviais, ou em praticamente qualquer lugar, o retiraria brilhando, todo sujo de estanho. Vista da costa, Belitung cintilava por causa do estanho, como um farol indicando o caminho para os comandantes das embarcações.

Famosa em todo o mundo por esse metal, seu nome aparecia nos livros de geografia como *Belitung, a ilha do Estanho*. No entanto, Deus não abençoou Belitung com essa riqueza para impedir que os barcos com destino à ilha se perdessem, mas para que o metal guiasse a vida dos habitantes da ilha. Teriam dado pouco valor à dádiva de Deus – até perder tudo mais tarde, como aconteceu quando a Lemúria foi castigada?

O estanho brilhava na noite. A exploração em larga escala muitas vezes acontecia sob milhares de lâmpadas que utilizavam milhões de quilowatts de energia. Vista do alto, à noite, Belitung parecia um cardume de águas-vivas reluzindo, emitindo luz azul na escuridão do mar – sozinha, pequena, cintilante, bela e rica.

E abençoada é a terra onde corre o estanho, porque, como uma flor silvestre coberta de abelhas, o estanho sempre vem acompanhado de outros materiais: argila, xenotímio, zircônio, ouro, prata, topázio, galena, cobre, quartzo, sílica, granito, monazita, ilmenita, siderita e hematita. Tínhamos até urânio. Camadas de riqueza sob as palafitas onde levávamos nossas vidas miseráveis. Nós, nativos de Belitung, éramos como um bando de ratos famintos num celeiro cheio de arroz.

A Propriedade

Esse recurso natural era explorado pela empresa PN Timah. PN significa *Perusahaan Negeri*, ou empresa estatal. *Timah* significa estanho.

A PN operava 16 dragas e absorvia quase toda a mão de obra da ilha. Era uma veia pulsante que monopolizava o poder sobre toda a ilha de Belitung.

As caçambas de aço das dragas nunca paravam de escavar o solo. Pareciam cobras gigantes, gananciosas, que não sabiam o que era exaustão. As máquinas tinham a extensão de um campo de futebol e nada barrava seu caminho. Esmagavam recifes de corais, derrubavam árvores cujos troncos eram do tamanho de uma casa pequena, demoliam construções de tijolos com um só golpe e eram capazes de pulverizar por completo uma aldeia inteira. Percorriam encostas, campos, vales, mares, lagos, rios e pântanos. O processo de dragagem soava como rugidos de dinossauros.

Com frequência fazíamos apostas tolas, como, por exemplo, em quantos minutos uma draga transformaria um morro em aterro. O perdedor, sempre Syahdan, tinha que voltar da escola para casa andando de costas, sem permissão para olhar para o caminho. Andávamos a seu lado, agitando pandeiros, enquanto ele andava de costas como um pinguim. Sua jornada geralmente terminava com ele caindo sentado numa vala.

O governo indonésio tomou a PN dos colonizadores holandeses, assumindo não apenas seus bens como também sua mentalidade feudal. Mesmo depois que a Indonésia se tornou independente, o tratamento dado pela PN a seus empregados nativos continuou bastante discriminatório. Esse tratamento diferia com base em grupos, como num sistema de castas.

A mais alta era a dos executivos da PN, normalmente chamados de *Staff*. A mais baixa era composta por ninguém menos que nossos pais, que trabalhavam para a PN como carregadores de canos, peões que peneiravam estanho ou operários diaristas. Como Belitung já se transformara numa aldeia corporativa, a PN aos poucos assumiu o papel de um governante hegemônico dominante e, de acordo com a estrutura feudal, a casta de um operário da PN automaticamente o rotulava, mesmo fora do horário de trabalho.

O Staff – que praticamente não continha nenhum malaio de Belitung – morava em uma área de elite chamada de Propriedade. Essa área era fortemente protegida por seguranças, cercas, muros altos e avisos severos colados por todo lado em três línguas: indonésio colonial formal, chinês e holandês. Nos avisos estava escrito "Proibido entrar sem autorização".

Aos nossos olhos – as crianças pobres das aldeias – a Propriedade parecia dizer "Mantenha distância". Essa impressão era reforçada por uma fileira de árvores majestosas que derramavam folhas vermelho-sangue nos tetos dos automóveis caros amontoados na saída da garagem.

As casas de luxo da Propriedade tinham estilo vitoriano. As cortinas desciam em camadas e lembravam telas de cinema. Lá dentro, pequenas famílias viviam em paz, com dois filhos, três no máximo. Todas as construções estavam sempre tranquilas, escuras e silenciosas.

A Propriedade ficava numa encosta alta, o que dava às casas vitorianas a aparência de castelos nobres. Cada unidade era composta por quatro estruturas separadas: os cômodos principais, para os proprietários; as acomodações dos criados; a garagem e o depósito. Todos se conectavam por meio de pátios compridos, abertos, que contornavam um pequeno lago. Lindas ninfeias flutuavam ao redor das margens do lago. No centro, via-se a estátua de uma criança barriguda, o lendário Manequinho belga, sempre esguichando água de seu pequeno pênis embaraçosamente engraçado.

Potes de cactos pendiam da beira do telhado. Havia uma pessoa especificamente contratada para cuidar das flores. Fora da circunferência do lago havia um viveiro quadrado decorado com colunas romanas. Ali ficavam os pombos ingleses, vorazes porém domados.

A sala de estar continha um grande sofá vitoriano de pau-rosa. Qualquer um que se sentasse ali se sentiria um rei venerado. Ao lado da sala de estar, estendia-se um corredor comprido, intricado. Suas paredes eram ornadas por quadros caros e de grande valor artístico, que, justamente por serem tão importantes, eram difíceis de entender. Se você tentasse ir da sala de estar para a de jantar e não prestasse atenção, era bem capaz de se perder, tamanha a quantidade de portas naquela casa.

Os moradores jantavam usando suas melhores roupas – até calçavam sapatos para fazer as refeições. Depois de estender os guardanapos no colo, comiam sem emitir um som, enquanto ouviam música clássica, talvez a sinfonia *Haffner nº 35 em ré maior*, de Mozart. E ninguém punha os cotovelos sobre a mesa.

Nessa noite serena, o clima na Propriedade estava muito tranquilo. O silêncio era quase completo. Alguns ruídos vinham da esquina próxima, mas era apenas um poodle implicando com alguns gatos angorás. Depois de ser chamada a atenção pelo patrão, uma criada separou os animais e a calma voltou a reinar. Não muito depois, o som de algumas notas de piano escapou, baixinho, de uma das casas vitorianas de colunas altas. Uma garotinha levada, Floriana, ou Flo, estudava piano. Infelizmente estava meio sonolenta. Não parava de bocejar, com o queixo pousado sobre as duas mãos. Era como um gato que houvesse dormido demais.

O pai, um *Mollen Bas*, responsável por todas as dragas, estava sentado a seu lado. Ele parecia furioso com o comportamento da menina e envergonhado diante da professora particular, uma javanesa de meia-idade e bem-educada.

Ele era capaz de administrar os turnos de milhares de operários, de resolver os mais difíceis problemas técnicos e de supervisionar bens avaliados em milhões de dólares, mas diante dessa garotinha, sua caçula, ficava perdido. Quanto mais o pai a repreendia, maiores se tornavam os bocejos de Flo.

A professora começou devagar, com as notas dó, mi, sol, si, cobrindo quatro oitavas e mostrando a posição do dedo para cada nota – um exercício básico de posicionamento de mão. Flo bocejou mais uma vez.

A Escola PN

A Escola PN ficava no complexo da Propriedade e era um *centro de excelência*, um lugar para os melhores. Centenas de alunos qualificados competiam entre si, segundo o alto padrão da escola. Um deles era Flo.

As diferenças entre a PN e a Muhammadiyah eram como as diferenças entre o céu e a terra. As salas de aula da Escola PN eram adornadas com cartazes educativos, tabuadas básicas, a tabela periódica, mapas-múndi, termômetros, fotos do presidente e do vice-presidente e o heroico símbolo nacional – que incluía o estranho pássaro com a cauda de oito penas. Havia também esculturas de anatomia, grandes globos e modelos do sistema solar. Não se usava giz ali, mas marcadores fedorentos, porque as lousas eram brancas.

– Eles têm um monte de professores – informou-me Bang Amran Isnaini, que havia estudado lá, na noite anterior ao meu primeiro dia na Muhammadiyah. Fiquei perdido em meus pensamentos. – Cada matéria tem seu professor, mesmo no primeiro ano.

Não consegui dormir naquela noite, tentando contar quantos professores havia na Escola PN – e também porque estava agitado demais com o início das aulas na manhã seguinte.

O primeiro dia de aula na Escola PN era uma festa, não uma ocasião estressante como na Muhammadiyah. Dezenas de carros chiques faziam fila à porta. Centenas de crianças ricas haviam se matriculado. Naquele dia, os novos alunos tiravam medidas para três uniformes diferentes.

O uniforme das segundas-feiras era uma camisa azul com um belo estampado floral. Toda manhã, os alunos da PN eram apanhados por um ônibus escolar, também azul. Sempre que o veículo passava por nós, parávamos, olhando deslumbrados do acostamento. A visão dos alunos da PN desembarcando me fazia lembrar a foto de um grupo de crianças pequenas, bonitas, brancas e aladas descendo de uma nuvem, como nos calendários cristãos.

A diretora da PN chamava-se Ibu Frischa e era altamente instruída e preocupada com prestígio. Seus gestos eram calculados de forma a acentuar sua posição social. De perto, qualquer um se sentiria intimidado. Pela maneira como ela usava maquiagem, ficava claro que lutava contra a idade. E também que já havia perdido essa batalha.

Ibu Frischa orgulhava-se muito de sua escola. Se alguém tivesse a oportunidade de conversar com ela, notaria que apenas três assuntos lhe interessavam: as instalações modernas da PN, o extravagante orçamento extracurricular e seus ex-alunos, agora pessoas de sucesso em Jacarta.

A PN era o clube mais discriminador de Belitung. A escola só aceitava filhos dos Staff que morassem na Propriedade. Havia uma regra oficial que determinava quais níveis de funcionários tinham permissão para matricular os filhos lá. E, é claro, no portão via-se aquele aviso proibindo a entrada de quem não tivesse autorização.

Isso significava que os filhos dos pescadores, dos carregadores de canos, dos operários diaristas ou dos que peneiravam estanho, como nossos pais, e sobretudo crianças nativas de Belitung, não tinham a menor chance de receber uma boa instrução. Se quisessem frequentar a escola, eram obrigados a ir para a Muhammadiyah, que à menor carícia de um vento forte corria o risco de desabar.

O aspecto mais irônico de nossas vidas era que a glória da Propriedade e o glamour da Escola PN eram totalmente provenientes do estanho extraído de nossa terra natal. Como os jardins suspensos da Babilônia construídos por Nabucodonosor II, a Propriedade era um marco de Belitung erguido para dar continuidade ao sombrio sonho de espalhar a colonização. Seu objetivo era conferir poder a um pequeno grupo e oprimir muitos, instruir um punhado a fim de tornar os outros dóceis. Venerava-se o status – obtido por meio do tratamento injusto dispensado a seus pobres habitantes nativos.

Aqueles que não têm autorização

Sem dúvida, se observada de longe, nossa aldeia pareceria a mais rica do mundo. A quantidade de minas espalhadas por todo o território era inimaginável e trilhões de rúpias estavam investidas ali. Bilhões de dólares fluíam para lá como ratos atraídos pela melodia do flautista mágico. No entanto, quando se aproximava o foco, via-se que a riqueza da ilha se resumia a um lugar: o interior dos muros fortificados da Propriedade.

Bastavam alguns passos para fora desses muros para se ter uma visão surpreendentemente contraditória, como a de uma galinha ao lado de um pavão. Era ali que moravam os nativos malaios de Belitung e, se ainda não tivessem oito filhos, continuavam tentando. Culpavam o governo por não lhes prover entretenimento suficiente, assim, à noite, não tinham mais nada a fazer senão filhos.

Seria um exagero chamar nossa aldeia de favela, mas não seria errado dizer que era uma vila de operários obscurecida por um eclipse sem fim desde a aurora da revolução industrial. A ilha de Belitung, um dos primeiros lugares da Indonésia a ser ocupado pelos holandeses, fora oprimida por sete gerações quando, de repente, num piscar de olhos, centenas de anos na seca do sofrimento foram assolados por uma chuva de tormento: a chegada dos japoneses. Meu pai se lembrava nitidamente da tempestade.

– Filho, os soldados, que jamais largavam suas baionetas, transformaram nossa vida num inferno.

Seus olhos inocentes refletiam a angústia de um homem cuja dignidade havia sido ferida e cuja terra havia sido roubada.

Depois de 350 anos, os holandeses diziam “bom-dia” e os japoneses gritavam “*sayonara*”. Infelizmente, esse não foi um final feliz para nós, os nativos de Belitung, pois viríamos a ser ocupados de outra forma. Nossa terra foi novamente sequestrada, só que de um jeito mais *civilizado*. Fomos libertados, porém não nos tornamos livres.

Do nosso quintal víamos os muros da Propriedade.

Abarrotado de arbustos, amarantos e rosas-da-china, nosso quintal era sem graça. Nossa cerca de treliça, que se inclinava sobre a beira de valas cheias de água marrom parada e ninhos de mosquito, também era sem graça.

Nossa casa gasta, apoiada sobre palafitas, ficava imprensada na mesma área que a delegacia de polícia, o prédio de logística da PN, templos chineses, a Prefeitura, o departamento de assuntos religiosos, dormitórios dos carregadores das docas, acampamentos de marinheiros, torres de caixas d'água, lojas sino-malaias, dezenas de cafés *warung* – quiosques tradicionais à beira da estrada – e lojas de penhores, sempre cheias de fregueses. No extremo da aldeia, enfiada num canto, ficava a comprida casa da tribo sawang, tão longa quanto sua história – que prometo contar adiante.

O restante dos prédios eram do governo, construídos sem qualquer planejamento lógico e, por fim, abandonados ou usados para projetos *oficiais*, legais e *halal* (permitidos pela lei islâmica). O termo *oficial* era frequentemente utilizado para legitimar o roubo do dinheiro público.

Os sino-malaios, como às vezes são chamados, moram na ilha há muito tempo. Vindo dos mais variados lugares e de várias etnias, foram trazidos a Belitung pelos holandeses para trabalhar nas minas de estanho. Essa complexa comunidade étnica desenvolveu suas próprias técnicas para extrair estanho manualmente. Seus termos para tais técnicas, *aichang*, *phok*, *kiaw* e *khaknai* são empregados até hoje por prospectores malaios.

Os malaios, por sua vez, viviam como marionetes – controlados por um mestre titereiro pequeno e cômico, porém muito poderoso, chamado sirene. Todos os dias o silêncio era quebrado às sete horas da manhã. O toque da sirene vinha da matriz da PN. Imediatamente, trabalhadores da empresa corriam por todo lado, vindos dos quatro cantos da aldeia para fazer fila no acostamento da estrada, pulando e se empoleirando nas caçambas dos caminhões que os levavam até as dragas.

A aldeia voltava a cair no silêncio. Momentos depois, porém, uma orquestra fazia-se ouvir, quando as mulheres começavam a amassar suas especiarias. O som de pilões batendo em almofarizes de madeira ecoava, incessante, de uma casa de palafita a outra. E, quando o relógio batia cinco horas, a sirene gritava de novo. Os trabalhadores se dispersavam para voltar para casa como formigas fugindo de um formigueiro em chamas. E assim era a vida, havia centenas de anos.

Ao contrário do que acontecia na Propriedade, os trabalhadores da PN não tinham o acompanhamento da sinfonia *Haffner nº 35 em ré maior* de Mozart durante as refeições. Em vez disso, comiam ao som de brigas, maridos reclamando do cardápio – sempre o peixe mais barato para o café da manhã, o almoço e o jantar. Até que a queixa fosse respondida com um berro histérico da esposa: "Eu devia ter casado com um trabalhador da Propriedade. Você não passa de um faz-tudo, trate de ser grato pelo seu peixe!"

Em meio às terríveis brigas à mesa de jantar, uma calma melodia de fundo penetrava no ambiente e se harmonizava com a letra entoada pelas crianças, alinhadas em fila, certinhas como as tábuas de uma cerca, pedindo aos pais que lhes comprassem novos uniformes de escoteiro.

A força econômica da ilha de Belitung era dominada pelos membros do Staff, que moravam na Propriedade. Os empresários que recebiam as concessões para a exploração do estanho residiam em Jacarta e os conspiradores que recebiam suborno eram ninguém menos que os políticos. Mas não conhecíamos essa gente furtiva, dos bastidores, nem sabíamos onde ficavam suas casas. Eles ocupavam prosperamente o mais alto trono da classe mais exclusiva. Eram os maiores beneficiários das riquezas de nossa terra. Os empresários e políticos frequentemente visitavam Belitung para ver a maciça exploração de estanho destruir o meio ambiente da ilha. A expressão em seus rostos me fazia crer que tivessem se esquecido de nossa existência.

Não havia classe média, ou talvez houvesse – os funcionários públicos que praticavam a corrupção em pequena escala ou os agentes da lei que ganhavam um dinheiro extra intimidando os empresários.

A classe mais baixa era a de nossos pais, os trabalhadores da PN. Ganhavam 30 mil rúpias por mês. Naquela época, um dólar americano valia 2.500 rúpias, ou seja, como remuneração por 30 dias de trabalho recebiam 12 dólares. E também 50 quilos de arroz.

Não tinham opção: esse valor tinha que ser suficiente para sustentar esposa e, no mínimo, sete filhos. Mas, não se preocupe, porque sem dúvida, com a certeza da vinda do dia do juízo final, os trabalhadores ganhavam um aumento anual acompanhado por uma mensagem muito pessoal: *Com este aumento, desejamos demonstrar o reconhecimento da empresa pelo seu trabalho dedicado e lhe agradecer por deixar a PN orgulhosa.* Eram 800 rúpias – cerca de 30 centavos de dólar – todo ano. Todo ano!

Seria um milagre comparável ao de Moisés abrindo o mar Vermelho um trabalhador ter um salário maior que 35 mil rúpias antes da aposentadoria. E só Deus e Moisés sabem como eles conseguiam se virar todos os meses. A realidade amarga de seus salários significava uma única coisa: não havia espaço para a educação de um filho no orçamento da família de um trabalhador. E, se isso não bastasse para desencorajá-los, a discriminação educacional praticada pela PN contribuía para acabar com sua disposição de mandar os filhos para a escola.

Meu pai dizia que a nossa família ainda tinha sorte.

Uma das incríveis qualidades dos malaios é que, por piores que sejam as circunstâncias, eles sempre se consideram afortunados. É para isso que serve a religião.

Lembro-me de uma coisa que meu pai me disse alguns dias antes do início das aulas:

– Filho, os professores da Muhammadiyah, como Pak Harfan e Bu Mus, os pescadores, os operários do petróleo, os que trabalham com coco e os guardiões de represas vivem em condições extremamente pobres. Você deve agradecer a Alá pelo que temos.

Aquela foi a primeira vez que ouvi o nome de Bu Mus.

Então meu pai contou que ouvira dizer que ela, a nova e jovem professora da Muhammadiyah, queria dar aulas para que as crianças da aldeia tivessem acesso à educação.

Foi a primeira vez que acolhi Bu Mus em meu coração como uma heroína.

Sahara, eu, Kucai, Trapani, Harun e Mahar éramos filhos de trabalhadores da PN. Lintang era filho de um pescador, Borek, de um guardião de represa, Syahdan, de um calafate de barcos, e o pai de A Kiong era um fazendeiro chinês.

Se considerarmos que as famílias de Sahara, a minha, de Kucai, de Trapani, de Harun e de Mahar eram a corda que delimitava a linha da pobreza, então as famílias de Lintang, Borek, Syahdan e A Kiong brincavam de pular corda. Quando os ventos estavam calmos, obtinham um bom lucro com mariscos e extração de borracha e ficavam acima da corda, com um pouquinho mais de dinheiro que nós. Porém, durante a longa estação das chuvas, estavam abaixo da linha da pobreza e mal conseguiam sobreviver como os mais miseráveis da ilha.

E, apesar de nossos variados graus de pobreza, havia alguém ainda mais pobre que nós – e ela queria ser nossa professora. Eu mal podia esperar para conhecer a jovem de quem meu pai falara.

O destino sofreu uma reviravolta, o acaso interveio e, graças à chegada de Harun, a mocinha que eu secretamente admirava ficou de pé na frente da turma e se apresentou. Estava meio sem graça, porque aquele era seu primeiro dia como professora.

– Podem me chamar de Bu Mus – disse ela com orgulho, como se houvesse esperado a vida inteira para proferir aquelas palavras.

Bu Mus acabara de se formar na Escola Vocacional Feminina, que ia apenas até o equivalente ao segundo ano do ensino médio. Não era uma escola de formação de professoras e servia mais para preparar as jovens para serem boas esposas. Lá, as moças aprendiam a cozinhar, bordar e costurar. Bu Mus decidira ir para a capital da regência, Tanjung Pandan, para frequentar a Escola Vocacional Feminina a fim de adquirir um diploma de nível mais alto do que os oferecidos pela escola fundamental onde daria aula.

Quando se formou, ofereceram-lhe um emprego na PN como secretária-chefe no depósito de arroz – cargo bastante promissor. Chegara a ser pedida em casamento pelo filho de um negociante. Midah, Aini, Izmi e Nurul, suas colegas de classe, não entendiam por que Bu Mus recusara duas propostas tão atraentes. Ao contrário dela, as quatro cavaram e agarraram a oportunidade de se tornarem funcionárias administrativas da PN.

– Quero ser professora – disse a menina de 15 anos.

Não falou de forma desafiadora ou com veemência, mas com calma, devagar. No entanto, quem estava presente quando ela disse aquilo soube que Bu Mus tirou cada letra daquela frase do fundo do coração e que a palavra "professora" borbulhava em sua mente por conta da sua admiração pela nobre profissão do magistério. Havia um gigante adormecido dentro dela, um gigante que despertaria quando ela conhecesse seus alunos.

Mais tarde sua determinação em se tornar professora lhe traria dificuldades inimagináveis – ninguém mais queria dar aula em nossa escola porque não havia remuneração. Ser professora numa escola particular pobre, sobretudo na nossa aldeia, era uma profissão não rentável, apenas abraçada por quem – segundo uma piada que corria por ali – não fosse muito certo da cabeça.

Ainda assim, Bu Mus e Pak Harfan cumpriam seus papéis com todo o coração. Ensinavam todas as matérias. Depois de se matar um dia inteiro na sala de aula, Bu Mus recebia encomendas de costura e confeccionava redinhas rendadas para cobrir comida. Costurava até tarde da noite e esse era seu ganha-pão.

Desde o primeiro dia enfrentamos problemas sem-fim. Os moradores da aldeia zombavam, dizendo que a nossa escola era um buraco e que nossa instrução não serviria de nada. Moradores da Propriedade faziam troça chamando-a de *Selematdiyah*, que significava: "Deus tenha piedade desses alunos." Sem falar na dificuldade que Bu Mus enfrentava ao tentar desenvolver nossa autoconfiança, que se escondia na inferioridade diante da pretensão da Escola PN. A fim de superar tudo isso, Bu Mus pendurou seu diploma da Escola Vocacional Feminina numa moldura de vidro, na parede da sala, perto do pôster de Rhoma Irama. Muito legal.

Nosso problema permanente era dinheiro. E era tão grave que muitas vezes não podíamos nem comprar giz. Sempre que isso acontecia, Bu Mus nos levava para fora e usava a terra como quadro-negro. Aos poucos, todos esses percalços surpreendentemente transformaram Bu Mus numa jovem professora de fibra – carismática, na verdade.

– Façam suas preces na hora certa e a recompensa, depois, será maior – aconselhava ela.

Não era esse o testemunho inspirado por *surah An-Nisa* no sagrado Corão, repetido tantas e tantas vezes por centenas de pregadores na mesquita e frequentemente ecoado pelos membros da comunidade religiosa? Sabe-se lá por que, porém, na boca de Bu Mus essas palavras eram diferentes e mais poderosas, ressoando em nossos corações. Depois de ela ter dito isso, sentíamos remorso sempre que nos atrasávamos para as orações.

Certa vez, começamos a nos queixar demais das goteiras no telhado da escola. Bu Mus não deu atenção às nossas reclamações. Em vez disso, pegou um livro escrito em holandês e nos mostrou a foto de uma das páginas. Era de um aposento estreito, cercado de paredes grossas, sombrio e coberto por grades de ferro. Parecia sufocante e cheio de violência.

– Esta era a cela de Sukarno em uma prisão de Bandung. Foi aqui que ele cumpriu sua pena. Mas estudava diariamente e lia o tempo todo. Foi nosso primeiro presidente e uma das pessoas mais brilhantes de nossa nação.

Bu Mus não prosseguiu com a história.

Ficamos pasmos e paramos de reclamar. Dali em diante nunca mais voltamos a nos queixar das condições da escola. Um dia, chovia muito forte e os trovões rugiam sem parar. A chuva caía diretamente na nossa sala. Não nos mexemos. Não queríamos interromper a aula de Bu Mus e ela não queria parar de ensinar. Abrimos guarda-chuvas. Bu Mus cobriu a cabeça com uma folha de bananeira. Aquela foi a aula mais estimulante de toda a minha vida. Nos meses seguintes choveu sem parar, mas nunca faltamos à escola, nem uma vez sequer, e jamais reclamamos, nem um pouquinho.

Para nós, Bu Mus e Pak Harfan eram legítimos patriotas sem medalhas de honra. Eram nossos professores, amigos e guias espirituais. Ensinaram seus alunos a construir casas de brinquedo com bambu, a fazer a higiene antes das orações, a rezar antes de dormir. Enchiam os pneus vazios de nossas bicicletas, sugavam o veneno de nossas pernas quando éramos mordidos por cobras e, de vez em quando, faziam suco de laranja com as próprias mãos. Os dois eram nossos heróis não celebrados, um príncipe e uma princesa de bondade e poços cristalinos de conhecimento num deserto de abandono.

A primeira promessa

Os botânicos costumam plantar o *Filicium decipiens* para atrair pássaros. Suas folhas fartas não conhecem estações. Periquitos belíssimos os visitam com frequência e, antes de atacar nosso *filicium*, esses lindos pássaros verdes primeiro supervisionam a área de cima dos galhos de uma árvore *ganitri* alta, que fica atrás da escola, avaliando a possibilidade de concorrentes ou inimigos. Então, rápidos como um raio, esses pássaros vorazes mergulham e abocanham os frutinhos do *filicium* com seus bicos afiados como navalhas. Enquanto comem, viram constantemente a cabeça para os lados, de um jeito paranoico. Lição moral número três: se você é deslumbrante, não terá uma vida tranquila.

Depois dos periquitos vinha um bando de pássaros *jalak kerbau*, completamente relaxados, pois sua aparência não chama nenhuma atenção. Não têm predadores, nem mesmo humanos. Saboreavam cada mordida da fruta deixada descuidadamente para trás pelos periquitos, depois defecavam como lhes aprouvesse – mesmo enquanto ainda estavam de boca cheia. Depois que estavam de barriga cheia, esses passarinhos vagavam por ali, de um lado para outro.

Conforme a tarde se aproximava, um bando de sabiás cinzentos pousava silenciosamente nos galhos do *filicium*. Calmos e belos, bicavam as lagartas que subiam pela árvore, comendo de forma menos sôfrega que os periquitos. Depois alçavam voo de novo, tão silenciosamente como haviam chegado.

Assim como esses pássaros, nossos dias giravam em torno do *filicium*. Aquela árvore foi testemunha dos dramas de nossa infância. Em seus galhos construímos casas. Atrás de suas folhas brincávamos de esconde-esconde. Em seu tronco gravamos a promessa de sermos amigos para sempre. Em suas raízes protuberantes, nos sentamos em círculo para ouvir Bu Mus contar a história de Robin Hood. E sob a sombra de sua copa pulávamos carniça, ensaiávamos peças, ríamos, gritávamos, cantávamos, estudávamos e brigávamos.

Para nós, a escola era incrível. Eu sempre ouvia dizer que as crianças reclamavam de ter que ir à aula. Nunca entendi aquilo, porque, apesar da aparência miserável de nossa escola, nos apaixonamos por ela desde o primeiro dia. Bu Mus e Pak Harfan fizeram com que a amássemos e, mais que isso, fizeram com que amássemos o conhecimento. Quando a aula acabava, reclamávamos por ter que ir embora. Quando nos davam 10 deveres de casa, pedíamos 20. Quando chegava o domingo, nosso dia de folga, mal conseguíamos esperar pela segunda-feira.

Durante toda a primeira semana não tocamos num livro sequer.

Bu Mus e Pak Harfan passavam o dia todo nos contando histórias. Durante horas, éramos inebriados por contos mágicos de terras distantes, que falavam sobre as lutas da vida e a sabedoria, como as fábulas das *Mil e uma noites*. Eles tocavam nossos corações e nos ensinavam a ser solidários.

Então, veio o primeiro dia da segunda semana.

Cheguei muito cedo. Estava ansioso para ver Bu Mus e Pak Harfan. Fiquei surpreso quando abri a porta da sala. A um canto, descansava uma vaca sonolenta e, no canto oposto, sentado com a mesma tranquilidade do animal, estava Lintang. Apesar de ser o aluno que morava mais longe, era sempre o primeiro a chegar.

Naquele dia feliz, depois de praticar o canto *Rukun Iman*, os Seis Pilares da Fé – um canto maravilhoso, cujo autor, infelizmente, permanece anônimo –, Bu Mus nos ensinou A, B, C, D e E. Recitamos animadamente.

Na semana seguinte, lentamente, aprendemos as primeiras sete letras do alfabeto, do A ao G.

– Sete letras por semana – disse Bu Mus. – Em um mês, vocês conhecerão todas as letras, depois vamos aprender a escrevê-las!

Na terceira semana, eu estava incrivelmente encantado, pois descobrira letras novas, estranhas, como O, Q e V. Era raro vê-las em frases em indonésio. Por que inventar alguma coisa para usar tão raramente? Apenas para dificultar ainda mais a nossa vida. Enquanto eu suspirava por conta disso, o garoto sentado ao meu lado ergueu o braço.

– *Ibunda* Guru – gritou, excitado.

Bu Mus virou-se para ele:

– Sim, Lintang.

– Pode me dar aquele papel do primeiro dia de aula? Quero preencher o formulário.

Bu Mus sorriu.

– Paciência, Lintang. Acabamos de aprender o alfabeto. No segundo ano, quando aprender a escrever, você poderá preenchê-lo.

O menino do litoral ficou de pé.

– Eu gostaria de preenchê-lo agora, *Ibunda*. Já prometi ao meu pai.

Ficamos surpresos.

– Você sabe preencher? – indagou a professora, hesitante.

– Sei, *Ibunda* – respondeu Lintang, convicto.

Por mais que Lintang insistisse que era capaz, Bu Mus continuava hesitando. Abriu a gaveta de sua mesa, pegou o formulário e caminhou até Lintang. Todos nos levantamos e rodeamos o menino.

Bu Mus pôs o papel sobre a carteira dele. Lintang tirou um lápis de trás da orelha, mordeu a ponta e estendeu a mão para o formulário. Enquanto observava os dedos finos e sujos de Lintang desenharem cada letra das palavras, Bu Mus se arrepiou. Aos poucos, com firmeza, o menino cortou os tês e pôs pingos nos is enquanto escrevia no formulário – em letra cursiva!

Nome do aluno: *Lintang Samudera Basara*
Nome do pai: *Syahbani Maulana Basara*

Só nos restou olhar boquiabertos – Lintang sabia escrever e escrevia bem! Bu Mus, atônita, contemplava Lintang como se ele fosse uma pérola deslumbrante dentro de uma concha. Um instante depois, uma voz doce lhe escapou dos lábios:

– *Subhanallah*, caramba, Lintang, louvado seja Alá, louvada seja sua santidade...

Lintang preencheu todos os itens daquele formulário e, com um sorriso de alívio, devolveu-o a Bu Mus. Naquele dia, quando não fazia nem um mês que estávamos na escola, Lintang já cumprira sua primeira promessa – defender a dignidade de seu pai.

Doença mental número 5

Os meses viraram anos e, antes que percebêssemos, estávamos nos aproximando da adolescência. Nossa escola pobre continuava pobre, porém cada vez mais fascinante.

Compartilhando nossas mazelas e tribulações, aos poucos nos tornamos irmãos e passamos a conhecer as peculiaridades uns dos outros como a palma de nossas mãos.

Syahdan tinha o menor corpo entre todos nós, mesmo sendo o que comia mais. Nunca recusava nada. Parecia que sua boca não diferenciava o delicioso do nojento – ele devorava tudo. Não dava para entender, era tão pequeno... Para onde ia tudo aquilo?

O colega de carteira de Syahdan, o venerável A Kiong, era uma espécie de anomalia. Só Deus sabe o que deu em A Liong, um confucianista devoto, para matricular seu único filho numa escola islâmica. Só pode ter sido a situação miserável da família.

Ainda assim, ao ver A Kiong, qualquer um perceberia por que ele estava destinado a acabar naquela escola pobre. Sua aparência era a de um verdadeiro rejeitado. Parecia o Frankenstein. Seu rosto era largo e quadrado, e o cabelo, espetado como um porco-espinho. Tinha os olhos puxados para cima, como lâminas de espadas, e sobrancelhas praticamente inexistentes. Era dentuço e os outros dentes acompanhavam os da frente. Bastava uma olhada em seu rosto para que qualquer professor ficasse deprimido imaginando a dificuldade de enfiar conhecimento naquela cabeça de lata.

Surpreendentemente, a cabeça de lata de A Kiong absorvia depressa o conhecimento. Em contrapartida, descobrimos que o menino amistoso, de expressão doce e aparência inteligente que sentava à sua frente e assentia firmemente com a cabeça durante a aula não era muito brilhante. Seu nome era Kucai.

Kucai era muito azarento. Sofrera de desnutrição grave quando pequeno – doença que afetou seriamente sua visão. Os olhos não conseguiam se fixar corretamente, por isso, enquanto acreditava estar encarando a pessoa com quem conversava, seus olhos, na verdade, focavam um ponto a cerca de 20 graus à esquerda.

Com todas as suas outras características combinadas – era oportunista, egocêntrico, um pouco falso, metido a sabe-tudo, sem vergonha, além de ter tendências populistas –, Kucai tinha todos os requisitos para se tornar um político. Por isso, o elegemos, por unanimidade, como representante de turma.

Ser representante não era uma tarefa prazerosa. Kucai devia nos manter calados, embora ele próprio não fechasse a boca.

Um dia, na aula de ética islâmica, Bu Mus citou as palavras do califa Umar bin Khatab, um dos apóstolos do profeta Maomé: "Qualquer um que seja indicado como líder e aceitar qualquer coisa além de sua remuneração estipulada estará cometendo fraude."

Bu Mus estava furiosíssima com a disseminação da corrupção na Indonésia.

– E lembrem-se: a liderança será justamente recompensada ou punida na outra vida.

Toda a classe ficou impressionada, mas Kucai estava nitidamente abalado. Como representante de turma, temia ser responsabilizado por suas ações quando morresse, sem falar que já detestava cuidar de nós. Aquilo foi demais para ele. Pondo-se de pé, Kucai disse com veemência:

– *Ibunda* Guru, a senhora deve saber que esses filhos de faz-tudo não podem ser controlados! Borek age como se tivesse fugido de um hospício. Sahara e A Kiong não param de brigar. Chego a ficar com dor de cabeça. Harun não faz outra coisa senão dormir. E Ikal, *Masya Allah*, por Alá, *Ibunda*, esse garoto foi mandado por Satã!

Kucai era muito melhor do que outros políticos indonésios, que manchavam os nomes dos outros pelas costas. Kucai falava na nossa cara.

– Não aguento mais. Exijo uma nova eleição para representante de turma! – acrescentou com emoção.

Anos de frustração represada explodiram em seu corpo. Ele bufava de modo irregular, dando a impressão de que tinha dificuldade para respirar.

Olhou para Bu Mus, mas seu olhar, na verdade, fixou-se no pôster *Chuva de dinheiro* de Rhoma Irama.

Bu Mus ficou chocada. Jamais um de seus alunos protestara de forma tão direta. Ela pensou por um momento e depois obrigou-se a assumir uma expressão de neutralidade. Pediu que escrevêssemos o nome de um novo representante de turma num pedaço de papel e que o dobrássemos ao meio.

– De acordo com os princípios da democracia, é direito de vocês votar e a escolha de cada um deve ser confidencial.

Kucai estava radiante. Acreditava que havia sido feita justiça e tinha certeza de que, após anos sendo representante contra sua vontade, o sofrimento finalmente chegaria ao fim.

Dobramos nossos pedaços de papel e os entregamos a Bu Mus. Os instantes antes e durante a apuração foram tensos. Esperávamos o resultado ansiosamente – quem seria o novo eleito? Bu Mus abriu o primeiro pedaço de papel e leu o nome escrito nele:

– Borek!

A cor sumiu do rosto de Borek e Kucai deu um pulo, contente – não podia ser mais óbvio que ele próprio votara em Borek.

– Voto número dois – anunciou Bu Mus. – Kucai!

Dessa vez, foi Borek quem pulou e Kucai empalideceu.

– Voto número três... Kucai!

O garoto sorriu com amargura.

– Voto número quatro... Kucai!

– Voto número cinco... Kucai!

E assim foi até o nono voto.

Kucai estava desesperado. Irritou-se com Borek, que tremia de tanto que se esforçava para conter o riso. Kucai tentava encarar Borek, mas parecia que Trapani era seu alvo.

Havia apenas nove pedaços de papel, pois Harun não sabia escrever. Mesmo assim, Bu Mus respeitou seus direitos políticos. Olhou para Harun, que abriu seu sorriso peculiar, exibindo os dentes compridos e amarelos, e gritou com voz aguda:

– Kucai!

O corpo de Kucai desabou, desanimado, enquanto ele admitia a derrota.

Sentado no canto estava o nosso príncipe e mascote da turma, Trapani. Ele era fascinante como o pássaro *cinemen kelabu*. Perfeccionista, tinha um belo rosto, era o tipo de cara por quem as meninas se apaixonam à primeira vista. O cabelo, a calça, o cinto, as meias e os sapatos limpos estavam sempre impecáveis. E ele cheirava bem. Sua camisa tinha todos os botões.

Trapani não falava se não fosse necessário e, quando o fazia, as palavras eram minuciosamente escolhidas. Tinha boas maneiras, era um cidadão promissor, modelo da *Dasa Dharma Pramuka* – a promessa escoteira. Queria ser professor e lecionar nas áreas remotas onde fora criado, a fim de melhorar a educação e as condições de vida dos malaios do interior – uma aspiração genuinamente nobre. Tudo na vida de Trapani parecia inspirado pela canção *Wagib Belajar*, de R. N. Sutarmas, que falava da luta contra o analfabetismo.

Trapani era muito apegado à mãe. Nenhuma conversa que não tivesse relação com ela lhe interessava, porque, dos seis filhos, era o único menino.

Sahara, a única garota da turma, parecia os periquitos – firme e direta. Não era fácil convencê-la ou impressioná-la. Outra de suas principais características era a honestidade – jamais mentia. Mesmo que estivesse prestes a andar na prancha sobre um mar em chamas e uma mentira pudesse salvar sua vida, somente a verdade sairia de sua boca.

Sahara e A Kiong eram inimigos. Tinham brigas terríveis, faziam as pazes e voltavam a brigar. Pareciam destinados a viver em conflito. Certa vez Trapani fez um comentário sobre um grande livro, *Tenggelamnya Kapal van Der Wijk* – o Naufrágio do van Der Wijk –, a lendária obra literária de Buya Hamka.

– Também li esse livro – comentou A Kiong com arrogância. – Lamento, mas não gostei. Tem muitos nomes e lugares, tive dificuldade para gravar todos.

Sahara, que realmente gostava de boa literatura, ficou ofendida e retrucou:

– *Masya Allah!* Por Alá! Quem é você para criticar literatura tão excelente, A Kiong? Talvez se Buya escrevesse um livro chamado "O garotinho malvado que rouba pepinos" seu gosto literário achasse mais conveniente!

Nós rolamos de rir e chegamos a ter dor na barriga de tanto gargalhar.

Em compensação, Sahara tinha um carinho especial por Harun.

Harun, que era bem-comportado, calado e sorria com facilidade, era absolutamente incapaz de entender as aulas. Hoje em dia as pessoas chamam sua condição de síndrome de Down. Quando Bu Mus falava, Harun ficava sentado tranquilamente, com um sorriso fixo no rosto.

Toda aula, independentemente do que estivéssemos estudando, Harun levantava a mão e fazia a mesma pergunta, o ano todo, série após série:

– *Ibunda* Guru, quando será nosso recesso *Lebaran*?

– Em breve, Harun, muito em breve – sempre respondia Bu Mus com calma, vez após outra, em milhares de ocasiões, o ano todo, série após série. E então Harun batia palmas.

Durante o recreio da tarde, Sahara e Harun sempre se sentavam juntos debaixo do *filicium*. Os dois tinham uma ligação única, como a estranha amizade entre o Rato e o Elefante da fábula. Harun, entusiasmado, contava uma história sobre sua gata de três listras que dera à luz três gatinhos, também com três listas, no terceiro dia do mês. Sahara ouvia pacientemente, apesar de Harun contar a mesma história todos os dias, vez após outra, em milhares de ocasiões, o ano todo, série após série.

O número três era realmente sagrado para Harun, que relacionava tudo a ele. Implorou a Bu Mus que lhe ensinasse a escrever esse algarismo e, depois de três anos de trabalho duro, finalmente conseguiu. Todos os seus livros escolares tinham um belo número três, grande e colorido, na capa. Harun era obcecado por esse número. Costumava arrancar os botões da camisa até restarem apenas três. Usava três pares de meias. Tinha três tipos de bolsa e em cada uma delas carregava três vidros de molho shoyo. Também tinha três pentes. Quando perguntávamos a ele o motivo de tanta paixão pelo número três, Harun refletia por um momento e depois respondia, muito sabiamente, como um líder de aldeia dando um conselho religioso:

– Meus amigos – dizia com ar experiente –, Deus gosta de números ímpares.

De vez em quando eu observava o rosto de Harun, tentando descobrir o que se passava em sua cabeça. Sempre que me via fazer isso, ele sorria. Tinha consciência de que era o mais velho entre nós e sempre nos tratava com carinho, como se fôssemos seus irmãos mais novos. Às vezes, seu comportamento era muito tocante. Certo dia, sem que ninguém esperasse, ele apareceu na escola com um embrulho enorme e deu a cada um de nós um pedaço de inhame cozido. Todos ganharam um. Ele ficou com três. Embora tivesse um comportamento maduro, Harun não passava de uma criança presa num corpo de adulto.

O oitavo menino era Borek, nosso honorável cavaleiro de armadura reluzente.

No começo, era apenas um aluno comum. Seu comportamento não tinha nada de peculiar. No entanto, um encontro fortuito com o frasco de um velho produto para fazer crescer cabelos, vindo de algum lugar da península Arábica, mudou para sempre o curso de sua vida.

Naquele frasco havia a foto de um homem de camiseta vermelha. Ele era alto e tinha um corpo forte e peludo como o de um gorila.

Dali em diante, Borek não se interessava por nada além de aumentar seus músculos. Com muito esforço e exercício, conseguiu o que queria e ganhou o apelido de *Sansão* – um título nobre que ostentava com orgulho.

Sem dúvida era estranho, mas pelo menos Sansão ainda era jovem, sabia exatamente o que queria ser no futuro e lutava para alcançar suas metas. De algum modo, pulou a fase de busca de identidade que causa insegurança nas pessoas até que fiquem mais velhas. Existe até quem jamais descubra sua identidade e passe pela vida como outra pessoa. Sansão se saiu melhor que esses.

Era totalmente obcecado por musculação e louco pela imagem de machão. Um dia ele me chamou de lado e minha curiosidade levou a melhor. Eu não entendia como ele podia conhecer o segredo para desenvolver músculos peitorais.

– Não conte a ninguém! – sussurrou ele enquanto olhava em volta. Puxou minha mão e corremos até o barracão abandonado atrás da escola. Ao chegarmos lá, ele tirou da bolsa uma bola de tênis partida ao meio. – Se quiser ter um peito musculoso como o meu, o segredo é este!

Ele ainda sussurrava, embora não houvesse absolutamente ninguém mais à vista. Olhei para as duas metades da bola, surpreso, e pensei: *Aparentemente o segredo para ter um corpo incrível é uma bola de tênis! Que grande descoberta!*

– Tire a camisa! – ordenou Sansão.

O que ele vai fazer comigo?

– Vou torná-lo um homem de verdade!

A expressão em seu rosto demonstrava que ele não entendia por que todos os homens não usavam o mesmo método – um atalho para a aparência perfeita.

Hesitei, mas não tinha alternativa. Desabotoei a camisa.

– Anda logo!

De repente Sansão empurrou com força as duas metades da bola contra meu peito. Cambaleei para trás e quase caí. Ele me pegara de surpresa e me vi impotente, com as costas nas tábuas de madeira. Para piorar as coisas, Sansão era muito maior que eu e forte como um operário. Eu me remexi, tentando me soltar.

Então entendi. As metades da bola de tênis deveriam funcionar como um desentupidor de vaso. Na cabeça doida de Sansão, aquilo funcionava como uma bomba de encher músculos peitorais. Antes que me desse conta, estava sendo torturado pela potente sucção das metades da bola de tênis.

Senti a vida esvair-se de minhas entranhas – coração, fígado, pulmões, baço, sangue e o conteúdo do meu estômago –, sugada pelas malditas metades da bola de tênis. Meus olhos pareciam querer saltar das órbitas. Engasguei, incapaz de falar. Com um gesto, pedi que Sansão parasse.

– Ainda não está na hora. Primeiro termine de recitar os nomes de alunos e responsáveis e então o resultado vai aparecer!

Recitar os nomes de alunos e responsáveis? Caramba!

Tratava-se de uma tola invenção nossa – fazer alguma coisa durante o tempo que levávamos para dizer os nomes completos de todos os alunos da turma e de seus pais. Por exemplo: Trapani Ihsan Jamari Nursidik, filho de Zainuddin Ilham Jamari Nursidik. Ou Harun Ardhli Ramadhan Hasani Burhan, filho de Syamsul Hazana Ramadhan Hasani Burhan.

Não havia a menor chance de eu aguentar aquelas coisas sugando a vida do meu corpo durante todo o tempo necessário para recitar nomes de alunos e responsáveis. Nomes malaios nunca são curtos!

Sansão não se importou. Eu era um peixe preso numa rede. Minha respiração ficou curta e ofegante. As sucções das metades da bola de tênis pareciam ferroadas de abelhas assassinas. Meu corpo dava a impressão de estar encolhendo. As pernas se debatiam em vão. O sofrimento parecia interminável.

Então, de repente, uma das tábuas de madeira às minhas costas cedeu, o que me deu uma chance de recuperar as forças. Sem pensar duas vezes, reuni os últimos fiapos de energia que restavam em meu corpo e, com um movimento cheio de estilo, chutei Sansão entre as pernas, com a maior força possível – exatamente como o boxeador japonês Antonio Inoki fizera ao dar um golpe baixo em Muhammad Ali na luta de 1976.

Sansão grunhiu e gemeu como um besouro preso numa jarra de vidro. Livre dele, dei um pulo para longe e corri dali. A genial invenção para desenvolver músculos alçou voo e depois aterrissou indolentemente sobre um monte de palha. Dei uma olhada para trás e vi o jovem Hércules dobrar o corpo e agarrar as pernas antes de desabar no chão com um baque surdo.

Durante vários dias meu peito ostentou duas marcas circulares escuras, vestígios de uma idiotice inacreditável.

Minha mãe me perguntou sobre os hematomas. Tive vontade de mentir, mas não consegui. A aula de ética islâmica que tínhamos todas as sextas de manhã nos ensinava que não éramos autorizados a mentir para nossos pais, principalmente para as mães.

Fui obrigado a revelar minha estupidez. Meus irmãos mais velhos e meu pai tremiam de tanto rir. Então ouvi pela primeira vez a sofisticada teoria de mamãe a respeito das doenças mentais.

– Existem 44 tipos de loucura – disse ela com a autoridade de um psiquiatra, enquanto juntava na sua caixinha de pílulas tabaco, folhas de bétel e outros ingredientes necessários para fazer tabaco para mascar, formando uma bola pequena que pôs na boca. – Quanto mais baixo o número, mais grave a doença – disse ela, balançando a cabeça para a frente e para trás, enquanto me olhava como se eu fosse um louco fugido de um hospício. – Quando alguém perde o juízo e sai andando pela rua nu, é a doença mental número 1. Acredito que o que você fez com aquela bola de tênis se encaixe na categoria de doença mental número 5. Muito sério, Ikal! É melhor ter cuidado. Se não usar o bom senso, esse número pode ficar ainda mais baixo!

Numa outra manhã, às 10 horas, o bando de *jalak kerbau* já deveria ter aparecido, mas tudo estava silencioso. Sorri, pensando nas características ímpares dos meus colegas de turma. A maioria de nós frequentava a escola *berkaki ayam* – o que, literalmente, significa *em pés de galinha,* mas quer dizer descalços. Os que não iam *em pés de galinha* calçavam sapatos grandes demais. Nossos pais, muito pobres, compravam propositalmente sapatos dois tamanhos maiores que nossos pés, para que pudessem ser usados durante dois anos. Em geral, quando ficavam na medida certa, os sapatos já estavam caindo aos pedaços.

O povo malaio acredita que o destino é uma criatura. Nós éramos 10 iscas do destino. Como pequenos moluscos, nos agarrávamos uns aos outros para nos defender das ondas trovejantes do oceano do conhecimento. Bu Mus era nossa mãezona. Observei, um por um, os rostos dos meus colegas: Harun com seu sorriso fácil, o belo Trapani, o pequeno Syahdan, o pomposo Kucai, a irascível Sahara, o bobo A Kiong e o oitavo menino, Sansão, sentado como uma estátua de Ganesha. E quem eram o nono e o décimo meninos? Lintang e Mahar. Quais eram suas histórias? Esses dois meninos são verdadeiramente especiais e precisam de um capítulo especial só para eles.

O xamã de crocodilos

Lintang estava estranhamente atrasado naquela manhã. Quando soubemos o motivo, ficamos estarrecidos.

– Não consegui passar. No meio da estrada, bloqueando o caminho, havia um crocodilo do tamanho de um coqueiro.

– Crocodilo? – repetiu Kucai.

– Toquei a campainha da bicicleta, bati palmas e tossi forte para ver se ele ia embora. O bicho nem se mexeu. Só me restou ficar ali como uma estátua, falando sozinho. Seu tamanho e as cracas que cresciam em suas costas deixavam claro que ele era o dono daquele pântano.

– Por que você não voltou para casa? – perguntei.

– Eu já tinha percorrido mais da metade do caminho. Não ia dar meia--volta só por causa daquele crocodilo idiota.

Eu só podia imaginar o que Lintang estava pensando: *A palavra ausente não faz parte do meu vocabulário e hoje temos aula de história do Islã – uma das matérias mais interessantes. Quero discutir os versos sagrados que previram a vitória de Bizâncio sete anos antes de ela acontecer.*

– Por que não pediu ajuda a alguém? – questionou Sahara, apreensiva.

– Não havia mais ninguém ali, só eu, o crocodilo gigante e a morte certa – respondeu Lintang, dramático.

Ficamos assustados e atônitos, pensando na batalha diária de Lintang para chegar à escola.

– Eu já estava quase perdendo a esperança. Então, de repente, ouvi as marolas da água do rio ao meu lado. Fiquei surpreso. Tive medo!

– O que era, Lintang? – perguntou Trapani, de olhos arregalados.

– Um homem surgiu do musgos, atravessou as águas escuras que lhe batiam no peito e saiu do pântano. Os pelos da minha nuca se arrepiaram quando ele veio caminhando com aquelas pernas tortas na minha direção.

– Quem era? – perguntou Mahar, com a voz embargada.

– Bodenga.

– Oooh! – exclamamos em uníssono, enquanto cobríamos a boca com a mão, horrorizados. Nenhum de nós teve coragem de comentar. Esperamos, tensos, que ele continuasse a história.

– Fiquei com mais medo dele do que de qualquer crocodilo!

Sabíamos disso. O homem que saíra do musgo era alguém que não queria conhecer ninguém. No entanto, no litoral de Belitung quem não o conhecia?

– E aí? – indagou Borek, nervoso.

– Ele passou por mim como se eu não estivesse lá. Depois se aproximou do animal atravessado na estrada e tocou nele! Acariciou-o e sussurrou alguma coisa em seu ouvido... foi tão estranho! O crocodilo se rendeu, balançando o rabo como se fosse um cachorro que quisesse agradar o dono.

Ficamos estupefatos.

– Segundos depois – prosseguiu Lintang em voz baixa –, o bicho mergulhou no pântano subitamente. O barulho foi o mesmo de sete coqueiros caindo!

Lintang fez uma pausa e respirou fundo.

– Fiquei assustado – declarou em seguida. – Se aquele animal tivesse me perseguido, tudo o que as pessoas encontrariam seria minha velha bicicleta.

– E o que aconteceu com Bodenga? – perguntamos num coro afinado.

– Ele deu meia-volta e veio na minha direção. Estava claro que não esperava minha gratidão. Não tive coragem de olhar para ele. Ele poderia ter me afogado com um empurrão, mas passou direto por mim.

– Passou direto? Só isso? – perguntei.

– É, só isso. Mas me senti com sorte. Pouca gente já viu os poderes sobrenaturais de Bodenga em ação.

Perdi-me em pensamentos. Era verdade que eu jamais vira Bodenga em ação, mas o conhecia melhor do que Lintang. Bodenga me dera a minha primeira grande lição sobre premonições. Para mim, ele simbolizava tudo que tivesse relação com a tristeza.

Ninguém queria ser amigo de Bodenga. Ele estava na casa dos 40 anos e tinha o rosto cheio de cicatrizes. Cobria-se com folhas de coqueiro e dormia debaixo de uma palmeira, enroscado como um esquilo, durante dois dias e duas noites seguidos. Quando sentia fome, mergulhava no poço abandonado junto à velha delegacia, descia até o fundo, pegava algumas enguias e comia sem nem sair da água.

Bodenga era uma criatura livre. Era como o vento. Não era malaio, nem chinês, nem mesmo sawang – não era ninguém. Não havia uma única pessoa que soubesse de onde ele viera. Não tinha religião e não sabia falar. Não era mendigo nem criminoso. Seu nome não constava dos registros da aldeia. Ele não ouvia desde o dia em que mergulhara tão fundo no rio Linggang para pegar estanho que seus ouvidos sangraram. Depois disso, Bodenga ficou surdo.

Naquela época, Bodenga era como uma solitária tora de madeira à deriva. Seu único parente que o pessoal da aldeia conhecera fora o pai perneta. Diziam que ele sacrificara a perna a fim de adquirir mais poderes mágicos. Seu pai era um famoso xamã de crocodilos. À medida que o islamismo chegou às aldeias, os moradores começaram a evitar Bodenga e seu pai, porque eles se recusavam a deixar de adorar os crocodilos como deuses.

O pai enrolou-se dos pés à cabeça em raízes de *jawi* e se jogou no rio Mirang. Deliberadamente deu seu corpo para que os ferozes crocodilos do rio comessem. A única parte que restou foi o pedaço de tronco que usava como segunda perna. Depois disso, Bodenga passava o tempo quase todo sozinho, com o olhar fixo nas correntes do rio, até tarde.

Certa noite, os moradores da aldeia acorreram em bando à quadra de basquete da Escola Nacional. Haviam capturado um crocodilo que atacara uma mulher enquanto ela lavava roupa no rio Manggar. Eu era pequeno e não consegui abrir caminho pela multidão que cercava o bicho. Precisei me conformar em assistir a tudo por entre as pernas dos adultos. A bocarra do crocodilo foi escancarada com um pedaço de lenha.

Quando abriram seu estômago, encontraram cabelo, roupas e um colar. Foi quando vi Bodenga avançar em meio aos visitantes. Sentou-se de pernas cruzadas ao lado do crocodilo, com o rosto mortalmente pálido. Implorou que as pessoas parassem de esquartejar o animal. Os aldeões tiraram o pedaço de lenha que mantinha aberta a boca do crocodilo e recuaram. Eles sabiam que os adoradores de crocodilos acreditam que, ao morrer, se transformam nesses animais. Entenderam que, para Bodenga, aquele crocodilo era seu pai, pois lhe faltava uma das pernas.

Bodenga chorou. Foi um som agonizante, de lamento profundo.

– Baya... Baya... Baya... – chamou baixinho.

Alguns dos presentes soluçaram. Vi as lágrimas de Bodenga escorrerem por seu rosto marcado pela varíola e não consegui conter as minhas. Aquele pobre crocodilo fora seu único amor em seu mundo de exclusão e desamparo, e agora esse amor lhe havia sido tirado.

Lamentos incoerentes escapavam da boca muda de Bodenga. Então ele amarrou o crocodilo e carregou a carcaça do pai até o rio Linggang, arrastando-a pela beira do rio em direção ao delta. Depois disso, nunca mais voltou.

Bodenga e o incidente daquela noite criaram uma imagem de compaixão e tristeza em meu subconsciente. Talvez eu fosse jovem demais para testemunhar tão dolorosa tragédia. Nos anos seguintes, sempre que me via diante de uma situação de cortar o coração, lembrava-me dele.

Naquela noite, Bodenga me deu uma verdadeira aula. Pela primeira vez, percebi que o destino era capaz de tratar muito mal a humanidade e que o amor podia ser totalmente cego.

Embora Lintang não tivesse com Bodenga nenhuma experiência emocional como a que eu tivera, aquela não foi a primeira vez que o garoto encontrou um crocodilo no caminho para a escola. Não é exagero dizer que Lintang muitas vezes arriscava a vida em prol de sua educação. Ainda assim, jamais faltou à aula. Todos os dias pedalava 80 quilômetros de ida e volta. Se as atividades escolares se estendessem até tarde, só chegava em casa quando já estava escuro. Pensar em sua jornada diária me dava arrepios.

A distância não era a única dificuldade que ele enfrentava. Durante a estação das chuvas, a água nas estradas chegava à altura do peito. Quando deparava com uma estrada transformada em rio, Lintang deixava a bicicleta debaixo de uma árvore num terreno mais elevado, enrolava a camisa, a calça e os livros num saco plástico que segurava entre os dentes, mergulhava e nadava até a escola o mais rápido que podia para evitar ser atacado por um crocodilo.

Como não havia relógio em sua casa, Lintang confiava nos avisos da natureza. Certa vez, fez a prece da manhã correndo porque o galo já havia cantado. Terminou a oração e imediatamente se pôs a pedalar até a escola. Na metade do caminho, no meio da floresta, começou a ficar desconfiado, pois ainda fazia muito frio, o dia estava absolutamente escuro e a mata, estranhamente silenciosa. Não havia passarinhos cantando para anunciar a manhã. Lintang percebeu que o galo cantara antes da hora e, na verdade, não passava de meia-noite. Sentou-se sob uma árvore, abraçou ambas as pernas, estremeceu de frio e esperou pacientemente o dia raiar.

Em outra ocasião, a corrente da bicicleta arrebentou. Não podia ser consertada de novo porque já se quebrara muitas vezes e agora era curta demais para ser rejuntada. Mas Lintang não desistiu. Empurrou a bicicleta por cerca de 10 quilômetros. Quando chegou à escola, já nos preparávamos para voltar para casa. A última aula naquele dia era de música. Lintang ficou feliz porque chegou a tempo de cantar "Padamu Negeri" (Para ti, nosso país) diante da turma. Era uma canção lenta e sombria:

Para ti, nosso país, prometemos
A ti, nosso país, servimos
A ti, nosso país, nos dedicamos
Tu és, país, nosso corpo e nossa alma

Ficamos espantados por ouvi-lo cantar com tamanha emoção. Seus olhos espirituosos não entregavam sua exaustão. Terminada a canção, Lintang empurrou a bicicleta de volta para casa, por todos os 40 quilômetros.

O pai de Lintang havia pensado que o filho fosse desistir nas primeiras semanas, mas estava errado. Dia após dia, o entusiasmo de Lintang não diminuía, muito pelo contrário – ele realmente amava a escola e seus colegas, e começou a ficar viciado em desvendar os mistérios do conhecimento. Quando chegava em casa, não descansava. Juntava-se às outras crianças da sua idade para trabalhar como carregador de copra. Era o preço que pagava pelo "privilégio" de aprender.

O pai agora achava que mandar Lintang para a escola fora a decisão mais acertada. Estava feliz de ver o entusiasmo do filho. Esperava que um dia Lintang pudesse fazer o mesmo por seus cinco irmãos mais novos – nascidos um ano após o outro –, libertando-os também do ciclo da pobreza. Por isso, bancava a educação de Lintang a seu jeito e da melhor maneira que podia.

Um dia, quando cursava o primeiro ano, Lintang pediu ajuda ao pai com o dever de casa, num exercício de multiplicação simples.

– Vem cá, pai. Quanto é quatro vezes quatro?

O pai analfabeto andou de um lado para outro. Olhou com tristeza pela janela, na direção do amplo mar da China Meridional, bastante pensativo. Quando o filho não estava olhando, escapou em silêncio pela porta dos fundos e correu como o vento, cortando caminho pela mata alta. O homem-pinheiro correu o máximo que pôde, rápido como um cervo, para pedir ajuda ao pessoal da administração municipal. Não muito depois, como um raio, entrou sorrateiramente em casa e, de repente, pôs-se diante do filho, atencioso.

– Qua... Qua... Quatorze, filho, não há dúvida, nem mais, nem menos – respondeu enquanto tentava recuperar o fôlego, mas ostentando um amplo sorriso cheio de orgulho.

Lintang olhou fundo nos olhos do pai. Sentiu um aperto no coração, o que o levou a fazer uma promessa a si mesmo: *Tenho que me tornar inteligente.* Lintang sabia que a resposta não viera do pai. Aliás, ele até entendera errado a resposta que conseguira do funcionário da administração municipal. Dezesseis teria sido o correto, mas o pai só conseguiu registrar o número 14 – a quantidade de bocas que tinha que alimentar diariamente.

Daquele dia em diante, o entusiasmo de Lintang pela escola ardeu ainda mais intensamente. Como seu corpo era pequeno demais para a bicicleta que tinha, ele não conseguia sentar-se no selim. Em vez disso, sentava-se na barra de sustentação. As pontas dos pés mal alcançavam os pedais. Todo dia ele seguia lentamente e sacolejava um bocado sobre a barra de metal enquanto mordia o lábio, reunindo forças para lutar contra o vento.

A casa de Lintang ficava à beira-mar. Era um barracão sobre estacas, para o caso de a maré subir demais. O telhado era de folhas de sagueiro, e as paredes, de casca de árvore *meranti*. Tudo o que acontecia lá dentro podia ser visto do lado de fora, porque as paredes já tinham décadas e estavam ressequidas e rachadas, como acontece com a lama na estação da seca. Por dentro, a casa se resumia a um espaço comprido e estreito com duas portas, uma na frente e outra nos fundos. Nenhuma das janelas ou portas tinha tranca. À noite, as molduras eram amarradas com barbante barato.

Os avós de Lintang – tanto os maternos quanto os paternos – também moravam ali. A pele dos quatro era tão enrugada que podia ser dobrada.

Todo dia os quatro se curvavam sobre uma peneira para catar larvas no arroz de terceira classe, o único tipo que podiam comprar. Passavam horas nessa tarefa árdua, de tão ruins que eram os grãos.

Havia ainda os dois irmãos mais novos do pai de Lintang: um jovem doente mental que vagava o dia inteiro e um operário incapaz de trabalhar porque sofria de inflamação nos testículos – resultado de uma deficiência nutricional. Com eles, mais Lintang, suas cinco irmãs e a mãe, a casa comprida e estreita vivia abarrotada. Eram, no total, 14 pessoas, todas dependentes do pai de Lintang.

Dia após dia o pai de Lintang esperava que vizinhos proprietários de barcos ou marinheiros lhe dessem trabalho. Não ganhava uma percentagem da pesca, mas uma remuneração com base em sua força física. Era um homem que ganhava seu sustento vendendo a energia de seu corpo.

Lintang só podia estudar tarde da noite. Como havia muita gente na casa, era difícil encontrar um espaço livre e todos tinham que dividir a lamparina a óleo. No entanto, quando pegava o livro, sua mente fugia pelas fendas das periclitantes paredes de casca de árvore. Estudar era o lazer que fazia com que o menino se esquecesse das agruras da vida. Para ele, os livros eram como água de um poço sagrado na mesquita de Meca, renovando suas energias para pedalar contra o vento todos os dias. Mergulhava em cada frase que lia. Era seduzido pela escrita eloquente dos acadêmicos. Reconhecia o significado oculto em fórmulas que outros não registravam.

Então, numa noite mágica, sob a luz bruxuleante da lamparina e acompanhado pelas ondas do mar, os dedos finos de Lintang folhearam uma cópia de um livro muito antigo chamado *Astronomia e geometria*. Ele imediatamente mergulhou nas palavras desafiadoras de Galileu contra a cosmologia de Aristóteles. Ficou fascinado pela ideia louca dos antigos astrônomos que queriam medir a distância da Terra à constelação de Andrômeda e de Triangulum. Prendeu a respiração ao descobrir que a gravidade pode desviar a luz. Encantou-se com os objetos que perambulavam pelos céus nos cantos sombrios do universo e que talvez só tivessem sido visitados pelos pensamentos de Nicolau Copérnico.

Quando chegou aos capítulos sobre geometria, sorriu satisfeito, pois a lógica de seu raciocínio acompanhava com facilidade as simulações matemáticas de diversas dimensões e espaços. Logo dominou a extraordinária complicação da decomposição tetraédrica, os axiomas direcionais e o teorema de Pitágoras. Todo esse material estava muito além da sua idade e instrução, mas o menino analisou as informações fascinantes que contemplava sob o círculo de luz fraca da lamparina e, justo naquele momento, às altas horas da noite, sua contemplação explodiu e ele testemunhou algo mágico acontecer nas velhas páginas sob seus olhos. Cada número e cada letra se contorciam e depois se iluminavam, transformados em vaga-lumes que zumbiam à sua volta e depois penetravam em sua mente. Não fazia ideia de que, naquele momento, os espíritos dos pioneiros da geometria lhe sorriam. Copérnico, Lucrécio e Isaac Newton estavam sentados a seu lado. Em um minúsculo e estreito barraco de uma família malaia muito pobre, no meio de lugar nenhum à beira do mar, nasceu um gênio natural.

No dia seguinte, na escola, Lintang ficou surpreso de nos ver confusos diante de um exercício de coordenadas de três dígitos.

O que esses meninos de aldeia não entenderam?, perguntava a voz de seu coração.

Assim como a burrice quase sempre passa despercebida, alguns costumam não se dar conta de que foram escolhidos, destinados por Deus a desposar o conhecimento.

Duas vezes herói

Isto aconteceu em agosto – sempre um mês de más notícias.

Nossa escola era assolada por um problema depois do outro. Durante anos, dia após dia, as dificuldades financeiras foram nossas companheiras frequentes. Além disso, todos sempre supuseram que a escola desabaria em questão de semanas.

No entanto, conseguimos seguir em frente, graças aos ventos da determinação que Bu Mus e Pak Harfan sopravam diariamente na nossa direção. Acabamos encarando a escola como a melhor coisa que nos podia ter acontecido – muito melhor do que nos tornarmos operários, raladores de coco, pastores, coletores de pimenta ou vigilantes de loja.

As dificuldades chegavam em ondas, mas nunca demos um passo atrás – na verdade, nos tornávamos imunes. Éramos a personificação do provérbio "O que não te mata te fortalece". E, embora nossa turma ainda tivesse apenas 10 alunos, depois de tantos anos sem novas matrículas, finalmente surgiram alguns alunos novos – eram poucos, mas estavam lá.

Porém, nenhum problema foi tão difícil quanto o que estava por vir.

Uma velha moto DKW com o cano de descarga estourado se aproximou da nossa escola. Ah, não. Lá estava ele de novo.

O motorista da moto era um homem mais velho, com óculos grossos e corpo franzino, a testa larga e oleosa. As veias que lhe pulsavam nas têmporas davam a impressão de que era frequente que ele impingisse sua vontade aos outros. A verdade é que pessoas acostumadas a censurar os outros em geral perdem a noção de boas maneiras. Este homem era famoso por sua incapacidade de ceder. Bastava uma palavra de sua boca para que a escola fosse fechada. Bastaria que ele estalasse os dedos para que um diretor fosse demitido, um professor fosse impedido de ganhar uma promoção até que se aposentasse ou alguém de quem ele não gostasse fosse exilado numa ilha distante – que nem sequer aparecia nos mapas –, a fim de dar aulas para crianças primitivas e macacos de rabos curtos. A visão daqueles óculos fazia todos os professores de Belitung estremecerem. Ele era ninguém menos que o Sr. Samadikun, o superintendente escolar.

Havíamos conseguido escapar das mãos do Sr. Samadikun quando Harun nos salvara no primeiro dia, ao se tornar o décimo aluno. O Sr. Samadikun não ficou feliz com isso.

A verdade é que, já havia algum tempo, o Sr. Samadikun queria fechar a nossa escola, que representava um trabalho extra e complicado para os funcionários do Departamento de Educação e Cultura. Esses profissionais viviam insistindo em que nossa escola fosse varrida da face da Terra. O próprio Sr. Samadikun gabou-se certa vez com seu chefe:

– Pode deixar que vou cuidar do problema da escola Muhammadiyah. Com um peteleco ponho aquilo abaixo. Nem precisaria fazer isso, já que um vento forte daria cabo da escola. Logo, logo, ela estará no chão.

Na minha fantasia, depois dessas declarações arrogantes, o Sr. Samadikun e seus superiores faziam um brinde com seus copos cheios de licor de palma. Essa bebida costumava ser o suborno pago pelos professores que desejavam ser promovidos a diretor, transferidos de áreas isoladas ou que pretendiam que sua escola fosse considerada modelo.

Assim, o Sr. Samadikun inventara uma saída elegante e diplomática para fechar a nossa escola: a condição de haver no mínimo 10 alunos, dramaticamente satisfeita por Harun no último minuto. O Sr. Samadikun ficou extremamente irritado com a nossa escola e, especialmente, com Harun.

Seu aborrecimento não era apenas por causa da pressão de seus superiores. Ele era pessoalmente responsável por garantir que fizéssemos nossos exames em outra escola, pois a nossa não era considerada capaz de aplicá-los. Em outras palavras, representávamos trabalho extra para ele, que também se mostrava infeliz conosco porque não tínhamos prêmios. Naquele competitivo sistema educacional, escolas como a nossa podiam revelar a ineficiência de todo o sistema. Nesse caso, o Sr. Samadikun estava certo. Mas não é verdade que o futuro a Deus pertence?

Bu Mus ficou branca como um fantasma quando o Sr. Samadikun chegou para a inspeção-surpresa. Para piorar a situação, ela estava sozinha. Pak Harfan passara todo o mês ausente, pois estava doente. O curandeiro dissera que sua doença era consequência da inalação de poeira de giz de baixa qualidade ao longo de dezenas de anos.

O Sr. Samadikun deu uma olhada na sala de aula. Assim que notou a vitrine de vidro vazia, uma expressão de desprezo estampou-se em seu rosto, pois estava habituado a ver troféus nas vitrines das outras escolas.

Por estar tão nervosa, Bu Mus cometeu um erro fatal antes mesmo que qualquer outra coisa acontecesse.

– Por favor, entre, Pak* – convidou, educadamente.

O Sr. Samadikun encarou-a e repreendeu-a:

– Quero que me chame de senhor!

Todos sabiam que ele não gostava de ser chamado de Pak Samadikun. Talvez fosse influência de seus professores holandeses ou ele quisesse manter sua imagem de autoridade, mas uma coisa era clara: fazia questão de ser chamado de senhor e em inglês, não em indonésio.

O Sr. Samadikun pegou o formulário de inspeção das instalações. Sorriu com desdém e balançou a cabeça diversas vezes para demonstrar sua decepção. Na coluna destinada a quadro-negro e mobília, foi forçado a acrescentar uma nova opção: abaixo de *E) Ruim,* escreveu *F) Extremamente ruim.* Nas colunas destinadas aos símbolos nacionais – fotos do presidente e do vice-presidente e o símbolo nacional do Garuda Pancasila –, ao kit de primeiros socorros e aos recursos visuais, mais uma vez viu-se obrigado a adicionar uma nova opção. Dessa vez foi: *F) Inexistentes.* Na coluna que dizia respeito a banheiros e instalações elétricas, acrescentou: *F) Natural.*

Em seguida vinha a coluna que avaliava a situação dos alunos. O Sr. Samadikun respirou longa e profundamente e olhou para nós – a maioria não usava sapatos e vestia roupas encardidas, com botões faltando. A camisa de Mahar não tinha um botão sequer. O Sr. Samadikun ficou imóvel ao ver Lintang e eu com estilingues em volta do pescoço e estalou a língua, nervoso, ao perceber as manchas de goiaba que cobriam a camisa de Kucai. Por isso, nas colunas que tratavam das condições e da integridade dos alunos, a opção, *F) Extremamente ruim,* não foi suficiente para nos descrever e ele precisou acrescentar mais uma opção de próprio punho: *G) Patético.*

---

* Pak e Bapak são formas respeitosas de tratamento usadas na Indonésia para pai, professor, diretor e qualquer homem numa posição importante. (N. da E.)

– Quem tem calculadora, compasso e lápis de cor? – perguntou o Sr. Samadikun.

Ninguém respondeu. Mahar olhou para mim e ergueu as sobrancelhas. Já estávamos no quinto ano e nem sequer sabíamos o que eram essas coisas.

– Bu Mus! Nunca vi uma sala de aula tão lamentável – repreendeu o Sr. Samadikun. Você chama isto aqui de escola? Este lugar é uma pocilga!

Encurralada, Bu Mus ficou ainda mais pálida.

– Seus alunos parecem caçadores de trágulos, não estudantes!

Bu Mus acatou o insulto, mas estava claro que aquilo não diminuía nem um pouco o orgulho que sentia de nós.

– Não há alternativa. Esta escola precisa ser fechada!

Bu Mus entrou em choque. Podia ficar quieta e aceitar os insultos, mas de jeito algum deixaria que fechassem sua escola.

– Impossível, senhor. As crianças estudam aqui há cinco anos.

Bu Mus era mesmo corajosa. Nunca antes um professor tivera a audácia de desafiar o Sr. Samadikun.

– E o que será dessas crianças? – prosseguiu Bu Mus.

O Sr. Samadikun estava furioso e retrucou:

– Isso é problema seu, não meu! Transfira-as para outras escolas.

– Outras escolas? A escola pública mais próxima fica em Tanjung Pandan. É impossível separar essas crianças pequenas dos pais. Elas não têm meios de frequentar uma escola tão longe. A PN fica perto, mas não está disposta a aceitar crianças tão pobres.

De tão irritado, o Sr. Samadikun arfava e bufava. Parecia prestes a explodir diante das palavras ousadas de Bu Mus. Por outro lado, sua atitude provou que ela estava disposta a sacrificar qualquer coisa por seus alunos. Queríamos defendê-la, mas estávamos com medo. Não podíamos fazer nada além de observá-la com tristeza – menos Harun. Ele sorria o tempo todo. Não fazia ideia do que estava acontecendo.

– Satisfizemos a exigência dos 10 alunos. Se o problema for o kit de primeiros socorros, podemos...

– Não é só isso! – interrompeu-a o Sr. Samadikun. – O problema é também Harun!

Bu Mus ficou pasma, com o rosto vermelho. Ele havia tocado num ponto fraco. A questão de Harun sempre fora delicada para ela, que jamais hesitou em se arriscar por ele. Ao contrário de Bu Mus, Harun ficou muito satisfeito por seu nome ter sido mencionado.

– O que tem Harun? – indagou Bu Mus na defensiva.

– Ele não pode frequentar esta escola. Este não é o lugar apropriado para ele. Precisa estudar num colégio especial! Na ilha Bangka!

Bu Mus se esforçou muito para manter a calma. Sabíamos quanto ela amava Harun, mas também entendíamos que o Sr. Samadikun já havia tomado sua decisão e aquilo a selava. Ele era um homem muito poderoso e Bu Mus não passava de uma professorinha de aldeia. Nessa luta de poder, com tamanha diferença de status, sem dúvida sairíamos perdendo.

– Senhor – disse Bu Mus, com a voz fraca –, esta escola é o melhor lugar para Harun. Ele é muito esforçado nos trabalhos e está muito feliz de estudar com os amigos. Por favor, não o mande embora.

O Sr. Samadikun mostrou-se irredutível:

– Estudar? Você disse estudar? Ele não tem sequer um boletim de verdade, o que poderia estudar?

Harun de fato recebia tratamento especial. Quando passávamos de ano, ele ia junto, embora não possuísse um boletim oficial.

Bu Mus se calou, embora desejasse explicar ao Sr. Samadikun que Harun se desenvolvera tanto durante esse período na escola que descobrira a felicidade conosco. Sua boca, porém, se trancou. Ela não entendia de psicologia, mas acreditava que estar num ambiente normal era exatamente o que crianças especiais como Harun precisavam.

O Sr. Samadikun chamou Harun. O menino se levantou e se aproximou, entusiasmado. Tentou saudar o Sr. Samadikun de um jeito amistoso. Seu sorriso se espalhou pelo rosto cômico. Harun não conhecia o preconceito. Aquela criança muito simples não sabia que era o motivo de uma discussão acalorada e nem que o destino de nossa escola estava em suas mãos. Se partisse, teríamos menos de 10 alunos na classe. De acordo com o regulamento, ao menos uma das turmas precisava ter mais de 10 alunos. Todas as classes abaixo da nossa tinham menos de 10. Assim, se a nossa turma perdesse um aluno, chegaríamos ao fim da linha.

De repente, sem que ninguém pedisse (e enquanto tentava se encostar no ombro do Sr. Samadikun), Harun contou sua história atemporal sobre a gata de três listras que deu à luz três gatinhos no terceiro dia do mês, apesar das insistentes tentativas de Bu Mus para impedi-lo.

– Muito bem, vamos testar o que Harun aprendeu *no decorrer desses cinco anos.*

O Sr. Samadikun enfatizou *no decorrer desses cinco anos*, porque queria depreciar o trabalho de Bu Mus com Harun e atacar a professora, mostrando-lhe que a escola não servia para o garoto. No entanto, de longe, a pior de suas intenções era humilhar Harun. O menino, com seu coração puro, permaneceu alegre. Seu rosto reluzia de orgulho porque ia ser arguido – sentia-se importante.

– Quais são suas aspirações, Harun?

Ele olhou muito sério para o Sr. Samadikun. Não respondeu, mas sorriu reservadamente. Para ele, a pergunta era uma espécie de jogo divertido. O homem logo percebeu que Harun não entendera a palavra *aspirações*. Olhou com uma expressão vitoriosa para Bu Mus. Seus olhos diziam: *Seu amado aluno Harun nem ao menos sabe o significado de* aspirações*!*

Bu Mus interveio gentilmente:

– O que ele quer saber, Harun, é o que você quer ser mais tarde, quando crescer. Quer ser médico, engenheiro? Piloto, quem sabe?

– Ahhhh – disse Harun, parecendo alguém que recupera a consciência depois de uma semana em coma. – Obrigado, *Ibunda* Guru – disse ele enquanto erguia a cabeça para olhar para o Sr. Samadikun. Seus olhos brilhavam, mas então ele voltou a baixar a cabeça, como se, apesar de saber a resposta, tivesse vergonha de revelá-la.

– O que você quer ser, Harun? – perguntou novamente o Sr. Samadikun.

Harun apontou timidamente para Trapani. O Sr. Samadikun e Bu Mus olharam para Trapani, que parecia confuso.

– Não seja tímido – insistiu o Sr. Samadikun.

Harun apontou para Trapani de novo. Ninguém entendeu aquele comportamento estranho, mas entendi logo do que se tratava. Um dia, quando ainda estávamos no primeiro ano, Harun me convidou para subir ao topo do minarete mais alto da mesquita al-Hikmah. Queria um lugar sossegado, sem ninguém por perto, onde pudesse me contar o que queria ser quando crescesse. Somente a mim ele confiou essa informação. Para que eu não desse com a língua nos dentes, Harun me subornou com três raízes de caládio cozidas. Pus uma das mãos sobre as três raízes e ergui a outra para jurar que guardaria seu segredo.

Entendi que, por ter apontado para Trapani, ele próprio dera com a língua nos dentes, revelando sua aspiração secreta. Assim, me considerei livre do juramento que fizera. Quando o Sr. Samadikun continuou pressionando Harun para que respondesse, não pude me conter e falei:

– Ele quer ser Trapani quando crescer.

Todo mundo ficou surpreso. Harun abriu um sorriso largo, baixou a cabeça e seu corpo tremeu, tentando conter o riso.

Todos admirávamos Trapani, que era o aluno mais educado e mais bonito da turma. Era por isso que Harun aspirava em segredo ser Trapani quando crescesse. O problema, é claro, era que se tratava de uma aspiração muito difícil de alcançar, considerando-se o fato de que Harun era bem mais velho que Trapani.

O Sr. Samadikun lançou um olhar zombeteiro para Bu Mus. Cinco anos de instrução e Harun não havia progredido nada. O Sr. Samadikun ainda não estava satisfeito.

– Muito bem, Harun, última pergunta. Quanto é dois mais dois?

Dessa vez ele foi longe demais. Escolheu de propósito uma pergunta ridiculamente simples, que até crianças que ainda não frequentavam a escola poderiam responder, só para ofender Bu Mus.

Harun ficou surpreso e se virou depressa para encarar o Sr. Samadikun. Sua expressão parecia querer dizer: *Ah, essa pergunta é fácil! Dois mais dois? Por que eu não saberia a resposta? Claro que sei!*

Harun se aproximou do Sr. Samadikun com autoridade.

– Senhor – falou calmamente –, o senhor está brincando, não é?

– Não, Harun, é sério. Quero saber o que você aprendeu ao longo de todo esse tempo.

– Ora, o senhor só pode estar brincando comigo! Essa é uma pergunta simples sobre contas. Já estudei soma. Posso somar até centenas, sem problema!

– Que ótimo, Harun.

Harun ainda achava que o Sr. Samadikun estivesse brincando.

– Já estou no quinto ano, senhor. Será que não há uma pergunta mais difícil?

Ao ver a confiança de Harun, o rosto do Sr. Samadikun se fechou. Ele percebeu que cometera um erro fatal. A pergunta era fácil demais! Lamentou tê-la feito. Deveria ter perguntado quanto eram duas vezes dois.

Era uma situação tensa para o Sr. Samadikun. Se Harun respondesse, seu plano se voltaria contra ele mesmo. Significaria que Bu Mus obtivera sucesso ensinando a Harun. Se aquilo fosse um filme, a vitória anterior do Sr. Samadikun ao encurralar Bu Mus seria o clímax e a trama desceria ladeira abaixo a partir desse ponto. Ele não teria desculpa para expulsar Harun da escola. Continuaríamos com 10 alunos na turma e, enquanto houvesse 10 alunos, nem o ministro da Educação da República da Indonésia poderia fechar a escola.

Bu Mus abraçou o próprio corpo. Estava tensa, mas acreditava que Harun soubesse a resposta. Vinha trabalhando soma incansavelmente com ele. Rezamos a Alá todo-poderoso, implorando que Harun respondesse corretamente. Os olhos de Sahara e Mahar estavam vidrados. Todos éramos perdidamente apaixonados por nossa escola pobre e não queríamos perdê-la. O que seria de nós sem ela? Mas não havia o que temer. Depois de completar o quórum de 10 alunos, Harun nos salvaria de novo. Uma pergunta tão simples certamente não seria problema para ele. Pela segunda vez, Harun seria nosso herói.

– Ainda quer ouvir a resposta, senhor? – desafiou Harun, enquanto, pelo canto do olho, contemplava orgulhoso seu ídolo, Trapani.

O Sr. Samadikun não tinha alternativa. Não podia retirar sua pergunta tola – era orgulhoso demais para se corrigir e substituí-la por uma mais difícil.

– Sim, Harun, quanto são dois mais dois? Você sabe a resposta?

– Claro que sei – respondeu Harun, cruzando os braços sobre o peito. – Moleza.

– Quanto, Harun?

Harun ergueu a mão no ar enquanto gritava confiantemente:

– Três!

Lua cheia

– Você só tem mais uma chance. Se não houver nenhuma evolução, acabou! – ameaçou o Sr. Samadikun, olhando para Bu Mus.

A constrangedora inspeção-surpresa chegou ao fim e o Sr. Samadikun passou a se dedicar às tarefas necessárias para a conclusão do relatório. Chamou o fotógrafo para capturar imagens da nossa escola sob vários ângulos. Toda vez que uma foto era batida, Harun tentava aparecer nela. Quando o fotógrafo estava tirando uma dos fundos da escola, a cabeça de Harun repentinamente surgiu na janela, com um sorriso largo que exibia seus dentes grandes e amarelos. Ele nem desconfiava de que o objetivo daquelas fotos era tirá-lo da escola e fechá-la. Só se importava com suas poses.

Depois que as fotos foram reveladas e divulgadas pelo Sr. Samadikun, ficou claro que o grau de inclinação do prédio da escola havia atingido um ponto crítico. Era mais ou menos como a Torre de Pisa. Sabíamos que o Sr. Samadikun distribuiria o relatório e as fotos ao maior número de pessoas possível.

Bu Mus, porém, não hesitou. Ela nos inspirava, como sempre, citando um verso sagrado:

– Sejam pacientes. Depois das dificuldades, tempos mais fáceis decerto virão.

Toda vez que ela dizia isso, crescia a nossa convicção de que a luta por um objetivo nobre, embora às vezes fosse difícil no começo, sempre sairia vitoriosa no fim. Com aquelas poucas palavras poderosas, sem precisar de um discurso longo e rebuscado, Bu Mus despertava em nós a determinação de lutar pela nossa escola, contra qualquer coisa. Isso, meu amigo, é o que pessoas chamam de carisma.

Mesmo preocupada, Bu Mus não permitiu que a questão com o Sr. Samadikun a abatesse. Sua atenção havia sido roubada por Lintang.

Desde que o menino preenchera aquele formulário no primeiro ano, Bu Mus nutria uma crescente suspeita de que ele fosse superdotado. Mais tarde, como um ferreiro limando a lâmina de uma faca, a professora meticulosamente afiou a mente de Lintang. Aos poucos, nas mãos firmes de Bu Mus, a inteligência do menino litorâneo começou a brilhar.

Toda a turma estava encantada com Lintang. Por Alá! Como era esperto aquele pequeno catador de conchas! Seu dedo indicador vivia apontado para cima, sinal de que ele sabia a resposta para as perguntas que os professores faziam. Seus olhos cintilantes irradiavam inteligência e sua testa se acendia como uma lâmpada. A curiosidade tomava conta dele e o obrigava a fazer perguntas constantemente. Bu Mus e Pak Harfan não sabiam o que fazer com ele.

Lintang era o mais rápido na hora de dobrar papel em figuras geométricas, era o melhor em leitura. Seu talento mais óbvio, porém, era a matemática. Enquanto ainda gaguejávamos para somar números pares, ele já conseguia multiplicar números ímpares.

O restante de nós mal conseguia enunciar problemas matemáticos e ele já se mostrava apto a dividir decimais, calcular raízes e encontrar expoentes – conseguia até explicar claramente as relações operacionais em tabelas de logaritmos. Seu único ponto fraco, se é possível chamá-lo assim, era a caligrafia caótica. Talvez porque a capacidade motora de seus dedos não conseguisse acompanhar a rapidez de seu raciocínio, que corria tão depressa quanto um cervo.

– Atenção: 13 vezes 6, vezes 7, mais 83, menos 39! – desafiou Bu Mus na frente da sala.

Rapidamente retiramos o elástico que prendia nosso punhado de gravetos, tiramos 13 – seis vezes – e, com esforço, somamos cada conjunto. Este resultado foi repetido em mais seis pilhas de gravetos. As sete pilhas foram contadas, uma a uma, como resultado das duas fases da multiplicação. Então, 83 gravetos foram acrescentados e 39 subtraídos. Nossos cérebros estavam ocupados demais para perceber os sinais lógicos que nos teriam mandado tomar o caminho mais prático e primeiro subtrair 39 de 83. Qualquer desvio do raciocínio comum, por menor que fosse, arruinaria a álgebra. Levávamos, em média, sete minutos para resolver um problema. Era, sem dúvida, um método eficaz, mas não eficiente, um processo demorado e enfadonho.

Nesse meio-tempo, Lintang, que nem sequer tocara num graveto, não raciocinava como uma pessoa normal. Apenas fechou os olhos um instante e, não mais que cinco segundos depois, gritou:

– Quinhentos e noventa!

Não errou nem por um dígito, o que nos deixou desanimados, enquanto ainda arrumávamos nossos gravetos, na primeira fase da operação. Eu me irritei, mas fiquei impressionado. Isso aconteceu no primeiro dia do segundo ano.

– Ótimo, menino da costa, excelente! – elogiou Bu Mus. E, cedendo à tentação de testar a potência intelectual de Lintang, arriscou: – Agora, 18 vezes 14, vezes 23, vezes 16, vezes 7?

Pegamos nossos gravetos, desencorajados e confusos. Em menos de sete segundos, sem que tivesse anotado um dígito sequer, sem hesitação nem pressa, sem piscar, Lintang berrou:

– É 649.152!

– Lua cheia, Lintang! Sua resposta é bela como a lua cheia! Onde você esteve escondido esse tempo todo?

Bu Mus se esforçou ao máximo para conter o riso. Para ela, estava fora de questão gargalhar ostensivamente – sua religião não o permitia. Em vez disso, balançou a cabeça em aprovação e olhou para Lintang como se tivesse passado a vida toda em busca de um aluno como aquele.

Nós, por outro lado, nos perguntávamos como Lintang conseguia fazer tudo aquilo. Esta era a sua receita:

– Primeiro decorem a tabuada dos números ímpares. Isso é complicado. Nos problemas de multiplicação de dois dígitos, deixem o último de fora. É mais fácil multiplicar números que terminam em zero. Façam o resto depois. Ah, e não comam demais para não ficarem empanzinados, porque isso fecha os ouvidos e atrasa o cérebro.

Sua resposta era bastante ingênua, mas ao ouvi-la, era possível perceber que, ao desenvolver sua própria técnica de localizar, analisar e resolver as dificuldades, Lintang já mostrava indícios de *alta complexidade cognitiva*, mesmo que ainda fosse um novato no segundo ano. Era inegável: havia uma lógica incrível por trás de sua curiosa sugestão.

Com o tempo, Lintang logo descobriu que a principal característica do seu intelecto era a inteligência espacial – muito avançada em geometria multidimensional. Ele conseguia imaginar depressa as superfícies de um objeto a partir de ângulos diferentes. Podia resolver casos complicados de decomposição moderna e nos ensinou a técnica para calcular a área dos polígonos decompondo seus lados e fazendo uso do teorema euclidiano. Tenho que confessar que essas questões não são fáceis.

Lintang não era apenas brilhante, mas também intelectualmente criativo. Vinha tentando elaborar seu próprio método de associação simples para memorizar coisas. Fez o esboço, por exemplo, da configuração do corpo: sistema respiratório, sistema digestivo, movimentos e sentidos de humanos, vertebrados e invertebrados.

Dessa forma, se lhe perguntássemos como os vermes urinavam, podíamos esperar uma explicação precisa, cronológica, detalhada e muito inteligente sobre como funcionam as *microvilli*. Então, com a tranquilidade de um macaco catando piolho, ele prosseguia, comparando o sistema urinário dos vermes ao sistema excretor dos protozoários por meio da anatomia altamente complicada do vacúolo pulsátil. Se não fosse interrompido, ficaria contente em levar a explicação adiante, até as funções do córtex, da cápsula Bowman, da medula e do corpúsculo de Malpighi no sistema excretor humano. Graças ao seu brilhante método de associação, Lintang dominava todo o sistema excretor com a mesma facilidade com que matava um mosquito empanturrado.

Lintang ficava muito animado sempre que era a sua vez de varrer a sala de Pak Harfan. Quando estava lá, lia sobre geometria, biologia, geografia, cívica, história, álgebra e vários outros assuntos em livros da coleção de Pak Harfan. Para Lintang, o decrépito escritório de Pak Harfan era como um arsenal, cujas armas eram as informações que alimentavam sua insaciável fome de conhecimento. Alguns livros eram em holandês e em inglês. Pak Harfan orientava Lintang com paciência e muitas vezes lhe emprestava os livros.

Lintang vivia obcecado em aprender coisas novas. Cada informação era um fusível de conhecimento capaz de acendê-lo a qualquer momento.

No dia em que ele foi salvo por Bodenga, o xamã de crocodilos, Bu Mus disse:

– O Corão às vezes menciona nomes de lugares que devem ser cuidadosamente interpretados. – Era a aula de história islâmica, matéria obrigatória em todas as escolas muçulmanas da Indonésia. Nem sonhe em passar de ano se tirar nota baixa nessa disciplina. – Por exemplo, *a terra mais próxima* conquistada pelo exército persa em...

– Em 620 d.C.! A Pérsia conquistou o império de Heráclio, que também era ameaçado por rebeliões mesopotâmicas, sicilianas e palestinas. Também foi atacado por afares, eslavos e armênios – interrompeu, ansioso, Lintang.

Ficamos pasmos. Bu Mus sorriu. Deixou o ego de lado, sem se importar com a interrupção. Desde o início, ela criara intencionalmente esse tipo de ambiente na turma. Facilitar a capacidade de aprendizado dos alunos era o mais importante para ela. Mais tarde, descobrimos que nem todos os professores têm essa qualidade. Ela prosseguiu:

– Essa *terra mais próxima* é...

– Bizâncio! O antigo nome de Constantinopla, a cidade que era o orgulho do grande Constantino. Sete anos depois, Bizâncio recuperou sua independência, que havia sido escrita no livro sagrado, mas negada pelos árabes não muçulmanos. Por que é chamada de *a terra mais próxima, Ibunda* Guru? Por que o livro sagrado foi desacatado?

– Paciência, criança. A resposta à sua pergunta envolve interpretações do Ar-Ruum, que engloba no mínimo 1.400 anos de conhecimento. Vamos estudar interpretações nas séries mais avançadas.

– Nem pensar, *Ibunda* Guru. Hoje de manhã quase fui engolido por um crocodilo. Não tenho tempo para esperar. Explique tudo agora.

Aplaudimos e pela primeira vez entendemos o significado da *adnal ardli*, literalmente a terra mais próxima, e, de forma interpretativa, a terra mais inferior do mundo. Esse lugar era Bizâncio, na parte ocidental do Império Romano. Ficamos deslumbrados, não por causa da *adnal ardli* e menos ainda por causa de Bizâncio, mas com o impulso de Lintang de desafiar a si mesmo. Tínhamos sorte de testemunhar a evolução do pensamento daquela criança. E, como é de conhecimento geral, se o coração não sente inveja de alguém com conhecimento, pode ser iluminado pelos raios do esclarecimento. Como a burrice, a inteligência é contagiosa.

– Vamos lá, pessoal! Não deixem que esse menino da costa de cabelo cacheado seja o único a responder – insistia Bu Mus.

Isso foi na época em que me senti tentado a responder, embora estivesse hesitante, estranho e inseguro – o que, em geral, acabava me levando a errar. Lintang me corrigia amistosamente.

Eu estudava muito todas as noites, mas nunca cheguei nem perto de superar Lintang. Minhas notas ficavam um pouco acima da média da turma, mas muito abaixo das dele. Sempre fiquei à sombra de Lintang. Desde o primeiro bimestre do primeiro ano, sempre fiquei em segundo lugar – o que jamais mudaria, assim como a superfície da lua sempre me fará lembrar uma mãe com o filhinho no colo. Meu arquirrival, meu inimigo número um, era meu amigo e colega de carteira, a quem eu amava como a um irmão.

Deus abençoou Lintang não só com inteligência, mas também com uma bela personalidade. Quando tínhamos problemas com as matérias, ele nos ajudava pacientemente e sempre nos incentivava. Sua superioridade não ameaçava os que o cercavam, seu brilhantismo não despertava inveja e sua grandeza não lhe conferia o mínimo sinal de arrogância. Tínhamos orgulho de Lintang e nos apaixonamos por ele como amigo humilde e como aluno extraordinariamente inteligente. Ele era a pérola mais preciosa da nossa turma, um sopro de ar fresco para a nossa escola, que havia sido ignorada durante tanto tempo. Lintang e o magnetismo de sua mente aos poucos se tornaram a nossa nova força vital. Ele marchava ao ritmo do próprio tambor. Era o mantra em nossas rimas *gurindam* – aforismas de duas linhas.

Foi quando chegou a notícia que fez nossos corações baterem acelerados. Nossa escola fora convidada a participar de um Desafio Acadêmico na capital regional, Tanjung Pandan. O desafio acontecia anualmente e gozava de imenso prestígio.

Fazia muito tempo que a escola não participava do evento. A última experiência só fizera com que ela fosse ainda mais menosprezada. Sempre perdíamos feio. Assim, para evitar passar vergonha, simplesmente decidimos parar de competir.

Agora Lintang poderia reverter essa situação. Ainda que os concorrentes da PN e das escolas públicas fossem incrivelmente inteligentes e tivessem vencido em nível nacional, Lintang nos inspirava segurança. Será que conseguiria derrotá-los? Será que aquele corpinho franzino seria capaz de reerguer nossa escola em ruínas – a escola que provavelmente nem receberia alunos novos no ano seguinte?

Lintang não tinha escolha a não ser estudar com afinco. Em consequência, seu boletim do primeiro bimestre do quinto ano foi fantástico. O número nove enchia todos os quadradinhos, de estudos religiosos, Corão, Fiqh, história islâmica e geografia até inglês. Em matemática e outras matérias afins – como geometria e ciências naturais –, Bu Mus ousou lhe dar a nota máxima: 10.

A nota mais baixa no boletim de Lintang foi 6 – em artes. Embora se esforçasse muito e mobilizasse todo o seu potencial intelectual, ele não conseguia um 8 – nem mesmo um 7 –, porque não era páreo para o excêntrico jovem de corpo magro e rosto bonito que se sentava no canto da sala. Esse jovem encantador era colega de carteira de Trapani. Constantemente tirava 8 em artes. Sempre com um sorriso maroto, ele se chamava Mahar.

Ele traiu a harmonia

As *Papilio blumei*, as cativantes borboletas tropicais negras com listras azul-esverdeadas, voejavam entre as pontas das folhas do *filicium*. Momentos depois, foram seguidas por outras espécies: a borboleta amarela Maravilha e a borboleta amarela Danúbio.

Só os especialistas são capazes de diferenciar essas duas espécies. Seus nomes científicos são *Colias croceus* e *Colias myrmidone*, respectivamente. Para o olho não treinado, ambas são igualmente perfeitas em sua beleza, o que se deduz de seus nomes elegantes.

Ao contrário dos passarinhos de disposição agressiva e exibicionista, essas criaturas mudas têm vida curta e nenhuma consciência de sua beleza. E, ainda que haja centenas delas, o bater de suas asas e suas boquinhas doces permanecem em silêncio durante esses passeios, criando uma visão ainda mais deslumbrante do que a do Jardim do Éden. Vê-las me dava vontade de escrever poemas.

Essas borboletas interagiam harmoniosamente, como uma grande reunião de anjos descidos dos céus de todas as religiões. Se cuidadosamente observadas, cada movimento, por mais sutil que fosse, era impelido pela batida do coração da harmonia. Constituíam uma orquestra colorida, cujo maestro era o instinto.

Naquela tarde, porém, as borboletas não eram as únicas a esbanjar harmonia. Ouça:

"...que minha bandeila tlemule..."

"...o símbolo glande, admilável..."

"...acenando! Em flente! Em flente!"

A Kiong "cantava" a música de Ibu Sud "Berkibarlah Benderaku" que tremule a minha bandeira – como se fosse um sargento. Doía no ouvido.

Enquanto cantava, olhava pela janela, concentrado nos frutinhos que brotavam nos ramos mais baixos do *filicium*. Não desviou os olhos para nós uma vez sequer. Traía a plateia.

Seus ouvidos pareciam desconectados da voz, a atenção roubada pela algazarra das prínias de asas listradas que gritavam acima das fêmeas de besouros. A Kiong não se importava com o alcance de sua voz e não se preocupava em cantar com afinação. Também traía a premissa das notas musicais.

Para ser justo, porém, devo dizer que também não prestávamos atenção nele. Lintang estava mergulhado no teorema de Pitágoras. Harun adormecera e roncava. Sansão desenhava um homem levantando uma casa. Sahara estava entretida bordando em ponto de cruz símbolos de caligrafia arábica que diziam: *Kulil Haqqu Walau Kana Murron*, ou seja, "Diga a verdade, mesmo que ela seja amarga". Trapani dobrava, desdobrava e voltava a dobrar o lenço da mãe. Syahdan, Kucai e eu estávamos ocupados falando dos uniformes dos alunos da PN e do nosso plano de pendurar a bicicleta do professor de Corão nos galhos da árvore *bantan*. Somente Mahar prestava atenção em A Kiong cantando.

Bu Mus cobriu o rosto com as mãos. Esforçava-se para conter o riso enquanto ouvia os uivos do aluno.

A Kiong terminou. Bu Mus olhou para mim: era a minha vez.

Depois de ser repreendido por Bu Mus por cantar sempre "Potont Bebek Angsa" (Corte o pescoço do ganso), dessa vez eu decidira avançar um pouco com uma nova canção: "Indonésia Telap Merdeka", ou Indonésia livre para sempre, de C. Simanjuntak. Quando comecei a cantar, Sahara levantou os olhos do bordado e me lançou um olhar de evidente repulsa. Ignorei seu insulto e prossegui, animado:

"...Ânimo alegre... alegria para todos..."

"...nosso país foi libertado... A Indonésia está livre..."

Enquanto cantava, eu subia de oitava em oitava. Não tinha controle e a harmonia era absolutamente inexistente. Traí a harmonia.

Bu Mus mal continha a vontade de rir. Lágrimas escorriam por seu rosto enquanto ela se sacudia numa risada muda. Tentei melhorar meu desempenho, mas quanto mais me esforçava, mais estranho o canto ficava. Isso é que é falta de talento.

Lutei para terminar a canção. Meus colegas não foram solidários com meu sofrimento – também sofriam de sono, fome e sede no calor do meio do dia. E seus tormentos eram agravados pela minha voz.

Bu Mus me salvou pedindo que eu parasse antes que a bela canção chegasse ao fim. Em seguida, olhou para Sansão.

Ele escolheu "Teguh Kukuh Berlapis Baja" – Forte, firme e coberto de aço –, também de C. Simanjuntak. A canção tinha tudo a ver com a autoimagem viril de Sansão. Ele a cantou com uma voz capaz de perfurar o tímpano enquanto se curvava acentuadamente e batia com os pés no chão.

"...Forte, firme e coberto de aço!"

"...cadeia espiritual de nós apertados!"

"...fortaleza impávida da Indonésia!"

Mas também não sabia nada sobre o conceito de harmonia, transformando a apreciada canção em algo irreconhecível. Ele traiu C. Simanjuntak.

Antes que chegasse ao fim da primeira estrofe, Bu Mus lhe pediu que voltasse para seu lugar. Sansão congelou. Não podia acreditar no que ouvira.

– Por que me mandou parar, *Ibunda* Guru?

Isso é que é falta de talento e de desconfiômetro.

Para resumir, canto era a disciplina menos promissora para a nossa turma. Nenhum de nós sabia cantar, e por isso mesmo Bu Mus deixava essa aula para o final do dia. O objetivo era passar o tempo enquanto esperávamos a *zuhur* – a prece da tarde, que marcava o fim do horário escolar.

– Ainda temos alguns minutos até a chamada para a prece. Hummm... Temos tempo para ouvir mais um – disse Bu Mus.

Ficamos indiferentes a tal notícia. Era uma tarde lânguida. De vez em quando as prínias de asas listradas pousavam no peitoril da sala, gritando o mais alto que podiam e produzindo sons que deixavam tontos os que tinham o estômago roncando.

– Vamos ver... Quem é o próximo? – ponderou Bu Mus. Então escolheu Mahar.

– Por favor, criança, venha aqui na frente. Cante alguma coisa enquanto esperamos pela chamada para a *zuhur*.

Bu Mus voltou a sorrir, antecipando outro desempenho sofrível de mais um de seus alunos.

Até então nunca tínhamos ouvido Mahar cantar. Sempre que chegava a vez dele, a chamada para a prece soava e ele nunca conseguia cantar.

Não prestamos atenção quando Mahar se levantou e pendurou no ombro a bolsa de ratan, já preparado para ir embora.

Quando chegou à frente da sala, não começou a cantar de imediato. Olhou-nos um por um. Ficamos perplexos com esse comportamento estranho. Seu olhar foi demorado e cheio de significado. Então Mahar se virou para encarar Bu Mus e assentiu com um pequeno sorriso. Passado um tempo, cruzou os braços sobre o peito, como se orasse. Ficamos tristes ao notar que as costas das mãos de Mahar tinham aparência oleosa como cera. Havia inúmeras cicatrizes e todas as unhas eram mutiladas. Desde o segundo ano, Mahar trabalhava depois das aulas ralando coco em um quiosque chinês. Hora após hora, até a noite, amassava restos de coco, o que conferira às suas mãos o aspecto oleoso que nunca mais perderia. A lâmina afiada do ralador girava depressa e cortava as pontas dos seus dedos, deformando as unhas. O ralador emitia uma fumaça negra e precisava ser ligado por um adulto com repetidos puxões no cabo. O ruído era aflitivo, o som da privação, do trabalho duro e de uma vida pobre, sem alternativa. Mahar tinha que trabalhar para ajudar a família a sobreviver. Seu pai já havia morrido e a mãe estava muito doente.

– Vou cantar uma canção de amor, *Ibunda* Guru, um amor perdido para ser exato...

Por Alá! Nunca fazíamos prólogos como esse e nunca cantávamos canções de amor. Em geral, optávamos por três tipos de música: nacionalistas, religiosas em árabe e infantis.

Que tipo de música esse menino de rosto doce ia cantar? Todos o observávamos. Sahara largou o bordado. Harun despertou.

– A canção conta a história de alguém com o coração partido, porque sua amada foi roubada por um grande amigo...

Mahar se calou e olhou pela janela, para as nuvens carregadas pelo vento. O amor é mesmo cruel.

Bu Mus lançou um olhar desconfiado para Mahar. Ficamos curiosos. A professora, com algumas palavras poéticas, deixou que ele seguisse em frente com sua escolha peculiar:

– O caminho para o campo é tortuoso / Não atravesse a floresta de pinheiros / Cante sua canção / Deixe-me conhecer sua tristeza.

Mahar mordeu o lábio e sorriu de um jeito afetado.

– Obrigado, *Ibunda* Guru.

Ele se preparou. Esperamos ansiosos e fomos surpreendidos quando ele abriu a bolsa de ratan e tirou dela um instrumento: um *ukulele*!

Fez-se um silêncio absoluto. Lentamente Mahar começou a dedilhar o *ukulele*, numa introdução que quebrou o silêncio como o estrondo de um trovão distante. Mahar abraçava o instrumento com melancolia. Fechara os olhos e seu rosto tinha uma expressão emocionada, pálido de tanto represar os sentimentos. Então, após um prelúdio suave, passou para os versos da balada, tingido de angústia, mas com a delicadeza de um *andante maestoso*. Não há palavras para descrever tanta beleza.

"*I was dancing with my darling to the Tennessee Waltz*
When an old friend I happened to see...
Introduced her to my loved one, and while they were dancing...
My friend stole my sweetheart from me"

Ficamos impressionados. A canção era nada mais nada menos que a famosa *Tennessee Waltz*, de Anne Murray.

A voz de Mahar vibrava de maneira perfeita e sua compreensão da letra era incrível. Dava a impressão de estar, de fato, sofrendo muito a perda da amada. O *ukulele* tornava o clima ainda mais romântico.

Verso após verso, a canção atravessou as velhas paredes de madeira da escola, pousou nas minúsculas folhas de *linaria*, como se fosse uma borboleta, e então se perdeu sob as nuvens finas no céu. O tom sofrido de Mahar tocou fundo nossos corações. Qualquer coisa que estivéssemos fazendo antes – ou não fazendo – foi deixada de lado. Ficamos hipnotizados, enfeitiçados pela aura que emanava do jovem e belo personagem que cantava não só com a boca, mas com a alma, transformando a canção em uma grande sinfonia. Sono, fome e sede sumiram. Até os besouros e suas amigas, as prínias de asas listradas, se calaram para ouvir Mahar cantar.

Ele terminou a canção reduzindo o volume da voz e deixando escapar uma lágrima.

"*I lost my little darling*
The night they were playing
The beautiful Tennessee Waltz"

Ficamos de pé e ovacionamos Mahar durante cinco minutos. Bu Mus se esforçava para conter as lágrimas que enchiam seus olhos. Naquela tarde do mês de julho, no auge da estação da seca, enquanto a turma aguardava a chamada para a prece antes de voltar para casa, um grande artista nasceu na pobre Escola Muhammadiyah.

O que sonha acordado

Só depois de ouvi-lo interpretar a canção de Anne Murray soubemos quem Mahar realmente era. Durante todo esse tempo, ele agira de forma estranha, vestindo-se de um jeito excêntrico, falando bobagens e pensando coisas esquisitas. Nós – sem saber que todas aquelas peculiaridades eram reflexo de seu talento artístico – o considerávamos um garoto boêmio, misterioso. Nossa experiência com Mahar comprova a tendência humana de se concentrar nos defeitos e não nas virtudes dos outros.

Então descobrimos que Mahar equilibrava a nau da nossa escola, que pendia para a esquerda por causa do peso desse lado do cérebro de Lintang. Combinados, o lado esquerdo do cérebro de Lintang e o direito do cérebro de Mahar formavam um par artístico e intelectual na nossa classe e a existência deles impedia que nos entediássemos.

Lintang era muito racional. Mahar sonhava acordado. E, assim como Lintang, se deixava inspirar por qualquer coisa. Também era um verdadeiro gênio – só que de um tipo diferente. Esse tipo de genialidade não é facilmente compreendido pela maioria das pessoas e raramente é considerado "inteligente" pelos padrões comuns.

Lintang e Mahar eram como versões jovens de Isaac Newton e Salvador Dalí: irreverentes, demonstrando potência cerebral e excentricidade sedutoras. Ambos esbanjavam inovações e surpresas criativas. Cada um deles se sentava de um lado da sala, por isso o restante de nós ficava olhando da esquerda para direita e vice-versa, como se assistíssemos a uma partida de pingue-pongue. No meio dos dois, éramos como idiotas desafiados por Colombo a pôr um ovo em pé. Sem eles, nossa turma não passaria de um bando de filhos de mineiros miseráveis tentando aprender a escrever em letra cursiva em folhas pautadas com três linhas.

Certa vez, durante o tempo livre entre as aulas, Lintang foi até a frente da sala e desenhou um esboço de como fazer um barco com uma folha de sagueiro. O barco era movido por uma hélice conectada a um motor retirado de um gravador e alimentado por duas pilhas. Lintang fez todos os cálculos matemáticos para que o motor do gravador conseguisse empurrar o barco e nos explicou as leis fundamentais da hidráulica. Seu cálculo era capaz de estimar a velocidade do barco com base em sua massa. Fiquei boquiaberto com o barquinho de folha de sagueiro rodopiando no balde.

Em outra ocasião ele nos mostrou um projeto de pipa e uma linha com cerol que nos tornaria imbatíveis nas competições. O mais incrível é que ele tinha vários esboços e projetos técnicos que não deslanchavam. Entre eles estava sua ideia para erguer objetos pesados e tirá-los do fundo do rio, o projeto de um prédio estranho que desafiava as leis da arquitetura e da engenharia civil e, por último, mas não menos importante, um projeto que permitia que os homens voassem. O próprio Lintang ainda não tinha conhecimento suficiente para criar os teoremas matemáticos e as fórmulas acadêmicas para embasar e desenvolver essas ideias malucas.

Depois da apresentação de Lintang, Mahar roubou a cena.

Inclinou respeitosamente a cabeça, como se fosse um bufão da corte querendo cantar, caso o rei estivesse de acordo. Então, com doçura, leu alguns versos de poemas que falavam de pássaros brancos na praia de Tanjung Kelayang, bem como paródias sobre malaios que de repente ficaram ricos. Também tocou aquele notável *ukulele* capaz de nos embalar.

Esses dois meninos eram incrivelmente *ricos.* Recorríamos a eles com inúmeras perguntas. Lintang adquiriu conhecimento na coleção de livros de Pak Harfan, e Mahar tinha discernimento artístico – além de conhecer música por andar com os programadores da rádio local, *Suara Pengejawantahan* (A voz do protesto) AM.

Por ser tão imaginativo, Mahar se tornava, a cada dia, mais fã de lendas sem sentido e de tudo que tivesse a ver com paranormalidade. Podia-se perguntar a ele sobre as histórias antigas e a mitologia de Belitung, pois sabia tudo, do conto de fadas do Dragão Marinho da China à história do rei com rabo de macaco que, segundo diziam, havia governado nossa ilha.

Mahar também era louco por Bruce Lee. As paredes de sua casa eram cobertas com pôsteres do mestre de kung fu em várias poses. Ele não cansava de implorar a Bu Mus que lhe permitisse pendurar na sala a foto mais famosa, aquela em que Bruce Lee aparece num movimento de dragão enfurecido, os olhos brilhando, tendo como arma um *nunchaku*, um bastão feito por dois pedaços de madeira unidos por uma corrente, e com três listras no rosto, arranhado pelo inimigo num movimento do estilo tigre. Bu Mus sempre negava o pedido absurdo.

Mahar acreditava piamente não só na existência de alienígenas, como também que um dia eles pousariam na ilha Belitung disfarçados de enfermeiros encarregados de aplicar vacinas na clínica PN, inspetores escolares, muezins da mesquita al-Hikmah ou juízes de futebol. Às vezes, Mahar era mesmo ridículo. Acreditava, por exemplo, que era o presidente da associação internacional paranormal que conduziria a luta dos seres humanos contra os alienígenas usando folhas de juta como armas.

Uma noite, após um dia inteiro de chuva forte, um arco-íris perfeito cruzou o céu, um semicírculo brilhando profusamente com sete fileiras de cores.

A extremidade direita partia do delta Genting, como um tapete cintilante. A esquerda estava plantada na densa floresta de pinheiros na encosta da montanha Selumar. O arco-íris se curvava, parecendo milhões de donzelas usando *kebayas* coloridos mergulhando num lago remoto, escondendo-se, recatadamente, por causa de sua beleza.

Logo ocupamos o *filicium*, escalando-o e reclamando um galho cada um. Depois das chuvas, sempre subíamos na árvore para apreciar os arco-íris. Esse hábito fez com que Bu Mus nos desse o apelido de *Laskar Pelangi*. *Laskar* significa guerreiros e *pelangi* quer dizer arco-íris. Literalmente, Guerreiros do Arco-Íris.

A velha árvore foi tomada por uma comoção estridente enquanto discutíamos nossas suposições a respeito da paisagem mágica que se estendia sobre o oeste de Belitung. Variadas versões de histórias se tornaram temas de debates. A mais interessante, é claro, foi a de Mahar. Nós o pressionamos para que a contasse. Ele se mostrou tímido e hesitante a princípio. A expressão em seu olhar sugeria que *é uma história perigosa! Vocês não serão capazes de guardar essa informação altamente confidencial!*

No início, Mahar se manteve calado, mas, depois de muita reflexão, cedeu – não por causa de nossa insistência, mas porque tinha um irrefreável desejo de se exibir.

– Querem saber? – perguntou, o olhar perdido no horizonte. – Na verdade, os arco-íris são túneis do tempo.

Todos ficamos em silêncio. A atmosfera se tornou densa, dominada pela imaginação de Mahar.

– Se conseguíssemos cruzar o arco-íris, conheceríamos os velhos ancestrais de Belitung e os predecessores da tribo sawang.

Mahar pareceu se arrepender imediatamente, como se houvesse revelado um segredo de família, pesado e profundo, guardado durante sete gerações. Quando prosseguiu, foi num tom tenso.

– Mas vocês não vão querer conhecer o povo primitivo de Belitung nem os antepassados dos sawang – avisou, solene.

– Por que não, Mahar? – indagou A Kiong, assustado.

– Porque eles eram canibais!

A Kiong tapou a boca com as mãos e, tendo se soltado, quase caiu do galho. Desde o primeiro ano, era um fiel seguidor de Mahar. Acreditava, de todo o coração, em qualquer coisa que Mahar dissesse. Considerava-o seu mestre e conselheiro espiritual. Os dois haviam se alistado na seita da tolice coletiva.

Lintang deu um tapinha nas costas de Mahar, aprovando sua história incrível, mas com um risinho, prontamente disfarçado por uma tosse fingida. Continuamos admirando a magnificência do arco-íris, dessa vez sem discutir. Fizemos isso em silêncio até o pôr do sol.

O sinal para a prece *magrib* ecoou por entre as altas estacas das palafitas malaias, soando de mesquita em mesquita. O túnel do tempo foi engolido pela noite. Havíamos aprendido a ficar em silêncio enquanto o sinal para a prece era tocado.

– Fiquem calados e ouçam atentamente ao chamado para a glória – instruíam nossos pais.

Nós, malaios, geralmente somos indivíduos simples que adquirem a sabedoria da vida com os mestres corânicos e com os mais velhos, na mesquita, após a prece *magrib*. Essa sabedoria é retirada dos relatos dos profetas, da história de Hang Tuah e das rimas *gurindam*. Nossa raça é antiga. Ouvimos várias definições dela e alguns especialistas afirmam que os malaios de Belitung não são de fato malaios.

Não botamos muita fé nisso por dois motivos: o primeiro é que o povo de Belitung não entende desses assuntos e o segundo é porque não almejamos ser primordiais. Para nós, todos ao longo do litoral – de Belitung até a Malásia – são malaios, com base numa obsessão comum por pandeiros e rimas. Nossa identidade não se baseia na língua, na cor da pele, em sistemas de crença ou estrutura óssea. Somos uma raça igualitária.

Refleti sobre a história de Mahar. Mais do que atraído pelo túnel do tempo, fui cativado pela parte sobre o povo antigo de Belitung.

Na semana anterior, quando o sistema de som estava sendo consertado, fomos até a mesquita para ver a confusão de cabos, que haviam sido chamados de "objetos mágicos da nova era". Enquanto estávamos lá, nosso velho muezim, que tinha 70 anos, contou uma história que me causou espanto.

Era sobre seu bisavô, que viveu num grupo nômade, vagando pelo litoral de Belitung. Eles usavam roupas feitas de casca de árvore e comiam animais que caçavam à lança ou encurralavam em raízes de árvores. Dormiam nos galhos das árvores *santigi* para evitar o ataque dos predadores. Durante a lua cheia, acendiam fogueiras e adoravam a lua e as estrelas no firmamento. Fiquei arrepiado de pensar quão próxima da cultura primitiva estava a nossa comunidade.

– Fomos aliados dos sawangs durante um bom tempo. Eles eram marinheiros habilidosos que moravam em barcos, navegando de ilha em ilha. Na baía Balok, nossos ancestrais trocavam trágulos, frutas, frutos de areca e resina por sal feito pelas mulheres sawang – informou-nos o muezim.

Como peixes de aquário, nos esquecemos da água. Depois de todos esses anos vivendo lado a lado com os sawangs, não fazíamos ideia de que eles fossem um fenômeno antropológico. Como os chineses, os sawangs constituíam um elemento importante do nosso legado.

Próximos dos malaios – e ainda mais próximos dos chineses –, os sawangs têm uma aparência bem diferente. São como os aborígenes nativos da Austrália: têm pele escura, mandíbulas fortes, olhos profundos, testas curtas, estrutura craniana semelhante à teutônica e cabelo de piaçava.

A PN empregava os homens da tribo para arrastar sacos de estanho das estações de lavagem até os portos, para as embarcações que levavam o metal para as fundições na ilha Bangka. As mulheres trabalhavam como tecelãs de sacos. Eles pertenciam à camada mais baixa de operários em Belitung, mas ficavam felizes porque eram pagos todas as segundas-feiras. Não se podia garantir que o dinheiro duraria até a quarta, pois não havia uma gota de avareza no sangue dos sawangs. Os membros da tribo gastavam como se não houvesse amanhã e pediam empréstimos como se fossem viver para sempre.

Por causa de seus problemas financeiros, os sawangs frequemente acabavam encarnando estereótipos negativos nos círculos de maioria malaia e entre os chineses. Tudo de negativo era associado a eles. Essas tentativas de denegri-los refletiam a natureza de uma minoria de malaios e chineses que temiam perder seus empregos por causa de sua relutância em trabalhar duro. A história mostrou que os sawangs são um povo íntegro, que vive exclusivamente dentro de sua comunidade, não se mete no que não lhe diz respeito e tem uma excelente ética profissional. Jamais descumpre as leis. Mais que isso, os sawangs não fogem de suas dívidas.

Os sawangs viviam felizes demais para se sentirem marginalizados. Para eles, a vida se resumia a um capataz disposto a lhes pagar uma vez por semana e a trabalho duro, que nenhuma outra raça estava disposta a fazer. Não conheciam o conceito de *distância do poder* porque não havia hierarquia em sua cultura. Os indivíduos que não a entendem consideram os sawangs mal-educados. Entre eles, o único que merece destaque é o chefe da tribo, em geral um xamã, e essa posição não é hereditária.

A PN os acomodava num prédio comprido com divisórias. Trinta famílias moravam ali. Não há registro preciso de suas origens. É bastante possível que não estejam mapeados pelos antropólogos. Será que as autoridades estão cientes de que a taxa de natalidade entre eles é tão baixa e o índice de mortalidade tão alto que restam apenas poucas famílias sawangs legítimas? Será que sua bela língua será varrida pelas ondas do tempo?

Um boletim para presentear a mãe

Uma corda preta, grossa, estava esticada sobre as águas revoltas e escuras, correndo paralela à superfície do rio. Uma extremidade estava presa a um galho de uma velha e frágil seringueira que se erguia como um braço no meio do rio. Fora Sansão quem a atirara ali.

Dezessete metros separavam a seringueira da margem do rio. Isso significava que o rio tinha mais de 30 metros de largura e só Deus sabe quanto de profundidade. A correnteza era rápida e forte, típica dos rios de Belitung que nascem e deságuam no mar. A superfície da água cintilava ao sol.

Um pálido A Kiong, postado na margem do rio, segurava a outra extremidade da corda. Ele subiu numa árvore *kepang* alinhada com a seringueira e amarrou a ponta da corda num dos galhos.

Meu corpo tremia enquanto eu avançava pela corda em direção à seringueira. A corda ia passando, centímetro a centímetro, por dentro de minhas mãos fechadas em punho. Eu parecia um soldado em treinamento. Às vezes minhas pernas despencavam da corda e tocavam a superfície do rio, fazendo meu sangue congelar. Mal dava para ver minha sombra na água escura. Se eu caísse, seria encontrado entre as raízes do mangue próximo à ponte Linggang, a uns 50 quilômetros de distância.

Todo esse esforço – que, a propósito, contrariava nossos pais – era para conseguir o fruto da seringueira e aumentar o valor das nossas apostas na arena de *tarak*. Ou talvez essa estupidez fosse motivada por nossa incontrolável curiosidade acerca dos segredos do fruto.

Seu formato e sua cor não entregam a dureza da casca, o que era um tanto misterioso. É nisso que reside o charme do antigo e lendário jogo de *tarak*. Havia um segredo fundamental, que era o fato de as seringueiras com os frutos mais duros sempre estarem localizadas bem no interior da floresta, o que demandava um enorme esforço ou uma determinação intrépida, embora tola, para consegui-los.

No jogo de *tarak*, dois desses frutos eram empilhados e depois golpeados com a palma da mão. Aquele que não se quebrasse saía vitorioso. O *tarak* abria a estação chuvosa em nossa aldeia e representava um aquecimento para jogos mais excitantes que viriam quando começasse a chover forte.

Conforme a chuva assolava mais violentamente a nossa aldeia, a aura do *tarak* ia se apagando. Quando o jogo era deixado de lado, setembro já chegara ao fim – um jeito primitivo de ler os sinais da natureza. O mundo todo entra em depressão durante os meses que terminam em *bro* – menos nós.

A tristeza dos últimos meses do ano é um problema para os adultos. Para nós, o final do ano trazia muita diversão e cada um tinha sua própria história. Vou partilhá-las com você, uma a uma.

Primeiro, Lintang. Ele nos contou que acabara de comprar um pneu novo e mais forte para sua bicicleta. Substituiria o velho, cheio de furos. Também consertara a corrente. Seu objetivo era poder levar a mãe na garupa. E, pela primeira vez, ela poderia ir à escola receber o boletim do filho. Os olhos de Lintang brilhavam quando ele falava da mãe. Em geral, quem recebia o boletim era o pai. Estava bastante claro que Lintang se sentia profundamente orgulhoso de presentear a mãe com seu boletim de primeiro aluno da turma.

Lintang e os pais foram os primeiros a chegar e ocupar seus lugares no banco comprido. Como só tinham uma bicicleta, o pai saíra de casa no meio da noite para fazer o percurso a pé. Quando amanheceu, Lintang partiu de bicicleta com a mãe.

Quando todos os pais e alunos já estavam reunidos, Pak Harfan fez um pequeno discurso. Disse a todos os presentes que Lintang era o orgulho da Escola Muhammadiyah. Para cumprimentar sua mãe por ter feito a longa viagem até a escola, Pak Harfan convidou-a a dizer algumas palavras.

No início ela se mostrou tímida e hesitante, mas depois ficou de pé. Tivera má sorte na vida e contraíra pólio na infância. Agora caminhava com uma bengala. Lintang se levantou para segurar o braço da mãe.

Ela recebeu o boletim do filho das mãos de Pak Harfan. Tremia ao segurá-lo. Abriu na primeira página, sem perceber que estava de cabeça para baixo. Como o pai de Lintang, o meu e a maioria de nossos responsáveis, a mãe de Lintang não sabia ler nem escrever.

Ela agradeceu a Bu Mus e a Pak Harfan. Era difícil acompanhar seu dialeto – muito interiorano. Contou que aquela era a primeira vez que saía de sua aldeia e todos sorriram com amargura quando ela afirmou que era difícil acreditar que o fato de saber ler e escrever podia mudar o futuro de alguém.

Ela sabia que nossa escola havia sofrido a ameaça de ser fechada. Disse que, em suas orações noturnas, sempre rezava para que Lintang vencesse o Desafio Acadêmico para que a nossa escola continuasse funcionando – uma esperança sincera.

Aparentemente, a família do litoral nutria grandes esperanças quanto à educação do filho, acreditando que o futuro de todos seria melhor se Lintang se formasse. A mãe terminou dizendo quanto orgulho sentia de seu primogênito. Olhei para Lintang. Seus olhos estavam marejados e ele baixou a cabeça, fazendo as lágrimas caírem no chão.

Depois que a mãe de Lintang falou, Pak Harfan convidou o menino a se aproximar. Com os olhos úmidos, ele dedicou todas as notas em seu boletim à mãe.

Em geral, depois do boletim de Lintang vinha o meu. Eu sempre ficava em segundo lugar. Do mesmo modo como a superfície da lua sempre me fará lembrar de uma mãe segurando seu bebê. Dessa vez, porém, foi diferente. Harun roubou minha colocação.

Como parte de nossa luta para salvar a escola da tentativa do Sr. Samadikun de fechá-la, bem como para agradar Harun e deixá-lo feliz, Bu Mus lhe deu um boletim especial. Até os números escritos nele eram especiais. A professora falou com ele de um jeito bastante democrático. Primeiro, Harun perguntou:

– *Ibunda* Guru, de todas as matérias desse boletim, qual é a matéria mais importante?

– Ética islâmica – respondeu Bu Mus, de maneira convincente, apontando para a última linha do boletim.

Harun assentiu e, mais convincentemente ainda, pediu que ela lhe desse as mesmas notas de Lintang e Trapani. Isso, com certeza, fez com que ele passasse a minha frente.

Houve uma certa discussão com Bu Mus sobre a nota. Harun queria que fosse 3.

– Essa é uma nota muito baixa, criança. Você é muito educado. Ouso dizer que merece um 8.

Harun congelou. Bu Mus dissera que seria lamentável ter um 3 no boletim.

– A nota 8 é sua por direito. É a mais alta que já dei a um aluno nessa matéria. Não é ótimo? Você conseguiu a nota mais alta na matéria que mais vale a pena estudar no mundo.

Bu Mus estava certa e todos concordamos. O comportamento exemplar de Harun merecia ser recompensado com um 8. A ironia é que nós, que tínhamos uma maneira *mais normal* de pensar, nunca recebemos 8 em ética islâmica.

Apesar de várias tentativas para convencê-lo, Harun permaneceu firme. Bu Mus desistiu depois que ele disse tranquilamente:

– Deus gosta de números ímpares, *Ibunda* Guru.

Então, a nota baixa foi registrada no boletim de Harun. Sua média sem dúvida cairia. No entanto, como recebera todos os 10 do boletim de Lintang e outras notas altas do boletim do seu ídolo, Trapani, Harun continuou à minha frente.

Bu Mus tomou uma sábia decisão quanto ao boletim de Harun. A mãe dele ficou tão feliz quanto os pais na formatura de um filho. Harun sorriu e agitou seu boletim no ar.

À medida que entardecia, as alegres festividades da entrega dos boletins terminaram. Fui para casa na garupa da bicicleta do meu pai, mas não consegui tirar os olhos de Lintang e seus pais enquanto eles deixavam a escola.

Lintang pedalava e segurava firme o guidão com a bengala da mãe pendurada no ombro esquerdo. Ela ia sentada na garupa e o pai caminhava ao lado, empurrando a bicicleta.

A mãe não parava de falar, olhando o boletim. Parecia que aquele papel e a educação de Lintang ao menos os distraíam da luta diária pela sobrevivência.

A família de Lintang era a síntese da pobreza dos tradicionais pescadores malaios e indonésios. Carregavam essa miséria no coração, de geração em geração. Engoliam a amargura da falta de expectativas para o futuro e suas dúvidas sobre a educação dos filhos. Essa miséria dos *despossuídos* não podia ser ouvida por ninguém, nem pelos *possuidores*, nem pelo Estado. Hoje, porém, por um breve momento, aquela miséria tinha desaparecido para uma família pobre do litoral, ofuscada pelas infindáveis notas 10 no boletim desse jovem filho extraordinário.

O céu escureceu. Lintang, a mãe e o pai correram para se abrigar sob as folhas de uma árvore *gayam*. Milhões de abelhas vindas da montanha partiram para o ataque à aldeia. A primeira chuva tinha chegado.

A primeira chuva

A ilha de Belitung se situa no ponto onde o mar da China Meridional e o mar de Java se encontram. A localização, ao abrigo de Java e Kalimantan, protege a costa da ilha de ondas violentas, mas os milhões de litros de água que evaporam dos mares em volta na estação da seca acabam desabando sobre Belitung durante muitos dias ao longo dos meses da estação chuvosa.

A primeira chuva era uma bênção dos céus e nós a recebíamos com alegria. Quanto mais fortes as tempestades, quanto mais altos os trovões, quanto maior a velocidade com que os ventos açoitavam as aldeias e quanto mais relâmpagos iluminassem o céu, mais felizes ficavam nossos corações. Deixávamos que a chuva torrencial lavasse nossos corpos sujos. Ignorávamos as ameaças de surras dos nossos pais, pois elas não eram nada comparadas à sedução da chuva. Íamos em frente, como animais estranhos encontrando seu caminho, entrando e saindo de valas, saltando por cima de árvores caídas e dos carros da PN atolados na enchente, com o cheiro refrescante da chuva revigorando nosso peito.

Não parávamos até que ficássemos com os lábios roxos e não pudéssemos mais sentir os dedos dormentes. O próprio mundo não era capaz de nos deter. Durante a estação das chuvas, nos sentíamos importantes, poderosos. Deixávamos nossos pais nervosos, frustrados por serem ignorados. Corríamos pela ilha, jogávamos futebol, construíamos castelos de areia, fingíamos ser lagartos-monitores, nadávamos na lama, gritávamos para os aviões que voavam lá em cima e berrávamos incoerentemente para a chuva e para os trovões, como se estivéssemos loucos.

A brincadeira mais divertida não tinha nome, mas incluía folhas da árvore *pinang hantu*. Um ou dois garotos se sentavam numa folha do tamanho de um tapete de oração. Dois ou três puxavam a folha muito rápido. Era mais ou menos como andar de trenó.

O passageiro da frente segurava a folha como faria com as rédeas de um camelo. O de trás se agarrava com força ao da frente para evitar escorregar e cair. Os maiores de nós – Sansão, Trapani e A Kiong – assumiam o posto de puxadores de folha, título do qual se orgulhavam bastante.

O clímax da brincadeira era quando os puxadores, fortes como cavalos, faziam uma curva rápida e, de propósito, puxavam com mais força. Os que estavam em cima da folha eram jogados para o lado, com a lama escorregadia amaciando o que, de outro modo, seria uma derrapagem abrupta, veloz e excitante.

Senti meu corpo se mover sem controle e vi uma enorme onda de lama se erguer do lado direito e cobrir os espectadores de terra úmida. Sahara, Harun, Kucai, Mahar e Lintang adoravam tomar banho de lama. Quanto mais suja a água, maior a felicidade deles, que batiam palmas, nos incentivando a continuar. Sentado atrás de mim, Syahdan segurou firme e gritou alegremente.

Ele atuava como meu copiloto enquanto derrapávamos de lado, imitando um motoqueiro ensandecido passando com sua moto pelo túnel de fogo no circo – ou, mais legal ainda, o próprio Speed Racer abaixando o corpo ao fazer uma curva mortal, um movimento cheio de estilo, ainda que ousado. Aquele momento gerava o maior fluxo de adrenalina que a brincadeira tinha a oferecer.

Mas a história não acaba aí. O ângulo fechado da curva tornou extremamente difícil efetuar a manobra com sucesso. Os puxadores de folha colidiram uns com os outros e saíram rolando. Quanto a Syahdan e a mim, fomos lançados para longe da folha e alçamos voo antes de nos esparramarmos numa vala.

Minha cabeça estava pesada. Passei a mão e senti pequenos galos surgindo. Minha voz soava estranha, parecia a de um robô. Uma dor latejante no lado direito da cabeça começou a se espalhar para os olhos, algo que eu costumava sentir quando aspirava água pelo nariz. Engasguei enquanto procurava Syahdan, que tinha aterrissado um pouco adiante. Encontrei-o estirado, imóvel e semicoberto pela água da vala.

Ah, não! A coisa era séria. Será que ele estava inconsciente? Com uma concussão? Teria morrido? Não estava respirando. Caíra pesadamente, como um cano de um caminhão. Vi o sangue espesso escorrendo lentamente de seu nariz. Fizemos um círculo em volta do corpo de aparência cadavérica. Sahara começou a chorar, o rosto lívido. A Kiong tremia sem parar. Trapani gritou pela mãe. Eu estapeei o rosto do menino caído, gritando:

– Syahdan! Syahdan!

Encostei o dedo na artéria em seu pescoço, como tinha visto na série de TV *Os pioneiros*, no auditório da prefeitura. No entanto, como não sabia o que procurava, não encontrei nada. Sansão, Kucai e Trapani sacudiram Syahdan, tentando acordá-lo, mas o garoto permaneceu imóvel. Os lábios estavam pálidos e o corpo, frio como gelo. Sahara soluçava:

– Syahdan... Syahdan... Acorda! – implorou.

Entramos em pânico. Não sabíamos o que fazer. Continuei chamando seu nome, mas ele não se mexia. Syahdan estava morto. Coitado, que destino trágico!

Sansão sugeriu que o levantássemos. O corpo já enrijecera. Segurei a cabeça enquanto o carregávamos, correndo todos juntos. Sahara, a essa altura, estava em prantos. Estávamos realmente apavorados, mas em meio a essa urgência crescente, a cabeça de cabelos negros e cacheados que estava em minhas mãos mostrou fileiras de dentes podres e pontudos como quebradores de gelo e, de dentro da boca, surgiu uma gargalhada estridente.

Ah! Meu copiloto simulara a própria morte! Aquele patife tinha ficado imóvel e prendido a respiração para que pensássemos que havia morrido. Retribuímos o favor jogando-o de volta na vala. Ele reagiu com euforia, dobrando-se de tanto rir com nosso susto. Sahara secou as lágrimas com o braço sujo. Olhei para Syahdan, que, ao mesmo tempo que tinha uma expressão de dor estampada no rosto, ria a ponto de chorar, as lágrimas se misturando às gotas de chuva.

O estranho é que embora as quedas, trombadas e batidas doessem, sempre eram seguidas de gargalhadas e provocações – a melhor parte da brincadeira sem nome, que repetíamos sem parar. O incidente do tombo não fora provocado pelo ângulo da curva que desafiava a física, nem pela velocidade ou pela massa, mas pela idiotice detonada pela euforia da estação das chuvas. O mundo podia estar em depressão, mas os meses terminados em *bro* nos pareciam gloriosos. A estação das chuvas era uma festa preparada pela própria natureza para nós – as crianças malaias pobres.

Poesia celestial e um bando de pelintang pulaus

Diferentemente da maioria dos anos, aquele mês de agosto chegara e a estação da seca ainda não tinha se afastado da nossa aldeia.

As árvores secavam. Cada veículo que passava pelas estradas de terra levantava uma poeira vermelha, que se grudava nos peitoris das janelas próximas. Minha aldeia estava seca e cheirava a ferrugem.

A comunidade chinesa se tornou mais rigorosa em sua rotina: banhos no meio do dia, cabelos molhados penteados para trás e unhas aparadas com um cortador. Os chineses eram os únicos que pareciam um pouco mais limpos na estação da seca.

Os sawangs, por sua vez, ficavam de braços cruzados encostados nas pilastras de sua casa comprida. Fazia calor demais para dormir sob o telhado corrugado, sem forro, mas a exaustão os impedia de voltar ao trabalho. Que dilema!

O povo sarongue, como eu os chamo, passava o dia e a noite no mar. Em breve os meses terminados em *bro* chegariam e os ventos se tornariam fortes demais. A estação da seca era a oportunidade que tinham para juntar dinheiro.

Os malaios pareciam mais sujos e passavam bastante tempo em casa. Ninguém tinha geladeira. De vez em quando seus filhos eram vistos atravessando a via principal carregando um bloco de gelo e xarope aromatizado para fazer bebidas geladas.

O clima abafado não amenizava até tarde da noite. Conforme o amanhecer se aproximava, a temperatura caía drasticamente, testando a fé dos seguidores de Maomé, desafiando-os a saírem da cama e se dirigirem à mesquita para a oração *subuh*.

Lintang passara os últimos dias alegre como sempre, mas exausto por causa das condições de sua bicicleta. A corrente, que se arrebentava com frequência, estava ficando cada vez mais curta, pois, a cada vez, era preciso remover um elo. Os pneus viviam esvaziando e ele tinha que empurrar sua bicicleta praticamente por todo o caminho até a escola. Por fim, não havia mais como usá-la.

Sem alternativa, Lintang tinha que andar dezenas de quilômetros para chegar à escola. Havia um atalho, mas era muito perigoso, já que atravessava um pântano cheio de mandíbulas de crocodilo. No meio do pântano, a água chegava à altura do peito e, dali em diante, o jeito era nadar. Mas, obrigado a ir a pé, esse era o único caminho que Lintang podia seguir para chegar a tempo.

Ele sempre contava histórias sobre as vezes em que entrava no pântano e dezenas de crocodilos refestelados ao sol o seguiam com os olhos. Por isso, antes de sair de casa, o garoto sempre se encharcava de água de bétel – um antisséptico tradicional.

Quando chegava ao pântano, enrolava as roupas e os livros em plástico e segurava a trouxa bem acima da cabeça enquanto andava com dificuldade pela água. Quando precisava nadar, prendia a trouxa entre os dentes, sem nunca tirar os olhos dos crocodilos.

Certo dia, Lintang chegara ensopado da cabeça aos pés. Durante sua fuga dos crocodilos, a trouxa de plástico se abrira. O menino ficou parado à porta da sala de aula, parecendo estar em choque. Bu Mus o convidou a entrar. Lintang ficou feliz de poder estudar, mesmo com a roupa toda molhada.

Quando as aulas terminaram, Lintang veio me procurar. Tinha uma expressão triste, completamente atípica, como a prolongada estação da seca. Fiquei surpreso. O mau humor não era uma característica dele.

– O que houve? – perguntei enquanto me esforçava para sorrir. – Por que você está triste?

Lintang tirou alguma coisa do bolso do short. Um lenço. Lembrei de tê-lo visto na mão de sua mãe no dia que recebemos os boletins. Desdobrando o lenço, meu amigo me mostrou um anel.

– Esta é a aliança que meu pai deu à minha mãe – falou com voz embargada. – Ela não quer que eu falte às aulas por causa da bicicleta. Disse que preciso estudar muito para vencer o Desafio Acadêmico.

Fiquei impressionado.

– Ela me pediu que vendesse a aliança e, com o dinheiro, comprasse uma corrente nova para a bicicleta.

Os olhos de Lintang estavam vidrados. Senti um aperto no peito.

Partimos para o mercado. A aliança de ouro de 18 quilates foi pesada numa balança portátil: 3 gramas. A baixa qualidade do ouro fazia com que parecesse falsa, mas aquele era o bem mais precioso da família de Lintang. A aliança foi vendida por apenas 125 mil rúpias, que valiam cerca de 50 dólares – o suficiente para comprar só uma corrente de bicicleta e dois pneus.

Foi muito difícil para Lintang se desfazer da aliança da mãe. Ele a segurava com toda a força. A Bun, o negociante de ouro, precisou abrir os dedos do menino um por um para pegar o anel. Quando se viu sem a joia, as lágrimas escorreram pelo rosto de Lintang como se fossem uma cachoeira.

– Recompense o sacrifício de sua mãe vencendo o Desafio Acadêmico, *Boi*! – falei animado, esperando que ele esquecesse a tristeza. *Boi* é como nós, os garotos malaios de Belitung, chamamos os amigos mais próximos. Lintang olhou para mim com expressão solene e disse:

– Eu prometo, *Boi*.

Ainda na frente da loja, trocamos a corrente e os pneus da bicicleta. Olhei para Lintang. Ele acabara de fazer sua segunda promessa. Como eu amava meu amigo!

Lintang e eu logo nos esquecemos da dolorosa venda da aliança de sua mãe. Toda a tristeza e o cansaço da vida tinham que ser deixados para trás, ou no mínimo de lado, porque nossa turma tinha grandes planos: acampar.

Enquanto os alunos da Escola PN iam em seu ônibus azul se divertir em Tanjung Pandan, visitar o zoológico ou o museu, ou tiravam *verloop* – férias, em holandês – com os pais em Jacarta, nós íamos para a praia de Pangkalan Punai, que ficava a cerca de 60 quilômetros de distância. Fazíamos o percurso de bicicleta, num bando animado.

Embora visitássemos Pangkalan Punai todos os anos, eu jamais me cansava daquele lugar. Sempre que me via à beira-mar, me surpreendia, provavelmente como os soldados de Alexandre, o Grande, ao descobrir a Índia. No lugar onde dezenas de hectares de areia se encontravam com a floresta, descobri um sentido de beleza diferente. É assim que descreveria minha impressão predominante a respeito de Pangkalan Punai.

Conforme a noite se aproximava, eu continuava sentado no topo de um morro a oeste, todo contente. Ouvia os sons longínquos dos filhos de pescadores, meninos e meninas, chutando boias, jogando futebol sem traves de gol. Seus gritos eram serenos.

Às minhas costas ficava uma savana, vasta como o próprio oceano. Na grama alta, milhares de passarinhos gritavam entre si, disputando um lugar para dormir. Por entre os espaços nas fileiras de coqueiros, eu via as rochas gigantes, marca registrada da Pangkalan Punai, cercando o azul brilhante do mar da China Meridional. Riachos de água doce que lembravam prata derretida vinham serpeando de longe até finalmente se fundirem com o mar.

Conforme a noite se aproximava, os raios vermelhos e laranja do sol se derramavam sobre os telhados cobertos de folhas de *nanga* das casas de palafita que se destacavam entre as folhas exuberantes de *santigi*. A fumaça subia de lareiras nas quais fibras de coco eram queimadas para espantar os insetos que apareciam por volta da hora da oração *magrib*. A fumaça, acompanhada da convocação para a oração, pairava sobre a aldeia como um fantasma, subia devagarzinho nos ramos das árvores *bintang*, carregados de frutos doces, e era então varrida pelo vento e engolida pela vastidão do mar. Botõezinhos de fogo em lamparinas de óleo dançavam silenciosamente atrás das pequenas janelas das palafitas que salpicavam a paisagem lá embaixo.

O encantamento de Pangkalan Punai pairou sobre mim e me fez ter um sonho, que me inspirou a escrever um poema.

Sonhei que vi o Céu

De fato, na terceira noite em Pangkalan Punai, sonhei que vi o Céu
Descobri que o Céu não é grandioso, mas um pequeno castelo no meio da
[floresta
Lá não havia belas virgens como dizem as Escrituras

Atravessei uma ponte pequena e estreita
Uma linda mulher de rosto puro me recebeu
"Aqui é o Céu", anunciou
E me convidou a caminhar por um campo de flores
Sob as nuvens baixas e coloridas
Em direção à varanda do castelo

Na varanda, vi luzinhas escondidas atrás da cortina
Cada uma transpassava a grama espessa do jardim
Lindo, indescritivelmente lindo

O Céu é muito tranquilo
Mas eu queria ficar aqui
Porque me lembrei de sua promessa, Alá
Se eu viesse caminhando,
VOCÊ me encontraria correndo.

Como parte do nosso projeto de acampamento, tínhamos que fazer um trabalho – uma redação, um desenho ou algo artesanal que usasse materiais recolhidos na praia. Com aquele poema, pela primeira vez, tirei uma nota um pouquinho melhor que a de Mahar em artes. Também foi a última vez que isso aconteceu.

Mahar não tirou a nota máxima em artes, como costumava acontecer, por causa de um bando de pássaros misteriosos que os moradores de Belitung chamam de *pelintang pulau* – que significa, literalmente, pássaros que *cruzam a ilha*.

Os *pelintang pulau* chamavam atenção em qualquer lugar – mas em nenhum deles tanto quanto no litoral. Alguns achavam que esses pássaros eram criaturas sobrenaturais. Seu nome provocava calafrios na população costeira por causa do mito em torno deles e das mensagens que levavam. Se um bando aparecesse numa aldeia, os pescadores imediatamente cancelavam seus planos de sair de barco. Para eles, a chegada desses pássaros misteriosos era o presságio de uma tempestade no mar.

Independentemente do que os *pelintang pulau* fossem de fato, Mahar afirmou tê-los visto enquanto fazia pesquisas para o trabalho de artes, que seria uma pintura. Voltou aos tropeços para a barraca a fim de nos contar o que acabara de ver. Saímos às pressas e nos embrenhamos na floresta, com o objetivo de pôr os olhos na espécie mais rara da rica fauna da ilha de Belitung.

Infelizmente, tudo o que encontramos foram galhos vazios, vários filhotes de macacos de rabo comprido e nada no céu. Mahar fizera uma armadilha para si mesmo. Em seguida veio a zombaria.

– Se alguém come muitos frutos de *bintang*, Mahar, pode acabar bêbado. Fica com a vista turva, a fala arrastada... – começou Sansão.

– É sério, Sansão, vi mesmo um bando de cinco *pelintang pulau*!

– A profundeza do mar é imensurável, a de uma mentira é imprevisível – atacou Kucai, com um único verso.

O desespero se estampou no rosto de Mahar. Seus olhos examinaram os galhos acima. Senti-me mal ao ver sua aflição. Como eu poderia defendê--lo? Sem uma testemunha para confirmar sua história, ele estava impotente. Olhei bem dentro dos olhos dele. Acreditava que tivesse visto os pássaros sagrados. Que sorte! Era uma pena que Mahar não conseguisse nos convencer por já ter reputação de mentiroso. Aí estava o problema de mentir: quando você finalmente diz uma verdade no meio de milhões de mentiras, os outros continuam pensando que ela não passa de mais uma invenção.

– Não se deixe prender em imaginação e mentiras, amigo. Você sabe que nos é proibido mentir. Essa proibição aparece a toda hora no nosso livro de ética islâmica – repreendeu Sahara.

A situação ficou caótica quando a notícia de que Mahar tinha visto um bando de *palintang pulau* se espalhou pela aldeia, fazendo com que os pescadores cancelassem seus planos de sair para o mar. Bu Mus se sentiu mal por não saber como apaziguar os ânimos. Mahar ficou encurralado.

Mas, acreditem ou não, naquela noite os ventos sopraram furiosamente, virando nossa barraca. Vimos relâmpagos riscarem com violência o céu sobre o mar. Nuvens negras se enroscavam, ameaçadoras. Fugimos, apavorados, para buscar abrigo numa das casas da aldeia.

– Talvez você realmente tenha visto os tais pássaros, Mahar – disse Syahdan com voz trêmula.

Mahar ficou calado. Eu sabia que a palavra *talvez* era inadequada. A tempestade confirmava sua história e os pescadores ficaram gratos a ele, mas seus amigos ainda mostravam desconfiança com o uso da palavra *talvez*. A mágoa de Mahar não diminuiu. Atingira um nível que o fazia sentir-se *persona non grata*, um pária.

No dia seguinte, Mahar fez um desenho chamado *O bando de pelintang pulau*. Era um tema interessante. Cinco pássaros, pintados como formas obscuras, mergulhavam rápidos como relâmpagos por entre os topos das árvores *meranti*. Ao fundo, havia um amontoado sombrio de nuvens, uma tempestade prestes a desabar. A vastidão do mar tinha um tom escuro de azul, enquanto a superfície da água cintilava, refletindo os relâmpagos no céu. Era fascinante.

Reproduzidos como traços amorfos verde-amarelados, os pássaros davam a impressão de estar se movendo com grande velocidade. Vistos de forma superficial, davam a vaga impressão de que formavam cinco bandos, mas a sensação era de pinceladas de fogo coloridas. Um desenho realmente de arrepiar.

A ideia subjacente era capturar a essência dos misteriosos *pelitang pulau*. Ao apresentar aqueles pássaros mágicos, Mahar deixava claro quão pouco conhecimento tínhamos sobre eles, sua preferência por manter distância do homem e os curiosos mitos que povoam a mente da população costeira. Para Mahar, a anatomia dos *pelintang pulau* era irrelevante. Sansão, Kucai e Sahara, por sua vez, acharam que as formas eram pouco claras porque Mahar não tinha, de fato, visto os pássaros. Mahar recolheu-se ao cinismo e seu humor azedou.

Decepcionado porque a honestidade de seu trabalho estava sendo questionada, entregou-o fora do prazo. Por isso sua nota foi diminuída – por ter excedido o prazo, e não por ponderações estéticas.

– Dessa vez não lhe dei a maior nota para que aprendesse uma lição – disse Bu Mus a um apático Mahar. – Não foi por faltar qualidade ao seu trabalho. Qualquer que seja o trabalho que fazemos, precisamos ter disciplina. Pessoas talentosas com atitudes ruins são inúteis.

Achei que era uma opinião justa. Por outro lado, meus colegas e eu não consideramos minha nota alta um sinal do surgimento de um novo artista na turma. Nosso grande artista continuava a ser Mahar, o primeiro e único.

O excêntrico Mahar não perdia o sono por conta das notas que recebia. Ele estava mais ocupado que de costume, à procura de um conceito artístico para a festa de 17 de agosto – o dia da Independência.

O amor na decadente loja de quinquilharias

Ah, como era boa a adolescência!

Na escola, as aulas se tornaram mais úteis. Aprendemos a fazer salmoura para conservar ovos, a produzir bordados e *menata janur* – uma decoração malaia para casamentos. Melhor ainda, começamos a estudar inglês: *good this, good that, excuse me, I beg your pardon* e *I am fine, thank you*. A tarefa mais gostosa era aprender a traduzir músicas. Descobrimos como era linda a letra da antiga canção "Have I Told You Lately That I Love You?".

Ela conta a história de um menino que sempre detestou quando o professor o incubia de comprar giz, até o dia em que saiu irritado para cumprir a tarefa, sem saber que o destino lhe preparara uma armadilha no mercado de peixes.

Comprar giz era, sem dúvida, a tarefa menos agradável da escola. Outra que realmente odiávamos era regar as plantas. As várias samambaias, desde a *Platycerium coronarium* às dezenas de vasos de *Adiantum*, as favoritas de Bu Mus, precisavam ser tratadas com delicadeza, como se fossem peças caras de porcelana chinesa. Manuseá-las sem cuidado era uma infração grave.

– Isso faz parte da educação de vocês – insistia Bu Mus, séria.

O problema era que pegar água no poço atrás da escola exigia esforço até mesmo para os operários. Além de ter que encher dois baldes grandes e voltar cambaleando com eles nos ombros, também era preciso enfrentar o velho e horripilante poço, que, de tão fundo, não dava para ver onde acabava, como se fosse ligado a um outro mundo ou, quem sabe, a uma cova cheia de demônios. Enfim, o fardo da vida parecia bem maior nas manhãs em que tinha que pôr a cabeça dentro daquele poço.

Eu só sentia algum consolo quando regava a *Canna Striped Beauty*, ao pensar que uma flor tão bonita vinha de uma floresta úmida dos morros brasileiros. Ela pertence à família das *Apocynaceae* e por isso lembra ligeiramente a alamanda, mas as listras brancas em suas flores amarelas são uma característica única, que nenhuma outra *Canna* possui. O verde de suas folhas encorpadas e rasteiras faz um contraste impressionante com a gradação de cores em seus botões que brotam o ano todo, irradiando uma beleza primitiva. Os persas as chamavam de flores do paraíso. Quando desabrocham, o mundo todo sorri. São flores emotivas, por isso precisam ser regadas com cuidado. Nem todo mundo pode cultivá-las. Dizem que apenas quem tem dedo verde e coração generoso e puro é capaz disso. E Bu Mus era assim.

Tínhamos alguns vasos dessa flor e concordamos em colocá-los nos lugares de maior destaque, entre as *daun picisan* e os cactos, que empalideciam a seu lado. Quando chegava a estação em que todas desabrochavam ao mesmo tempo, o resultado parecia um bolo de vários andares numa bandeja.

Sempre regava as plantas correndo, para acabar logo com aquilo, mas, quando chegava a vez das *Cannas* e de suas vizinhas, eu tentava ir devagar. Gostava de sonhar acordado, tentando adivinhar o que as pessoas imaginariam se estivessem no meio daquele miniparaíso. Será que se sentiriam num paraíso pré-histórico?

Contemplei o jardinzinho em frente à sala do diretor. Um caminho de pedras quadradas levava ao jardim, com o lado esquerdo repleto de *Monstera, Nolina, Violces,* ervilhas, *cemara udang*, caládio e begônias altas, que não precisavam ser regadas. As flores, desarrumadas, esbanjavam néctar, cercadas de plantas desconhecidas de cores vivas e vários tipos de grama e arbustos silvestres.

Uma trepadeira de abobrinhas subia serpenteando o poste onde ficava o sino. Como um braço gigante tocando as paredes de tábuas da escola, não era detida pelas telhas soltas nem pelos galhos da romãzeira que sombreava o telhado. As videiras jovens da planta pendiam diante da janela e era possível estender o braço e tocá-las. Pardais-de-java viviam pendurados nelas. Durante toda a manhã o lugar fervilhava com o som de besouros e abelhas. Sempre que eu ouvia com atenção, após algum tempo meu corpo parecia flutuar no ar, como se não tivesse peso algum.

Curiosamente, nosso jardim parecia, ao mesmo tempo, bem-cuidado e abandonado. Atrás dele ficava uma escola caindo aos pedaços, como se fosse um prédio vazio, esquecido pelo tempo, reforçando a impressão de um paraíso selvagem.

Se não fosse pelo terrível poço dos espíritos malignos, regar as flores até poderia ser uma tarefa divertida.

Mas comprar giz era ainda pior.

A loja *Sinar Harapan* – loja do Raio de Esperança – era o único lugar que vendia giz no leste de Belitung e ficava muito longe, num imundo mercado de peixe. Quem não tivesse um estômago forte vomitaria com o fedor de rabanetes em salmoura, pasta de feijão fermentado, goma, pasta de camarão, *jengkol* e feijão roxo abandonados em latões enferrujados na frente da loja. Lá dentro, esse fedor se misturava ao cheiro de brinquedos em sacos plásticos, ao odor lacrimejante da naftalina e ao cheiro forte de tinta a óleo e dos pneus espalhados pela loja, além do tabaco mofado, encalhado no estoque havia anos.

Essas mercadorias encalhadas ficavam por ali porque o dono da loja tinha mania de acumular coisas – doença mental número 28 –, ou seja, tinha o estranho hobby de colecionar quinquilharias inúteis e era incapaz de jogar qualquer coisa fora. O fedor ficava ainda mais forte por causa do cheiro do suor dos trabalhadores sawangs, que, indiferentes, entravam e saíam com picaretas, falando sua própria língua, com sacos de farinha jogados tranquilamente sobre os ombros.

Naquela manhã coube a mim e Syahdan ir até a loja imunda. Montamos na bicicleta e fizemos um trato solene – Syahdan começaria a viagem pedalando, comigo na garupa, e seguiria até a metade do caminho, marcada por uma sepultura chinesa. Ali, trocaríamos de lugar e eu pedalaria até o mercado. Na volta faríamos a mesma coisa. Havia mais uma condição: toda vez que houvesse uma ladeira, nós dois desceríamos e nos revezaríamos para empurrar a bicicleta, trocando de lugar apenas depois de contar meticulosamente os passos.

– Pode descer, majestade – brincou Syahdan quando chegamos à primeira ladeira.

Ele estava ofegante, mas exibia um sorriso largo ao se curvar como um puxa-saco. Syahdan aceitava tarefas alegremente, não importava quais fossem, até mesmo regar as plantas, desde que isso lhe permitisse matar aula. Para ele, a tarefa de comprar giz equivalia a uma pequena folga e era uma boa oportunidade para flertar com as jovens vendedoras pelas quais tinha uma quedinha. Eu não estava interessado em participar do seu jogo.

Chegamos a um santuário baixo e redondo, com uma foto em preto e branco de uma senhora de expressão séria atrás de um vidro no centro, salpicado de cera de vela vermelha. Essa era a sepultura do nosso trato. A partir dali era a minha vez de pedalar.

Subi na bicicleta de má vontade e, assim que a roda se mexeu, senti raiva de mim mesmo, amaldiçoando a tarefa, a loja fedorenta e nosso acordo idiota. Resmunguei porque a corrente da bicicleta estava apertada demais, o que tornava difícil pedalar. Também reclamei de outras coisas: da justiça, que nunca ficava ao lado dos pobres, do selim, que era alto demais, dos policiais corruptos à solta por todo lado, como galinhas selvagens, do corpo de Syahdan, que, apesar de pequeno era muito pesado, e da injustiça do mundo. Syahdan seguia sentado ereto, desfrutando de seu lugar e assoviando a canção "Semalan di Malaysia" – Uma noite na Malásia. Não prestou a menor atenção à minha rabugice.

Chegamos ao mercado de peixes, deliberadamente situado à margem do rio, de forma que todo o lixo pudesse ser descartado com facilidade. Mas ficava num terreno baixo e, por causa disso, durante a maré alta, o rio trazia de volta o lixo orgânico para os becos estreitos do mercado. Quando a água recuava, o lixo ficava preso a pernas de mesas, pilhas de latas, cercas quebradas, tocos de árvores e traves de madeira. Esse nosso mercado era o resultado do planejamento sofisticado da cidade, cortesia dos piores arquitetos malaios. Não que fosse decadente, mas era uma grande bagunça.

A venda de uma caixa de giz era um negócio insignificante, por isso o comprador tinha que esperar até que o dono da loja terminasse de atender homens e mulheres com as cabeças cobertas por sarongues – o povo sarongue.

A Miauw, o dono da *Sinar Harapan*, era um tipo assustador. Gordo, sempre usava uma camiseta regata, short e chinelos. Não largava um pequeno livro para registro de dívidas, encapado de *batik*. Atrás da orelha, que parecia uma almôndega, morava um lápis. Um *sempoa* – um velho ábaco de madeira – ficava sobre a mesa. O som do *sempoa* era intimidador.

A loja, na verdade, não passava de um armazém de pechinchas. Centenas de mercadorias diferentes se empilhavam do chão ao teto daquele lugar pequeno e abafado. Além de frutas variadas, legumes, verduras e outros gêneros nas latas enferrujadas, a loja também vendia tapetes de oração, frutos de *kedondong* em conserva, fita para máquina de escrever e tinta a óleo, que trazia como bônus um calendário com fotos de mulheres de biquíni. As prateleiras compridas de vidro exibiam cremes faciais branqueadores, comprimidos purificadores de água, fogos de artifício e estalinhos, balas para espingardas de ar comprimido, veneno para rato e antenas de TV. Se o freguês tivesse pressa para comprar remédio para diarreia, era melhor não esperar que A Miauw encontrasse o produto imediatamente. Ele mesmo às vezes esquecia onde guardava os remédios. Estava se afogando num redemoinho de mercadorias.

– *Kiak-kiak!* – gritou A Miauw para chamar seu ajudante, Bang Arsyad, ordenando que viesse rapidamente.

– *Magai di Manggara masempo linna?* – reclamaram os sarongues ao ver o preço dos pavios de lamparinas. Segundo eles, em Manggar era mais barato.

– *Kito lui, Ba? Ngape de Manggar harge e lebe mura?* – Bang Arsyad reproduziu a queixa para A Miauw, falando a primeira frase na língua Khek e a segunda na malaia.

Eu me sentia enjoado naquela loja fedorenta, mas me divertia com as conversas. Tinha acabado de testemunhar a complexidade das diferenças culturais entre nossas comunidades. Três homens de raízes étnicas totalmente diversas haviam se comunicado usando, cada um deles, sua língua nativa e as palavras, apesar de truncadas, eram compreensíveis.

Os desconfiados acusariam A Miauw de engendrar, de propósito, tamanha incompatibilidade linguística, a fim de tirar proveito da situação. Mas deixe-me falar um pouco sobre a personalidade de A Miauw. Sem dúvida era um esnobe arrogante, dono de uma voz desagradável, capaz de fazer qualquer um se encolher. O rosto parecia o de um homem que vivia à procura de alguém para intimidar. Suas palavras inamistosas eram condescendentes e o corpo fedia como se ele comesse alho em excesso. No entanto, era um confucianista devoto e indubitavelmente honesto nos negócios.

Em meio à harmonia de nossa comunidade, os chineses eram os negociantes mais eficientes. Aqueles que realmente produziam as coisas eram de lugares que não conhecíamos, de cuja existência só ficávamos sabendo por meio das etiquetas *made in* que vinham nas calças. Os malaios eram os consumidores e, quanto mais pobres ficavam, mais gastavam. Enquanto isso, os sarongues davam empregos sazonais aos sawangs, que levavam suas compras até os barcos.

A compra do giz era rotineira e sempre acontecia do mesmo modo. Depois de esperar por muito tempo e quase desmaiar com o fedor, eu conseguia que A Miauw mandasse, aos gritos, alguém buscar uma caixa de giz. Então, dos fundos da loja, respondia um grito cristalino, exatamente igual ao de um tordo-de-shama. Sempre presumi que o som saísse da boca de uma menina.

Uma caixa de giz era passada por uma pequena abertura, do tamanho da porta de uma gaiola. A única coisa que podia ser vista era uma delicada mão direita, que empurrava a caixa. O rosto da dona da mão era um mistério, pois ela ficava escondida pela parede de madeira que separava o estoque do restante da loja. A misteriosa garota nunca me disse uma palavra sequer. Passava a caixa de giz e recolhia a mão imediatamente, como alguém que desse um pedaço de carne na boca de um leopardo. O processo durou anos, sempre o mesmo, imutável.

Em todas as vezes que aquela mão apareceu, nunca vi um anel em seus dedos, mas o pulso ostentava com dignidade uma pulseira de pedras de jade. Acho que, se eu fosse abusado demais, seus dedos furariam meus olhos com um invisível movimento *kuntau* de kung fu, tão rápido quanto um grou bicando um peixe. O que me mantinha respeitoso era a pulseira de jade, que ela provavelmente herdara do avô, um mestre de kung fu que a roubara da boca de um dragão depois de matá-lo, numa grande batalha cujo objetivo era ganhar o coração da avó da menina.

Incrustadas nas pontas daqueles dedos curvados para cima havia lindas unhas, bem-cuidadas e muito mais sedutoras do que a pulseira de jade.

Eu nunca tinha visto unhas tão bonitas nas mãos de uma garota malaia, muito menos numa sawang. Eram tão lisinhas que pareciam transparentes. As pontas, cortadas no formato de lua crescente, com uma precisão de tirar o fôlego, criavam uma sensação de harmonia em todos os cinco dedos.

A pele em volta das unhas era muito limpa, provavelmente porque a garota as deixava de molho num pote de cerâmica antigo cheio de água morna e folhas tenras de ylang-ylang. À medida que cresciam, as unhas se curvavam reverentemente sobre as pontas dos dedos, deixando-os ainda mais bonitos, como o quartzo azulado escondido no fundo do rio Mirang. Eram muito diferentes das unhas das garotas malaias, que se alargavam e se projetavam de um jeito feioso ao crescer, como os dentes de um ancinho.

Era frequente que eu recebesse a irritante tarefa de comprar giz e meu único incentivo para cumpri-la era a oportunidade de vislumbrar aquelas unhas. Porque ia lá tantas vezes, sabia quando a garota misteriosa cortava as unhas: a cada cinco semanas, na sexta-feira.

Eu jamais vira seu rosto. Ela não tinha interesse em ver o meu. Nunca respondia quando eu dizia *kamsiah* – obrigado – depois de receber a caixa de giz. Muda como uma pedra. Para mim, aquela jovem cheia de segredos era a personificação de um forasteiro em uma terra desconhecida. Ela estava bastante determinada em me manter a distância. Não dizia oi, não perdia tempo com trivialidades. Para ela, eu era tão insignificante quando o próprio giz.

Às vezes eu ficava curioso para ver que aparência tinha a dona daquelas unhas divinas. Seria tão bonita quanto suas unhas? As unhas da mão esquerda seriam tão belas quanto as da direita? Será que ela tinha mesmo a mão esquerda? Teria mesmo um rosto? Porém todos esses pensamentos ficavam apenas em meu coração. Eu não pretendia lançar um olhar furtivo para seu rosto. A oportunidade de contemplar aquelas unhas era mais que suficiente para me deixar feliz. Eu não era como aqueles garotos grosseiros.

Em geral, depois que pegávamos a caixa, A Miauw anotava em seu livro de dívidas e Pak Harfan pagava a conta no fim do mês. Nós, crianças, não lidávamos com questões financeiras. Quando passávamos, A Miauw nem olhava para nós. Deslocava, ruidosamente, as pedras do *sempoa* com os dedos, como se quisesse nos lembrar da dívida que crescia.

Para A Miauw, éramos fregueses que não davam lucro. Em outras palavras, só o incomodávamos. De vez em quando Syahdan lhe pedia emprestada a bomba de encher pneus de bicicleta e, mesmo queixando-se explosivamente, ele a entregava. Não gostava de emprestar a bomba para ninguém – principalmente para nós. Eu realmente odiava a visão daquela camiseta regata.

O ar esquentou. Parado no centro da loja, eu me sentia como um legume fervendo na sopa. Não aguentava mais; ia vomitar. Felizmente A Miauw berrou uma ordem para que a garota misteriosa passasse a caixa de giz pela porta da gaiola. Com um olhar autoritário, fez um sinal para que eu pegasse a caixa.

Passei rapidamente por entre os sacos de alho, tapando o nariz. Corri, para que a tarefa torturante chegasse logo ao fim. Porém, faltando apenas alguns passos para chegar à abertura da gaiola, uma brisa soprou em meu ouvido por um breve instante. Não me dei conta de que o meu destino me aguardava na loja imunda, rondando até enfim me agarrar sem piedade. Eu não sabia disso, mas os segundos seguintes determinariam o homem que eu me tornaria nos anos que estavam por vir. Naquele exato momento, ouvi a jovem gritar:

– Haiyaaaaa!

Junto com o grito, ouvi dúzias de tocos de giz caírem no chão de azulejos. Aparentemente, a menina de unhas bonitas havia sido descuidada, deixando cair a caixa antes que eu pudesse segurá-la. O giz se espalhou por todos os lados.

– Ah! – reclamei.

Tive que me abaixar e rastejar para pegar os pedaços de giz, um por um, no meio dos sacos de nozes que emanavam um cheiro enjoativo. Eu precisava da ajuda de Syahdan, mas ele conversava animadamente com a filha do vendedor de bolo *hok lo pan*, como se tivesse acabado de vender 15 vacas. Não quis interromper seu momento de impostor.

Não tive escolha e catei do chão cada pedaço de giz. Alguns haviam caído sob uma porta aberta atrás de uma cortina de pequenas conchas muito bem grudadas umas nas outras, que pendia do batente. Eu sabia que, atrás daquela cortina, a garota também estava catando pedaços de giz, porque podia ouvi-la resmungar:

– Haiyaaaa... Haiyaaaa...

Quando me aproximei dos pedaços de giz sob a cortina, meu coração me disse que com certeza ela fecharia a porta para não me dar a chance de ver seu rosto. O que aconteceu em seguida, porém, foi muito rápido e inexplicável. A garota misteriosa afastou a cortina inesperadamente, quase fazendo com que nossos rostos se encontrassem, parando a menos de um centímetro um do outro.

Ficamos nos encarando de perto... de repente tudo ficou em silêncio. Olhamos dentro dos olhos um do outro com uma sensação que não consigo descrever. As mãos dela soltaram os pedaços de giz recém-catados, devolvendo-os ao chão. As minhas apertaram ainda mais o giz e senti como se segurasse picolés.

Naquele momento, tive a impressão de que os ponteiros de todos os relógios do mundo haviam parado. Todas as coisas congelaram, como se Deus tivesse captado seu movimento com uma gigantesca câmera fotográfica do céu. O flash foi ofuscante. Vi estrelas. Fiquei atordoado. Senti que voava, morria, desmaiava. Sabia que A Miauw gritava comigo, mas eu não ouvia, e sabia que a loja ia ficando mais fedorenta, porém meus sentidos já haviam morrido. Meu coração parou de bater por alguns segundos antes de voltar a palpitar num ritmo irregular, como um pedido de socorro em código. Achei que a jovem das unhas divinas, parada abismada diante do meu nariz, estivesse sentindo a mesma coisa.

– *Siun! Siun! Segere!...* – gritou um sawang, mandando que eu saísse do caminho, mas o som parecia distante, ecoando como se viesse de uma caverna profunda.

Eu estava com a língua paralisada e a boca trancada – aberta, na verdade. Não conseguia dizer nada, não conseguia me mexer. Aquela garota havia me paralisado por completo. A expressão em seus olhos apertava meu coração.

Eu contemplava, fascinado, seu lindo rosto oval. Ela lembrava muito Michelle Yeoh, uma atriz de cinema malaia. As roupas, com estampa de pequenas flores *portlandica*, lhe caíam bem e eram elegantes, como se ela estivesse pronta para ir a um casamento. Aquele foi o momento da verdade, quando anos de mistério inesperadamente chegaram ao fim: a dona das unhas divinas era, de fato, uma garota muito bonita, com um carisma indescritível.

O incidente fez suas bochechas corarem e os olhos ficaram marejados. Além dos milhões de sentimentos que explodiam em nós dois, ela também se sentiu terrivelmente envergonhada. Levantou-se e bateu a porta. Não deu a mínima para o giz ou para mim, ainda perdido no tempo e no espaço.

A batida da porta me despertou de um encanto inebriante. Eu estava zonzo, minha cabeça rodava, minha visão falhava. Caí de joelhos tremendo e tentei recuperar o fôlego. O sangue formigava em todo o meu corpo suado. Eu acabara de ser flechado pelo meu primeiro amor à primeira vista – uma sensação absolutamente incrível que poucos felizardos têm a sorte de experimentar.

Tentei ficar de pé e, ao me virar, percebi as pessoas à minha volta – A Miauw apontando para todos os lados, os sarongues saindo da loja, movendo-se em câmera lenta, num belo balé. Os sawangs, que carregavam sacos de *jengkol*, de algum modo se transformaram em modelos descendo a passarela vestidos em roupas elegantes.

De repente, a loja fedorenta que me deixara enjoado exalava um cheiro perfumado como óleo de almíscar. Syahdan, antes pequeno, moreno e sem graça, tornou-se bonito. A Miauw imediatamente se transformou num dono de loja muito cortês que tratava todos os fregueses com justiça e igualdade, um bandido transformado em monge.

Sem me preocupar com a caixa de giz pela metade, dei meia-volta para sair da loja e me senti leve como o ar. Meus pés flutuavam, como se eu fosse um santo capaz de caminhar sobre a água. Cheguei perto da velha bicicleta de Pak Harfan, que, de repente, me pareceu novinha em folha – equipada, inclusive, com uma cestinha –, e uma estranha sensação de felicidade que eu jamais experimentara me envolveu. Era muito mais que a alegria que senti quando ganhei de minha mãe um rádio transistor de duas bandas por ter aguentado firme a minha circuncisão.

Enquanto me preparava para voltar para a escola, olhei de relance para dentro da loja e vi a jovem de unhas divinas me espiando por trás da cortina. Ela estava se escondendo, mas não ocultava seus sentimentos. Mais uma vez me senti voando entre as estrelas, dançando numa nuvem. Por Alá, bem ali, em meio aos sacos fedorentos de nozes, às latas de querosene e aos grãos de feijão *jengkol*, encontrei o amor.

Abri meu melhor sorriso para Syahdan, recebendo em troca um olhar confuso. Então, peguei-o nos braços e o sentei na bicicleta. Eu me tornara um homem com uma força ilimitada e estava disposto a levar Syahdan na garupa a qualquer lugar do mundo. É a isso que chamam de estar loucamente apaixonado.

No caminho de volta, descumpri nosso trato intencionalmente. Depois de passar pela sepultura chinesa, não pedi a Syahdan que assumisse meu posto, pois me sentia eufórico. Toda a energia cósmica positiva me dera esse poder mágico. O amor quase sempre vira tudo de cabeça para baixo.

Quando estamos apaixonados, tudo nos parece justo. Não é verdade que a lei nunca fica do lado dos pobres. Os corruptos andam soltos como galinhas selvagens porque a lei está ocupada demais. Mais cedo ou mais tarde eles acabarão atrás das grades. O fato de o selim da bicicleta ser muito alto era culpa minha, por vir de uma família tão baixinha. Que Syahdan fosse pesado, apesar de tão pequeno, era uma bênção, pois significava que tinha boa saúde. O mundo ainda não é justo, mas isso passa, basta ser paciente. Arrependi-me de viver praguejando contra o governo, principalmente o presidente e o ministro da Educação. Do fundo do coração, pedi desculpas pelas observações desrespeitosas que haviam saído da minha boca mal-educada. Também me desculpei com todos os seres humanos que um dia desapontei.

Depois da aula, Syahdan e eu fomos chamados por Bu Mus para explicar a escassez de giz. Fiquei parado como uma estátua, sem querer mentir, responder ou mesmo negar as acusações. Estava preparado para aceitar o castigo de coração aberto, por mais severo que ele fosse, mesmo que tivesse que recuperar o balde que Trapani deixara cair no poço dos horrores na véspera. As únicas coisas em minha mente eram a garota das unhas divinas e o momento mágico em que fui capturado pelo amor. Podia acontecer qualquer coisa – um castigo cruel só adoçaria meus sentimentos românticos. Estava disposto a entrar no poço da morte por minha amada. Morreria flutuando no poço dos demônios como se fosse um herói do primeiro amor.

Enquanto era interrogado por Bu Mus, Syahdan deu de ombros e fez uma cruz na testa com o dedo indicador – gesto que equivalia a girar o dedo ao lado da têmpora –, para indicar que eu enlouquecera e, consequentemente, jogar toda a culpa em mim. O castigo foi o que eu previra. Tive que recuperar o balde, mas, milagrosamente, o poço satânico agora me era charmoso. Ah, o amor!

Obra-prima

A festa da Independência, em 17 de agosto, era um acontecimento com o potencial de aumentar a dignidade de uma escola. Havia prêmios para a melhor fantasia; o participante mais criativo; o carro mais bem decorado; o melhor desfile; o participante mais harmonioso; e, o de maior prestígio, o melhor desempenho artístico.

Bu Mus e Pak Harfan sempre foram pessimistas com relação à festa por causa de nosso eterno problema: orçamento. Éramos tão pobres que nunca tínhamos dinheiro para fazer um bom desfile. Ficávamos envergonhados, pois nossa participação era simplória e parecia igual todos os anos. No entanto, dessa vez vislumbrávamos um raio de esperança: Mahar.

A Escola PN sempre ficava com os três primeiros prêmios em todas as categorias. De vez em quando escolas públicas da capital da regência conseguiam um terceiro lugar. Escolas de aldeia como a nossa jamais ganhavam prêmios, pois só íamos lá para fazer número, como se não passássemos de animadores de torcida.

As escolas públicas dispunham de recursos para alugar fantasias tradicionais que tornavam suas apresentações charmosas. A PN tinha mais poder ainda. Seu desfile era o mais longo, a escola ocupava a posição mais estratégica e suas alas eram as maiores. A linha de frente era formada por bicicletas novas, com cestinhas e decoração colorida. Os ciclistas também usavam belos trajes. As campainhas das bicicletas tocavam ruidosa e simultaneamente. Era mesmo uma festa.

Na segunda fila vinham carros decorados como barcos e aviões, trazendo garotinhas com coroas e vestidas de Cinderela.

Logo atrás vinham os profissionais do futuro, alunos com roupas inspiradas em suas ambições. Muitos usavam jalecos brancos, estetoscópios e óculos grossos. Sem dúvida, queriam ser médicos quando crescessem.

Em seguida vinham os engenheiros, usando macacões e carregando diferentes tipos de ferramentas. Um punhado de alunos trazia grossos livros científicos, microscópios e telescópios. Creio que desejavam ser professores, cientistas e astrônomos. Os demais eram pilotos, comissários de bordo e comandantes de navio. O desfile da Escola PN culminava com uma banda, a parte de que eu mais gostava. O rugido de dezenas de trombones soava como a explosão trovejante dos clarins do Juízo Final. O rufar dos tambores fazia meu coração sacudir dentro do peito.

A banda da Escola PN não era uma banda comum. Tinha patrocínio integral da PN. O coreógrafo, o figurinista e o maestro eram especialmente contratados em Jacarta para a ocasião. Havia, no mínimo, 80 alunos tocando, inclusive os atraentes porta-estandartes. Sem a banda da Escola PN, a parada de 17 de agosto perderia a alma.

O ponto alto da festa era quando a banda formava dois quadrados móveis enquanto saudava o pódio VIP. Invariavelmente, os alunos da PN ganhavam o primeiro lugar da categoria de maior prestígio. Ninguém jamais os derrotava. Havia pelo menos 40 anos que o prêmio máximo para o melhor desempenho artístico vinha sendo exibido em local de destaque, na vitrine de vidro da Escola PN.

O pódio VIP era o lugar dos convidados mais respeitáveis, incluindo o chefe de operações da PN. Também estava presente seu secretário, que sempre carregava um walkie-talkie, além de alguns gerentes da empresa, autoridades da aldeia, ricos proprietários de lojas, o chefe do correio, o supervisor do Banco BRI, o líder da tribo sawang, o líder do povo sarongue, o líder da comunidade chinesa, os xamãs e vários outros "chefes", todos acompanhados por suas zelosas esposas. O pódio ficava no centro do mercado e a maioria da multidão se reunia à sua volta.

A plateia costumava assistir à festa perto do pódio, pois era ali que os participantes dos desfiles davam o máximo de si. Um júri intimidador também se sentava no lugar de destaque, pronto para avaliar os desempenhos.

Para a maioria de nós, alunos da Muhammadiyah, a festa era uma experiência desagradável, traumática até. Nossa apresentação consistia meramente em um bando de crianças lideradas por dois professores de aldeia segurando uma faixa com o símbolo da escola. A faixa era feita de um tecido barato e pendia, tristonha, de duas varas de bambu amarelo. Atrás dela estendiam-se três filas de alunos usando sarongues, barretes muçulmanas tradicionais e trajes islâmicos, representando os fundadores do *Sarekat Islam* – a primeira organização intelectual muçulmana da Indonésia – e os fundadores da Muhammadiyah.

Todo ano Sansão vestia um uniforme de guardião de represa. Certamente não aspirava seguir a profissão do pai, mas aquela era a única fantasia que possuía. Syahdan usava uma roupa de pescador, também de acordo com a ocupação do pai. A Kiong escolhia, em todos os desfiles, ser o guardião do gongo de um templo *shaolin*.

Trapani usava botas altas, macacão e um capacete – o uniforme de seu pai, operário da PN. Kucai, que não tinha nem botas nem capacete, não hesitava em desfilar de macacão. Quando questionado, respondia que era um operário de nível inferior, de licença.

Para ser mais dramático, Syahdan carregava uma rede de pesca. Lintang soprava um apito, pois era juiz de futebol, e eu corria de um lado para outro, imitando um bandeirinha. Um aluno bonito se vestia com imenso capricho: sapato esporte preto, calça escura, cinto e uma camisa branca de mangas compridas. Uma grande maleta completava o traje. Aquele aluno notável era Harun. Não dava para saber que profissão representava. A meu ver, parecia alguém que acabara de ser expulso de casa pela sogra.

Era assim que nos apresentávamos, ano após ano. Nada disso simbolizava nossas aspirações, porque nem sequer ousávamos tê-las. Os professores sugeriam aos alunos que usassem os uniformes de seus pais porque não tínhamos dinheiro para alugar fantasias. Assim, representávamos os empregos da comunidade marginalizada e, nesse contexto, Mahar se vestia com o mesmo capricho de Harun, acenando para os espectadores um cartão de aposentado, enquanto Sahara se recusava a desfilar, pois seu pai havia sido demitido.

Quando passávamos pelo pódio VIP, apressávamos o passo e rezávamos para que o desfile terminasse logo. Não era divertido, pois nos sentíamos muito inferiores. Apenas Harun, com sua maleta com ilustrações dos Beatles, andava de cabeça erguida, transpirando confiança enquanto sorria para as pessoas de destaque empoleiradas no pódio.

Dada a nossa realidade, sempre que chegava a época, tínhamos que ponderar os prós e os contras de participar do desfile. Trapani, Sahara e Kucai sugeriram que não participássemos, pois seria melhor do que passar vergonha. Bu Mus e Pak Harfan, porém, tiveram outra ideia.

– A festa é a única maneira de mostrar ao mundo que nossa escola ainda existe. Somos uma escola islâmica que promove valores religiosos! Devemos nos orgulhar disto! – exclamou Pak Harfan, otimista. – Temos que participar! De qualquer jeito! Se fizermos uma apresentação marcante, quem sabe o Sr. Samadikun não se encante e reconsidere a ideia de fechar nossa escola? Este ano vamos dar a Mahar a chance de nos mostrar o que tem em mente. Ele é um artista muito talentoso!

Pak Harfan tinha muito orgulho de Mahar, e com razão. Recentemente, ele colaborara para a boa reputação de Pak Harfan ao solucionar o problema da quantidade excessiva de espectadores tentando assistir aos programas numa TV em preto e branco no auditório da prefeitura. Mahar teve a ideia de refletir a imagem da tela num jogo de espelhos, permitindo que o auditório acomodasse uma plateia maior.

Aplaudimos ruidosamente o discurso do diretor. Ele inflamara nosso ânimo, preparando sua tropa para a batalha. Estávamos empolgados porque seríamos comandados por Mahar. Nós o enchemos de elogios, mas ele não estava presente. Na verdade, se empoleirara num dos galhos do *filicium*, sorrindo maliciosamente.

Mahar logo nomeou A Kiong seu assistente de assuntos gerais – seu criado, basicamente. A Kiong me contou que não conseguiu dormir durante três noites, de tão orgulhoso que ficou com sua promoção. Mahar também passou três noites acordado, meditando para se inspirar. Não podia ser incomodado.

Toda vez que entrava na sala, ele se mantinha silencioso como uma borboleta. Eu nunca o vira agir com tanta seriedade. Mahar estava ciente de que todos depositavam nele suas esperanças, que aguardavam ansiosamente para saber que conceito artístico surpreendente ele iria apresentar.

Mahar passava a noite toda sentado sozinho no meio do campo atrás da escola, batendo numa *tabla* – um tambor tradicional – em busca de música. Não permitia que ninguém se aproximasse. Contemplava o céu e, de repente, se levantava, saía pulando, corria em círculos, gritava como um louco, atirava-se no chão, rolava de um lado para outro, sentava-se outra vez e, sem aviso, baixava a cabeça como um animal sob um ataque de insetos.

Estaria criando uma obra-prima? Conseguiria redimir nossa escola das dezenas de anos em que fora humilhada na festa da Independência? Seria mesmo um pioneiro, um renegado capaz de conquistas fenomenais? Será que merecia carregar o peso da obrigação de impressionar o Sr. Samadikun para que nossa escola não fosse fechada? Era um peso enorme. Afinal, Mahar não passava de uma criança.

Observei-o de longe. Era o artista solitário, jamais obtendo o reconhecimento merecido, sempre alvo de nossas piadas. Seu rosto tinha uma expressão confusa. Já se passara uma semana e ele ainda não havia pensado em conceito algum.

Então, numa radiosa manhã de sábado, Mahar chegou à escola assoviando. Ficou claro que havia sido iluminado. Os anjos tinham lavado sua expressão confusa com inspiração. Dioniso, deus do teatro, devia ter invadido sua cabeça naquela madrugada. Mahar sem dúvida nos apresentaria uma excelente ideia. Reunimo-nos à sua volta. Ele olhou diretamente para nós, um por um, como se estivesse prestes a mostrar uma lâmpada mágica a um grupo de crianças pequenas.

– Não haverá fazendeiros, operários da PN, professores do Corão nem guardiões de represa no desfile deste ano! – gritou a plenos pulmões.

Ficamos chocados.

– Todo o poder da escola Muhammadiyah se unirá em torno de uma única coisa!

Estávamos confusos, ainda sem entender.

– Em torno de quê, Mahar? Ande, como vamos nos apresentar? Para de enrolar! – berrou Kucai.

Todos aguardávamos a erupção da ideia extraordinária de Mahar.

– Vamos apresentar uma dança da tribo africana masai!

Todos nos entreolhamos, sem acreditar no que estávamos ouvindo. A ideia nos provocou a mesma reação que teríamos se uma enguia-elétrica se enrolasse em nossa cintura. Ainda estávamos em choque quando Mahar voltou a gritar, nos reanimando:

– Cinquenta dançarinos! Trinta tocadores de *tabla*! Girando sem parar. Vamos incendiar o pódio VIP.

Por Alá! Eu ia desmaiar. Pulamos como doidos, batendo palmas e gritando entusiasmados, imaginando o potencial de nossa apresentação.

– Enfeitados com franjas! – gritou Pak Harfan do fundo da sala.

– Com crinas! – acrescentou Bu Mus.

Estávamos em êxtase.

Mahar era tão imprevisível! Sua imaginação voava, irrefreável, fantástica, nova e original. Representar uma tribo distante da África era uma ideia brilhante. Essa tribo devia se vestir parcamente. Quanto menos roupas, menos dinheiro seria necessário. A ideia de Mahar não era brilhante apenas do ponto de vista artístico. Ela também se adequava à condição financeira de nossa escola.

Depois disso, toda noite, depois das aulas, ensaiávamos à exaustão uma dança estranha de uma terra distante. Segundo Mahar, ela tinha que ser executada rápida e energicamente. Batíamos os pés no chão, estendíamos os braços para o céu e formávamos um círculo, girando ao mesmo tempo. Então baixávamos a cabeça depressa, como touros prestes a atacar, dávamos um salto e um rodopio e nos dispersávamos em todas as direções, para depois retomar a formação original, como touros batendo em retirada. Os pés precisavam se arrastar com força no chão. Não podia haver nenhum movimento delicado, tudo tinha que ser rápido, feroz, passional e fragmentado. A coreografia de Mahar era difícil, mas altamente artística. Era divertida de dançar, além de ser um ótimo exercício.

Você sabe o que é felicidade? Era o que eu sentia naquela época. Estava completamente arrebatado pela arte, por me apresentar com meus melhores amigos e por saber que meu primeiro amor provavelmente estaria assistindo.

Gostamos de verdade da coreografia energética de Mahar e tínhamos certeza de que a dança demonstrava a felicidade da tribo masai porque suas vacas tinham acabado de parir. Durante a dança, precisávamos gritar palavras cujo significado desconhecíamos: *Habuna! Habuna! Habuna! Baraba, baraba, baraba, habba, habba, homm!*

Quando questionamos Mahar sobre seu significado, ele reagiu como se fosse dono de um conhecimento que abarcasse os quatro continentes e respondeu que era uma tradicional rima africana. Eu acabava de descobrir que o povo africano partilhava um costume com os malaios: a obsessão pelas rimas. Arquivei essa informação na memória.

Entretanto, eu estava enganado com relação ao significado da dança. De início, achei que nós oito – Sahara optara por ficar de fora e Mahar tocaria a *tabla* – formávamos uma tribo masai, feliz porque nossas vacas estavam prenhas e iam parir. Para minha surpresa, porém, éramos as próprias vacas. Depois de dançar com entusiasmo, seríamos atacados por guepardos. Eles nos cercavam, rompiam a harmonia da nossa formação e depois se atiravam sobre nós. O caos se instalava entre as vacas, mas, nesse momento, os morans, famosos soldados masai, vinham em nosso socorro. Os soldados lutavam com os guepardos para nos salvar. Mahar orquestrava com maestria os movimentos das feras, exatamente iguais a animais que tivessem passado três dias sem comer.

Era essa a história por trás da coreografia de Mahar. Toda a cena se desenrolava ao som das *tablas*, cujo ritmo cortava incessantemente o ar, enquanto os tocadores de tambor dançavam animados. A coreografia retratava um drama excitante – a luta coletiva do homem contra a besta nas florestas da África. Uma obra de arte exemplar. A obra-prima de Mahar.

O plano perfeito

E chegou o dia da festa. Nossos corações estavam acelerados.

Mahar confeccionou as fantasias de guepardo com lona pintada de amarelo com manchas negras, transformando os alunos das séries abaixo da nossa em convincentes representações de animais selvagens. Tufos de cabelo tingido de amarelo coroavam seus rostos pintados.

Outros se apresentaram como tocadores de *tabla*. Seus corpos foram pintados de preto brilhante, enquanto o rosto era coberto por tinta branco-neve. O resultado era muito estranho. Os morans – os tradicionais soldados masai – tomaram um banho de tinta vermelha. Armados de lanças e chicotes vermelhos, com adereços de cabeça feitos de grama brava trançada, tinham um aspecto realmente feroz.

Mahar deu atenção especial a nós, as oito vacas. Nossas fantasias eram as mais artísticas. Usávamos bermudas vermelho-escuras que nos cobriam do umbigo ao joelho. Nossos corpos foram pintados de marrom claro como os das vacas africanas, menos o rosto, que tinha listras. Ganhamos tornozeleiras com sinos e franjas, como as usadas pelo mitológico cavalo voador javanês. Elas tilintavam a cada passo que dávamos. Em volta da cintura tínhamos faixas feitas de penas de galinha. Também ostentávamos vários acessórios exóticos, como grandes brincos de pressão e pulseiras feitas de raízes de árvores.

Nosso acessório mais comum era um colar feito de frutos de *aren*, presos uns aos outros como se fossem um espeto de carne e pendurados num fio de ratã. Não eram chamativos o bastante para provocar qualquer discussão. Estávamos muito ocupados exibindo nossos chapéus. Na verdade, chamá-los de chapéus não lhes fazia justiça. Coroa seria um termo mais apropriado.

As coroas eram enormes, feitas de grandes pedaços de tecido trançados. Costurada no tecido havia uma miscelânea de penas de pato, lascas de tronco de árvore, flores silvestres e bandeiras em miniatura. Ninguém suspeitaria de que a arma secreta de Mahar para enriquecer nosso desempenho estaria justamente nos colares sem graça. Aqueles colares, que ele passara três noites em claro para confeccionar, eram o auge da sua criatividade.

Nossos pescoços estavam enfeitados, nossas cabeças, coroadas. Como toque final, Mahar prendeu em nossas costas uma crina de cavalo feita com fios de plástico. Éramos vacas gloriosas. No todo, porém, não parecíamos realmente vacas. Vistos de costas, mais parecíamos foguistas, vistos de lado, éramos como perus, de cima, parecíamos ninhos de grou e, de frente, fantasmas.

Antes do início do desfile fizemos uma roda, nos demos as mãos e baixamos a cabeça para fazer uma oração. Foi muito comovente.

Como havíamos previsto, a recepção dos espectadores foi fantástica. Próximo ao pódio VIP, ouvimos os sons retumbantes de tambores, tubas, trompas, trombones, clarinetes, trompetes e saxofones: a banda da PN estava em ação!

Ela era realmente formidável. As fantasias dos componentes variavam de acordo com os instrumentos tocados. Os tocadores de bumbo eram soldados romanos que tinham acabado de descer de seus corcéis brancos. Os sorrisos vitoriosos deixavam claro que esperavam que esse ano fosse igual ao anterior. Sem dúvida, arrebatariam o troféu de melhor desempenho artístico.

O ponto alto da apresentação deles foi quando a banda parou diante do pódio VIP e tocou o *Concerto para trompete e orquestra* – frequentemente tocado por Wynton Marsalis. A bela introdução do *Concerto* foi executada por 15 tocadores de *blira* que extraíram dos instrumentos três sons diferentes. A estes, então, se juntaram as batidas de pratos, até seu ritmo e tom serem abafados pela entrada de dezenas de caixas. Todos que ouviram estremeceram. A plateia ainda acompanhava o ritmo dos tambores de cordas quando os porta-estandartes encheram a rua com uma dança contemporânea muito cativante.

Milhares de espectadores aplaudiram, seus gritos animados aumentando ainda mais quando três balizas, as rainhas do charme, fizeram malabarismo com seus bastões, sem cometerem um único erro. As lindas e esbeltas balizas de sorriso irresistível corriam de um lado para outro como pavões exibindo suas caudas.

As jovens pareciam ter saído diretamente de um calendário. Usavam minissaias, meias pretas e botas de salto alto e cano longo, na altura dos joelhos.

As luvas brancas chegavam aos cotovelos. Elas saltitavam sobre aquelas botas de salto alto sem nenhuma dificuldade.

Mais que meras balizas, eram modelos. Caminhavam a passos largos e frequentemente gritavam ordens. A expressão de seus rostos passava a mensagem de que estavam acostumadas a usar produtos importados e que não tinham tempo a perder com coisas insignificantes. Seu estilo de vida confortável e seu futuro brilhante podiam ser vislumbrados em seus olhos. Não sabíamos seus nomes e elas pareciam visitantes de uma terra distante que haviam feito escala ali só para nos deslumbrar.

Enquanto isso, nós nos sentíamos encurralados como um bando de primatas estranhos projetando nossas cabeças por entre as raízes das árvores: negros, sujos e pasmos com o mundo à nossa volta. No entanto, logo formamos nossas fileiras, sem desanimar, aguardando, impacientes, a nossa vez.

Assim que banda da PN se retirou sob os aplausos e assovios da plateia, Mahar e os tocadores de *tabla* roubaram a cena sem perder um único segundo, surpreendendo o pódio VIP. Batucavam nas *tablas* com todo o vigor, movendo-se como centenas de macacos disputando mangas. Mahar fez com que a imaginação da plateia viajasse até as florestas da África.

Os espectadores se inclinaram para a frente, de olhos bem abertos, para ver os movimentos espontâneos das figuras jovens que se moviam como ondas do mar, com a ferocidade de um puma e o impacto de uma picada de abelha. Sem precisar de incentivo, milhares de espectadores começaram a bater palmas no ritmo das *tablas*.

A entrada bem-sucedida das *tablas* fez com que nossa autoconfiança deslanchasse. Nós, as oito vacas, entraríamos em seguida. Nossos pés ansiavam por demonstrar a grandeza de nossa dança mamífera.

No entanto, durante aquela espera tensa, meu pescoço, meu peito e minhas orelhas começaram a arder e a coçar. Aparentemente meus amigos estavam sentindo a mesma coisa. Foi quando nos demos conta de que a coceira era causada pela seiva dos nossos colares de frutos de *aren*.

A intensidade da coceira aumentou depressa, mas não havia nada a fazer, pois, para tirar os colares, antes teríamos que remover as coroas, que pesavam cerca de um quilo e haviam sido presas em nossas cabeças por tiras de tecido que davam três voltas por baixo do queixo – uma tarefa nada fácil. Era impossível tirá-las sem a ajuda de outra pessoa. Estava claro que a intenção de Mahar não era apenas que as coroas aumentassem a glória de nossas fantasias, mas também que fossem capazes de manter os colares no lugar. Estávamos impotentes. Mahar fez um sinal indicando que chegara a nossa vez.

Jamais me esquecerei do que aconteceu em seguida. Tomamos a arena com ânimo de gladiadores. A plateia explodiu em aplausos. No início, dançamos alegremente, seguindo a coreografia. Mas então começamos a nos mexer de um jeito peculiar, diferente do planejado, porque fomos acometidos por uma coceira insuportável.

Tentamos não ceder ao impulso de nos coçarmos, pois isso arruinaria a coreografia. Estávamos muito determinados a derrotar a banda da PN. Suportamos o sofrimento. A única forma de nos distrairmos da tortura era pular como loucos. Rugíamos, batíamos a cabeça, socávamos uns aos outros, rastejávamos, rolávamos no chão e nos contorcíamos. Parecíamos uma lata de vermes despejada sobre uma estrada de asfalto quente. Nada daquilo tinha sido coreografado.

Por outro lado, os tocadores de *tabla* esbanjavam entusiasmo vendo sua música nos entusiasmar daquele jeito. Aceleraram o ritmo a fim de acompanhar nossos movimentos insanos. Os espectadores, sem saber o que acontecia, concluíram que o som das *tablas* exercia algum tipo de magia que nos fazia entrar em transe. Eles ficaram ainda mais admirados.

De acordo com a coreografia, em seguida aconteceria um ataque de 20 guepardos. Tomados pela coceira insuportável, lutamos contra eles. Confusos, as guepardos fugiram para se salvar. A ideia não era essa. Deveríamos ficar com medo e fugir até que os bravos soldados masai surgissem para nos salvar. Mas não podíamos ficar quietos, ou a coceira explodiria nossas veias.

Os guepardos voltaram a atacar e reagimos de novo. Isso se repetiu várias vezes. Como um milagre, o desvio da coreografia fez brotar a verdadeira natureza animal, que tanto pode ser impiedosamente cruel em algumas situações como incontrolavelmente temerosa em outras. Lancei um olhar para Mahar, que se mostrava fascinado por nosso improviso. Devia ter armado tudo, esperando exatamente aquele resultado. O som de sua *tabla* ficou mais animado. Ele sorria de orelha a orelha. Eu nunca o vira tão satisfeito.

O clima ficou ainda mais quente quando os soldados masai entraram em cena para nos salvar. Então uma batalha de verdade teve início. A poeira levantava da rua e envolvia os dançarinos como um tornado. Daquele emaranhado caótico subiam gritos histéricos, rugidos de animais, o som das *tablas*. Nossa coreografia lembrava as danças rituais das tribos subsaarianas e a história atemporal da sobrevivência dos mais fortes. Aquilo era *adzohu*, a manifestação da luta pela sobrevivência representada por meio da metáfora do movimento humano em sincronia com o rufar das *tablas* que produziam mantras mágicos. As vibrações da dança sacudiram a alma dos espectadores, como se viessem dos rituais místicos do ciclo da vida. Eles ficaram estupefatos ao ver uma obra de arte desse calibre brotar de movimentos caóticos involuntariamente gerados. Os fotógrafos ficaram sem filme.

Depois do show, corremos como loucos atrás de água. Infelizmente o que havia mais perto dali era um lago imundo nos fundos de uma loja de quinquilharias, cheio de peixe estragado que não podia ser vendido. Não tínhamos opção. Mergulhamos.

Não vimos os espectadores aplaudirem Mahar de pé. Não vimos as lágrimas de orgulho correndo pelos rostos de Bu Mus e Pak Harfan. Nem mesmo ouvimos os elogios do presidente do júri à nossa magnífica interpretação da dança de uma terra distante. Oh, jurados respeitáveis, deixe-me dizer-lhes uma coisa a respeito da nossa magnífica interpretação: devemos nosso desempenho "artístico" à seiva do fruto de *aren*, que nos provocou coceira do pescoço à virilha e fez com que nos sentíssemos dançando sobre brasas. Foi por isso que agimos como loucos. E essa foi a nossa interpretação artística.

Também não soubemos que, naquele momento, Mahar estava recebendo o troféu de maior prestígio – o de melhor desempenho artístico daquele ano –, troféu com o qual sempre sonhamos. Foi a primeira vez que esse troféu foi ganho por uma escola de aldeia. Ele poderia fazer com que nossa escola jamais voltasse a ser objeto de zombaria.

Não soubemos de nada disso porque, enquanto a cerimônia acontecia, estávamos mergulhados nas águas lamacentas do lago, esfregando, aliviados, nossos pescoços com folhas aveludadas. Não podíamos imaginar o sorriso de Mahar enquanto choviam sobre ele louvores celestiais. Nesse meio-tempo, aparentemente, ganhávamos nosso merecido castigo no lago pútrido. Depois de ser ridicularizado durante anos, Mahar conseguiu, ao mesmo tempo, se vingar e ganhar o prêmio mais desejado. Era um gênio. Matou dois coelhos com uma cajadada só. Deve ter sido uma vingança muito doce para ele – doce como as frutas da *bintang*.

Saudade

Numa manhã especial de segunda-feira, depois de anos de infortúnios, a Escola Muhammadiyah de Belitung sorriu pela primeira vez.

Fizemos uma pequena cerimônia diante da nossa vitrine de vidro. Pela primeira vez ela ostentaria algo genuinamente digno de figurar em suas prateleiras: um troféu.

Na véspera, o presidente do corpo de jurados da festa da Independência entregara o troféu a Mahar, encerrando sua estadia de 40 anos na prestigiosa vitrine da Escola PN.

Por outro lado, a escola islâmica da aldeia, que existia havia quase 100 anos – a mais antiga da ilha de Belitung, talvez até mesmo de toda a Sumatra –, recebera um troféu pela primeira vez. Pak Harfan conferiu ao menino que tornara possível esse acontecimento histórico a honra de colocar o troféu na vitrine.

Aquele prêmio deixou claro quem Mahar era de verdade. Ele merecia respeito. Os sentimentos aparentemente lógicos que nutríamos por ele foram suspensos de imediato. O que importava não era que Mahar fosse excêntrico, mas que era um gênio. Era isso que tínhamos que reconhecer antes de mais nada – talvez fosse assim que todos devessem encarar os artistas em geral.

Não importava que nos considerássemos *mais normais* que ele ou que nos víssemos como mais realistas e íntegros: até então não havíamos contribuído para nossa escola com uma conquista de peso que fosse. Apesar de sua extravagância, apesar de sua aparência esquisita, apesar da sua visão e de seus métodos caóticos, Mahar foi a primeira pessoa a entrar para a história por ter conquistado algo fenomenal para a Muhammadiyah. Foi o herói que fez com que as pessoas pensassem duas vezes antes de desmerecer a nossa escola. E éramos gratos por isso. Acho que é a isso que chamam de reconhecimento.

Nossa cerimônia de comemoração se encerrou com uma foto. Fizemos um círculo em torno da vitrine de vidro, exibindo, além do troféu, nossos sorrisos. E você até pode imaginar quem tinha o sorriso maior – isso mesmo,

Harun. Bu Mus chamara um fotógrafo profissional para mostrarmos ao Sr. Samadikun que também éramos capazes de ganhar um troféu.

Bu Mus nos prometera, tanto em seu nome como em nome da escola, que, se tirássemos a nota máxima nos exames ou ganhássemos um prêmio especial, ela nos daria a recompensa que escolhêssemos – desde que fosse algo *viável*. A escolha estava nas mãos de Mahar.

– O que você mais deseja, criança?

Mahar não cabia em si de tanta felicidade. Abriu sua bolsa e tirou dela um pedaço de papel enrolado.

– E o que é isso? – indagou Bu Mus.

Mahar desenrolou o papel, rindo ao mostrar a imagem de Bruce Lee em meio a um movimento do dragão, com três linhas paralelas marcadas no rosto e segurando um *nunchaku*, pronto para atingir o inimigo na cabeça. Sabíamos o que ele queria dizer. Mahar pedira inúmeras vezes que Bu Mus lhe permitisse pendurar o pôster de Bruce Lee na nossa sala e ela sempre negara. Agora, graças a seu direito especial, ele tinha uma oportunidade de ouro.

Bu Mus perguntou, desanimada:

– Você não gostaria de outra coisa, Mahar?

Ele fez que não com a cabeça.

– Tem certeza? Não tem nenhum outro pedido? – insistiu Bu Mus, com uma pontinha de frustração.

Mahar tornou a balançar negativamente a cabeça.

– Como ser dispensado de regar o jardim durante um mês?

Ele repetiu o movimento.

– Ou não ter que ir comprar giz?

Ele negou de novo e sorriu para mim. Também sorri, exultante, tentando encorajar Bu Mus a dispensar outros alunos da compra de giz. Entregue essa tarefa árfua a mim: eu me ofereço! Eu me ofereço de todo o coração!

Bu Mus ponderou se o pedido de Mahar se encaixava ou não na categoria de coisas *viáveis*. Também tinha em mente o significado de uma *promessa* feita por um professor a seus alunos. Tinha que levar aquilo a sério. Por um lado, manter uma promessa e garantir o devido reconhecimento. Por outro, recompensar a excentricidade. Bu Mus se viu numa situação delicada.

– O destino é circular, *Ibunda*. A senhorita precisa acreditar que um dia este pôster de Bruce Lee será útil.

E foi assim – de um jeito calmo, filosófico e inocente – que Mahar convenceu Bu Mus. Ela ficou paralisada. Parte dela queria negar o pedido para pendurar um pôster de um lutador brutal na parede de sua sala. Tentou negociar com Mahar. Os dois conversaram em cochichos.

No dia seguinte, o rosto de Bruce Lee nos encarava da frente da sala, pendurado bem acima do quadro negro. Mas ele parecia diferente. Não estava lutando, mas sorrindo, vestido com roupas chinesas tradicionais. Seu sorriso era tão sereno quanto o de Rhoma Irama no pôster ao lado.

Era realmente extraordinário – o mestre do kung fu e o mestre da música *dangdut* agora presidiam a nossa turma. Após examiná-los de perto, descobri que havia uma semelhança entre eles: ambos tinham olhos melancólicos, cheios de determinação para combater todo tipo de maldade na face da Terra. Impressionante.

Coisas boas costumam dar origem a outras coisas boas, como diz o velho provérbio malaio. E era verdade – a presença daquele troféu nos deu ânimo. Outra coisa boa foi que, junto com ele, recebemos uma pequena soma de dinheiro, que poderíamos usar para satisfazer as exigências do Sr. Samadikun de comprar um novo quadro-negro e um kit de primeiros socorros. Bu Mus encheu o kit com pílulas APC e remédio para vermes. O restante do dinheiro foi usado para encomendar retratos do Presidente, do Vice-Presidente e um pôster da Garuda Pancasila na loja *Cahaya Abadi*, literalmente *Luz Eterna* – a loja de material para escolas-modelos em Tanjung Pandan.

Como foram felizes os dias depois que ganhamos o nosso troféu! Costumávamos contemplá-lo durante longos períodos, falávamos sobre ele aonde quer que fôssemos. Ríamos, felizes, à sua volta. No entanto, em meio à euforia, eu às vezes era assaltado por um vazio.

Naqueles dias eu me sentia sozinho em meio às festividades. Muitas vezes me afastava dos meus amigos e ia me sentar debaixo do *filicium*, sem vontade de falar com ninguém, sem querer companhia. Meus pensamentos brotavam da copa da árvore, flutuavam e se misturavam com as nuvens, como se tivessem perdido o rumo. Nem eu mesmo me entendia, sempre sonhando acordado, sem me satisfazer com a comida, incapaz de dormir bem. Tinha uma sensação estranha que nunca havia experimentado. Eu havia me transformado em um cervo inquieto. Tudo que eu pensava saber foi virado do avesso por uma nova palavra que assumira o comando de minha vida: saudade.

Todo dia era acometido pela saudade daquela jovem de unhas bonitas. Eu me sentia sem fôlego o tempo todo. Queria ver seu rosto, as unhas lisinhas, o sorriso que abriu ao olhar para mim. Sentia saudade até mesmo das sandálias de madeira que usava, dos fios de cabelo rebeldes em sua testa, do jeito como pronunciava o "r" e da maneira meticulosa como enrolava as mangas da roupa.

Logo entendi que não era o tipo de garoto capaz de suportar a saudade. Por isso, pensei muito em como aliviar esse fardo. Depois de muita pesquisa e várias táticas, finalmente cheguei à conclusão de que a minha saudade só podia ser remediada com a compra frequente de giz. E, para isso, Bu Mus era minha única esperança.

Implorei a Bu Mus, de coração, que ela desse só a mim e a mais ninguém a tarefa de comprar giz. Conversei com meus colegas de sala para assumir a incumbência por eles. Cheguei até a procurar o representante da turma, Kucai, e recorrer ao líder dos Laskar Pelangi, Mahar, em busca de apoio.

Em troca de dois pacotes de balas de tamarindo, Kucai se dispôs a alterar a planilha da compra de giz, que já havia sido programada para o ano todo. Como acontece com a maioria dos políticos da Indonésia, foi facílimo subornar Kucai. A planilha agora continha apenas um nome: o meu, Ikal. De janeiro a dezembro, só o meu nome. Meus amigos não pronunciaram nenhuma palavra de protesto, plenamente satisfeitos em se verem livres de pedalar 30 quilômetros até a loja podre de A Miauw para comprar giz. De fato, o que precisei fazer para alterar a planilha não foi nada difícil. Mas eu via as coisas sob outro prisma. A meus olhos, meu esforço para me tornar o único comprador de giz era parte de uma luta acirrada e sangrenta. Eu exagerava para quem quisesse ouvir que foram necessários três meses e um saco de balas de tamarindo a fim de subornar Kucai para que ele acolhesse minha proposta na licitação da tarefa de comprar giz, quando a verdade é que eu não enfrentara concorrência alguma. Meu amigo, o amor me transformou em um romântico incurável. Se fosse necessário, eu teria vendido a alma para ser o comprador de giz. Todo esse drama tornava minha amada ainda mais bela para mim. Que sorte a minha – que sorte a deste garoto –, ficar tão perto dela quando fosse comprar giz!

Bu Mus ficou pasma com o meu súbito entusiasmo pela tarefa.

– Mas não era você que mais odiava comprar giz, Ikal? Por misericórdia, você não vivia dizendo que a loja de giz é podre?

Corei. De um jeito irônico eu descobrira a verdadeira definição de ironia. Não tinha sido porque a *Sinar Harapan* tivesse desenvolvido um aroma agradável, mas meramente porque a princesa do deserto de Gobi esperava por mim ali. Portanto, ironia não é uma questão de conteúdo, mas de compensação. Nada mais, nada menos.

Bu Mus não estava interessada em discutir comigo. Sem dúvida, os instintos que desenvolvera ao longo dos anos de magistério faziam soar os alarmes que a avisavam de que minha súbita mudança de opinião tinha algo a ver com *cinta monyet* – paixonite aguda. No entanto, com total compaixão e um sorriso conformado, Bu Mus consentiu, balançando a cabeça para a frente e para trás.

– Desde que você não perca mais nenhum giz. Não se esqueça de que nosso material é comprado com o dinheiro das contribuições da comunidade religiosa!

Claro que Syahdan, por recomendação minha a Bu Mus, sempre ia comigo. Ele achava ótimo faltar à aula e ter a chance de flertar com as filhas dos donos das lojas de *hok lo pan*.

Logo nos tornamos uma dupla sólida para a tarefa de providenciar giz. A compra ficava por minha conta. Syahdan não precisava mais pedalar. Bastava sentar-se na garupa e segurar firme as caixas de giz, além de manter a boca fechada. Gostávamos do suspense de manter o segredo.

Quando chegávamos à *Sinar Harapan*, eu logo entrava e me postava bem no meio daquele oceano de quinquilharias. Passava óleo de eucalipto embaixo do nariz para combater o fedor do lugar. Enxugava o suor da testa e esperava impacientemente o momento mágico em que A Miauw mandava aquela ave delicada atrás da cortina de conchas pegar o giz.

Então eu me aproximava da porta da gaiola. Ela passava a mão pela abertura. Sempre que isso acontecia, meu coração parecia que ia saltar do peito.

Mas ela continuava sem dizer nada, calada como um camundongo, e eu também. Em compensação, já não puxava a mão com a mesma pressa de antes, dando-me a chance de admirar suas unhas. Isso já era suficiente para me deixar feliz até a semana seguinte.

E assim foi durante meses e meses. Toda segunda-feira de manhã eu podia encontrar a outra metade do meu coração, ainda que se tratasse apenas de um conjunto de unhas. E nosso relacionamento não passou daí. Sem cumprimentos, sem palavras, apenas corações se falando por intermédio de unhas bonitas. Nada de apresentações nem de encontros. Nosso amor era velado, simples, muito tímido, porém bonito, tão bonito que as palavras seriam incapazes de descrever.

Às vezes ela batia de leve com as unhas ou implicava comigo, não largando a caixa de giz quando eu a pegava, fazendo um cabo de guerra. Quase sempre cerrava o punho. Talvez esse fosse seu jeito de perguntar "Por que você se atrasou?".

Várias vezes, preparei-me para segurar sua mão ou lhe dizer como sentira saudade dela. Mas sempre que via aquelas unhas, minhas palavras cuidadosamente planejadas desapareciam, absorvidas pelo cheiro do suor dos sawangs. Toda a minha coragem sumia sob a pilha de *jengkol*. O aparecimento de suas unhas era tão poderoso que eu ficava enfeitiçado. Depois do nosso encontro, eu sofria durante uma semana, mas era um sofrimento misturado com uma estranha felicidade, combinado com uma saudade que começava a me sufocar no instante em que ela recolhia a mão por aquela abertura.

Se existe algo neste mundo que nunca é demais é o amor. O tempo passava e meu coração ficava cada vez mais turbulento. Eu não suportava ficar uma semana inteira sem ver aquelas unhas divinas. Por isso, sorrateira e casualmente, eu surrupiava vários pedaços de giz que ainda poderiam ser usados e os enterrava secretamente debaixo do *filicium*, ou os dava a Harun, que ficava eufórico por possuí-los. Consequentemente, o giz acabava por volta da quinta-feira e eu era mandado ao mercado na sexta de manhã. Sentia uma enorme felicidade por poupar três dias de saudade.

Ainda assim, quando voltava para a escola depois de comprar o giz, eu me sentia mal. Tentava compensar meu ato desonesto varrendo a escola, aparando a grama, regando as flores sem que me pedissem e lavando as bicicletas de Bu Mus e dos meus colegas. Todos ficavam perplexos com o meu comportamento. *Cinta monyet* é uma coisa realmente estranha!

Duas estações se passaram, o povo sarongue desembarcou na ilha duas vezes e eu continuava sem saber o nome da garota de unhas bonitas.

Durante dias tentei reunir coragem para perguntar a ela, mas, quando aquela mão passava pela abertura, eu perdia a capacidade de falar. Por isso, incumbi Syahdan de obter informações. A tarefa o deixou maravilhado – ele se tornou uma espécie de agente secreto malaio, furtivamente xeretando e se esgueirando por todo lado.

– O nome dela é A Ling! – sussurrou, enquanto líamos o Corão na mesquita al-Hikmah. Meu coração disparou. – E estuda na escola nacional!

O *kopiah* – chapéu tradicional – de Taikong Razak acertou o suporte do Corão de Syahdan, provocando um barulho alto.

– Tenha modos diante do livro de Alá, mocinho!

Syahdan se encolheu e voltou a ler o Corão. A escola nacional era exclusiva para crianças chinesas. Encarei Syahdan com expressão séria.

– A Ling é prima de A Kiong!

Tive a sensação de ter acabado de engolir um caroço de *rambutan*, do tamanho de uma uva, e estar engasgado com ele. A Kiong, aquele cabeça de lata! Como *ele* poderia ter uma prima de unhas divinas?

A Kiong me veio à mente de imediato. Nos últimos dias, era obrigado a assistir às aulas de pé porque cinco bolhas haviam aparecido em seu traseiro, impedindo-o de se sentar. Mesmo assim, ele insistia em ir à escola.

Não posso descrever como me senti com todas aquelas novas revelações. O fato de A Ling ser prima de A Kiong me deixou ao mesmo tempo animado e ansioso. Syahdan e eu tivemos muito o que conversar sobre isso.

No fim, chegamos à conclusão de que precisávamos falar abertamente com A Kiong. Ele era nossa única chance de atravessar a cortina de conchas na loja *Sinar Harapan*.

Levamos nosso colega até o jardim atrás da escola e nos sentamos num banco junto a um emaranhado de plantas *Beloperone* e hibiscos em flor – o lugar perfeito para falar de amor.

A Kiong ouviu atentamente minha história, mas não esboçou nenhuma reação. A expressão em seu rosto não se alterou. Não captou a essência de minha história. Seu olhar era vazio. Acho que A Kiong não tinha a menor ideia do que fosse o amor.

– A questão é muito simples, A Kiong – concluí, impaciente. – Eu lhe darei cartas e poemas para A Ling. Você entregará a ela quando rezarem juntos no templo, entendeu?

Ele ergueu as sobrancelhas, com o cabelo espetado para cima e o rosto redondo ainda mais engraçado que de costume. Depois de baixar as sobrancelhas, as bochechas gorduchas também despencaram, balançando de forma cômica. Ele tinha um rosto peculiar, mas muito divertido.

"Isso não faz sentido! Por que você mesmo não entrega quando a encontrar nas segundas-feiras de manhã?"

A Kiong não falou isso, mas era o que sua testa franzida queria dizer. Respondi, telepaticamente: "Ei, garoto chinês, desde quando o amor faz sentido?"

Respirei longa e profundamente e me virei para contemplar o campo da escola. Agi como se estivesse numa novela. Peguei folhas de *Dracaena*, esmaguei-as na mão e depois atirei-as para o ar.

– Sou tímido, A Kiong. Fico paralisado perto dela. Sou um homem compulsivo. E homens compulsivos são sempre descuidados. Não consigo nem imaginar o que pode acontecer se o pai dela descobrir!

Tirei essas frases comoventes da *Aktuil*, uma revista que meu irmão mais velho assinava. Provavelmente não as usei corretamente, mas isso pouco importava.

Depois de ouvir um diálogo que parecia saído de uma radionovela (muito populares nessa época), Syahdan abraçou a árvore *petai cina* a seu lado. Eu não tinha mais palavras para explicar a A Kiong que, no mundo do amor, o envio de cartas tinha um valor romântico maior porque incluía o elemento surpresa.

Acho que A Kiong percebeu o desespero em minha voz. Podia não ser um aluno brilhante, mas era um amigo leal. Se pudesse ajudar, jamais dava as costas a um amigo necessitado. Meu drama amoleceu seu coração.

A Kiong sorriu e eu lhe fiz uma reverência como a de um aprendiz *shaolin* pedindo licença ao mestre para sair e combater o crime. No entanto, dada a natureza empreendedora que havia herdado, A Kiong exigiu uma compensação. E não me custava nada fazer seu dever de matemática.

Por intermédio de A Kiong, meus poemas de amor inundavam incessantemente o mercado de peixes. Era uma tarefa fácil para ele, que começou a gostar de tirar notas cada vez mais altas em matemática. O relacionamento entre mim, A Kiong e Syahdan era de simbiose, como o de um estorninho no lombo de um búfalo. A Kiong não fazia a menor ideia de que seus atos poderiam provocar um terrível conflito entre ele e o tio, A Miauw.

Eu sempre insistia para que A Kiong me descrevesse a expressão de A Ling ao receber meus poemas.

– Como a de um pato ao ver um lago – respondia ele, brincando bem-humorado.

Numa bela tarde do belo mês de julho, sentei-me numa pedra redonda no nosso jardim e escrevi um poema:

Crisântemo

A Ling, levante os olhos
E veja lá no céu
As brancas nuvens que se aproximam
Mandei crisântemos para você

Sorri ao pôr o poema num envelope. Não acreditava que pudesse escrever um poema como esse. Talvez o amor tenha a capacidade de trazer à tona características ou talentos escondidos, coisas que não sabíamos que estavam dentro de nós.

O ritual da afanação

Mujis, o astronauta do inseticida, nos disse que, certo dia, enquanto dedetizava o escritório da superintendência da PN, viu o enorme mapa da exploração de estanho.

– Três dragas estão apontando para esta escola! – afirmou, solene. Ele chegou até a nomear os equipamentos: – IB 9, IB 5 e IB 2.

IB é o jeito local de se dizer EB, *emmer bager*, que significa draga em holandês.

A notícia de Mujis era assustadora, pois qualquer coisa que estivesse no caminho das dragas sem dúvida seria destruída. Como sempre, porém, Bu Mus levantou nosso ânimo e nos disse que rezássemos para que nada de ruim nos acontecesse. Logo esquecemos a ameaça das dragas, principalmente eu, que estava chocado com uma novidade ainda mais surpreendente.

Nesse dia, enquanto eu pedalava voltando para a escola depois de comprar giz, Syahdan leu uma coisa escrita na parte de baixo da caixa que tinha em mãos: *Encontre comigo no Chiong Si Ku.*

O quê? Um recado de A Ling! Aquela só podia ser a letra dela! A mensagem escondida me fez perder o controle da bicicleta, que balançou de um lado para o outro e caiu dentro de uma vala. Tentei resgatar o inestimável giz e o que estava escrito na caixa. Várias vezes Bu Mus ficara desapontada comigo pelo modo como eu lidava com o giz. Syahdan e eu mergulhamos na lama escura. O giz foi salvo, mas nós não. Ficamos ensopados.

Syahdan ficou furioso comigo. Senti-me péssimo ao ver meu amigo daquele jeito, mas também foi muito engraçado. Tudo que dava para ver era o branco dos seus olhos, pois Syahdan estava coberto de lama da cabeça aos pés. Meus joelhos sangravam.

Quando chegamos à escola, tirei o giz da caixa e o guardei em outra, para que pudesse ficar com a mensagem de A Ling.

Em casa, li e reli várias vezes o recado. A Ling queria se encontrar comigo – o significado não mudava, não importava quanto nem como eu lesse a mensagem. De trás para a frente, como em árabe; de frente para trás; de cima; de longe ou de pertinho. Refletida no espelho; esfregada com cera de vela; aumentada por uma lente; atrás do fogo; salpicada de farinha de trigo; por trás das pernas enquanto eu mantinha a cabeça entre os joelhos; ou observada durante um longo tempo como uma imagem em 3D. As palavras eram sempre as mesmas: *Encontre comigo no Chiong Si Ku.* Estava escrita em indonésio direto, não idiomático, científico ou metafórico, nem em código ou símbolos. Eu simplesmente não podia acreditar. Por fim, porém, concluí que eu, Ikal, em breve me encontraria com meu primeiro amor! Era inquestionável. Que o mundo morresse de inveja!

O *Chiong Si Ku*, ou *ritual da afanação*, acontecia todo ano – na verdade, ainda acontece. É um evento animado que reúne todos os chineses de Belitung. Todas as famílias comparecem e seus parentes distantes vêm dos quatro cantos da Indonésia para Belitung só para participar. Todos eram seduzidos por ele. Havia muitas outras atividades de lazer ligadas ao antigo ritual religioso, como pau de sebo, uma roda-gigante e música malaia. O *Chiong Si Ku* se tornou o evento cultural mais esperado da ilha. Todos os principais componentes da nossa comunidade – chineses, malaios, sarongues e sawangs – se uniam para comemorar.

O foco do ritual da afanação são três grandes mesas, cada uma com 12 metros de comprimento, dois de largura e dois de altura. Empilhados sobre as mesas ficam todos os tipos de doações – objetos de casa, brinquedos e comidas variadas – feitas pela comunidade chinesa. No mínimo 150 itens – como frigideiras, rádios, TVs em preto e branco, bolos, biscoitos, açúcar, café, arroz, cigarros, tecidos, molho shoyo, bebidas enlatadas, baldes, pastas de dentes, xarope, pneus de bicicleta, tapetes, sacolas, sabão, guarda-chuvas, paletós, batatas-doces, camisas, calças, mangas, cadeiras de plástico, baterias e todo tipo de produtos de beleza – eram amontoados em pilhas gigantes nas mesas enormes. À meia-noite, tudo pode ser pego ou, mais precisamente, afanado por qualquer um. Por isso o *Chiong Si Ku* também é chamado de ritual da afanação.

A principal atração é um pequeno pano vermelho chamado *fung fu*, escondido entre as outras coisas. O *fung fu* é um símbolo de sorte cobiçado por todos. Quem quer que o encontre pode revendê-lo para a comunidade chinesa por milhões de rúpias.

As três mesas são arrumadas diante do *Thai Tse Ya*, um santuário para o rei fantasma construído com bambu e papel colorido. Ele chega a cinco metros de altura e seu estômago tem dois metros de largura. O fantasma de papel é aterrador. Seus olhos são do tamanho de melancias. A língua comprida parece querer lamber a carne de porco gordurosa assando abaixo dele. O *Thai Tse Ya* representa as piores características do homem e a má sorte. Ao longo de toda a tarde e da noite, os confucianistas da ilha de Belitung vão rezar diante do *Thai Tse Ya*.

A escultura fica diante do templo vermelho, em cuja varanda devo me encontrar com A Ling.

A Kiong e sua família entraram no pátio do templo para rezar. Ele sorriu para mim. Retribuí o sorriso com uma careta porque estava nervoso, à beira de um ataque de nervos, imaginando o que uma jovem chinesa acharia de um garoto de aldeia malaio como eu. Estar no ambiente deles me deixava desconfortável. Seria melhor se eu simplesmente voltasse para casa? Não, minha saudade já doía como uma ferida aberta.

Eu estava esperando A Ling desde que terminara a prece *isya*. Os que queriam assistir ao ritual e participar da brincadeira começaram a chegar aos montes. Nem sinal dela – talvez eu tivesse chegado cedo demais. Eu devia ter chegado mais tarde, ou nem ter vindo.

Os superastros do ritual da afanação eram os sawangs. Sem eles, o ritual perderia a graça. Eles se saíam bem todos os anos por conta de sua organização. Pesquisavam a posição dos objetos valiosos na mesa desde o início da festa, os ângulos de onde deviam atacar e de quantas pessoas precisavam.

Os mais corpulentos deviam interceptar outros grupos, abrindo caminho para os sawangs menores saltarem sobre as mesas. O restante deles se insinuava por baixo, prontos para agarrar o que caísse. O grupo era composto por cerca de 20 pessoas.

Eu já esperava havia duas horas. A Ling ainda não tinha aparecido. Milhares de espectadores e centenas de participantes ansiosos começaram a encher o pátio do templo. As bandas de *dangdut* estavam a mil. A roda-

-gigante girava alegremente. Ambulantes vendiam de tudo, aos berros. Tudo estava muito animado. Os vendedores de balões tocavam sinos estridentes, deixando-me ainda mais impaciente.

O clima esquentou ainda mais quando um punhado de afanadores do povo sarongue chegou. Tinham a cabeça coberta, como se fossem ninjas, deixando visíveis apenas os olhos. Então, não muito depois, alguns afanadores chineses se reuniram: nada menos que seis grupos.

Os afanadores estavam visivelmente cobiçosos e impacientes enquanto esperavam dar a meia-noite, hora em que um padre confucionista bateria numa grande jarra de água. Quando a jarra se quebrasse, o ritual da afanação poderia começar.

Não dei a mínima atenção para os afanadores, tão ocupados com os preparativos que lembravam maratonistas prestes a disparar da linha de largada para a prova de 100 metros rasos. Cada par de olhos atentos examinava as pilhas de objetos a serem afanados que lotavam as mesas. Quanta emoção! E também uma tentação irresistível em meio a suas vidas cansativas.

Eu não ligava para nada disso, porque meus pensamentos estavam em A Ling. Onde ela estaria? Será que não sabia que o coração me saltava no peito de tanta vontade de vê-la?

Então avistei os malaios que participariam do ritual da afanação. Em vez de formarem grupos, estavam espalhados, e eu sabia por quê. Para mim, o ritual da afanação não era apenas um ritual, mas também uma biblioteca cultural que continha muitas lições a serem aprendidas. Esse ritual me fez conhecer melhor a natureza do meu grupo étnico e, com isso, a natureza humana como um todo.

Os malaios, como sempre, tinham uma enorme dificuldade para se organizar. Em vez de se concentrar em suas ações para o ritual e vencer a competição, ocupavam-se com rusgas políticas internas. Encrespavam-se ante as críticas e muito raramente se dispunham a um pouco de introspecção. Sempre defendiam opiniões diferentes e adoravam debatê-las. Não importava se a meta coletiva não fosse atingida, desde que não fizessem feio durante os debates triviais. E a tendência era que o mais estúpido e mal-educado de todos se manifestasse de forma mais vibrante e eloquente.

Se os malaios conseguiam, por fim, formar uma equipe, todos queriam ser o líder. Por isso, nenhuma equipe jamais era formada e eles acabavam atuando cada um por si, numa luta solitária. Como resultado, só conseguiam levar para casa cana de açúcar, alguns pacotes de biscoitos de coco, pés de meias sem par, duas ou três cabeças de boneca, algumas sementes de coco desprezadas pelos sawangs, uma bomba d'água – ou apenas a tomada, para ser mais exato –, além de corpos cansados e cheios de hematomas.

Mais uma vez, porém, não me interessava o ritual da afanação nem os costumes dos afanadores. Meu foco continuava sendo A Ling, embora três horas já tivessem se passado – e a passo de lesma.

De repente, todos os olhares se voltaram para uma figura alta e magra. Era um homem sawang muito respeitado no ritual. Havia anos e anos que seu grupo atribuía a ele a tarefa de caçar o *fung fu*: o pano vermelho extremamente valioso. Seu nome era Bujang Ncas.

Ele entrou usando uma capa preta, como um boxeador. Sempre era seguido por uma criança sawang, que pegava sua capa quando ele se juntava ao restante da equipe de afanadores.

Eu já vira Bujang Ncas em ação antes. Ele saltava sobre a mesa com a agilidade de um esquilo. Tinha uma expressão neutra e não demonstrava a ganância dos outros afanadores. Seu comportamento lembrava o do escravo ao qual Siti Hindum prometera a liberdade caso conseguisse matar Hamzah, o comandante islâmico na guerra Uhud. O escravo não tinha nada a ver com a guerra, por isso, depois de atravessar o peito de Hamzah com a espada, foi correndo para casa.

O ritual era assim para Bujang Ncas, o homem de olhar selvagem. Ele desprezava os outros objetos de valor. Não prestava a mínima atenção às hordas de homens rudes embolados numa luta brutal. Habilmente passava por cima do mar de objetos. Seus olhos argutos iam de um lado para outro e, sem demora alguma, localizavam o *fung fu*. De algum modo sempre conseguia encontrá-lo, mesmo se o sacerdote escondesse aquele pano pequeno, vermelho e sagrado entre as dobras de uma camisola feminina, numa das centenas de latas de biscoito praticamente impossíveis de abrir, num saco de nozes, no meio das canas de açúcar ou dentro de um pomelo.

Bujang Ncas enfiava o *fung fu* no cós da calça. Então, a lenda viva do ritual da afanação dava um único salto e aterrissava sem emitir som algum, como se tivesse o poder de se tornar leve como o ar. Um segundo depois, desaparecia na multidão. Fugia com o símbolo supremo do ritual da afanação, engolido pela escuridão, pela fumaça e pelo cheiro de incenso.

Tenso por causa da espera prolongada por A Ling, meu estômago começou a doer. Sentia as pernas exaustas e a cabeça zonza. Pensamentos sem sentido começaram a me dominar. Será que A Ling era mesmo como eu a imaginava? Ou a realidade seria diferente? Talvez ela nunca tivesse se importado comigo.

Meus pensamentos caóticos foram interrompidos quando ouvi a jarra se quebrar. A surpresa me despertou e corri em busca de segurança quando os milhares de afanadores atacaram as três mesas como se estivessem possuídos.

Então testemunhei um dos fenômenos humanos mais incríveis. Embora eu assistisse àquilo todos os anos, sempre ficava sem fôlego. Centenas de objetos empilhados sobre três mesas sumiram em menos de um minuto – em 25 segundos, para ser mais exato. Aquele momento, quando o jardim do templo se transformava no caos absoluto, não pode ser descrito em palavras. Centenas de pessoas atacavam as mesas altas com a ferocidade de homens ensandecidos. Não se diferiam em nada dos tubarões vorazes atacando suas vítimas.

Aqueles que conseguiam subir nas mesas, com movimentos rápidos como relâmpagos, sistematicamente jogavam objetos para os colegas que aguardavam embaixo. Os que agiam sozinhos subiam nas mesas, atacavam as pilhas, pegavam o que podiam e enfiavam tudo em sacos. Isso também era feito com a rapidez de um raio. Vez por outra não era possível tirar os sacos da mesa, pois o conteúdo era mais pesado do que o afanador podia carregar.

Dezenas deles estavam discutindo por alguma coisa e uma briga teve início no meio do monte de objetos. Eles caíram de costas, trombaram uns nos outros e depois desabaram de cabeça no chão. Os espectadores não tiveram nem a chance de aplaudir – estavam muito pasmos com a cena fantástica, embora assustadora, de inimaginável selvageria humana.

Os que não haviam levado sacos iam enfiando o que podiam nos bolsos e até mesmo dentro da roupa – e ficavam parecendo palhaços. Numa situação tão acelerada, o cérebro deixa de funcionar de maneira lógica. Até grãos de arroz e de açúcar eram postos nos bolsos. Quando eles estavam abarrotados, os afanadores passavam a usar a boca para guardar o que conseguiam pegar.

Catavam todos os objetos em que conseguiam pôr a mão. Se preciso, narinas e ouvidos também seriam usados – uma cena realmente bizarra!

Se alguém tivesse sorte bastante para afanar um rádio, era inútil esperar levá-lo intacto para casa, pois ele estaria sendo disputado por 15 pessoas ao mesmo tempo e, no fim, tudo o que restaria dele seriam o botão e a antena. O objetivo não era pegar a antena, mas garantir que ninguém levasse o rádio intacto. O caso do rádio destruído e inútil era uma questão trivial. O ritual de afanação é uma manifestação da ganância humana. Constitui a prova irrefutável das teorias antropológicas que afirmam que egoísmo, ganância, destruição e agressão são características fundamentais do *Homo sapiens*.

Em menos de 30 segundos, o ritual da afanação – esperado o ano inteiro – já havia acabado, deixando para trás apenas poeira, afanadores seriamente machucados e mesas partidas, tão partidas quanto o meu coração.

Eu estava esperando havia quase cinco horas, desde a prece *isya* até a meia-noite. A Ling não apareceu. Quebrou sua promessa. Talvez houvesse esquecido o compromisso e estivesse colhendo brotos de feijão. Será que não sabia quanto o recado na caixa de giz significava para mim? Ela não viria.

Eu já estava cansado de ouvir a canção *dangdut Gelang Sipatu Gelang*, que convidava a plateia a se retirar porque o show havia acabado. Observei com indiferença os comerciantes guardarem suas mercadorias. Fiquei triste de ver a multidão partir. Havia perdido as esperanças. Aparentemente, toda felicidade que eu sentia cada vez que comprava giz era sentida somente por mim. Eu não passava de um lobo uivando para a lua, um homem infeliz cujo amor não era correspondido.

Meu peito se apertou com uma mistura de saudade e desesperança. Eu queria sair pedalando para longe o mais rápido possível e depois me jogar no rio Linggang. Mas justo no momento em que ia saindo, ouvi uma voz às minhas costas. Era suave como tofu, a voz mais bonita que eu já ouvira na vida, como o dedilhar de uma harpa celestial.

– Qual é o seu nome?

Virei-me depressa e senti, imediatamente, como se meus pés não tocassem mais o chão.

Não consegui emitir um som que fosse, pois bem ali, a 3 metros de distância, estava ela, a distinta Srta. A Ling em pessoa!

Surgira de uma direção totalmente inesperada, porque, durante todo aquele tempo, estivera dentro do templo me observando. No último minuto, quando eu já estava prestes a ceder ao desespero, ela apareceu e reverteu minha decepção.

Embora houvesse três anos que eu a conhecia – apenas suas unhas, na verdade –, fazia apenas sete meses que vira seu rosto pela primeira vez. Depois de escrever dezenas de poemas para ela e de sentir tanta saudade, só naquela noite A Ling saberia meu nome.

Gaguejei como um malaio aprendendo a ler o Corão.

A Ling apenas sorriu. Foi um sorriso muito doce. Ela vestia um *chong kium*, um vestido encantador para ocasiões especiais e, naquele festivo mês de junho, descera à Terra como uma Vênus do mar da China Meridional. O vestido acompanhava as curvas de seu corpo, do tornozelo ao pescoço, e era fechado com um botão alto em forma de prego. O corpo esbelto se apoiava num par de sandálias azuis de madeira.

Naquele momento me senti inadequado. Para mim, era como se A Ling sempre fosse pertencer a outro homem. Eu não passaria de um nome em seu caderno de telefones, que seria esquecido uma semana depois daquele encontro.

Ela leu meus pensamentos. Segurou o *kiang lian*, o colar. Nele havia uma pedra de jade gravada em escrita chinesa cujo significado eu não entendia.

– *Miang sui* – disse ela. – Destino.

Ela pegou minha mão. Corremos em direção à roda-gigante.

O operador do brinquedo já apagara as luzes e se preparava para ir embora. A Ling implorou para que ele fizesse a roda dar mais uma volta. O homem pareceu ter entendido as súplicas de um casal bêbado de amor.

– Li o seu poema, *Crisântemo*, para a minha turma – disse A Ling. – Era lindo.

Eu estava nas nuvens.

Depois ficamos em silêncio, simplesmente calados, dando voltas na roda-gigante, sem querer descer. Meu coração se inchou ao ver as luzes do brinquedo iluminando o céu. Aquela foi a noite mais bonita da minha vida.

Tuk Bayan Tula

O que Mujis nos contou era verdade. Certo dia, quatro homens usando capacetes de obra e levando perfuratrizes apareceram no pátio da escola. Eram *juru cam* – pesquisadores – da PN. Sua tarefa era recolher amostras de terra para avaliar o nível do estanho. Se fosse mesmo alto, as dragas seriam direcionadas para lá, a fim de extraí-lo.

Não podíamos fazer nada além de rezar e torcer para que o nível de estanho em torno da Escola Fundamental Muhammadiyah fosse baixo, de forma que as dragas não a destruíssem. Já éramos oprimidos pelas dificuldades diárias e a ameaça do Sr. Samadikun de fechar a escola não desaparecera – será que aos nossos problemas ainda se somaria a perspectiva de enfrentar as dragas?

Nesse meio-tempo, porém, fomos brevemente distraídos pela visão de um homem animado que surgiu usando uniforme. Trazia no bolso um emblema que anunciava: *Pramuka*, escoteiros.

– Há algum *Pramuka* aqui? – perguntou ele.

Bu Mus negou com a cabeça. Como não dispúnhamos de recursos, jamais havíamos formado uma tropa escoteira. Nossas roupas do dia a dia nem tinham todos os botões – não havia dinheiro para comprar uniformes de escoteiro.

O homem disse que precisava da ajuda dos escoteiros de todas as escolas para procurar uma menina perdida na montanha Selumar.

– Mas temos o Laskar Pelangi – interviu Mahar.

– O que é Laskar Pelangi?

Então Mahar explicou solenemente a conexão entre o arco-íris e o velho povo canibal de Belitung. O homem de uniforme ficou sem saber o que dizer.

– Estamos prontos para ajudar – concluiu Mahar com convicção.

A tarde já ia chegando ao fim quando alcançamos o sopé da montanha Selumar. A polícia, a equipe de Busca e Salvamento, várias tropas de escoteiros e membros da comunidade dispostos a ajudar já se encontravam prontos para subir a montanha e procurar a menina perdida. Aparentemente, ela morava na Propriedade, estudava na Escola PN e havia se afastado da turma durante uma caminhada. A família e os professores estavam em pânico e aos prantos.

Latidos de cães, pessoas gritando o nome da menina e o som de um megafone se misturavam no ar. Por causa do megafone, ficamos sabendo o nome da menina: Flo.

Já era quase noite. As expressões de todos se tornavam cada vez mais preocupadas. No ano anterior, dois meninos haviam se perdido e, três dias depois, foram encontrados abraçados debaixo de uma árvore *medang*, mortos por causa da fome e da hipotermia.

A silhueta da montanha Selumar é inconfundível. Seja qual for o ângulo, a floresta tem a mesma aparência. A pessoa pode achar que sabe onde está e, sem perceber, adentrar cada vez mais a mata.

Talvez Flo estivesse perdida no sul, caminhando na direção da correnteza dos afluentes do rio Linggang, cheio de corredeiras. Ali, na terra plana, havia armadilhas fatais, como a *kiumi* – areia movediça que parecia sólida, mas, quando pisada, era capaz de engolir um corpo inteiro imediatamente.

Mas, se Flo houvesse tido a infelicidade de se perder no norte, seria possível dizer que atravessara os portões da morte. Não havia retorno. Aquela zona era bloqueada pelo cruel rio Buta, que desaguava numa garganta. Os aldeões deram esse nome ao rio de Buta porque ele era aterrador. *Buta* significa escuro, cego, sem pistas, uma armadilha sem saída – morte.

Todos tinham medo do rio Buta. Sua superfície tinha a aparência calma de um lago, lisa como vidro. No entando, debaixo dela, espreitava a morte certa – enormes crocodilos e cobras viviam no fundo negro do rio. Os crocodilos do Buta tinham uma disposição estranha. Seu alvo eram os macacos que se penduravam nos galhos baixos das árvores, mas não se furtavam a arrancar pessoas de dentro de barcos. Velhos pinheiros australianos se debruçavam sobre as águas. Alguns haviam morrido e seus esqueletos agora formavam uma cena de arrepiar, como se fossem fantasmas gigantes aguardando suas presas.

Se Flo realmente tivesse se perdido no norte, possivelmente não voltaria, pois lhe faltaria força para escalar a encosta íngreme de granito. Caso se esforçasse para fazer isso, era bem provável que escorregasse e caísse, espatifando seu corpinho miúdo lá embaixo. Sua única alternativa era dar um jeito de atravessar o rio Buta, mas antes teria que passar pelo tapete de lírios selvagens que batiam na altura do peito. Seus primeiros passos nessa área sem dúvida seriam os últimos que daria na vida, pois a região era o habitat dos crocodilos mais selvagens de Belitung.

A noite caiu. Flo estava perdida havia 10 horas. Nenhum raio de esperança iluminava a nossa busca. Pobre criança, sozinha na floresta escura. Talvez houvesse quebrado a perna ou estivesse inconsciente, ou sentada debaixo de uma árvore, soluçando assustada, tiritando de frio.

Em meio ao pânico, várias pessoas sugeriram que pedíssemos ajuda a um velho chamado Tuk Bayan Tula.

Tuk Bayan Tula era um xamã infame. Diziam que ele era capaz de voar como o nevoeiro e de se esconder atrás de uma fina folha de grama, que podia apagar uma lâmpada com um piscar de olhos. Era mais poderoso que Bodenga, o xamã de crocodilos. Aliás, mais poderoso que qualquer outro xamã. Nada se comparava a seu poder, o único xamã do mundo capaz de cruzar os mares graças à pura magia. Com um simples mantra, Tuk Bayan Tula podia matar alguém na ilha de Java.

Os malaios da aldeia acreditavam que ele fosse meio humano e meio divino – meio fantasma, para ser exato.

Junto com Bruce Lee, Tuk Bayan Tula era o ídolo de Mahar. Assim como A Kiong desejava ser o discípulo espiritual de Mahar, nosso artista ansiava ser o discípulo espiritual daquele xamã divino.

Então, algumas pessoas foram encarregadas de procurar Tuk Bayan Tula na ilha *Lanun* – a ilha dos Piratas –, onde ele morava. Uma lanchinha da PN levou o grupo até lá.

A manhã se aproximava quando a delegação retornou e foi recebida por todos com a irracional esperança de um milagre. Até a irracionalidade era melhor que desistir completamente. Havíamos procurado Flo por todo lado, sem encontrar nenhum sinal da menina.

A delegação trouxe um pedaço de papel enviado por Tuk Bayan Tula e nos contou uma história arrepiante.

– O xamã mora numa caverna escura – disseram, trêmulos. – Seus olhos faíscam como os de um papagaio. Ele não veste nada além de um lençol enrolado no corpo.

Mahar observava atentamente, boquiaberto.

– Quando caminha, seus pés nem tocam o chão!

Durante anos a Escola Muhammadiyah e seus professores altamente qualificados – Bu Mus e Pak Harfan – haviam me ensinado a acreditar na pertinência do pensamento racional e a evitar o mundo politeísta do xamanismo, motivo pelo qual eu achava difícil acreditar naquilo. A história, porém, foi aceita pelos membros da delegação, que não eram simples espertalhões tentando se promover. Mahar passou a admirar ainda mais Tuk Bayan Tula.

O líder da delegação desdobrou o papel entregue pelo xamã e leu em voz alta:

Estas são as instruções de Tuk Bayan Tula:
Se quiserem encontrar a menina, procurem perto da cabana abandonada no campo. Vão depressa ou ela irá se afogar sob as raízes do manguezal.

A mensagem me assustou. Era ameaçadora, ou, para ser mais exato, intimidadora. Não havida dúvida, porém, de que tinha um certo poder. A escolha de palavras havia sido meticulosa e demonstrava um alto nível de talento paranormal.

Se Tuk Bayan Tula não fosse mesmo um xamã, seria um charlatão muito habilidoso. A mensagem selava o destino de sua reputação. Não havia nela ambiguidade nem meias palavras.

Se quiséssemos pôr à prova os poderes de Tuk Bayan Tula, essa era nossa chance. Tínhamos que esquecer a lógica e seguir suas instruções. E, se Flo não fosse encontrada perto da cabana abandonada no campo, ou morta entre as raízes do manguezal, o lendário Tuk Bayan Tula não passaria de um adivinho de estrada. Toda criatura que adora jogar dados é um trapaceiro. E, se esse fosse o caso – se ele estivesse, de fato, nos trapaceando –, eu pretendia ir pessoalmente à ilha dos Piratas arrancar aquele lençolzinho que enrolava seu corpo.

A rotação de culturas ainda era amplamente utilizada. Provavelmente enfrentaríamos dificuldades, pois não era nada fácil determinar se um campo tinha ou não uma cabana abandonada. Na verdade, havia muitas cabanas abandonadas nas encostas da montanha e elas eram ótimos esconderijos para os ladrões de estanho. Os extratores ilegais escavavam estanho da montanha e o vendiam a contrabandistas disfarçados de pescadores na foz do rio Linggang. O metal em seguida era revendido em Cingapura. Os prospectores ilegais construíam cabanas e às vezes camuflavam seus sítios de mineração com campos agrícolas.

Roubar e contrabandear são atividades muito antigas. Esses atos criminosos – do ponto de vista da PN, claro – existem desde que os Kheks foram levados para Belitung pelos holandeses, no século XVII, para trabalhar nas minas.

A PN tratava os extratores ilegais e os contrabandistas de modo muito rude, desumano. Suas ações eram consideradas atos de subversão. Nas montanhas pacíficas, onde os prospectores eram vistos como ladrões, e no mar, onde os contrabandistas eram vistos como piratas, não se aplicava a lei. Se fossem pegos, suas cabeças eram explodidas na hora com um rifle AK-47 manejado por seres repugnantes conhecidos como "Polícia Especial do Estanho".

Com base nas instruções de Mahar, o Laskar Pelangi seguiu para o norte, para a rota mortal do rio Buta.

Durante o caminho, paramos em dezenas de campos e cabanas. Também vasculhamos os manguezais. Não encontramos nada. Flo sumira, como se tivesse sido engolida pela terra. Já estávamos roucos de tanto gritar seu nome.

A cada cabana vasculhada em vão, a reputação de Tuk Bayan Tula perdia crédito. E, conforme nos aproximávamos do meio-dia, sua reputação se desmanchava aos nossos olhos. Começamos a duvidar do poder do xamã que vivia escondido. Mahar parecia ofendido sempre que reclamávamos ao encontrar uma cabana vazia e mais ainda ao ouvir os insultos de Sansão:

– Se aquele xamã pode se transformar em papagaio, então nem devíamos estar procurando desse jeito.

Por fim, chegamos a uma enorme rocha protuberante. Ficamos ali um tempo, para descansar e conservar o que restava de nossas forças. Ali terminava a encosta norte e a cerca de meio quilômetro começava a zona mortalmente perigosa do rio Buta.

Nenhum sinal de Flo ainda. No que dizia respeito às encostas do norte, a mensagem de Tuk Bayan Tula se revelara falsa. Com um walkie-talkie acompanhávamos o progresso a oeste, a leste e ao sul. Flo também não tinha sido encontrada nessas áreas. Tudo isso significava uma única coisa: Tuk Bayan Tula era um mentiroso nos quatro pontos cardeais.

O rosto de Mahar dava a impressão de que ele queria chorar. Parecia que tinha sido traído pelo amor de sua vida. Tuk Bayan Tula partira seu coração, embora jamais tivesse sabido que era o herói reverenciado de Mahar. São as consequências de uma convicção cega.

Eu também estava triste, não pela integridade abalada de Tuk Bayan Tula nem pela decepção de Mahar, mas por causa do terrível destino que se abatera sobre Flo. Era bem possível que ela jamais fosse encontrada. Ou talvez só encontrassem seu esqueleto bicado pelos corvos. O mais triste de tudo seria se ela tivesse morrido por pouco, com a ajuda tendo chegado apenas algumas horas tarde demais. É difícil se agarrar à vida no frio da noite, sem uma migalha de pão. Eu estava abalado porque, àquela altura, já estávamos na fase do "tarde demais".

Harun deu um tapinha no ombro de Mahar, que, em silêncio, demonstrou seu desânimo. Seus olhos contemplavam o rio Buta e o pântano de lírios. Ficamos de pé, recolhemos nossas coisas e nos preparamos para voltar para casa. Antes de partirmos, Syahdan resolveu dar uma chance ao binóculo de plástico pendurado em seu pescoço. Focou-o na beira do rio Buta. Já tínhamos quase contornado a rocha quando Syahdan gritou. Foi o grito do destino.

– Olha ali, a mangueira na beira do rio!

Mahar imediatamente arrancou o binóculo das mãos de Syahdan. Correu até a beira da encosta e olhou.

– Tem uma cabana lá! – exclamou, com o ânimo renovado. – Precisamos ir até lá!

Todos ficamos espantados com essa ideia maluca. Kucai, que se mantivera calado até então, achou que a loucura de Mahar havia passado dos limites. Como representante de turma, sentia-se responsável.

– Você enlouqueceu? – rosnou, furioso. A expressão em seus olhos vermelhos era dura e zangada quando fitou Harun, boquiaberto, ao lado de Mahar. – Vou explicar uma coisa para a sua cabeça dura. Não pode haver um campo ali. Ninguém em sã consciência abriria um campo na beira do rio Buta, a menos que estivesse disposto a morrer à toa!

Mahar encarou Kucai com frieza.

– Raciocine! Venha, vamos para casa! – insistiu Kucai, encerrando sua arenga.

Mahar nem se mexeu. Harun, o mais velho de nós, aconselhou Mahar com serenidade:

– Vamos para casa... Esta montanha já levou uma criança. Venha, Mahar, vamos para casa.

Mahar não pareceu se importar. Começamos a andar e, nesse momento, Mahar disse, num tom muito calmo:

– Vocês podem voltar. Eu irei sozinho.

Assim, descemos todos juntos, embora soubéssemos que não havia como encontrar Flo lá embaixo. Amaldiçoamos Syahdan por ter resolvido usar desprentensiosamente o binóculo de brinquedo. Ele mesmo estava arrependido, mas agora era tarde demais.

Por isso nos dirigimos para a região da morte – a planície inundada do rio Buta – só para acompanhar Mahar. Fomos com ele satisfazer seu ego e protegê-lo da própria burrice. Odiávamos aquele fanatismo pelo xamã Tuk Bayan Tula, mas Mahar era nosso amigo, um membro do Laskar Pelangi. Se Flo não fosse encontrada, eu sabia que seria o primeiro a dar um cascudo em Mahar. Ah, a amizade às vezes é exigente e cansativa. Lição moral número quatro: jamais fique amigo de alguém obcecado por xamãs.

Conforme descíamos, descobrimos que a fama de aterradora da região do rio Buta não era exagero. Entramos numa zona nitidamente hostil a estranhos. Lugares como aquele são controlados por criaturas selvagens, estranhas e cruéis, que defendem seu território. A água pantanosa e a vegetação rasteira em volta das palmeiras-laca pareciam um reino de espíritos malignos e uma incubadora de todo tipo de fantasmas. Lagartos-monitores de todos os tamanhos deslizavam por ali, totalmente indiferentes à nossa presença, sem nenhum pingo de medo dos humanos – alguns até pareciam querer atacar.

Poucas pessoas haviam estado ali antes e os mais tolos dentre elas devíamos ser nós. Dávamos passos silenciosos, cheios de cautela. Todos tiramos facões de dentro dos nossos sarongues e caminhávamos em fila, para ficar de olho nas costas do colega à frente. Ouvimos uma batida e um barulho de água. Era a boca de um crocodilo incrivelmente grande se fechando. Cobras pendiam dos galhos das árvores.

A cabana ficava cerca de 100 metros à frente. Quanto mais perto chegávamos, mais nítido e misterioso ficava o lugar – era, de fato, um campo abandonado. Quem seria a pessoa extraordinariamente corajosa que o abrira ali?

O campo ficava muito próximo à margem do rio Buta. Definitivamente perigoso. O proprietário sem dúvida queria estar perto da água, sem se preocupar com a própria segurança. Uma ideia idiota. Talvez essa idiotice tivesse acabado com sua vida, razão pela qual o campo fora abandonado. De todo modo, quem quer que tenha feito aquilo, definitivamente não cultivava o campo, dada a quantidade inacreditável de parasitas que atacavam as plantas. Um bando de macacos e outro de esquilos controlava o lugar.

Algo chamou nossa atenção: um galho de um jambeiro junto à cabana balançava um bocado, como se estivesse prestes a se partir. Só podia ser coisa de algum ganancioso macaco de rabo comprido.

Fomos nos aproximando da árvore com cuidado, bolando uma estratégia de ataque. O macaco fazia uma grande festa nos galhos e não percebeu nossa presença, pois havia se coberto com as folhas exuberantes. Quanto mais perto chegávamos, pior ficava seu comportamento. Ele balançou os galhos, fazendo com que as frutas caíssem – uma absoluta grosseria. Queríamos pegá-lo com a boca na botija e lhe dar um susto; uma pequena diversão durante nossa busca frustrada por Flo.

Pulamos para baixo dos galhos e gritamos para surpreender o macaco. Assim que fizemos isso, porém, a situação se reverteu. Fomos surpreendidos ao ver um macaco branco, todo satisfeito, empoleirado tranquilamente num galho, como uma criança em cima de um cavalo de pau. Parecia que acabara de acordar e ainda não tivera tempo de lavar o rosto. Contorceu-se de rir diante de nossos rostos pálidos e confusos. Flo, aquela bandida, tinha sido encontrada!

Do meu quarto, seu rosto não quer sair

Num livro, eu o vi montando um cavalo, agarrado à barriga do animal como Kublai Khan. Seus olhos cintilavam como se o deus das lanças tivesse perfurado seu coração. Meu sangue ferveu quando ele se dirigiu furtivamente a um alce. Mal suportei chegar à última página, na qual ele dizia que jogaria fora o amor de mulheres mestiças Tutuni e Chimakuan. Tudo isso por querer preservar o sangue *pequot* nativo americano que corria em suas veias – e a parte mais triste: ele era o último de sua tribo.

Por isso vagava pelas pradarias de Yellowstone totalmente sozinho, montando um cavalo em pelo. Enquanto guinchava o dia todo e dançava desafiando o sol, sua visão começou a escurecer. Rastejou e rezou para que uma mulher de sua tribo aparecesse entre os coiotes, assim como os deuses haviam enviado as mulheres *squamish*. Mas o tempo só trouxe o vento e, sem piedade, o traiu. Ele envelheceu. E, quando a morte cumpriu sua promessa, partiu virgem. Naquela manhã o céu, de braços abertos, deu as boas-vindas ao puro sangue *pequot*.

Era uma história fascinante. Eu nunca me cansava dela, mesmo depois de tê-la lido diversas vezes. Como poderia ter sido escrita de modo a me fazer sentir que estava lá, no meio da pradaria de Yellowstone, quando nem mesmo sabia onde ficava esse lugar?

– É o poder da literatura – disse o carteiro.

Literatura?, indagou meu coração. *O que é isso*?

Durante as férias escolares costumávamos ajudar o pobre carteiro de nossa aldeia. Ele trabalhava sozinho, começando sua jornada ao amanhecer, após a prece *subuh*, cuidando da agência do correio e de milhares de cartas. À tarde, recebia cartas, pacotes e ordens para envio de dinheiro. À noite, abria a agência e separava a correspondência. Depois a entregava de bicicleta por toda a aldeia. Às vezes essa tarefa se estendia noite adentro. O trabalho de um carteiro é muito estafante.

Eu sentia no peito o peso da luta do carteiro. Fazia um esforço para acordar no meio da noite para rezar com sinceridade. Fechava bem os olhos e dizia:

Alá, ainda não sei quais são meus objetivos para o futuro, mas quando eu crescer, por favor, permita que eu seja qualquer coisa menos um carteiro e que meu trabalho não comece ao alvorecer. Prometo que nunca mais vou pendurar a bicicleta do professor de Corão na árvore.

Desde que comecei a fazer essa oração, Kucai, Mahar e Sansão ficaram ao mesmo tempo surpresos e irritados por eu não querer mais ajudá-los a pendurar a bicicleta de Taikong – o professor de Corão na mesquita al-Hikmah – na árvore.

O carteiro nos dava um dinheirinho para que carregássemos as sacolas de cartas e as encomendas e nos deixava ler livros com histórias como aquela sobre os nativos americanos de Yellowstone. Os livros, na verdade, pertenciam aos alunos da Escola PN que já haviam retornado a Java e a outras regiões. Os livros que não podiam mais ser entregues ficavam guardados na agência do correio.

Trabalhar na agência do correio era nossa atividade nas férias. À noite, dormíamos na mesquita al-Hikmah. Lá, contávamos uns aos outros todo tipo de histórias. Nunca nos cansávamos de contar a história do dia em que encontramos Flo na montanha e da mensagem de Tuk Bayan Tula que se provara verdadeira. Aquela fora a primeira vez que Mahar fizera o gesto que se tornaria sua marca registrada, aquele que haveria de repetir sempre que sentisse que tinha razão: erguer as sobrancelhas e os ombros ao mesmo tempo que assentia com a cabeça repetidamente, de um jeito arrogante, não muito diferente de um pinguim que acabara de acasalar. Era muito irritante.

Um dia, enquanto eu ajudava o carteiro a pôr na sacola as cartas a serem entregues, fiquei surpreso ao ver que uma elas continha meu endereço e meu nome como destinatário: Ikal.

Retirei-me para o terreno atrás do correio. Sob uma árvore *rambutan*, abri a carta, com o coração aos pulos. Era um poema:

Saudade

O amor tem me perturbado de fato
Desde o instante em que seu olhar senti
No ritual festivo daquele dia marcado,
Tenho passado noites sem dormir,
Pois, do meu quarto, seu rosto não quer sair.

Quem é você?
Não passa de um garoto inconveniente
Que me faz sonhar de verdade.
Mas, mesmo assim,
Sinto saudade.

Njoo Xian Ling (A Ling)

Meus olhos contemplavam o papel, arregalados. Minhas mãos tremiam. Li e reli o poema. Uma intuição amarga se insinuou em meu peito. Eu estava feliz, mas também tinha um sentimento sombrio de tristeza – como se algo terrível fosse me acontecer em breve. Virei-me. Vi a cerca da agência do correio se transformar lentamente em pernas humanas. Nos espaços entre as pernas, vi um homem sentado sobre os calcanhares, em frente à carcaça de um crocodilo sem cauda. Ele olhou para mim. Lágrimas corriam por seu rosto marcado pela varíola.

Naquele instante, conheci o tamanho da dor que Bodenga, o xamã de crocodilos, sentira quando o vi chorar na quadra de basquete da escola nacional, tantos anos antes. Aquele era um trauma impresso em minha mente jovem. Um trauma de infância que sempre retorna quanto tenho uma intuição ruim. E, naquela tarde, passados muitos anos daquele acontecimento, Bodenga me visitou pela primeira vez.

Vou lhe trazer flores do topo de uma montanha

A montanha Selumar não é extremamente alta, mas seu pico é o ponto mais alto a leste de Belitung. Para entrar em nossa aldeia vindo do norte, é preciso passar pelo lado esquerdo de sua encosta.

De longe, a montanha lembra um barco de cabeça para baixo: sólida e um pouco triste. Ao longo da subida e da descida, à beira da encosta esquerda, ficavam as casas dos moradores de Selinsing e de Selumar, que tinham seus quintais cercados com bambus alinhados e bem aparados. As aldeias gêmeas eram separadas por um vale profundo, banhado pelo sereno lago Merantik.

Sem dúvida a capacidade de resistência de qualquer um seria testada durante um passeio de bicicleta ao longo da curta, porém íngreme, subida até a aldeia Selinsing. Os jovens malaios, na tentativa de impressionar as namoradas, não pediam que elas descessem da garupa na subida, dispostos a pedalar até o topo usando toda a sua energia, cambaleando estrada afora.

Depois de chegar ao topo, a bicicleta acelerava na descida. O jovem abria um sorriso satisfeito e dizia para a moça segurar firme em sua cintura, convencendo-a de que, se fosse seu escolhido, seria um marido confiável.

A bicicleta, então, fazia duas curvas, contornando o vale do lago Merantik e chegando à subida para a aldeia Selumar. Nesse ponto qualquer garota entenderia se o namorado pedisse que ela descesse da bicicleta, pois, embora a subida para Selumar não fosse tão íngreme quanto a de Selinsing, a distância era muito maior, o que a tornava uma prova de amor menos realista.

A apenas um quarto do caminho, empurrar a bicicleta já era um fardo pesado. As cercas de bambu pareciam formar degraus flutuantes, pois os olhos viam estrelas de tanta exaustão. Quanto mais perto do pico se chegava, mais pesados os passos se tornavam, como se houvesse pedras amarradas aos pés. O suor escorria sem piedade para dentro dos olhos, dos ouvidos e pelo pescoço, molhando a camisa e ensopando a calça do viajante.

Ainda assim, quando se chega ao cume – ou seja, ao pico da encosta esquerda da montanha Selumar, do qual eu falava antes –, toda a exaustão é recompensada. O lado leste de Belitung estende-se à nossa frente, lindo, o litoral margeado pelo longo mar azul, abrigado por nuvens alvas e brilhantes, e ordenadamente cercado de pinheiros.

Do pico daquela encosta era possível ver casas espalhadas pelas margens do estuário do rio Langkang. Aqueles grupos de moradias não eram cercados de bambu, mas de campos de grama selvagem. Quanto mais longe se chegava, mais dava para ver o afastamento entre os dois povoados.

O povoado voltado para o sudeste dava a impressão de seguir a única estrada principal que levava à capital, Tanjung Pandan. O povoado que seguia em linha reta para o sul era cortado pelas águas revoltas do lendário rio Linggang, que corria para o mar aberto. Do outro lado do rio, pequenas casas haviam sido construídas em torno do nosso velho, confuso e totalmente desordenado mercado.

Se você percorrer esse caminho, não se apresse em descer o pico da Selumar para o vale. Pare e descanse. Passe um tempo encostado numa árvore *angsana*, onde brincam filhotes de esquilo de rabo amarelo. Ouça a orquestra do vento nos pinheiros e os gritos histéricos de pássaros disputando com abelhões o néctar dos jambos ao sol. Aprecie a composição delicada dessa paisagem: a montanha, o vale, o rio e o mar. Desabotoe a camisa e inspire o ar fresco dos ventos do sul, que trazem o aroma das pétalas de *andraenum*, a flor do antúrio, que incha de fertilidade enquanto suas descendentes crescem em lugares altos. Também é conhecida como flor-coração por causa do formato de suas pétalas. Muitos a chamam de flor do amor.

Eu mesmo não tenho certeza se o aroma que me desanuviava o peito tinha origem na *andraenum* ou em seu parceiro simbiótico, uma espécie de fungo chamado *Clitocybe gibba* – os cogumelos sem caule que se esforçam para cobrir as raízes da família de taros. Aqueles cogumelos brotavam em climas mais úmidos, quando o vento oeste soprava, já no finzinho do ano. Eles eram gorduchos e atarracados.

O Laskar Pelangi costumava fazer piqueniques na montanha Selumar e já estávamos um pouco entediados com suas atrações. Geralmente não chegávamos até o topo, nos contentando em cobrir a maior parte do caminho. Além disso, o fato de a encosta ser de granito tornava a subida escorregadia. Dessa vez, porém, eu estava muito entusiasmado e decidido a alcançar o topo. Meus amigos receberam a ideia com entusiasmo. Nada de extraordinário acontecera até então e todos já comentavam a vista de tirar o fôlego que encontraríamos lá em cima: a ponte sobre o rio Linggang e as barcaças de sílica enfileiradas no ancoradouro.

Mas tudo isso me era indiferente, pois eu estava numa missão secreta. O mistério tinha relação com o cenário incrível que só podia ser encontrado no ponto mais alto da montanha Selumar. Também estava ligado às flores deslumbrantes que só cresciam nos locais mais elevados: a iuca-mansa e, se a sorte me sorrisse, a doce *muralis*, que ainda estaria florescendo naquela semana.

Eu chamava a *muralis* de flor-da-grama-da-montanha – um termo bastante técnico cunhado por mim. Como essa flor gosta de se esparramar, seis ou sete de seus brotinhos se infiltravam na grama. Seu cálice é grosso como um polegar e tem um tom amarelo desbotado. Apoia-se num caule verde-claro de comprimento variável, o que lhe dá uma aparência espontânea e encantadora. As folhas não podem ser consideradas bonitas, porque o formato e a cor lembram muito um trevo comum. Mas quem conseguir colher no mínimo 15 flores, arrancando as folhas e acrescentando um punhado daquelas iucas-mansas, terá um buquê capaz de derreter o coração de qualquer mulher.

Depois de três horas de subida, chegamos ao topo. Todos os Laskar Pelangi ficaram boquiabertos com a vista.

– Olha lá a nossa escola! – gritou Sahara.

Era um prédio patético, mesmo de longe. Independentemente da distância e do ângulo, nossa escola sempre parecia um barracão de copra.

– Olhem! É a nossa mesquita! – anunciou Kucai, apontando para um prédio.

– Aquele é o templo chinês, seu burro! – gritamos todos.

Por mais que Bu Mus se esforçasse, Kucai, como a maioria dos políticos da Indonésia, tinha um QI muito difícil de ser aumentado.

Teve início então uma discussão inútil, que dividiu o grupo.

Como sempre, Mahar começou com seus contos de fadas. Segundo ele, a montanha Selumar era um dragão que, havia séculos, estava enroscado e dormindo.

– Este dragão há de acordar no dia do Juízo Final. Este pico é a cabeça, o que significa que, neste exato momento, estamos pisando na cabeça do dragão! O rabo se enrosca na foz do rio Linggang.

A Kiong estava chocado.

– Por isso, não façam muito barulho ou serão punidos pelos espíritos – prosseguiu Mahar, ainda não satisfeito com o papel de bobo que fazia.

A Kiong continuou a beber as palavras de Mahar. Para demonstrar sua admiração por aquela história tão útil, respeitosamente ofereceu a Mahar uma banana assada de suas provisões. Era um comportamento típico de um povo primitivo prestando tributo a um xamã pela cura da sarna. Com a rapidez de um raio, Mahar arrancou seu prêmio das mãos de A Kiong e enfiou-o na boca, diretamente para o aparelho digestivo. Ele não tinha consciência do poder que exercia sobre o colega. Os outros explodiram em gargalhadas diante da cena, mas A Kiong permaneceu sério – para ele, a situação não tinha nada de engraçada.

Também não ri. Logo me senti solitário no meio do grupo. Meus olhos não conseguiam se desviar de uma caixa quadrada e vermelha lá embaixo.

Examinei os campos de grama silvestre no pico da montanha, colhendo os botões de iuca-mansa e *muralis* e amarrando tudo com galhinhos de arbusto.

A vista do alto da montanha era realmente bonita, como uma canção. A introdução ficava por conta das nuvens brancas, tão baixas que davam a impressão de que seria possível tocá-las. O coro, os longos trinados dos pássaros *prigantil*, soava próximo e agudo. O refrão: milhares de pombas invadindo os lírios que se espalhavam lá embaixo como um tapete gigante. E a canção ia sumindo no manguezal.

Foi por causa desse cenário fantástico e das flores que eu fizera tanto esforço para subir a montanha Selumar. Por mais deslumbrado que estivesse pela beleza, o motivo real para que eu estivesse no ponto mais alto de Belitung era aquela caixa vermelha que eu via ali de cima. O telhado da casa de A Ling.

Bilitonita

Uma luminosa manhã de segunda-feira. Um poema embrulhado em papel roxo com imagens de fogos de artifício. Um buquê de flores do pico da montanha Selumar amarrado com uma fita azul-clara. O frescor continuava intacto porque eu o deixara de molho num vaso de cerâmica durante a noite.

Esses objetos mágicos eram acessórios para a minha saga de amor, marcada para continuar naquela manhã. Havia semanas que eu repassava a cena em minha mente. Era mais ou menos assim:

Quando A Ling passasse a caixa de giz pela abertura, eu poria as flores e o poema em sua mão. Não haveria necessidade de palavras. Bastaria deixá-la registrar a beleza das flores do topo da montanha. Bastaria deixá-la ler o meu poema e sentir o gosto de algo mais delicioso que o bolo do ano-novo chinês.

Depois que A Miauw gritou sua ordem, me aproximei correndo da abertura por pela qual surgiria a caixa de giz. No entanto, faltando apenas dois passos para chegar lá, congelei onde estava, assustado com a mão rude que passara pela abertura – não era a mão de A Ling!

Essa mão era um nastante peculiar, como uma cruel lâmina de cobre: musculosa, suja, preta e oleosa.

Uma pulseira de coral negro se enroscava três vezes no braço de cobre. Nas extremidades da pulseira havia cabeças de venenosas cobras *pinang barik* prontas para dar o bote. Logo abaixo do cotovelo estava um bracelete de alumínio apertado, como os que brutamontes cruéis das histórias *wayang* costumam usar. As pontas do bracelete tinham o formato de uma chave dentada, do tipo que costuma ser usado para violar a lei. Não havia tatuagens, um tabu para os malaios religiosos, mas os dedos pareciam sufocar dentro de três anéis ameaçadores.

O anel do indicador tinha a maior pedra *satam* que eu já vira.

O *satam* é um material meteórico ímpar encontrado num único lugar do planeta: Belitung. Não tem origem neste mundo. É negro como breu por causa de sua composição – ácido carbônico e magnésio. É mais denso que o aço e impossível de ser moldado.

O *satam* fica escondido em buracos de antigas minas de estanho e não pode ser procurado – somente a sorte é capaz de trazê-lo das entranhas da terra. Em 1922, os holandeses deram ao *satam* o nome de bilitonita. Foi assim que surgiu o nome de nossa ilha: Belitung. No dialeto local, ela tinha um nome sagrado, *kuake*. Mais tarde – não sei por quê, talvez para não soar demasiadamente caipira ou talvez porque os malaios do interior raramente usem a letra "u" – os detestáveis servos do governo da Nova Ordem vulgarmente mudaram o nome para Belitung.

Sem qualquer consideração estética, o dono daquela mão de cobre incrustara o objeto sagrado em metal barato. Mas o usava com orgulho, como se fosse o dono do mundo.

O dedo anelar exibia um adorno que ostentava uma pedra *akik*, tão chamativa quanto a valiosa ametista de Kalimantan. Mas eu não era bobo. A pedra nada mais era que o resultado da sintetização de plástico e cristal a altas temperaturas. Seu proprietário era uma fraude e não enganava ninguém, só a si mesmo.

Finalmente, no dedo médio, estava o líder de todos aqueles anéis intimidadores, o que denunciava a natureza dissimulada do dono da mão: uma grande caveira humana com expressão sinistra e órbitas vazias. O anel era feito de uma porca de aço inoxidável e fora obtido por meio de conspiração com os lavadores do maquinário da PN.

O processo de transformar a porca de aço inoxidável em anel faria qualquer um estremecer. Depois de moldá-la grosseiramente num torno, a porca inquebrável era manualmente limada durante semanas. Em geral, eram os operários que faziam os anéis. Tratava-se de uma cultura secreta de resistência contra a PN: o anel era o símbolo da opressão do povo. Semanas de trabalho duro e secreto produziam um anel horrível, brilhante. Até hoje essa é uma prática que não faz nenhum sentido para mim.

E as unhas, eca! Por Alá! Seu formato dava a impressão de que haviam sido amaldiçoadas. A diferença entre as unhas de A Ling – que me encantavam havia anos – e essas era como a diferença entre o céu e a terra. Essas unhas eram grossas, sujas, compridas e malcuidadas. Estavam rachadas nas pontas. Lembravam escamas de crocodilo.

Ainda não havia me recuperado do choque quando ouvi uma batida ruidosa, que me apressava a pegar o giz. Então ouvi um rosnado desconhecido. As batidas aumentaram de intensidade, deixando-me nervoso. O mais perturbador de tudo, porém, foi o fato de eu não ter encontrado A Ling. Aonde ela teria ido?

– O que está havendo? – perguntou Syahdan, aproximando-se para ver por que eu demorava tanto. – De quem é aquela mão?

Não consegui responder, minha garganta se fechou.

Aquela mão não me era estranha. Pertencia a Bang Arsyad, o empregado de A Miauw. Lembrei-me de quando ele esculpira as cabeças de cobra no coral preto que ganhara de um sarongue algum tempo antes. Ele me contou que levara três semanas para transformar o coral comprido do leito do oceano num bracelete de três voltas. O coral, inicialmente longo e rígido, acabou vencido por meio de banhos em óleo de freio e paciente exposição ao fogo.

As batidas ficaram mais fortes. Bang Arsyad não tinha coração. Sabia que eu estava em pânico por não encontrar A Ling, uma rotina que se repetia havia muitos anos.

Foi Syahdan quem pegou a caixa de giz. Bang Arsyad recolheu a mão, que desapareceu como um animal voltando para sua toca.

A Miauw, que me observava desde o início, se aproximou de mim. Postou-se ao meu lado e respirou fundo.

– A Ling vai para Jacarta... – falou devagar. – Vai pegar o voo das nove horas. Precisa fazer companhia à tia, que mora sozinha. Poderá frequentar uma escola por lá...

Fiquei estupefato. Não podia acreditar no que estava ouvindo. A sensação de que algo ruim iria acontecer, proveniente de meu recente flashback com Bodenga, se tornara realidade. Meu ânimo se abateu.

– Se tiver que ser, vocês voltarão a se encontrar um dia – disse A Miauw, dando um tapinha no meu ombro.

Baixei a cabeça como alguém que guarda um minuto de silêncio. Minhas mãos apertaram com força o buquê de flores silvestres da montanha e o poema.

– Ela me pediu que mandasse lembranças e que lhe desse isto...

A Miauw me entregou um colar. Era o cordão de jade que eu vira A Ling usar durante anos e anos. *Miang sui* estava escrito na pedra, *destino*. Então, A Miauw também me entregou uma caixa embrulhada em papel roxo com imagens de fogos de artifício – exatamente igual ao papel que embrulhava meu poema, uma coincidência quase inacreditável. Eu sabia! Desde o início Alá observava esse amor extraordinariamente belo.

Peguei a caixa e, naquele momento, senti toda a mercadoria da loja despencar sobre mim. Eu queria dizer e perguntar um monte de coisas a A Miauw, mas me faltaram palavras.

Meu peito se apertou. Olhei à volta e uma ideia súbita me ocorreu. Agarrei Syahdan e o arrastei para casa.

Pedalei o mais rápido que pude da loja até a escola. Dezenas de quilômetros, uma ladeira íngreme após outra, sem nunca diminuir a velocidade. O cansaço não era uma opção. Eu tinha que chegar ao pátio da escola.

8h50

Chegamos à escola. Syahdan voltou para a sala. Atravessei o pátio correndo na direção do *filicium*. Subi na árvore e sentei no meu galho, minha posição habitual para contemplar o arco-íris.

Meus olhos não piscaram enquanto miravam o céu azul, tão vazio quanto meu coração.

9h05

Aos poucos, um Fokker 28 surgiu no horizonte. Voava de Tanjung Pandan para Jacarta. Eu sabia que A Ling estava naquele avião. Olhei fixamente para a aeronave que levava minha amada em direção às nuvens inalcançáveis no céu. A cada centímetro que o avião avançava, um suspiro meu ia com ele. Quanto mais eu observava, menos nítido ele ficava, não pela distância, mas por causa das lágrimas que brotavam em meus olhos. Então ele sumiu. Minha alma gêmea fora arrancada de mim, deixando meu coração partido. O céu estava vazio novamente. Adeus, meu primeiro amor.

Jinns furiosos

Uma misteriosa bomba atômica explodiu em Belitung. Um cogumelo gigante surgiu no céu, trazendo radioatividade, mercúrio e amônia. Todos correram confusos, buscando abrigo, escorregando para dentro de canais ou pulando em buracos de esgoto. Muitos morreram na hora e os sobreviventes se tornaram criaturas anãs, de cheiro pútrido.

Vendo a aparência anã do povo de Belitung, o governo central em Jacarta ficou envergonhado perante o mundo e recusou-se a admitir que aqueles eram cidadãos da república. Não tivemos alternativa senão fazer um plebiscito.

Embora apenas alguns malaios desejassem se separar da República da Indonésia, o governo entendeu que, com o plebiscito, Belitung se declarava uma nação livre. Não havia dúvida de que Belitung não poderia se sustentar, visto que seus recursos naturais haviam sido sugados ao longo de centenas de anos. A ilha ruiu.

Nesse momento, Bodenga – o xamã de crocodilos esquecido havia muito tempo – ressurgiu para assumir o governo, oprimindo aqueles que haviam tratado a ele e a sua família injustamente. Foram todos conduzidos até o rio Mirang e atirados aos crocodilos. O povo anão fez o que pôde para se salvar, mas de nada adiantou. Em pouquíssimo tempo, todos morreram e seus corpos flutuaram no rio como os de peixes envenenados.

Eram mais ou menos assim os pensamentos de um sonhador à beira da insanidade por causa da perda do seu primeiro amor.

Eu não conseguia pensar direito, tinha pesadelos e era assombrado por fantasias bizarras. Se ouvia passarinhos arrulhando, o som se tornava a ladainha de um pássaro místico anunciando uma morte. Achei que todos – balconistas, o carteiro, raladores de coco, a polícia local e os operários – conspiravam contra mim.

A partida de A Ling deixou dor e luto em meu coração. Eu queria invadir a loja *Sinar Harapan*, mas sabia que uma ação tão dramática – do tipo que eu via nos filmes indianos – seria recebida com frascos de pasta de feijão e montanhas de molho de camarão podre. Eu estava apenas sofrendo.

Então, espelhando-me mais uma vez na tradição dos filmes indianos, a separação me fez adoecer. Algum tempo antes, eu rira do meu vizinho, Bang Jumari, que teve tremores e uma diarreia terrível porque minha prima mais velha, Kak Shita, terminara com ele. Não entendi como ele pudera reagir de maneira tão absurda. Agora, porém, o mesmo destino se abatera sobre mim. Eu ridicularizara Bang Jumari e agora tinha sido atingido pela mesma pedra. Carma é algo que sem dúvida se aplica aqui.

Perdi dois dias de aula porque estava com febre alta. Tudo que eu queria era ficar esparramado na cama. Minha cabeça pesava, minha respiração era curta. Minha mãe me deu xarope de *Askomin*, mas não melhorei. Na verdade, o mal de amor não pode ser curado com remédio para vermes.

Então, Mahar e seu fiel seguidor, A Kiong, foram me visitar.

Mahar usava um paletó que batia na altura de seus joelhos. A Kiong corria atrás dele carregando uma maleta, como um aluno de medicina que fizesse residência. Tratava-se de uma maleta muito especial, pois era coberta de *peneng sepeda* – os adesivos usados no passado para mostrar que o pagamento do imposto sobre bicicletas havia sido quitado – e de vários símbolos do governo, para dar a impressão de que os dois eram importantes funcionários da administração regional.

Naquele momento, Syahdan também estava no meu quarto. A Kiong e Mahar não disseram nada. Com um estalar de dedos, A Kiong ordenou que Syahdan saísse do caminho.

Mahar postou-se ao meu lado e me olhou da cabeça aos pés. Sua expressão era séria como a de um médico e, sem demora, ele concluiu seu diagnóstico. Balançou a cabeça sinalizando que o caso não era de brincadeira. Respirou fundo, apreensivo, e olhou para A Kiong.

– Faca! – gritou de repente.

A Kiong rapidamente digitou a combinação na tranca da maleta e tirou de dentro dela uma faca de cozinha enferrujada. Syahdan e eu observávamos ansiosos. A faca foi respeitosamente entregue a Mahar, que a recebeu como se fosse um cirurgião.

– Açafrão! – ordenou Mahar mais uma vez, em alto e bom som.

A Kiong imediatamente procurou algo na maleta e depois entregou a Mahar uma folhinha de açafrão do tamanho de um polegar. Sem grande comoção, Mahar cortou o açafrão, esmagou-o e pintou um grande "X" na minha testa. Seu movimento foi tão rápido que nem tive a chance de evitá-lo. Então, como se ambos soubessem qual seria a próxima etapa do procedimento, sem precisar de comando, A Kiong tirou da maleta algumas folhas de gardênia e as jogou para Mahar, que as apanhou com agilidade. Sem dó nem piedade, começou a bater com elas em todo o meu corpo enquanto entoava uma espécie de mantra.

E não foi só isso. Enquanto Mahar me batia com as folhas de gardênia, A Kiong borrifava água em mim. Tentei me esquivar deles, mas não consegui, pois Mahar e A Kiong eram uma equipe unida, rápida e sistemática.

Pouco depois, pararam. Mahar deixou escapar um suspiro de alívio. O rosto boboca de A Kiong ecoou o suspiro de Mahar.

– Três crianças *jinnis* ficaram furiosas com você por ter feito xixi no reino delas, perto do poço da escola – explicou Mahar, como se minha alma não pudesse ser salva caso ele não tivesse vindo em meu socorro.

Não havia sinal de culpa ou malícia em seu rosto. Com muita calma, Mahar e A Kiong executaram seu ritual coordenado, na maior inocência. Os dois não tinham a menor dúvida de que seu método xamânico tolo iria me curar.

– Elas lhe botaram essa febre – prosseguiu Mahar enquanto tornava a guardar o equipamento de médico na maleta, que, elegantemente, entregou a A Kiong. – Mas não tenha medo, meu amigo, eu as bani para sempre e você poderá voltar para a escola amanhã.

Não pude fazer nada a não ser ceder e aceitar um dos incidentes mais estranhos da minha vida. Então, sem dizer mais nada, sem se despedir, os dois foram embora. A Kiong não abrira a boca. Fiquei ali com Syahdan, como um gato sarnento, molhado e recolhido na chuva.

Depois dos dois garotos magos, Bu Mus e meus outros amigos foram me visitar. A professora levou uma pílula APC para mim.

Edensor

No dia seguinte, pude voltar para a escola e não tive dúvidas de que fora curado pela pílula APC que Bu Mus me dera.

Ao me ver, A Kiong foi correndo apertar a mão de Mahar, que ergueu as sobrancelhas, deu de ombros e assentiu várias vezes com a cabeça. O fanatismo de A Kiong por Mahar aumentou ainda mais.

Fisicamente eu estava curado, mas meu coração continuava doente.

Passei dias retraído. Às vezes era repentinamente tomado por uma sensação de vazio. Não foi fácil esquecer A Ling. Sentia um vazio no peito e a saudade dificultava minha respiração. Antes, quando conheci meu primeiro amor, tornei-me uma pessoa estranha. Quando o perdi, tornei-me uma pessoa diferente. Antes, quando encontrei o amor, fui atingido por uma felicidade esquisita, uma sensação que nunca havia experimentado. Quando o amor me deixou, senti uma tristeza que jamais conhecera, que fazia minhas articulações doerem. Por isso, procurei o nosso xamã, Mahar, em busca de respostas.

– *Boi*, que doença será essa que peguei?

Era um pergunta frustrante. Honestamente, eu sabia o que acontecera comigo – eu estava sofrendo a perda do meu amor. No entanto, um indivíduo excêntrico como Mahar talvez tivesse uma resposta mágica capaz de me fazer ver a situação sob uma perspectiva diferente. Como a maioria dos que sofrem de mal de amor, meus pensamentos eram irracionais.

Mahar olhou para mim, levemente irritado, e disse:

– O que foi que eu lhe disse? Tome cuidado com onde faz xixi!

Depois ele se virou e foi embora.

Duas semanas após a partida de A Ling, durante um recesso escolar, eu – cabisbaixo, naturalmente – mostrei a Lintang a caixa que ela deixara com o pai para que ele me entregasse. Na tampa havia o desenho de uma torre.

– Lintang, o que é isso no desenho?

Ele examinou a caixa.

– É o desenho da torre Eiffel, Ikal. Fica em Paris, a capital da França – respondeu ele, num tom meio surpreso. – Paris é uma cidade de pessoas inteligentes. Artistas e intelectuais moram lá. Dizem que é um lugar bonito. Muita gente sonha em se mudar para lá.

Quando cheguei em casa depois da escola, deitei, apático, em minha cama e contemplei a caixa. Depois, a abri. Lá dentro havia uma agenda e um livro de capa azul.

Abri a agenda e, para minha surpresa, em suas páginas estavam escritos todos os poemas que eu havia mandado para A Ling. Os versos haviam sido copiados, um por um. Isso explicava por que ela sempre devolvia meus poemas. Então, peguei o livro azul.

Chamava-se *If Only They Could Talk* (Se ao menos eles pudessem falar), de um autor do qual eu jamais ouvira falar: James Herriot. Eu não sabia por que A Ling me dera aquele livro, mas tive vontade de lê-lo. Disse a mim mesmo que, se depois da primeira página achasse o livro chato, eu o usaria para cobrir o rosto, pois também sentia vontade de dormir.

Abri o livro. Ali, em tom sombrio e diagramação deprimente, estavam o título, o nome do autor e da editora. Passei para a primeira página do primeiro capítulo e comecei a ler.

Como uma canção, Herriot escrevera uma introdução incomum, porém cativante. Primeiro, contou a história do trabalho que tivera cuidando de uma vaca parindo. Ele estava sem camisa e o celeiro não tinha porta. O vento soprava com violência. Segundo ele, essas coisas jamais haviam sido escritas num livro.

Depois dessas primeiras frases, passei para a seguinte, e a seguinte e a seguinte. Em pouco tempo, eu estava lendo parágrafo após parágrafo. Talvez o ato de virar as páginas fosse automático, porque, sem me dar conta, eu já chegara à página três.

Devorei o livro, capítulo a capítulo, sem parar nem um segundo sequer. Às vezes, chegava a ler várias vezes o mesmo parágrafo. Num piscar de olhos, eu já estava na página 10 e minha posição na cama não mudara um milímetro. Toda a desesperança e todas as lágrimas de saudade que derramei por A Ling foram apagadas pelas páginas daquele livro mágico.

Ele falava das lutas de um jovem veterinário no auge da Depressão da década de 1930. O jovem, o próprio Herriot, trabalhava numa aldeia remota chamada Edensor, numa região longínqua da Inglaterra.

A cada frase de Herriot, eu sentia um novo ânimo sendo soprado pelo topo da minha cabeça. Fiquei boquiaberto e prendi a respiração ao ler a descrição da aldeia de Edensor. As encostas dos morros pareciam cascatear. Imaginei picos elevados, cujas encostas mergulhavam em morros verdejantes e vales enormes. Em minha mente, vislumbrei rios correndo no fundo dos vales, entre os salgueiros e as casas dos agricultores feitas de pedras de calçamento.

Fiquei hipnotizado pela pequena aldeia de Edensor. Logo percebi que existiam outras coisas bonitas neste mundo além do amor. As belas descrições de Herriot me afetaram tão profundamente que, ao ouvi-lo falar do pequeno caminho de seixos redondos que levava à casa onde ele atendia seus pacientes, pude sentir o cheiro das *astuarias* plantadas ao longo das cercas que separavam o gado da estrada. Quando ele descreveu os prados espalhados pelos morros de Derbyshire, ao redor de Edensor, quis me esticar naquele lugar e descansar meu coração exausto, deixar meu rosto ser beijado pelos ventos calmos e frescos do campo.

Naquela noite, terminei a leitura do livro de Herriot e imediatamente adotei-o como um retrato de A Ling e dos meus sentimentos por ela. Agora eu entendia por que A Ling me dera aquele livro.

De repente eu estava curado, como que por milagre. Eu tinha um novo amor bem ali dentro da minha bolsa surrada. Era Edensor. Após 480 horas, 37 minutos e 12 segundos de luto pela perda de A Ling, resolvi parar de sentir pena de mim mesmo e de ruminar o meu primeiro amor.

Dei uma guinada de 180 graus.

Em vez de me prender às lembranças da fedorenta loja *Sinar Harapan* e do momento em que meu coração se partira ali, eu agora visitava diligentemente a biblioteca municipal de Tanjung Pandan. Lá, lia com dedicação livros sobre o segredo do sucesso, sobre como se socializar de maneira eficaz, sobre os passos para se tornar um indivíduo magnético e uma série de livros sobre autodesenvolvimento.

Concentrei-me em estudar e parei de fazer planos estranhos e inviáveis. Graças a um golpe de sorte, encontrei um novo lema para minha vida num velho recorte de jornal na biblioteca. Era a entrevista de um famoso jornalista americano com o falecido John Lennon. A lenda do rock disse: *A vida é o que acontece enquanto você está ocupado fazendo outros planos!*

Vasculhei todos os quiosques em Tanjung Pandan atrás de um pôster de John Lennon até que encontrei uma grande foto de seu rosto. No dia seguinte, pedi a Bu Mus permissão para pendurá-lo na parede da nossa sala.

– Meu jovem – disse minha professora, franzindo a testa –, você poderia me dizer, honestamente, que conquista de prestígio lhe dá o direito de me pedir que pendure esse pôster aqui?

Bu Mus olhou para Bruce Lee, que olhava para Mahar, que, por sua vez, me lançou um olhar arrogante.

Expliquei-lhe o prestígio que havia em anos de dedicação à compra de giz sem recompensa. Ela ergueu as sobrancelhas.

– Sem recompensa? Acha que sou surda? Que não ouvi os boatos que correm no mercado de peixes de que você brincava com fogo toda segunda-feira visitando a filha de A Miauw?

Ah! Pego com a boca na botija!

– Acha que eu não sabia que, às sextas-feiras, você surrupiava nosso giz para poder se encontrar com ela?

Fui pego de surpresa. Na verdade, Bu Mus sabia de tudo. Tinha estado alerta ao meu comportamento durante todo aquele tempo. Fiquei muito envergonhado.

Congelei. Pedi perdão à professora. Beijei sua mão ao mesmo tempo que prometia que, depois de resgatar o giz que enterrara debaixo do *filicium*, eu voltaria para a aula. Então, tentei mudar de assunto.

– O que mais precisamos na nossa sala, *Ibunda* Guru, é de inspiração! – insisti, com segundas intenções.

Em seguida expliquei o conselho inspirador de John Lennon.

Bu Mus podia ser uma professora de aldeia, mas tinha ideia progressistas. Talvez também tenha se impressionado com minha resposta sincera. Depois de explicar os termos da minha justificativa inspiradora, recebi permissão para pendurar o pôster.

Assim, curiosamente, três pôsteres e um símbolo glorioso passaram a enfeitar a nossa sala de aula. Cada um tinha um lema diferente:

Rhoma Irama: *Hujan duit* (Chuva de dinheiro).

John Lennon: *A vida é o que acontece enquanto você está ocupado fazendo outros planos!*

Bruce Lee: *O estilo do dragão no kung fu.*

O símbolo Muhammadiyah: *Faça o bem e evite o mal.*

Um tesouro escondido embaixo da escola

Um dia sinistro.

Recebemos quatro tipos de notícias ruins.

A primeira: Pak Harfan estava gravemente doente. Não conseguia sequer levantar da cama.

A segunda: o Sr. Samadikun não ficou nem um pouco impressionado com a foto do nosso troféu e a mandou de volta para nós. A ameaça de fechar a nossa escola continua bem viva. Aguardamos, apavorados, a inspeção decisiva. Poderia acontecer naquele dia, ou talvez no seguinte. Em outras palavras, nossa escola estava por um fio e poderia ser fechada a qualquer momento.

A terceira má notícia era muito preocupante: um número cada vez maior de inspetores da PN não parava de aparecer por lá. Eles chegavam até a entrar em nossa sala e recolher amostras do chão lá de dentro. Descobrimos, por meio do chefe da equipe, que o nível de estanho ali era de 12, o que significava que, pelos cálculos deles, havia cerca de 1.200 quilos de estanho para cada 1.000 metros cúbicos de terra.

– Muito alto... Níveis como esse não são encontrados desde os tempos dos holandeses.

Nosso ânimo andava sombrio porque tudo isso significava uma única coisa: as dragas sem dúvida poriam nossa escola abaixo.

O rosto de Bu Mus se anuviou. Ela sabia que a questão das dragas era difícil, que não havia saída.

– E não é só isso – disse alguém da equipe. – Também encontramos ilmenita e tântalo. Talvez haja até um pouco de urânio.

A combinação tântalo com ilmenita dá origem a uma mercadoria cara – 10 vezes mais valiosa que o estanho.

Sentimos o peso da ironia. Debaixo de nossa escola em ruínas – a escola pobre na qual lutávamos diariamente para sobreviver –, havia um tesouro escondido que valia trilhões de rúpias.

A quarta má notícia: Mahar.

– Você fez o dever de casa? – perguntou Bu Mus a Mahar, dando início a um longo sermão sobre o comportamento do garoto, que passara dos limites. Ele já havia, lamentavelmente, tomado o desvio que conduzia ao reino do ocultismo. Uma de nossas matérias preferidas, ginástica, foi suspensa em prol de uma intervenção. Todos voltamos para a classe para ajudar a trazer Mahar de volta ao bom caminho.

Ele baixou a cabeça. Era um jovem bonito, inteligente e talentoso, mas muito teimoso em relação a suas convicções.

– *Ibunda*, o futuro a Deus pertence.

Vi a provação que aguardava a professora. Seu rosto empalideceu. Certa vez minha mãe dissera que a professora que abre pela primeira vez nossos olhos para as letras e os números, de modo que possamos ler e contar, há de receber infinitas recompensas no dia em que morrer. Concordei com ela, mas essa não é a única coisa que uma professora faz. Ela também abre corações.

– Você não tem um bom projeto. Nunca lê nem faz os deveres. Seu tempo de dedicação ao xamanismo, virando as costas para os versos de Alá, acabou. – Bu Mus começava a soar como o âncora do jornal matinal na Rádio Republik Indonesia. – Suas notas caíram muito. A prova do terceiro bimestre está chegando. Se tirar uma nota ruim e não aumentar sua média, não vou deixá-lo fazer a prova do último bimestre, o que significa que não poderá prestar o exame nacional para passar de ano.

A coisa estava ficando séria. Mahar baixou ainda mais a cabeça. O sermão prosseguiu:

– Viver segundo os ensinamentos do Corão e dos hadiths é o princípio norteador da Muhammadiyah. *Insyaallah*, mais tarde, quando for mais velho, você será abençoado com estilo de vida *halal* e uma esposa dedicada. Misticismo, ciência paranormal e superstição são formas de idolatria. O politeísmo é a mais grave violação ao islã. E as boas ações que aprendemos nos estudos da fé toda terça-feira? E todas as lições? O que você aprendeu sobre os povos ateus do passado? Que fim levou a sua ética islâmica?

O clima na sala estava tenso. Esperávamos que Mahar pedisse perdão e dissesse que aprendera a lição. Infelizmente, sua resposta foi uma objeção:

– Procuro a sabedoria no mundo das trevas, *Ibunda*. Sou amargurado porque desejo saber. Mais tarde, de um jeito misterioso, Alá me dará uma esposa dedicada.

Quanta ousadia! Bu Mus se esforçou muito para conter a emoção. Eu sabia que ela queria repreender Mahar. Seu rosto paciente ficou vermelho. Bu Mus saiu da sala para se acalmar.

Todos olhamos para Mahar. As sobrancelhas de Sahara se uniram e seu olhar ficou frio.

– Vá lá fora e peça desculpas! Você nem sabe a sorte que tem! – vociferou a menina.

Kucai, como representante de turma, aproveitou a deixa e trovejou:

– Enfrentar um professor é o mesmo que enfrentar pai ou mãe. É insubordinação! Por acaso nunca ouviu falar que o castigo para a insubordinação é uma hérnia? A parte de cima de sua coxa vai ficar do tamanho de uma abóbora!

Kucai repreendeu Mahar, mas seus olhos grandes olhavam para Harun.

O rosto de Mahar estampava uma expressão estranha. Ele parecia ao mesmo tempo arrependido e decidido a defender sua posição – apegando-se à sua versão das coisas, naturalmente. Não iríamos engolir essa atitude desrespeitosa, mas justo quando estávamos prestes a protestar mais uma vez, Bu Mus voltou à sala.

– Ouça com atenção, meu jovem – começou ela. – Não existe uma gota de sabedoria no politeísmo! A única coisa que você vai conseguir praticando o misticismo é se perder e, quanto mais insistir nessas crenças, mais perdido ficará na cova sem fundo do politeísmo. E o diabo irá ajudá-lo pessoalmente a atiçar cada brasa que você jogar nesse fogo!

Mahar se encolheu, mas isso não freou Bu Mus, que continuou:

– Agora você vai ter que tomar jeito porque...

Antes que pudesse terminar seu ultimato, foi interrompida por uma saudação:

– *Assalamu'alaikum.*

A professora deixou a frase pela metade e se virou para a porta. Havia duas pessoas de pé ali. Bu Mus retribuiu a saudação e convidou-as a entrar. Eram um homem com rosto de aparência imponente e uma garotinha com ar de moleque. A menina era alta e magra. Usava cabelo curto, tinha a pele branca e um rosto bonito.

O homem de aparência imponente tentou dar um sorriso amigável.

– Esta é minha filha, Flo – disse devagar. – Ela não quer mais frequentar a Escola PN e há duas semanas não vai à aula. Insiste em estudar aqui.

O homem coçou a cabeça. Estava completamente perdido. Cada palavra que saía de sua boca parecia pesar dezenas de quilos. Seu discurso indicava que ele desistira de tentar argumentar com a filha.

Bu Mus sorriu com amargura. As provações não paravam de aparecer. Ela estava zonza de tanto pensar em Pak Harfan doente. Vinha enfrentando todos os nossos problemas sozinha – desde as aulas em si até a ameaça do fechamento da escola. Como se não bastasse a ameaça do Sr. Samadikun, havia as inescapáveis dragas, o transviado Mahar e, agora, essa menina de ar moleque, que, sem dúvida, seria rebelde. Aquele não era o dia de sorte de Bu Mus.

A própria Flo parecia indiferente – nem sequer esboçou um sorriso. Apenas encarou o pai. A postura daquela menina bonita passava uma imagem poderosa. Parecia ter um caráter assertivo e saber exatamente o que queria. O pai retribuiu o olhar com uma expressão cheia de derrota. Passeou pela sala inspecionando tudo. Talvez o lugar o fizesse se lembrar de uma sala de interrogatório japonesa. A expressão em seus olhos era triste quando falou:

– Vou entregar minha filha a você, Bu Mus. Se ela lhe causar problemas, sabe onde me encontrar. E lamento ter que dizer isto, mas ela certamente vai criar problemas.

Nós rimos. O pai sorriu com amargura. Flo continuava indiferente, como se as palavras dele nada significassem. O homem pediu licença e saiu.

– Muito bem, então. Seja bem-vinda à nossa turma. Sente-se ao lado de Sahara – disse Bu Mus a Flo.

Sahara ficou totalmente encantada e limpou o lugar vazio a seu lado. Para surpresa geral, Flo não se mexeu. Olhava fixamente para a janela. Ficamos surpresos.

Então Flo olhou em nossa direção, apontou para Trapani e disse:

– Só vou me sentar ao lado de Mahar.

Inacreditável! A primeira frase daquela boquinha rica, apenas alguns minutos depois de pôr os pés na Escola Muhammadiyah, foi desafiadora! Rebeldia não era comum em nossa escola. Não nos dirigíamos à nossa professora apenas com o termo habitual para demonstrar respeito – *guru* –, mas com um termo ainda mais respeitoso, *Ibunda* Guru.

O rosto de Bu Mus ficou ainda mais sombrio. Estava mesmo pensando em Mahar e nessa nova moleca e em como os dois destruiriam a ética islâmica da escola. E agora eles queriam se unir? A vida de Bu Mus andava cheia de provações.

O rosto de Flo deixou claro que ela não estava disposta a ceder. Bu Mus não pretendia discutir, pois seria inútil. Por um lado, Flo provavelmente não se considerava uma menina, por isso não queria se sentar ao lado de Sahara. Por outro, provavelmente achava que Trapani faria sua vontade porque ela era uma menina. A desorientação em geral cria confusão.

Bu Mus foi obrigada a tomar uma decisão difícil. Fez um sinal para que Trapani se levantasse. Flo correu para ocupar o antigo lugar do garoto, ao lado de Mahar. Este imediatamente reagiu com seus três cacoetes típicos: ergueu as sobrancelhas, deu de ombros e assentiu com a cabeça. Exatamente como ele esperara, Alá misteriosamente lhe concedera uma companheira. Uma prece fora atendida de imediato. Consequentemente, Trapani perdeu seu colega de carteira. Como não tínhamos mais lugares, ele teve que se sentar ao lado da notoriamente temperamental Sahara. A garota ficou extremamente decepcionada e não queria aceitar o novo colega. Rosnou e franziu o cenho.

Naqueles primeiros dias, ficávamos maravilhados com a quantidade de material escolar de Flo, mas, para ela, aqueles objetos não tinham nada de especial.

Flo possuía seis bolsas diferentes, para combinar com suas roupas do dia. A bolsa que usava sexta-feira era a mais interessante, pois tinha franjas, como víamos nos filmes indianos.

A menina parecia deslocada na nossa sala. O mobiliário não era adequado para ela, que parecia um cisne perdido num viveiro de patos. O que aquela garotinha rica estaria fazendo numa escola pobre, carente de tudo? Por que trocaria a reluzente PN por nosso barracão de copra? De que árvore roubara uma maçã para ser expulsa do Jardim do Éden da Propriedade?

Descobrimos que ela não havia sido expulsa da Escola PN nem chutada da Propriedade. Trocara a PN pela Escola Muhammadiyah de livre e espontânea vontade, sem pressões de terceiros, e se encontrava em perfeitas condições físicas e espirituais – apenas sua mente não devia estar funcionando bem.

Quando lhe perguntamos o motivo da troca, a resposta fez os pelinhos das nossas nucas se arrepiarem:

– Porque gostei da apresentação de vocês na festa da Independência. Foi mágico – disse ela, com a voz de alguém bem-alimentado e rico, com um leve cicio.

Aquilo esclarecia o mistério que a fez querer se sentar ao lado de Mahar. Segundo a máxima que ele mesmo vivia repetindo, o destino é circular e, na nossa sala, o círculo do destino havia unido dois fanáticos por fantasmas.

Era estranho, mas, na miserável Escola Muhammadiyah, Flo se mostrou muito entusiasmada, como se algo a tivesse tocado. Jamais faltou a uma aula e era educadíssima com a professora. Chegava antes de todos nós, até de Lintang. Varria a escola, pegava baldes de água no poço assombrado e regava as flores diligentemente. A pobre Escola Muhammadiyah foi uma ponte para sua alma.

Flo era muito próxima de Mahar. Depois de tentar encontrar a si mesma por meio de rebeliões bobas, finalmente conseguiu isso com o jovem xamã. O mesmo aconteceu com Mahar, que encontrara a pessoa que o entendia, jamais o ofendia e reconhecia todos os seus atos estranhos.

Quem visse os dois pensaria que formavam um casal, um jovem bonito e uma molequinha encantadora, sempre juntos, igualmente loucos. No entanto, não tinham esse tipo de conexão emocional. Eram loucos juntos, mas seu amor verdadeiro era o mundo sombrio do xamanismo.

Estranhamente, Mahar progrediu bastante com Flo por perto. Ficou mais interessado em mitologia, bem como nas relações entre o sobrenatural e outras áreas, como a antropologia, o folclore, a arqueologia, o poder de cura, as ciências antigas, os rituais e as crenças norteadoras. Considerava-se uma espécie de estudioso do paranormal. Flo era uma aventureira legítima, menos preocupada com acontecimentos místicos ou em entender seus aspectos científicos e mais interessada em experimentar o máximo possível de coisas arrepiantes. A única utilidade que encontrava nas experiências místicas era testar a si mesma e ver quanto medo era capaz de suportar. Era viciada em tremer de pavor no perigoso mundo fantasmagórico. Mesmo se comparada a Mahar, Flo era doida.

Numa tarde fria, depois de uma chuva pesada, nossa Flo prestou juramento para tornar-se membro do Laskar Pelangi. Enquanto um arco-íris riscava o céu e os trovões reverberavam em todo o leste de Belitung, Flo fez sua promessa de amizade.

Plano B

Graças à aldeia Edensor do livro *If Only They Could Talk*, consegui parar de sentir pena de mim mesmo. Deixei sinceramente para trás as marcas do meu belo romance que florescera graças à rotina da compra de giz.

Esta é a característica surpreendente da infância: a capacidade de curar rapidamente um coração partido depois de anos de amor – cinco, para ser exato! Ah, na verdade eu estava apaixonado por A Ling desde o segundo ano e, embora só tenhamos nos encontrado uma vez, aquilo foi amor. Ainda assim, consegui me recuperar em uma semana e com a ajuda de um livro. Mágico. Às vezes os adultos levam anos para restaurar um coração partido numa relação platônica de três semanas. Por que será que os adultos ficam cada vez mais negativos com a idade?

Eu agora me lembrava de A Ling como a parte mais bonita da minha vida. Ainda que eu tivesse sido atingido por uma pata de urso com as unhas de um gavião devorador de carcaças, continuei diligente e, com o mesmo instinto amoroso e o mesmo entusiasmo, ia com Syahdan comprar giz toda segunda-feira de manhã.

Sempre que ia à loja *Sinar Harapan*, eu cumpria o mesmo ritual e vivenciava a mesma sucessão de sentimentos em meio ao cheiro pútrido do lugar. Eu simulava a série de sensações causadas pela beleza do meu primeiro amor, como se A Ling ainda me esperasse atrás da cortina de conchas.

Quando não estava comprando giz, eu me ocupava lendo atentamente livros sobre psicologia e autodesenvolvimento e me tornava cada vez mais fanático pela frase inspiradora de John Lennon.

Os livros sugeriam que eu descobrisse meus talentos – e eu não tinha dúvidas sobre quais eram eles: minha afinidade com a escrita e minha habilidade para jogar badminton.

Eu sabia disso porque sempre ficava em primeiro lugar no nosso campeonato local de badminton. Meus troféus estavam enfileirados em casa. Havia tantos deles que minha mãe usava alguns como peso para segurar as pilhas de roupa para lavar, para que as portas não batessem ou como suportes para as paredes do galinheiro. Um deles servia para quebrar nozes. Outro, conquistado no último torneio, tinha a parte superior pontuda e era usado por meu pai para coçar as costas.

Eu sempre derrotava meus adversários de lavada. Coitados, treinavam bastante durantes meses e meses, comiam ovos semicozidos toda manhã com *jadam* e mel amargo para ficarem mais fortes, porém eram incapazes de me vencer.

Às vezes eu me exibia com uma largadinha e uma cambalhota dupla, devolvia saques enquanto batia papo com os espectadores e arremessava a peteca enquanto rolava no chão. Muitas vezes fazia arremessos diretos por entre as pernas, de costas para o adversário e, não raro, com a mão esquerda!

Quando me viam jogar, os adversários inseguros ficavam nervosos e, caso se permitissem extravasar a raiva, garantiam a própria derrota. Os espectadores urravam assistindo aos jogos. Quando eu competia, o mercado ficava em silêncio, as barracas de café encerravam o expediente, as crianças eram dispensadas da escola, os trabalhadores da PN saíam mais cedo, os funcionários do governo tiravam uma folga – isto é, se tivessem ido trabalhar – e os representantes da comunidade desocupada se punham em fila em volta da quadra antes da partida.

Meu apelido era "trágulo de cabelo cacheado". A quadra de badminton ao lado do escritório da prefeitura fervilhava. Os que não encontravam lugar para se postar ao longo da quadra subiam em coqueiros próximos para me ver em ação.

Eu achava que esses fatos eram mais do que suficientes para chamar o badminton de minha *principal habilidade* – como dizem os livros de desenvolvimento pessoal.

Meu outro grande interesse era escrever. Não havia muita coisa para aferir se eu era bom nisso além do comentário de A Kiong de que minhas cartas e poemas para A Ling costumavam fazê-lo rir. Eu não sabia ao certo o que isso queria dizer – podia indicar tanto que meus textos eram muito bons quanto que eram muito ruins.

Comecei a me dedicar às duas áreas. Treinava badminton todos os dias. Se ficasse exausto, contemplava a foto de John Lennon durante alguns minutos, com aquele sorriso fino e os óculos de aro redondo, e meu entusiasmo se renovava.

Como explicavam os acadêmicos do desenvolvimento pessoal, um indivíduo positivo precisa elaborar um plano A e um plano B.

O plano A significava mobilizar todos os recursos a fim de desenvolver as principais habilidades. Esse plano cobria cada detalhe, do primeiro passo até o auge da glória. Toda vez que pensava nesse plano, eu tinha insônia.

Eu estava extremamente feliz de ter traçado meu plano A tão claramente: tornar-me um jogador de badminton ou um escritor famoso. Se possível, os dois. Se não, um já bastaria. E, se não conseguisse alcançar nenhum dos dois objetivos, qualquer coisa serviria, na verdade, desde que eu não virasse carteiro.

Quando olhava para os outros membros do Laskar Pelangi, eu sabia que todos também tinham seu plano A.

Sahara, por exemplo, queria ser ativista dos direitos da mulher. Sua inspiração vinha da tremenda opressão que via as mulheres sofrerem nos filmes indianos.

A Kiong queria ser comandante de um navio. Dizia que era porque gostava de viajar. Eu tinha minhas dúvidas. Provavelmente era por causa do grande quepe do comandante. Desconfio que seu desejo, na verdade, fosse esconder parte daquela cabeça de lata.

Kucai, desde o momento em que se deu conta de que tinha as qualidades de um político – era dissimulado, populista e sem vergonha, tinha uma boca grande e um irresistível desejo de discutir –, passou a ter uma aspiração clara: tornar-se membro da assembleia legislativa da Indonésia.

Do nada e sem hesitação nem timidez, Syahdan anunciou que pretendia ser ator. Não parecia ter o menor talento para representar. Nas nossas aulas de teatro, não podia nem interpretar um papel que tivesse falas, porque sempre cometia erros. Por isso, sempre ganhava o papel de abanador da princesa. Syahdan não precisava dizer nada durante toda a apresentação. Sua única tarefa era abanar a princesa com penas de pavão e, em geral, se mostrava incapaz até mesmo disso.

Todos insistiram para que Syahdan reavaliasse sua aspiração, mas ele se mantinha irredutível. Não ligava a mínima para a zombaria. Queria ser ator. Ponto final.

– Aspirações são preces, Syahdan – advertiu Sahara. – Se Deus atender a sua prece, já imaginou o que será da indústria cinematográfica indonésia?

Mahar, por sua vez, queria ser um vidente de renome, respeitado até por seus opositores.

A aspiração de Sansão era a mais simples. Era um indivíduo pessimista e almejava ser lanterninha e segurança do cinema da aldeia, pois seu passatempo favorito era assistir a filmes e o emprego de segurança passava uma imagem bastante máscula. Enquanto isso, Trapani, o rapaz bom e bonito, queria ser professor. E Harun, como sempre, queria ser Trapani.

Tudo por causa de Lintang. Se ele não existisse, não ousaríamos sonhar. A única coisa na nossa cabeça – e na cabeça de todos os outros garotos em Belitung – era, depois do ensino básico ou, quem sabe, do ginásio, nos candidatarmos a *langkong* da PN, ou seja, estagiários, e então trabalhar a vida toda como mineiros, até nos aposentarmos. Foi o que tínhamos visto acontecer com os nossos pais e com os pais deles, geração após geração.

Mas Lintang e suas habilidades extraordinárias nos infundiram confiança, abrindo nossos olhos para a possibilidade de nos tornarmos mais do que jamais havíamos sonhado. Ele nos deu estímulo, ainda que não nos faltassem limitações.

O próprio Lintang aspirava a uma carreira de matemático. Se conseguisse, seria o primeiro matemático malaio. Maravilha! Eu me emocionava sempre que pensava nisso. Em segredo me apaixonara pelo plano de Lintang. Por isso, rezava com frequência para que ele realizasse seu sonho. Suponhamos que Alá pedisse a alguém que sacrificasse o próprio sonho para que Lintang pudesse realizar o dele. Eu sacrificaria o meu.

Lintang estava em meio aos preparativos para o Desafio Acadêmico. A cada dia brilhava mais. Seria capaz de superar a inteligência dos alunos da PN, que tinha muito prestígio em Desafios Acadêmicos de nível nacional? Estávamos nervosos em pensar que nossa admiração pudesse ser uma distorção míope. Esperávamos que Lintang não fosse apenas o campeão do nosso pequeno reduto, um peixão em nosso laguinho modesto. Talvez ele fosse um homem de um olho só e o restante de nós fosse cego. Não é verdade que em terra de cego quem tem um olho é rei?

Essas eram preocupações legítimas. Nossa escola vivia no ostracismo e no isolamento, por isso não tínhamos como avaliar ou saber quanto o resplandescente mundo lá fora havia se desenvolvido. Não fazíamos ideia do progresso dos alunos da PN ou da escola nacional com seus professores altamente capacitados, bons livros, recursos visuais, bibliotecas e laboratórios modernos – sem falar na boa nutrição. Apenas o Desafio Acadêmico da semana seguinte poderia tranquilizar nossa aflição, provando quem Lintang realmente era. Mal podíamos esperar para descobrir a verdade.

De acordo com minhas leituras, um indivíduo positivo também precisa de um plano alternativo com um nome adequado, bastante difícil de dizer: *plano de contingência.*

Esse plano alternativo também é chamado de plano B.

O plano B entra em cena no caso de o plano A fracassar. A ideia é simples: em caso de fracasso, joga-se o plano A no lixo e busca-se um novo talento. Depois de encontrá-lo, basta seguir o mesmo procedimento adotado no plano A. Era uma receita de vida incrível, sem dúvida o trabalho de especialistas em psicologia conspirando com profissionais de recursos humanos e editores, claro.

O problema era que, além do badminton, eu não tinha outros talentos. Na verdade, havia um, sim, mas eu não podia contar com ele: o talento para fantasiar. Eu sentia muita vergonha de admiti-lo.

Eu não era inteligente como Lintang nem tinha o talento artístico de Mahar. Pensei muito até elaborar um plano B. Tive muita sorte porque, depois de semanas e semanas pensando, ao fechar a porta do galinheiro, fui assaltado de repente por uma inspiração incrível para formular meu plano B.

A beleza dele era que não exigia que eu abandonasse por completo o plano A. Provavelmente nem os especialistas tinham ido tão longe. A essência da coisa era que, se eu fracassasse no badminton e não obtivesse sucesso como escritor – se os editores vendessem meus livros apenas para servir de papel de rascunho –, passaria ao plano B: escrever um livro sobre badminton!

Nada acontecera ainda, mas eu já fantasiava a respeito das recomendações ao meu livro. A quarta capa apresentaria elogios de um ex-vencedor da Copa Thomas de Badminton: *Nunca houve um livro sobre esporte como este. O autor entende realmente o significado de* mens sana in corpore sano.

Um especialista em amor de Jacarta diria: *Este livro é leitura obrigatória para os obesos que têm problemas na cama.*

O ministro indonésio da Juventude e dos Esportes também daria seu depoimento: *Fazia tempo que eu não lia, então este livro apareceu e, finalmente, voltei a ler!*

Uma bela ex-vencedora da Copa Uber admitiria de maneira bem clara: *Ler este livro me deu vontade de abraçar o autor!*

A segunda promessa de Lintang

Sahara, Lintang e eu estávamos em uma sala oval barulhenta, num prédio art déco, encurralados contra a parede.

Mais uma vez nos víamos diante de uma situação que botava nossa reputação em jogo: o Desafio Acadêmico. Nosso ânimo havia diminuído depois que vimos os alunos da PN e da escola nacional passarem com livros nos quais jamais havíamos posto os olhos. As capas eram duras e brilhavam. Deviam custar caro.

O risco ali era mais alto do que o que havíamos corrido na festa da Independência. O Desafio Acadêmico era uma arena aberta para mostrar inteligência ou, se faltasse sorte, uma burrice inimaginável. Toda a má sorte seria suportada por mim, Sahara e Lintang. Éramos o Time F nessa competição. E se não conseguíssemos responder e voltássemos para casa sem nenhum ponto? Seria humilhante! Ah, o clássico problema da autoconfiança. Essa era a principal dificuldade para os competidores que vinham de ambientes marginalizados.

Havíamos passado por uma preparação exaustiva com Bu Mus, que nutria grandes expectativas com relação a essa competição – mais altas até que as da festa da Independência. Ela reunira exemplos de problemas e se dedicara a nos treinar da manhã até a noite. Para ela, vencer aqui era a saída perfeita para convencer o Sr. Samadikun a não fechar nossa escola.

Infelizmente, por mais que Bu Mus tentasse fortalecer nossas mentes, nos aconselhar, nos persuadir e nos estimular, continuávamos apavorados. Em um instante, os livros grossos de capa lustrosa nas mãos dos garotos da Escola PN fizeram todas as semanas de trabalho duro e memorização virarem fumaça. Nosso processo de raciocínio travou.

Lutei para me imaginar sentado meditando num prado verdejante, no local mais tranquilo que pude visualizar: Edensor. Em geral isso me acalmava. Dessa vez não deu certo.

Todos nos sentamos atrás de uma bela mesa de mogno, grande e fria. A sala fervilhava com torcedores de todas as escolas. Nós nos encolhemos.

A maior parte dos torcedores, é claro, eram da Escola PN. Havia centenas deles, usando camisas especiais com frases de incentivo nas costas: *Veni, vidi, vici – Vim, vi, venci*, as ambiciosas palavras de Júlio César. Isso já era o suficiente para acabar com o ânimo dos rivais.

Os membros da equipe da Escola PN no Desafio Acadêmico eram a nata da nata, especialmente selecionados de acordo com padrões altíssimos. Esse ano, tinham sido preparados mais completa e cientificamente que de costume, por um jovem professor famoso por sua inteligência. Esse professor fantástico fez uma simulação da competição com sinos, júri, cronômetro e várias possíveis perguntas. Era novo na escola. Antes trabalhava no departamento de pesquisa e desenvolvimento de uma corporação multinacional. Haviam lhe oferecido o cargo na Escola PN com um salário inacreditável e a promessa de uma bolsa de estudos para seu curso de doutorado. Formara-se *cum laude* na Faculdade de Matemática e Ciências Naturais de uma famosa universidade federal. Naquele ano, recebera o prêmio de professor-modelo da província. Ensinava Física e seu nome era Dr. Zulfikar.

Nossos torcedores eram liderados por Mahar e Flo. Não eram muitos, mas esbanjavam entusiasmo. Haviam levado duas bandeiras da Muhammadiyah e várias outras coisas geralmente usadas pelos fãs de futebol. Os alunos da PN consideravam Flo uma traidora e lançavam olhares furiosos para ela. No entanto, assim como Lintang, a menina não se importava. Ainda que fosse praticamente certo que nossa equipe passaria vergonha diante do time da PN, Flo não hesitou um segundo sequer em defender sua escola, uma escola islâmica de aldeia.

Entre os nossos torcedores estavam Trapani e sua mãe, de mãos dadas. Vi todas as alunas cochichando, rindo e olhando para ele o tempo todo. Quanto mais velho, mais bonito Trapani ficava. Alto e esbelto, tinha pele clara e o cabelo negro e espesso. Os olhos pareciam nozes verdes: serenos, frios e profundos.

Na verdade, Trapani havia sido escolhido para fazer parte da equipe. Sua média era mais alta que a de Sahara – mas suas notas em geografia eram mais baixas. A força da nossa equipe estava assim distribuída: matemática, ciências e inglês ficavam a cargo de Lintang; eu era bom em educação cívica, história do Islã, jurisprudência islâmica e, até certo ponto, história da Indonésia; nosso ponto fraco era geografia e Sahara era especialista nessa matéria. Assim, em nome da equipe, Trapani, de coração aberto, deu à Sahara a oportunidade de competir. Era um rapaz bonito e de coração generoso.

Bu Mus reconheceu o sacrifício de Trapani e lhe deu permissão para pendurar a foto que quisesse em nossa sala. Trapani tirou proveito dessa oferta gentil e pendurou a velha e bela fotografia em preto e branco do casamento dos pais, tirada no Salão Seruni.

Da mesma forma, talvez como um incentivo para que ele fosse forte, Lintang levou uma foto da mãe e do pai sentados lado a lado quando eram recém-casados. A noiva e o noivo, pai e mãe de Lintang, apareciam imprensados entre dois grandes vasos cheios de flores de plástico coloridas. O fundo da foto era uma parede de papel que mostrava um prado, um sedã cercado por uma família de expressão feliz e árvores de estranhas folhas vermelhas. Talvez a ideia fosse parecer algum lugar na Europa.

– Prepare-se, Ikal! – sussurrou Trapani.

Lintang abriu sua bolsa de ratan, olhou para a foto dos pais recém-casados, guardou-a de volta e tornou a ficar imóvel.

Eu não conseguia parar de me abanar. Não porque estivesse com calor, mas porque meu coração trepidava de medo. Nunca uma escola de aldeia vencera essa competição. O mero convite para participar já constituía uma honra.

Lintang estava mudo desde o amanhecer, quando embarcamos num caminhão de carroceria aberta depois da prece *subuh* para irmos à capital da regência. Sua mãe, seu pai e suas irmãs mais novas o acompanhavam. Era a primeira vez que a família ia a Tanjung Pandan, Lintang inclusive.

Sahara estava sentada no meio de nós. Lintang inclinou-se para a frente, inquieto. Sentia-se inferior, desencorajado e tímido naquele ambiente estranho. Parecia exausto, como alguém que carregasse todo o peso de defender a nossa reputação. De vez em quando lançava um olhar para a mãe, o pai e as irmãs com suas roupas pobres, sentados embolados no fundo da sala e ostentando uma expressão confusa naquele clima de euforia.

– Dane-se a autoconfiança! O importante é ouvir as perguntas com atenção, apertar o botão depressa e responder corretamente! – falei, para encorajar Lintang e Sahara. Nenhum dos dois pareceu me dar bola.

Não dava mais para contar com Lintang e Sahara. Vi as mãos dos outros concorrentes começarem a testar os botões à sua frente. Sahara, que havia sido especialmente treinada para apertar o botão para a nossa equipe, não parecia sequer capaz de aproximar o dedo do artefato redondo. Um paralisante medo de palco a dominara. Os sons ruidosos dos botões e dos microfones nos deixaram apavorados. Não os testamos. Fomos derrotados antes mesmo que a disputa começasse. Os torcedores da Muhammadiyah perceberam nosso medo e ficaram muito constrangidos.

O clima ficou ainda mais tenso quando o presidente do júri se levantou, apresentando-se e anunciando o início da competição. Meu coração disparou. Sahara estava mortalmente pálida e Lintang, calado.

Não tive coragem de encarar a plateia. Bu Mus e Pak Harfan nem olhavam para nós. O diretor estava curvado. A expectativa quanto ao nosso desempenho era tão grande que ele estava decepcionado com nosso nítido abatimento. Bu Mus virou-se para o grande lustre no centro da sala, que parecia um polvo gigante. Para aqueles dois professores, essa competição era o evento mais importante de suas carreiras no magistério. Um único acontecimento que representava tudo o que precisavam provar ao Sr. Samadikun e que punha em risco a reputação deles dois. O fardo carregado por Bu Mus e Pak Harfan era tão pesado quanto o de Lintang.

Não muito depois, uma mulher pediu à plateia que se acalmasse para que ela pudesse começar o Desafio. Chegara o momento da verdade. Os concorrentes estavam em êxtase, prontos para ouvir a rajada de perguntas e atacar os botões. Era enervante!

A primeira pergunta reverberou pela sala.

– Ela é francesa, entre o mito e a realidade...

Soou uma buzina.

A pergunta nem chegara ao fim, mas alguém havia apertado prematuramente o botão. Todos os presentes ficaram estarrecidos. Sahara e eu quase tivemos um troço, pois um braço rude acabara de atacar o botão à nossa frente com a rapidez de um raio – o braço era de Lintang!

– Equipe F! – gritou a mulher que fazia as perguntas.

– Joana d'Arc, vale do Loire, França! – respondeu Lintang, sem piscar, sem hesitar, com um inacreditável sotaque francês nasalado.

– Cem pontos! – berrou um homem sentado à mesa do júri, recebendo um trovejante aplauso dos torcedores da Muhammadiyah.

A mulher prosseguiu:

– Pergunta número dois: calcule a área do triângulo de altura Y e base X, sendo Y igual a 2X e X igual a 5.

Sem demora, Lintang apertou o botão e gritou:

– A área é 25!

Incrível! Sem hesitar, sem fazer nenhuma anotação, sem nem piscar.

– Cem pontos! – gritou mais uma vez o homem do júri.

Aquele homem era uma lenda no Desafio Acadêmico. Havia anos que lhe cabia conferir o gabarito e gritar *100 pontos* para as respostas certas e *menos 100* para as respostas erradas. O formato de sua boca e de seus lábios era bastante dramático quando ele gritava *100 pontos*, lembrando a expressão de um peixe dourado. Muita gente ia assistir ao Desafio Acadêmico só para vê-lo gritar *100 pontos*.

Nossa torcida comemorou e bateu palmas.

– Pergunta número três: calcule a área da região de integração entre 3 e 0 para a função 6 mais X menos X ao quadrado.

Lintang fechou os olhos por um instante, como costumava fazer quando Bu Mus lançava perguntas durante a aula. Menos de sete segundos depois, gritou:

– Treze e meio!

– Cem pontos!

Na mosca, sem pressa nem hesitação.

A plateia estava atônita com Lintang. Os outros concorrentes ficaram estupefatos, como se estivessem sob o efeito de algum encantamento. Bu Mus deu um passo à frente. A preocupação em seu rosto sumira. Seus lábios murmuravam:

– *Subhanallah, subhanallah*, que Alá seja louvado...

A mãe e o pai de Lintang estavam orgulhosos de vê-lo responder com tanta competência.

A mulher prosseguiu com as perguntas.

As questões de matemática e de ciência natural foram dominadas por Lintang. As de outros assuntos foram respondidas por outros concorrentes, sobretudo pela equipe da PN. A primeira rodada da competição terminou. Estávamos muito na frente.

Na segunda rodada, nossos concorrentes aos poucos começaram a diminuir nossa impressionante vantagem. Para piorar as coisas, Sahara e eu respondemos incorretamente algumas perguntas, o que nos fez perder pontos. A segunda rodada se encerrou e a situação ficou crítica.

Na terceira rodada, os concorrentes da Escola Nacional se retiraram. Era uma situação preocupante – os alunos da PN, inteligentes como Lintang, empataram conosco e, em alguns momentos, até ficaram à nossa frente.

Toda vez que um membro da equipe da PN dava uma resposta certa, centenas de torcedores comemoravam ruidosamente. Nossa torcida fazia o mesmo. Embora isso fosse estranho, os torcedores da Escola Nacional passaram a nos apoiar. Talvez fosse porque a equipe deles não tivesse mais chance de vencer. A plateia tinha quase 1.000 pessoas e as duas torcidas tinham praticamente o mesmo tamanho. Todos se mostravam eufóricos quando a equipe pela qual torciam respondia corretamente a uma pergunta. O mais feliz de todos era Harun. Ele estava adorando a festa. Batia palmas sem parar e gritava palavras de estímulo, mas sem olhar para nós. Olhava para fora, pela janela. Aparentemente, torcia para um grupo de meninas que jogava *kasti* no pátio.

Finalmente teve início a rodada decisiva. A equipe da PN e a nossa ocupavam alternadamente a liderança, como se fossem ondas quebrando na praia. A competição chegara a um ponto crítico: uma resposta correta poderia determinar o vencedor e uma resposta errada poderia ter consequências trágicas.

A situação ficou ainda mais tensa porque o placar se manteve apertado até que faltavam apenas cinco perguntas. Nesse momento estávamos empatados em 1.700 pontos. Tínhamos a chance de virar, mas então a mulher fez a seguinte pergunta:

– Pleng Chard Thai é...

Com toda a segurança, apertei o botão e gritei:

– O hino nacional chinês!

E errei.

– Menos 100!

Todos praguejaram contra mim. Que idiotice! O próprio nome deixava óbvio que a resposta era hino nacional *tailandês*, mas por causa de A Ling toda expressão com três palavras – assim como Njoo Xian Ling – me fazia pensar automaticamente na China.

Minha estupidez nos deixou numa situação complicada. Para piorar, a equipe da PN respondeu corretamente a pergunta sobre uma descoberta científica no campo da genética. Coisas desse gênero, como notícias de TV e publicações científicas mais recentes, simplesmente não nos eram acessíveis, e por isso não sabíamos nada a respeito.

Assim, a diferença aumentou para 200 pontos. Em nenhum momento da competição estivéramos tão longe da liderança. Os concorrentes da Escola Nacional pareciam confusos, desconfortáveis em seu sofrimento. Nossos torcedores estavam apreensivos.

A derrota dançava diante dos nossos olhos. Era realmente triste ver a grandeza de Lintang ofuscada pela minha incompetência e a de Sahara – sobretudo pela minha. Sahara e eu não tínhamos sido capazes de corresponder às expectativas de Bu Mus em nossas áreas de especialização. Eu me sentia devedor, Sahara estava furiosa comigo. Sussurrou com veemência em meu ouvido:

– Escute aqui, *Boi*! Se ela fizer qualquer pergunta de geografia nem pense em se meter! Cale a boca e tome cuidado! – Sahara era bastante direta. – É isso que acontece quando dão uma tarefa a quem não entende do assunto! Espere o desastre!

Incrível! Mesmo nessa situação crítica, quando estávamos prestes a experimentar uma derrota, Sahara conseguia citar hadiths, assim como conseguia brigar – sem dúvida, esse era seu passatempo. O que ela quis dizer foi que a especialista em geografia era ela e que qualquer pergunta que tivesse a ver com população, produção agrícola e hinos nacionais ficaria por sua conta. Sua repreensão não foi inútil. Enquanto me cutucava as costelas, Sahara partiu direto para a pergunta seguinte.

– Qual é o hino nacional de Brunei Darussalam?

Minha colega apertou o botão.

– Equipe F!

– Allah Peliharalah Sultan!

– Ceeeem pontos!

No entanto, continuávamos numa situação ruim, perdendo por 100 pontos.

A penúltima pergunta foi sobre um homem chamado Ernest Rutherford.

– Que contribuição esse homem nascido na Nova Zelândia deu à ciência?

– Foi o pioneiro na decomposição de núcleos em partículas menores – respondeu Lintang, com toda a calma.

– Cem pontos!

Nossos torcedores voltaram a explodir de entusiasmo por causa do novo empate: 1.800 a 1.800. O suspense chegou ao clímax – faltava apenas uma pergunta. Todos deixaram seus lugares e se aglomeraram na frente do salão. Bu Mus e Pak Harfan pareciam estar rezando. Até a apresentadora estava tensa.

– Ouçam com atenção. Esta é a última pergunta – disse ela com um tremor na voz. – Um avanço científico com relação aos conceitos de cor no início do século XVI deu a partida para uma intensa pesquisa no campo da óptica. Naquela época, muitos cientistas acreditavam que a mistura de luz e escuridão gerava cor, opinião que acabou se revelando equivocada. Esse equívoco foi comprovado por meio do reflexo da luz em lentes côncavas...

A buzina soou.

Lintang berrou:

– Os anéis de Newton!

A apresentadora abriu um sorriso largo. Estivera torcendo por nós em silêncio. O sujeito que gritava *100 pontos* também sorriu, feliz. Sua boquinha de peixe berrou:

– Ceeeem pontos!

Nossa torcida gritou e pulou de felicidade. Vencemos! Eu não conseguia acreditar – a Escola Muhammadiyah da aldeia vencera! Abracei Lintang, que ergueu os braços para o céu. Começamos a pular alegremente, mas a felicidade durou pouco. Durante a nossa eufórica comemoração da vitória, ouvimos alguém gritar de um banco nos fundos da sala:

– Meritíssimo! Meritíssimo! Meritíssimo presidente do júri! Acredito que a pergunta e a resposta estejam erradas!

Todos se calaram e olharam para trás. A pessoa que gritava lá dos fundos se pôs de pé e caminhou, furiosa, até a frente da sala. Era o Dr. Zulfikar, o professor-modelo de física da Escola PN. Ah, não! Aquilo significava problemas. Sahara e eu ficamos preocupados, mas Lintang se manteve calmo. Quando chegou ao palco, o professor assumiu uma postura arrogante, com as mãos nos quadris, e começou a falar de maneira genuinamente acadêmica:

– A experiência com as lentes côncavas não tem nada a ver com a crítica à antiga teoria da cor envolvendo luz e escuridão. O entendimento relativo à criação da cor não é uma questão de óptica, a menos que o júri queira discor-

dar de Descartes. A óptica e o espectro da cor são duas questões totalmente distintas. Nessa situação ambígua, temos três possibilidades: a pergunta errada, a resposta errada ou uma pergunta e uma resposta fora de contexto!

Caramba! O comentário extrapolava minha capacidade de compreensão. Aquilo se transformara num debate de defesa de tese de mestrado diante de três professores. Mas será que as palavras do professor-modelo não formavam uma espécie de "u" – sendo críticas e quase circulares, mas sem que se fechassem totalmente? E que esperteza a dele de balançar os jurados com sua menção à opinião de Descartes! Quem teria a audácia de discordar daquele lendário especialista em ciência?

A esperança era que Lintang tivesse como contra-argumentar, caso contrário seria o fim da linha para nós. Embora estivesse preocupado, eu não sabia o que fazer.

Pak Harfan foi pego de surpresa. Bu Mus estava desconcertada, pálida, como se uma pomba dourada tivesse lhe escapado das mãos. Não fosse o genial Dr. Zulfikar, a vitória já seria nossa. Era óbvio que Bu Mus gostaria de nos defender, mas também era óbvio que seus conhecimentos de física ficavam muito aquém dos do Dr. Zulfikar.

Olhei para Sahara, que rapidamente escondeu o rosto como se nunca na vida tivesse visto Lintang e eu. Os espectadores e os jurados se mostravam impressionados com essa objeção aparentemente inteligente. Ninguém cogitou contradizê-la, visto que a maioria dos presentes nem fazia ideia do que o professor estava falando. Mesmo assim, alguém precisava nos salvar daquela situação. O presidente do júri ficou de pé. Lintang permanecia calmo e sorria de leve, totalmente à vontade.

– Obrigado por sua objeção bem fundamentada. O que posso dizer? Meu campo é o da educação moral *Pancasila*...

O Dr. Zulfikar grunhiu, sentindo-se dono da situação. Os cantos de seus olhos pareciam declarar que ele havia lido *Principia*, de Isaac Newton, que assinava as publicações internacionais sobre física e que era um rato de laboratório, cheio de experiência. Era um recém-formado arrogante que conhecia o mundo. Salpicara seu discurso indulgente com menções e termos científicos porque queria causar boa impressão. Agora, porém, eu podia garantir que ele estava prestes a engolir uma pílula APC, a pílula amarga que os malaios do interior tomavam para curar qualquer doença.

Convencido de que vencera, o Dr. Zulfikar, incapaz de resistir à tentação de nos diminuir mais ainda, passou da arrogância à grosseria deslavada:

– Talvez os alunos da Muhammadiyah ou o júri possam fazer a gentileza de explicar a teoria de Descartes quanto ao fenômeno da cor, não?

Ele tinha ido longe demais! Aquilo era totalmente desnecessário! O Dr. Zulfikar só queria menosprezar nosso intelecto e desmerecer o prestígio do júri. Acreditava que nenhum de nós soubesse nada sobre Descartes e que isso, se comprovado, anularia a pergunta ou provaria que a nossa resposta estava errada. E, se nossa resposta estivesse errada, perderíamos 100 pontos e a Escola PN venceria o Desafio Acadêmico. O que doía mais era a maneira como ele pronunciara Muhammadiyah, deliberadamente enfatizando o termo para lembrar que éramos apenas uma escola de aldeia sem importância.

Eu não entendia nada de teorias ópticas, mas conhecia um pouco a história da descoberta da cor e sabia que Descartes trabalhara com prismas e folhas de papel para testar a cor, não para manipular a óptica. Newton é que foi o grande guru da óptica. O Dr. Zulfikar nitidamente estava blefando e tentando intimidar a todos com sua boca grande, dando a impressão de que era o mais entendido na teoria da cor. Fiquei furioso e quis protestar, mas o meu conhecimento também era limitado.

O comportamento do professor-modelo era um problema típico da Indonésia: gente esperta falando em círculos, usando termos pomposos e teorias de alto nível não em prol do progresso científico, mas para enrolar os pobres que não tinham voz e eram incapazes de argumentar. A opressão e a intelectualidade arrogante, conforme demonstrou o Dr. Zulfikar, existem em todos os lugares. Os que as praticam não passam de manipuladores do conhecimento, falsos cientistas que dominam com arrogância comunidades sem instrução visando se autopromover e encher os próprios bolsos.

Olhei para Lintang implorando sua ajuda caso eu questionasse o Dr. Zulfikar. Realmente precisava de seu apoio. Mas o que aconteceria se eu estivesse errado? E se me atacassem sem dó nem piedade? Ah, o risco era grande demais. Eu podia passar uma vergonha ainda maior, um problema típico para pessoas como eu, que só detinham um conhecimento parcial. Assim, meu coração se dividiu entre a hesitação e o desejo de lutar. Fiquei furioso, porém, porque minha escola havia sido insultada e porque sabia que o Dr. Zulfikar usara o nome de Descartes incorretamente em proveito próprio.

Vendo minha raiva, Lintang me deu um sorriso leve, sereno. Como sempre, ele tinha lido os meus pensamentos. Respondeu ao meu olhar com outro, doce, que dizia: *Paciência, irmãozinho. Deixe que o irmão mais velho cuide disso.* Lintang continuava muito calmo. Sahara e eu nos recolhemos, encolhidos debaixo dos braços protetores do mestre invulnerável do conhecimento.

Depois de ouvir o desafio inamistoso do Dr. Zulfikar, o presidente do júri respirou fundo e olhou para os colegas em volta. Todos balançaram a cabeça como se dissessem que eram incapazes de confrontar o Dr. Zulfikar.

– Lamento, meu jovem professor. Em nome do júri, devo dizer que não temos domínio nessa área do conhecimento.

Suas palavras foram humildes, coitado. Era um professor experiente, de coração generoso, muito respeitado pelos vários anos de dedicação à educação em Belitung. Parecia envergonhado e impotente. Dirigiu seu olhar para a equipe F – nós. Lintang sorriu e assentiu levemente com a cabeça. Inesperadamente, o presidente do júri disse:

– Mas talvez esse aluno da Muhammadiyah possa ajudar.

Um silêncio profundo, permeado de constrangimento, dominou o ambiente. A situação ficou ainda mais embaraçosa porque o Dr. Zulfikar quebrou o silêncio com mais um comentário grosseiro:

– Espero que o argumento dele seja tão preciso quanto suas respostas anteriores!

Isso ia *além* de longe demais! Ele provocara Lintang deliberadamente e, dessa vez, o garoto mordeu a isca e se levantou para falar.

– *Senhor, se sua objeção foi sobre a resposta não estar em acordo com a pergunta, talvez seja aceitável, mas o júri fez uma pergunta e a resposta já constava do papel nas mãos da senhora apresentadora. Tenho certeza de que nele está escrito "anéis de Newton", que foi a nossa resposta. Isso significa que temos direito aos 100 pontos. Ainda que a pergunta esteja fora de contexto, isso só significaria que o júri a formulou de maneira errada.*

O Dr. Zulfikar não estava disposto a aceitar aquilo.

– Em outras palavras, a pergunta foi equivocada porque os outros concorrentes esperavam uma resposta diferente!

Lintang retrucou:

– Não há equívoco algum, salvo para o senhor, que ignora a essência da teoria dos anéis de Newton e deseja invalidar nossos pontos em nome da trivialidade.

O Dr. Zulfikar se ofendeu. Ficou zangado. A tensão aumentou mais ainda. O professor-modelo inclinou-se para a frente:

– Ora, se é esse o caso, você pode me explicar a essência dessa teoria! Vocês conseguiram seus pontos graças a chutes, sem conhecimento real!

Quanta grosseria! Sahara fechou a cara. Depois de vagar nas nuvens, ela voltara como um leopardo, as sobrancelhas eguidas, quase formando uma linha única. A plateia e o júri estavam atônitos, boquiabertos, enquanto ouviam, maravilhados, a discussão científica de alto nível que esquentava no palco. Os espectadores não podiam contribuir, pois o tema lhes era obscuro.

Ouvindo a palavra *anéis* repetidamente, Lintang olhava para a frente, sem expressão. Então viu a mãe, confusa, no fundo da sala. O rosto do rapaz inchou e seu peito subia e descia. Ele parecia carregar um fardo muito pesado. Logo entendi sua reação. A questão dos anéis de Newton o fazia se lembrar do sofrimento de ter que vender a aliança da mãe para continuar frequentando a escola. Estava visivelmente furioso. Esse episódio com o Dr. Zulfikar se transformara em algo muito pessoal para Lintang, que reagiu de um modo inflamado:

– A essência é que Newton sem dúvida conseguiu apontar os erros nas teorias da cor de Descartes, Aristóteles e até de Robert Hooke, o mais contemporâneo deles! Os três achavam que a cor tinha espectros discretos. Por meio das lentes côncavas, que mais tarde deram origem ao teorema dos anéis, Newton provou que as cores se encontram num espectro contínuo e que esse espectro não é produzido pelas características do vidro, e sim pelas características fundamentais da luz!

O Dr. Zulfikar estava pasmo. A plateia se perdeu na teoria da óptica, incapaz de assentir, mesmo que de leve. Fiquei encantado. Meu palpite se mostrara correto! Tive vontade de pular da cadeira, subir na mesa de mogno à minha frente e gritar: *Querem saber? Este é Lintang Samudra Basara, filho de Syahbani Maulana Basara, um garoto brilhante e meu colega de carteira! Engulam essa, todos vocês!*

Mas Lintang ainda não se dera por satisfeito.

– Newton disse, a menos que o senhor queira contestar um manuscrito científico de 500 anos inquestionavelmente comprovado, que a densidade das partículas transparentes determina as partículas nelas refletidas. Essa é a relação

entre a espessura da camada de ar e a óptica, segundo o teorema dos anéis de cor. Só é possível observar tudo isso através da óptica. Como o senhor pode dizer que essas questões não estão interligadas?

O Dr. Zulfikar desmoronou, pálido. Deixou-se desabar numa cadeira, como se seus ossos houvessem derretido. Seu estoque de palavras inteligentes se esgotara. Os óculos escorregaram em seu nariz adunco. Ele percebeu que entrar numa polêmica sobre algo que não dominava evidenciaria sua própria burrice aos olhos de gente brilhante como Lintang. Assim, ergueu a bandeira branca. Lintang o nocauteara. O garoto o obrigara a engolir a amarga pílula APC sem água e ela ficou entalada em sua garganta.

Nossos torcedores pulavam como micos amestrados, pois o argumento de Lintang garantiu nossa escola como a vencedora do Desafio Acadêmico daquele ano, algo que não conseguíamos havia décadas, algo que ninguém imaginava que fosse possível.

Bu Mus arrancou a bandeira da Muhammadiyah da mão de Flo e agitou-a com toda a força. Seus olhos estavam vidrados. Sua boca tremia enquanto ela repetia:

– *Subhanallah, subhanallah*, louvado seja Alá.

Abracei Lintang mais uma vez. Dei-lhe os parabéns por ter garantido nossa vitória e, sobretudo, por ter cumprido sua segunda promessa, aquela que fizera à mãe: vencer o Desafio Acadêmico para recompensar o sacrifício da sua aliança de casamento.

Quando Lintang ergueu bem alto o troféu da vitória, o nosso primeiro herói, Harun, assoviou como um caubói chamando as vacas de volta para casa. Ele se encheu de orgulho por Lintang, mas parabenizou Trapani. Por mais fantástico que Lintang fosse, Trapani ainda era seu ídolo, era quem Harun queria ser. Nesse meio-tempo, Ibu Frischa, a diretora da Escola PN, sentada numa poltrona, se abanava, tentando amenizar o calor. Estava inquieta e a expressão em seu rosto sugeria que, naquele momento, sua mente se achava bem distante dali.

O homem com um coração do tamanho do céu

No dia seguinte, nos reunimos diante da vitrine de vidro. Dessa vez foi Lintang que teve a honra de colocar o troféu no lugar. O troféu do Desafio Acadêmico ocupou seu posto ao lado do prêmio da festa da Independência.

Aqueles dois troféus explicavam por que Alá nos dera aqueles dois talentosos meninos. Mahar nos infundiu coragem para competir. Lintang nos infundiu coragem para sonhar.

Os troféus eram realmente maravilhosos. Pareciam um casal apaixonado – unidos, inseparáveis, como se afirmassem que pertenciam a guerreiros corajosos prontos para enfrentar quaisquer dificuldades, sem nunca sentir pena de si mesmos, ainda que o destino fosse sempre cruel.

Até então todos acreditavam que nossa capacidade, nosso sistema e até a nossa escola desmoronariam em poucas semanas. Ninguém jamais imaginou que pudéssemos conquistar aqueles dois prêmios de tamanho prestígio. Mas agora tínhamos dois troféus gloriosos. Foi com muito orgulho que nos postamos diante da vitrine de vidro! Estávamos mais fortes e resistentes do que nunca. A perseverança e a persistência de Bu Mus e Pak Harfan em nos instruir começavam a mostrar resultados promissores. Aqueles dois lutaram bravamente para conter as lágrimas enquanto contemplavam os troféus porque sabiam que, daquele momento em diante, ninguém voltaria a insultar a nossa escola.

Embora sua saúde viesse se deteriorando, após nossa vitória no Desafio Acadêmico, Pak Harfan se mostrou ainda mais entusiasmado para lecionar, preparando incansavelmente seus alunos para os exames finais.

Ele nos instruía durante horas, trabalhando como se perseguisse um objetivo. Embora o nosso volume de trabalho fosse grande, estávamos extremamente felizes. O método de ensino de Pak Harfan tornava a tarefa de memorizar as lições um exercício delicioso. Problemas complexos viravam desafios, a aritmética complicada virava diversão.

Nos fins de semana, Pak Harfan pedalava 100 quilômetros até Tanjung Pandan com uma cesta de *palawijaya* colhidos de sua própria horta: abacaxis, bananas, galangas e batatas-doces. Vendia seus produtos para comprar livros escolares. No caminho de volta, parava na biblioteca municipal, onde pegava emprestados livros com exemplos de perguntas dos exames finais de anos anteriores.

Sua asma, porém, ficava cada vez mais séria. Ele andava tossindo sangue e frequentemente precisávamos insistir para que descansasse.

– Se não der aulas, ficarei pior – respondia sempre. – E, se eu morrer, quero que seja nesta escola – brincava, com um sorriso.

Pak Harfan continuou trabalhando intensamente. Corrigia nossos deveres até tarde da noite. Escrevia comentários detalhados nas nossas folhas de respostas, para que superássemos nossas deficiências.

Toda noite, durante vários meses, depois de estudar o Corão, corríamos de volta para a escola para ter aulas extras com Pak Harfan.

No entanto, certa noite, esperamos um tempão na sala de aula, mas Pak Harfan não apareceu. Fomos até sua sala, ao lado do jardim da escola. Batemos, mas não houve resposta. Abrimos a porta e o vimos sentado com a cabeça pousada sobre a mesa. Chamamos seu nome, mas ele não respondeu. Aproximei-me um pouco e tive a impressão de que ele dormia profundamente. Mais uma vez, chamei-o pelo nome, já ao seu lado. Pak Harfan continuou calado. Toquei sua mão, que estava fria como gelo. Ele não estava respirando. Pak Harfan havia morrido.

Pak Harfan dava aulas desde a adolescência, havia mais de 51 anos. Fora pessoalmente à floresta cortar madeira para construir a Escola Muhammadiyah. Carregara nos ombros a primeira e mais pesada tora, que era a principal viga de apoio da nossa sala de aula. Havíamos registrado nossa altura naquela viga ao longo dos anos, deixando-a toda marcada de riscos de canivete. Para nós, ela era sagrada.

Dizem que, muito tempo antes, Pak Harfan tivera muitos alunos e professores, mas, aos poucos, a comunidade perdeu a fé na escola e os professores deixaram de se orgulhar de seus empregos. A discriminação educacional exercida pela PN minou o entusiasmo do povo pela escola. Essa discriminação levou os nativos de Belitung a acreditar que apenas os filhos dos funcionários da PN podiam se sair bem nos estudos e ter a chance de entrar na universidade – e que os únicos professores com futuro eram os da Escola PN. Isso fez com que as crianças da aldeia, uma a uma, abandonassem a escola, e que, um a um, os professores fossem se demitindo, optando por virar *coolies* da PN ou pescadores.

– Para que serve a escola? – indagavam, acusadoramente, as crianças da aldeia. – Não vamos poder continuar a estudar mesmo.

A situação piorou de vez com o "sucesso" das crianças que não frequentavam a escola e ganhavam dinheiro colhendo pimenta ou trabalhando como balconistas, calafates de barcos, raladores de coco e garotos de recados para os barcos de pesca.

Para eles, a educação era algo relativo – principalmente para os que conseguiam um trabalho bem-remunerado, como os que tinham coragem suficiente para entrar na floresta e procurar madeira de agar e sândalo amarelo. Podiam se dar ao luxo de comprar motocicletas, enquanto Pak Harfan, um diretor de escola, precisava economizar, rúpia a rúpia, o dinheiro para trocar o pneu decrépito de sua bicicleta. A educação logo se tornou uma empreitada desoladora para crianças presas na armadilha de um círculo diabólico com pouca esperança de estudar, precisando satisfazer às necessidades da vida diante da discriminação.

Mas Pak Harfan jamais se cansou de tentar convencê-las de que o conhecimento tinha a ver com amor-próprio, que a instrução era um ato de devoção ao criador e que a escola nem sempre tinha o propósito de prover diploma e dinheiro. A escola tinha a ver com dignidade e prestígio. Segundo a gloriosa definição de Pak Harfan, a instrução era a celebração da humanidade, da alegria de estudar, a luz da civilização. Mas esses esclarecimentos não eram registrados pelas crianças pequenas, marginalizadas pela discriminação e deslumbradas por bens materiais sedutores.

Pak Harfan jamais desistiu de convencê-las a frequentar a escola. Chegava a levar livros para elas no meio do mar. Ele as procurava nas zonas aluviais dos rios, onde calafetavam barcos. Esperava-as debaixo das pimenteiras.

Mas ninguém aceitava seus convites. Às vezes, seus patrões, e até mesmo as próprias crianças, botavam Pak Harfan para correr.

Numa noite silenciosa, um homem pobre com o coração do tamanho do céu morreu. Um dos poços de conhecimento desse terreno árido e abandonado se foi para sempre. Pak Harfan morreu no campo de batalha, na escola que lutou para manter viva até seu último suspiro. Uma morte nobre, exatamente como ele sempre desejou.

Não houve salvas de canhão para saudá-lo, não houve arranjos de flores, medalhas do governo nem discursos dos ministros da educação. Nenhum monumento glorioso foi erguido em sua homenagem. Mas ele deixou um poço cristalino no coração de 11 alunos, um poço de conhecimento que jamais secaria.

Choramos na sala de aula. Os soluços de Harun foram os mais sentidos. Pak Harfan havia sido um pai para ele. Sua dor não tinha consolo e lágrimas pesadas escorriam por seu rosto, encharcando a camisa.

Secretário do fã-clube dos fantasmas

Eles se autodenominavam *Societeit de Limpai* ou simplesmente: o grupo *limpai.*

O limpai é um lendário e aterrador animal sobrenatural da mitologia de Belitung. Trata-se de uma lenda interessante, pois muitas histórias folclóricas apresentam descrições conflitantes dessa criatura misteriosa. Os habitantes do litoral consideram-no uma fada que mora na montanha. Os que vivem nas montanhas acreditam que ele seja um animal enorme, branco, parecido com um mamute. Os malaios das planícies acham que se trata de um vento que, quando se zanga, pode derrubar árvores e plantações de arroz. No interior, limpai significa o mesmo que *bicho-papão*, um grande fantasma negro. A nova geração tem uma noção equivocada. Para eles, o limpai é uma lenda urbana, um íncubo ou mau agouro capaz de se disfarçar de qualquer coisa.

Os mal-entendidos existem porque a história do limpai tem origem nos antigos ensinamentos de Belitung, que eram passados de geração para geração com o objetivo de que ninguém explorasse os recursos da floresta e das águas. Essas lições são convincentes, fazendo com que o povo tenha medo da má sorte, já que as florestas e as águas são vigiadas pelo fantasma limpai.

Adultos realmente instruídos veem o limpai como nada mais que uma nuvem de ignorância na cabeça de fofoqueiros idiotas e de pouca fé que não têm mais o que fazer. Isso é o limpai.

A *Societeit* atuava secretamente. Era uma organização clandestina. Não se sabia quando nem onde seus membros se reuniam e o que conversavam. Se fossem pegos de surpresa, logo mudavam de assunto e chegavam até a fingir que não se conheciam. Mascaravam suas ações dessa forma, não por estarem numa missão perigosa, anarquista, comunista ou ilegal, mas para evitar zombarias por conta de seus disparates. A *Societeit* não passava de um bando de seres humanos inúteis apaixonados pelo mundo místico.

A *Societeit* tinha nove integrantes. As exigências para a admissão eram excepcionalmente rígidas. O mais velho do grupo, um capitão do porto aposentado, tinha 57 anos. Os mais jovens eram dois pré-adolescentes. Os outros seis eram um caixa da filial local do banco Rakyat Indonésia, um chinês que folheava objetos a ouro, um desempregado, um homem que tocava órgão eletrônico, um engenheiro elétrico que abandonara a faculdade para abrir uma loja de bicicletas e Mujis, o mata-mosquitos.

O mais estranho é que o chefe da *Societeit* era o mais jovem deles. Fundador da organização, tinha o respeito de seus pares por ter um grande conhecimento do mundo das trevas e uma vasta coleção de boatos e notícias tolas. Não era outro senão o fenomenal Mahar. O outro pré-adolescente de que falei, é óbvio, era Flo.

A agenda da *Societeit* era bem cheia. O grupo fazia excursões a locais fantasmagóricos, investigava acontecimentos místicos e mapeava a mitologia malaia. Poderiam ser descritos como indivíduos destemidos, ansiosos por desencavar os segredos do reino com um ceticismo inflexível – não acreditavam em nada até que vissem com os próprios olhos.

Mahar e Flo brilhantemente incorporaram o limpai ao nome de sua gangue. Por se tratar de uma criatura metafórica, a *Societeit* poderia ser vista como um grupo de cientistas loucos ou de hereges religiosos, dependendo de quem a observasse. Sua filosofia variava de acordo com as diferentes perspectivas do significado do limpai.

Os integrantes do grupo faziam suas buscas ensandecidas munidos de instrumentos eletrônicos. Sob a supervisão do engenheiro que não se formara, montaram um detector de campo magnético capaz de ler ondas nas áreas de observação que variavam de dois a sete miligauss, pois acreditavam que era essa a faixa em que as atividades dos espíritos podiam ser observadas. Também produziram um sensor de ondas que podia detectar frequências incrivelmente baixas, inferiores a 60 hertz. Segundo seu raciocínio absurdo, essas eram as frequências em que as assombrações conversavam. Muniam-se também de incenso, babosa, ovos de lagartos-monitores e uma galinha silvestre anã, cujo uso consideravam a forma mais rápida de detectar a aproximação de demônios.

Certa vez, foram até a floresta Genting Apit, o lugar mais sombrio de Belitung. Essa floresta escondia milhares de histórias fantasmagóricas e as mais famosas eram as da *bruma ectoplásmica*. A bruma falava sozinha e naturalmente – talvez satanicamente – se transfigurava em figuras humanas, animais ou gigantes. Não era raro captar tais formas em filme fotográfico comum. Os motoristas que atravessavam a área da Genting Apit eram enfaticamente aconselhados a não olhar pelo espelho retrovisor, pois os fantasmas do vale costumavam pegar carona por curtos períodos sentados no banco de trás. Esse era o tipo de local assombrado em que a *Societeit* realizava suas pesquisas.

Para resumir, essa organização clandestina vivia muito ocupada e demandava um esquema de administração, gestão de recursos e instrumentos – precisavam de um secretário.

Quando Mahar me ofereceu o posto, aceitei de imediato. Embora não houvesse remuneração, eu me senti honrado de ser nomeado secretário por um grupo de pessoas amigas de fantasmas. Também fiquei feliz porque o convite mostrava que eu tinha integridade suficiente para cuidar do dinheiro. No mínimo, significava que eu era confiável, mesmo que só quem pensasse isso fosse um bando de loucos. Se o emprego mencionado pudesse ser chamado de profissão, então meu coração se incharia de orgulho. Assim, permita-me dizer que o cargo de secretário dessa organização invisível, a *Societeit de limpai*, foi minha primeira atividade profissional.

Minha tarefa era simples e podia ser executada com o auxílio de um livro-caixa. Minhas responsabilidades incluíam registrar as contribuições dos membros, cuidar do dinheiro e tomar nota dos pertences pessoais que os integrantes vendiam ou empenhavam para comprar equipamentos e custear as expedições. As outras tarefas, segundo as ordens de meus chefes – Flo e Mahar – consistiam em organizar os encontros secretos e servir chá aos participantes durante essas reuniões. Nesses termos, seria justo me rotular de garçom.

Ao voltar de suas expedições místicas, Flo e Mahar sempre tinham histórias excitantes para contar à turma. Um dia, os dois disseram que, no meio de uma floresta escura, haviam encontrado algumas sepulturas, medindo três metros de largura por seis de comprimento, com uma distância entre as lápides de, no mínimo, cinco metros. Como os malaios costumavam colocar lápides na cabeça e nas pontas dos dedos dos pés, era possível deduzir que os cadáveres enterrados ali embaixo pertenciam a seres humanos excepcionalmente grandes.

Flo começou a história contando que encontrara pratos e panelas intactos junto às tumbas. Afirmou com frieza que dormira ao lado das sepulturas sem sentir uma pontinha de medo sequer. Relatou essa experiência assustadora como se contasse um caso divertido sobre seu gato persa. Tive vontade de dizer a ela que os itens arqueológicos podiam até estar intactos, mas que sua cabeça, definitivamente, não estava.

A versão de Mahar foi muito mais interessante. Ele nos forneceu informações sobre a relação entre as gigantescas tumbas antigas em Belitung e as teorias de arqueólogos famosos, como Barry Chamis e Harold T. Wilkins. Esses arqueólogos acreditavam que, numa determinada época, humanos gigantes habitaram a Terra.

Mahar tirou uma conclusão fascinante e lógica, que incluía uma análise temporal, relacionando as sepulturas de Belitung ao gigantesco crânio humano *pasnuta* encontrado em Omaha e às ossadas incompletas exumadas num antigo cemitério nas colinas de Golan. Depois de reconstruído, o esqueleto mostrou um humano de quase seis metros de altura.

As histórias de Mahar sempre eram embasadas em conhecimento. Ele podia ser um garoto excêntrico que vivia na área cinzenta entre a realidade e a fantasia, mas sem dúvida era brilhante, demonstrando ao mesmo tempo, um vasto conhecimento do mundo paranormal e um raciocínio bem estruturado.

Flo e Mahar estavam sentados num galho baixo do *filicium*, como sacerdotes contando histórias num templo sique. Nós, os integrantes do Laskar Pelangi, estávamos reunidos num círculo, de cócoras e de olhos arregalados, ouvindo com assombro aquelas descobertas miraculosas do mundo mágico.

A história mais impressionante dos dois foi sobre uma aventura na caverna de uma ilha isolada.

– Investigamos a caverna. Quando erguemos a lamparina, ficamos surpresos de ver uma pintura paleolítica que retratava pessoas nuas comendo morcegos crus – contou Flo.

O curioso não era tanto a descoberta da pintura paleolítica, mas, como disse Mahar, os sussurros que saíam dela, enquanto ele estava deitado, meio adormecido, meio acordado.

– Lemúria, Lemúria – murmurou ele. – A pintura chiava em meu ouvido como uma cobra *manau*. Vocês conhecem a lenda da Lemúria? – Mahar estremeceu de medo. – Os sussurros penetraram em mim como uma premonição, uma previsão assustadora de que, em breve, um poder cairá em Belitung!

O comportamento de Mahar sempre nos deixava confusos. Às vezes chegava a ser irritante. Ele gostava de exagerar. Bastavam alguns minutos de conversa para qualquer um entender que ele era um genuíno sonhador, que vivia num mundo só seu. No entanto, não havia como negar que suas baboseiras acabavam, cedo ou tarde, se concretizando – algo que havia sido demonstrado mais de uma vez.

Por isso, levei-o a sério. Será que o povo de Belitung sumiria como aconteceu na Babilônia e na Lemúria? O que me deixava apreensivo era a Lemúria. Muita gente acreditava que essa história não passava de um conto de fadas, como o de Atlântida. No entanto, se a premonição de Mahar se provasse verdadeira, será que a história da Lemúria também seria validada? O assustador termo *lêmures* me assombrava. *Lêmures*, que dera origem ao nome Lemúria, significa espíritos desaparecidos. E se o futuro de Belitung fosse catastrófico?

Em outro mundo, a cabeça de Bu Mus estava zonza de tanto pensar nos rumos do desenvolvimento de Mahar. Ele mergulhara no mundo místico e não fora atrás da realização artística, o que deveria ter sido seu plano A. Com a presença de Flo, o desperdício do seu talento aumentou.

E naquele dia Bu Mus realmente teve uma dor de cabeça – recebeu uma carta da PN mandando suspender as atividades de nossa escola, pois três dragas em breve começariam a extrair o estanho do subsolo.

Bruce Lee para presidente

O equipamento começou a chegar. Os operários armavam barracas em volta da nossa escola. O som dos motores das dragas se aproximando nos deixava abalados.

Mesmo tendo sido avisada, Bu Mus continuou determinada a nos dar aula. Às vezes precisava gritar para explicar alguma coisa, só para competir com o barulho das máquinas.

Bu Mus respondera ao aviso que recebera com um pedido à mais alta autoridade da PN para que não demolisse a nossa escola e também solicitara uma reunião. Ninguém lhe deu a menor atenção.

Estávamos enfrentando um problema atrás do outro. Bu Mus era quem carregava o maior peso. Desde que Pak Harfan falecera, era ela quem ensinava todas as matérias, lidava com as dificuldades financeiras da escola, preparava os alunos para os exames, enfrentava a ameaça do Sr. Samadikun e agora tinha que lidar com o maior de todos os problemas: a ameaça das dragas. Aquela jovem encarava tudo isso sozinha.

Embora nos encontrássemos numa situação crítica, Bu Mus continuava firme. Quando ficávamos pessimistas, ela nos fazia falar sobre nossos dois troféus e nos lembrava que aqueles eram prêmios para quem não tinha o hábito de reclamar. Nosso ânimo crescia e voltávamos a nos perder na euforia da escola com Bu Mus.

A euforia, porém, não durou muito, pois, à distância, ouvimos o assustador troar de um cano de descarga. O Sr. Samadikun!

Fizemos um alvoroço, nos preparando para recebê-lo. Bu Mus correu para ver se tudo estava em ordem. A inspeção decisiva do Sr. Samadikun, que tanto nos afligira, finalmente havia chegado. Se fracassássemos, não precisaríamos esperar para sermos pulverizados pelas dragas. Nosso destino estava nas mãos dele.

Dessa vez, contudo, estávamos mais otimistas. Tudo tinha sido providenciado: o kit de primeiros socorros, ainda que só contivesse pílulas APC e remédio contra vermes; um quadro-negro e um apagador novos, recém-comprados com o dinheiro da festa da Independência; um banheiro que, embora não passasse de um barril enterrado, significava que os alunos não precisavam mais ir no mato.

Nossas camisas tinham todos os botões. Nossos cabelos estavam bem penteados. Ninguém estava descalço, mesmo que usasse apenas um par de sandálias *cunghai* feita de pneus. Ninguém portava um estilingue. As roupas continuavam manchadas – isto é, a minha, a de Kucai e a de Syahdan –, mas só um pouco. O boletim de Harun também havia sido preparado. Tínhamos ensinado a ele que a resposta certa para a soma de dois mais dois é quatro. Ainda assim, sempre que perguntávamos, Harun continuava a mostrar três dedos.

Bu Mus atendera inclusive às exigências triviais e meticulosas do Sr. Samadikun: calculadoras, compassos e lápis de cor. Os dois últimos, ela conseguira comprar com o dinheiro que ganhava costurando. Como as calculadoras custavam caro, Bu Mus comprou um ábaco para substituí-las. O importante, porém, era que agora tínhamos dois troféus que sem dúvida impressionariam o Sr. Samadikun.

Bu Mus mandou que levássemos a vitrine de vidro do canto para junto da mesa dela, a fim de que o Sr. Samadikun visse os troféus logo que entrasse. Sahara correu como uma louca até o poço e voltou com um balde e um pano. Limpou e poliu vigorosamente a vitrine, para que os troféus pudessem ser mais bem apreciados.

Ficamos preparados para receber o Sr. Samadikun. Bu Mus nos enfileirou dos dois lados da vitrine e nos instruiu a sorrir orgulhosamente. Aqueles dois troféus eram a base de nossa tentativa para persuadir o Sr. Samadikun a desistir de fechar nossa escola.

Estávamos tensos, mas prontos. Bu Mus abriu um sorriso largo e olhou em volta, para checar se faltava alguma coisa. De repente, seu pescoço se retesou. Seu olhar estava fixo na parede acima do quadro negro e ela parecia ter visto um fantasma. O rosto antes corado ficou imediatamente pálido. Todos seguimos o seu olhar. Oh, não! Percebemos na hora que havíamos esquecido as fotos do Presidente e do Vice e o símbolo nacional – a Garuda Pancasila!

Ainda não as tínhamos recebido da *Cahaya Abadi*, a loja de material escolar em Tanjung Pandan. Sempre perguntávamos ao dono da loja sobre nossa encomenda e ele dizia que a mercadoria andava em falta e precisávamos esperar o próximo carregamento vindo de Jacarta.

Aquelas fotos eram a exigência mais importante. Sem elas, o restante não valia de nada. O Sr. Samadikun não aceitaria nossa justificativa e nos consideraria negligentes.

O ronco do cano de descarga cessou. O Sr. Samadikun já estava à porta. Antes, nos sentíamos prontos para tudo, mas agora éramos a imagem do desânimo e da desesperança. Bu Mus parecia uma estátua. Sahara soluçava. Kucai, como representante de turma, emitiu um suspiro desolado. Nossos esforços exaustivos para satisfazer às exigências e ganhar os troféus haviam sido em vão. Nossa escola certamente seria fechada.

Podíamos ouvi-lo estacionando a motocicleta. Logo, ele entraria na sala. Estávamos tensos. De repente, justo quando a situação estava mais crítica, Mahar correu e pulou por sobre as carteiras. Então, como se fosse um macaco, se balançou de encontro à parede lateral. Com uma das mãos segurou-se à parede e, com a outra, arrancou os pôsteres de Bruce Lee e de John Lennon, assim como a foto dos pais de Trapani recém-casados, tirando, ao mesmo tempo, todos os pregos. Observávamos surpresos, boquiabertos. Mahar deu uma volta, pulou novamente sobre as carteiras e depois se abaixou e agarrou o apagador. Na ponta dos pés em cima de uma carteira que encostara à parede, habilmente pendurou as fotos acima do quadro negro, batendo os pregos com o apagador.

Pendurou os pôsteres formando um triângulo, como tradicionalmente nossos símbolos patrióticos são pendurados. No centro, na posição mais importante, normalmente reservada à Garuda Pancasila, ficou a foto dos pais de Trapani. Abaixo, à direita, um sorridente Bruce Lee transpirava autoridade presidencial. A seu lado, John Lennon ocupou o posto do vice-presidente.

Mahar voltou para o seu lugar na fila. Não conseguimos entender o que ele havia feito, pois estávamos mortos de medo do Sr. Samadikun e do destino da nossa escola, que certamente seria demolida em questão de minutos. Nossa velha escola, com seus quase 100 anos, iria abaixo naquele dia. Enquanto sofríamos de puro pânico, o Sr. Samadikun surgiu à nossa frente.

Ninguém deu um pio. Bu Mus tremia.

O Sr. Samadikun puxou seu formulário com os itens a checar. Seus olhos varreram a sala de canto a canto e ele então começou a fazer anotações. Não disse uma palavra sequer. Seu rosto estampava a expressão cruel de sempre.

Ele pousou o formulário de inspeção das instalações na mesa diante de nós, de modo que pudemos ver o que ele escrevia.

Na coluna destinada a quadro-negro e mobília, o Sr. Samadikun mudou nossa avaliação de *E) Ruim* para *C) Razoável*. Nossas notas também melhoraram nas colunas que tratavam de condições dos alunos, banheiro, instalação elétrica, kit de primeiros socorros e recursos visuais. No nível básico não houve problemas. No entanto, nossa preocupação cresceu quando ele chegou à coluna dos símbolos nacionais. Seu olhar se fixou na parede acima do quadro-negro. Aparentemente, o Sr. Samadikun precisou se esforçar muito para enxergar o que havia ali. Seus olhos se estreitaram. Ele tirou os óculos de lentes grossas, puxou um lenço, limpou as lentes tornou a pôr os óculos. Esfregou os olhos, tentando inspecionar as fotos acima do quadro. Só então entendemos a genialidade do ardil de Mahar. Ele sabia que o Sr. Samadikun tinha uma miopia muito alta e não seria capaz de ver claramente as fotos penduradas tão alto sobre o quadro.

O Sr. Samadikun voltou a seu formulário. Na coluna dos símbolos nacionais, nossa avaliação passou de *F) Inexistentes* para um portentoso *A) Completo*. O Sr. Samadikun não fazia ideia de que o governo soberano da República da Indonésia tinha sido assumido por Bruce Lee e John Lennon.

Ele pôs o formulário de lado e sorriu. Foi a primeira vez que o vi sorrindo. O sorriso se alargou quando seus olhos pousaram nos nossos troféus. Embora continuasse mudo, ele assentiu com a cabeça. Então pediu licença para sair. Aquele assentimento silencioso significava que ele reconhecia nosso trabalho duro e contínuo para manter a escola e que tínhamos nos saído tão bem que ele – ou mesmo o ministro da Educação – não poderia fechá-la.

Depois que o Sr. Samadikun se foi, encaramos Mahar com admiração. Como sempre, ele fez aquele seu gesto típico, irritante porém curioso. Sorriu para seu ídolo no pôster. Bruce Lee retribuiu o sorriso para todos nós. Quando pedira a Bu Mus que pendurasse a foto, Mahar dissera que o destino é circular e que um dia aquele pôster seria útil. Sua teoria ridícula se provara correta.

Coelho paralisado

Alguns dias após a inspeção do Sr. Samadikun, nossa encomenda dos símbolos nacionais chegou. Penduramos as fotos em suas honrosas posições de direito. Bruce Lee e John Lennon não criaram caso e aceitaram pacificamente o golpe de Estado.

A alegria durou pouco. Três dias depois, alguns operários da PN entraram na sala e pediram a Bu Mus permissão para tirar os símbolos da parede. Aparentemente, não queriam se ver envolvidos em algum processo criminal, caso os símbolos nacionais fossem atropelados pelas dragas. Sabiam que a lei protege os símbolos, embora não houvesse problema em passar por cima de nós – 11 alunos, nativos de Belitung, cidadãos indonésios – e de uma pobre e centenária escola de aldeia. Não existia lei alguma para punir a PN caso isso acontecesse e não existia lei alguma para nos proteger.

Mais e mais máquinas de prospecção de estanho chegavam, uma atrás da outra. As dragas se aproximavam. As máquinas gigantescas, largas como campos de futebol e altas como coqueiros, apontavam em nossa direção. A nossa escola parecia um coelho paralisado, cercado por um bando de hienas.

Durante quase dois anos sofremos a pressão do Sr. Samadikun. Finalmente conseguimos dobrá-lo. A PN, porém, não era algo contra o que pudéssemos lutar. Ao longo de centenas de anos, ninguém jamais se pusera em seu caminho na exploração de estanho. Se o caso exigisse indenização, os recursos da empresa eram ilimitados. Não raro as dragas passavam por cima de parques, mercados, aldeias e até mesmo repartições públicas. Uma escola pobre era insignificante – não passava de uma sujeirinha debaixo da unha da empresa.

Apesar do nosso forte desejo de resistir, finalmente aceitamos a realidade. Não éramos páreo para a PN. E, com a morte de Pak Harfan, o moral de Bu Mus se deteriorara. Com cada vez mais frequência ela nos perguntava se podia encerrar a aula mais cedo, o que nunca acontecia antes.

A cada intervalo, nos sentávamos aturdidos de tristeza, contemplando a metade do pátio da nossa escola já esmagado pelo equipamento de terraplanagem. Essa era a maior provação que tivemos que enfrentar e a cada dia perdíamos mais a esperança. Bu Mus olhava para nós em desespero. Só uma coisa a assustava mais do que a perspectiva de ver a escola destruída pelas dragas. Um medo que ela compartilhava com o falecido Pak Harfan. No fim, esse temor acabou se concretizando.

Depois de três dias sem aparecer na escola, Kucai faltou novamente. Nossa sala ficava um caos sem o lendário representante de turma. Bu Mus falou com o pai de Kucai sobre isso e ele disse que que o garoto saía de casa todos os dias para ir à escola. Estourou um escândalo.

Depois de muita investigação, descobrimos que Kucai se juntara a uns garotos da aldeia vizinha para trabalhar como apanhador de pimenta.

Na quarta-feira à noite, dia de pagamento, depois de estudar o Corão na mesquita al-Hikmah, Kucai puxou um maço de dinheiro de dentro do sarongue. Lambeu a ponta do dedo e contou o dinheiro repetidas vezes, exatamente como faria o caixa de uma loja de penhores. Ele já sabia qual era o valor total. Nem uma palavra saiu de sua boca astuciosa. Tratava-se, na verdade, de uma incitação canalha. Saber incitar, como se viu, era o talento oculto de Kucai.

No dia seguinte, Sansão faltou.

Era incomum que Sansão não comparecesse às quintas-feiras – dia de Ginástica e Saúde, sua aula favorita.

Não tivemos notícias dele durante uma semana. Na quarta-feira seguinte, apareceu para o estudo do Corão com o corpo negro como breu e músculos ainda mais firmes que antes. Virara um carregador de copra. Da parte de trás do sarongue, puxou uma garrafa.

– O mais novo óleo paquistanês para fazer crescer cabelo! – declarou, orgulhoso. – Custa caro – acrescentou, enfático, enquanto acariciava a foto de um homem barbudo no rótulo. – É feito de suor de lagarto! E é muito forte! Se você passar na testa, o cabelo cresce – disse ele, esfregando o cenho.

Então desabotoou a camisa. Por Alá, o troço era bom mesmo! O peito de Sansão tinha pelos. Suas narinas estremeceram alegremente diante do meu espanto. Enquanto abotoava a camisa, sua expressão parecia dizer que, depois de passar seis anos na escola sem poder comprar nada, em apenas seis dias como carregador de copra tinha conseguido comprar um tônico capilar especial *feito no Paquistão*!

No dia seguinte, Mahar sumiu.

Era claro que ele aumentara sua jornada como ralador de coco. Antes, trabalhava apenas em meio período, após a escola, mas passara a se dedicar em tempo integral. Isso significava apenas uma coisa: adeus, escola. Dias depois, quando nosso professor de Corão estava distraído, ele puxou algo de dentro do sarongue: um *nunchaku*! A arma típica de Bruce Lee! Mahar estava eufórico. Sonhara a vida toda em comprar uma daquelas e agora tinha realizado esse sonho.

Infelizmente, tudo o que Mahar fazia era imitado por seu fiel discípulo A Kiong.

Na manhã de segunda-feira, a cabeça de lata de A Kiong não foi vista na escola.

Ele não queria ficar longe de seu *sensei*, Mahar. Escolheu trabalhar como vendedor de bolo. Levava os bolos em uma bacia equilibrada na cabeça e os vendia no mercado, onde Mahar trabalhava como ralador de coco numa mercearia chinesa.

A Kiong me contou que carregar aqueles bolos úmidos na cabeça parecia realmente um emprego promissor.

– Ganha-se mais com isso do que pegando bolas de golfe, Ikal. Vender bolos é um trabalho fácil com salário decente, e não é preciso enfrentar crocodilos.

Pensei no que costumávamos fazer para ganhar dinheiro: mergulhar no lago atrás das bolas de golfe que os novos ricos, os funcionários da PN e os golfistas iniciantes não eram capazes de recuperar sozinhos. Depois vendíamos as bolas para os carregadores de tacos.

A Kiong deu uma palmadinha nas moedas em seu bolso inchado e elas tilintaram. O barulho me encantou.

Na segunda-feira seguinte, eu – Ikal – abandonei a escola para vender bolo no mercado.

Desde que entramos na escola fomos incessantemente perseguidos pela ironia. A mais recente era Kucai: o representande de turma, aquele que supostamente deveria levantar nosso moral, largara a escola e, ao fazê-lo, dera início a uma reação em cadeia capaz de levar a Muhammadiyah à falência. Como eu sempre falei, essa é a natureza oportunista de um político nato.

Restaram na classe Sahara, Flo, Trapani, Harun, Syahdan e Lintang. Na verdade, Syahdan queria continuar, mas o interminável luto de Bu Mus pelo falecimento de Pak Harfan disseminou uma atmosfera pessimista. Com um mero empurrãozinho de Kucai, Syahdan acabou fugindo da escola para assumir o reverenciado emprego de calafate de barcos.

Alguém continuava entusiasmado, apesar dos pneus de bicicleta furados, da corrente de bicicleta remendada com fio plástico e de uma viagem cheia de perseguições de crocodilos – Lintang. Não se importava que os amigos houvessem desistido nem que a escola estivesse sob a ameaça das dragas. Ele ainda tentava chegar mais cedo que todos e sempre era o último a ir para casa.

– Vou continuar a estudar até que a viga sagrada que mantém esta escola desabe – disse-me com convicção.

A viga sagrada era uma relíquia de Pak Harfan e Lintang sempre a viu como um símbolo da luta da nossa escola.

Como Bu Mus muitas vezes não aparecia para dar aula, Lintang assumiu seu posto. Ensinava todas as matérias, de matemática a história islâmica, exatamente como Bu Mus. Seus alunos eram Sahara, Flo, Trapani e Harun. Juntos somavam os cinco fiéis alunos dispostos a seguir em frente.

Bu Mus ficou muito surpresa quando ouviu de Mujis que, segundo diziam, ainda havia algumas pessoas frequentando a escola. Ela se perguntou: *Quem serão essas pessoas? A escola não foi esvaziada, já que logo será arrasada pelas dragas?*

Montou na bicicleta e pedalou feito uma doida para lá.

Quando chegou ao pátio, deixou a bicicleta sob o *filicium*. Ouviu uma algazarra vindo da sala de aula. Aproximou-se nervosa e espiou por entre as frestas na parede. Seu corpo estremeceu ao ver Lintang explicando para Sahara, Flo, Trapani e Harun a história de como o primeiro presidente da Indonésia – Sukarno – lutara para continuar os estudos em prol da independência do país enquanto estava preso pelos holandeses em Bandung.

As lágrimas rolaram pelo rosto de Bu Mus. Certa vez ela nos contara aquela história a fim de fortalecer nosso espírito para lutar pela escola a todo custo.

Não abandone os estudos

Eu estava de cócoras, abaixo da bacia, por isso não vi o rosto da pessoa que mexia nos bolos.

– Quanto custam, meu jovem? – perguntou ela.

Fiquei pasmo. Reconheci a voz na primeira palavra. Bu Mus estava ali, diante de mim, com uma expressão decidida.

– Ikal – falou devagar –, volte para a escola.

Senti pena de Bu Mus, mas, para mim, continuar na escola era tão possível quanto pegar o vento com as mãos.

– O que mais podemos fazer, *Ibunda* Guru?

– Tenho um plano decisivo– respondeu ela.

Dispensei-a com um gesto e Bu Mus ficou decepcionada. Então foi falar com A Kiong e Mahar. Vi os dois balançarem a cabeça negativamente.

– Não percam a esperança. Venham à aula na segunda-feira para conversarmos sobre o meu plano – ordenou Bu Mus.

Mais tarde eu soube que, depois de nos fazer aquela visita, Bu Mus pedalou dezenas de quilômetros em sua bicicleta e se embrenhou floresta adentro pelas plantações de pimenta, para tentar encontrar Kucai. Procurou pelo aluno entre centenas de meninos e meninas que trabalhavam colhendo pimenta. Nenhum deles jamais frequentara a escola.

Bu Mus perguntou a todos que se dispuseram a ouvi-la sobre o paradeiro de Kucai, mostrando a foto do garoto. Depois de passar dois dias na plantação, dormindo na casa dos moradores, Bu Mus conseguiu encontrar o representante da nossa turma. Ela fazia exatamente o que Pak Harfan costumava fazer: tentava convencer as crianças a frequentar a escola.

Depois de passar um longo e minucioso sermão em Kucai, que continuou indiferente, Bu Mus entrou num barco com alguns membros da tribo sarongue. Partiu para a ilha Melidang, a leste de Belitung, para procurar Sansão, que trabalhava lá nas plantações de copra.

Aparentemente, Kucai e Sansão adotaram a mesma atitude que A Kiong,

Mahar e eu. Bu Mus me informou, com tristeza, que Kucai e Sansão já estavam envenenados pelo dinheiro e se recusaram a voltar para a escola.

Não queríamos voltar a estudar para não criar expectativas. Caso a nossa escola não pudesse ser salva, Bu Mus só ficaria mais magoada e o mesmo aconteceria conosco. Se fossem apenas as dificuldades financeiras, o prédio praticamente em ruínas, as ofensas vindas de todo lado e as ameaças do Sr. Samadikun, ainda poderíamos tentar, ainda estaríamos dispostos a persistir. Mas era impossível confrontar a PN. Tentei pôr um pouco de juízo na cabeça de Bu Mus.

– Acabou, *Ibunda* Guru. Talvez toda aquela gente tenha razão. Desista da escola.

A força com que Bu Mus segurava o guidão da bicicleta aumentou visivelmente. Era claro que ela rejeitava minha sugestão. Bu Mus jamais aceitaria ver a velha Escola Muhammadiyah ser destruída, qualquer que fosse o motivo para isso.

– O chefe dos mineiros da PN disse que lhe daria um emprego de professora na Escola PN como compensação. Aproveite essa oportunidade. O salário é excelente! – insistiu Mahar.

A notícia já se espalhara por toda a aldeia. Bu Mus olhou Mahar diretamente nos olhos:

– Eu jamais trocaria vocês por coisa alguma!

Encerrada a nossa conversa, já no finzinho da tarde, Bu Mus foi até as zonas aluviais do rio Linggang atrás de Syahdan. Procurou pelo aluno a noite toda. A maré estava alta, o vento soprava forte e os pescadores entraram em seus barcos para consertá-los. A remuneração para calafetar barcos era mais atraente para Syahdan do que estudar numa escola que no dia seguinte – ou em qualquer outro, bem próximo – estaria no chão. Não podíamos culpá-lo por pensar assim.

Na sexta-feira à noite, uma semana depois de Bu Mus me procurar no mercado, encontrei Mujis. Ele me contou a mesma coisa que contara a Bu Mus – que ainda havia alunos estudando na nossa turma. Quis ver com meus próprios olhos.

No dia seguinte, depois de vender os bolos, fui até a escola. O pátio já estava uma bagunça. Em meio às máquinas de exploração de estanho, nossa escola tinha uma aparência deprimente, encurralada e impotente. As máquinas gigantescas emitiam vibrações tão fortes que fizeram com que a escola adernasse ainda mais e derrubaram as telhas, deixando a maior parte do prédio descoberto. Era alarmante. Uma lufada de vento forte e a escola desabaria.

Quem saberia dizer onde estaria o mastro de bambu amarelo? O sino também havia sumido. A placa com o nome da Muhammadiyah caíra e jazia tristemente abandonada no chão. Nosso lindo jardim tinha sido devastado. A parede de tábuas nos fundos da sala de aula não existia mais. Os moradores da aldeia, imaginando que a escola não pudesse ser salva, arrancaram todas as tábuas na calada da noite.

Nossa sala estava quase a céu aberto. As vigas que antes sustentavam a parede dos fundos estavam sendo usadas pelos vizinhos para cercar o gado. Se uma das vacas decidisse usar um pouquinho de força, a escola certamente desabaria. As únicas coisas que haviam sobrado eram o quadro-negro, a vitrine contendo os dois imponentes troféus, o pôster *Chuva de dinheiro*, de Rhoma Irama, o de Bruce Lee e seu golpe de kung fu estilo do dragão e o de John Lennon, com o lema *A vida é o que acontece enquanto você está ocupado fazendo outros planos.*

Por entre as frestas de uma das paredes remanescentes, vi Lintang explicar um problema de matemática a Sahara, Flo, Trapani e Harun. Ele estava dando aula sob sol intenso, pois não havia telhado cobrindo o quadro negro. O suor o encharcava, mas sua energia fluía a pleno vapor e seus olhos brilhavam. Cheio de entusiasmo, de vez em quando Lintang se aproximava dos alunos enquanto explicava a matéria.

Sem que eu quisesse, ele me viu e saiu da sala.

– Por Alá, é você, Ikal! – saudou-me alegremente. – Entre, vamos estudar! Estamos tendo aula de matemática. É uma maravilha!

Foi tocante. Lintang recusava-se a reconhecer o destino sombrio que aguardava nossa escola.

– Por que você insiste, Lintang? – perguntei.

– Eu já não disse a você, *Boi*? – rebateu, com um sorriso. – Vou continuar estudando até que a viga sagrada que sustenta esta escola desabe.

A viga mestra continuava firme. Dezenas de outras vigas se prendiam a ela, dependentes. Era como alguém mantendo a família na superfície da água para que os parentes não morressem afogados.

– Você está vendo, certo? A viga sagrada da nossa escola ainda está aguentando firme.

– Mas não por muito tempo – observei, desanimado.

Lintang me encarou e disse devagar:

– Não vou decepcionar minha mãe e meu pai, Ikal. Eles querem que eu continue a estudar. Precisamos ter sonhos. Devemos sonhar alto, *Boi*, e a escola é o caminho por onde começar. Não desista, *Boi*. Não desista nunca. Precisamos continuar aprendendo para que os nossos filhos não tenham que frequentar uma escola como esta, para não sermos tratados injustamente.

O tom de Lintang era amargo.

– Não largue a escola, *Boi*. Não faça isso.

Escondi o rosto atrás da bacia que carregava. Não pude encarar Lintang. Não tive coragem de olhar nos olhos de uma pessoa com tamanha grandeza. E senti vergonha das lágrimas que corriam por meu rosto.

Metade da alma

Na segunda-feira de manhã, Bu Mus, Sahara, Flo, Trapani, Harun, Lintang e eu nos reunimos debaixo do *filicium* em frente à escola. Estávamos aguardando os outros membros do Laskar Pelangi que haviam desertado e sumido sem deixar rastro, abandonando a escola Muhammadiyah sem permissão.

Como disse Mahar, o destino é circular. Bu Mus passava pela mesma experiência de esperar o décimo aluno que vivenciara no dia em que íamos começar as aulas no primeiro ano. De olhos fixos para além do pátio, seu rosto estampava, ao mesmo tempo, medo e esperança.

Eram quase 10 horas e não tinha aparecido mais ninguém. Estávamos mergulhados num silêncio de dar dó. De repente, porém, vi Bu Mus esboçar um sorriso. Ao longe, A Kiong pedalava sua bicicleta a uma velocidade assustadora, vindo na direção da escola. Seu sensei, Mahar, vinha na garupa e parecia rosnar ordens para ele. Os dois chegaram e foram efusivamente recebidos por nós.

Logo outra figura surgiu ao longe, caminhando a passos largos, como King Kong. Em seu breve período como carregador de copra, o corpo de Sansão se desenvolvera bastante. Ele andava com calma e autoridade e trazia nos ombros uma coisinha preta e peluda. Só quando chegou perto o bastante vimos que a coisinha peluda era Syahdan.

Só faltava Kucai, nosso político. Às onze horas, depois de muita espera, o líder que dera início a todas as deserções não se dera o trabalho de aparecer.

Finalmente, Bu Mus mandou que entrássemos na sala. Estava triste com a ausência de Kucai e disse que devíamos fazer o que fosse preciso para trazê-lo de volta. A postura de Bu Mus quanto a isso era extremamente firme. Suas poderosas palavras nos fizeram estremecer.

– Para mim, a perda de um único aluno equivale a perder metade da minha alma.

Todos refletimos. *Por que um aluno seria tão importante?* Para Bu Mus, porém, a coisa não era tão simples.

– Enquanto eu me aguentar de pé, esta turma não há de perder um aluno sequer.

Sansão nos informou que Kucai não podia deixar a plantação de pimenta porque recebera o pagamento adiantado.

Essa informação fez com que a semana de Bu Mus ficasse cheia, já que ela aceitou tantas encomendas de costura quantas lhe pareceram possível entregar. Trabalhava dia e noite para juntar dinheiro e resgatar Kucai. Deixou a turma a cargo de Lintang durante toda aquela semana. Não nos importávamos de ter aulas num estábulo sem telhado. Não prestávamos atenção ao tumulto feito pelos veículos da PN que trabalhavam no projeto, andando de um lado para outro no nosso pátio enquanto as dragas ameaçadoras se aproximavam. Lintang esbanjava entusiasmo em suas aulas e éramos uma plateia esforçada. Adotamos uma nova postura: as dragas podiam esmagar nossa escola, mas continuaríamos estudando, mesmo que de pé, a céu aberto. Nossa única opção era continuar estudando, independentemente do que acontecesse.

Depois de juntar dinheiro suficiente, Bu Mus voltou a pedalar até o meio da floresta para chegar à distante plantação de pimenta e trazer Kucai de volta.

O dia de aula já estava quase no fim quando Bu Mus chegou com Kucai na garupa da bicicleta. O estado do garoto era lamentável. Colher pimenta era um trabalho pesado. Um depois do outro, nós o abraçamos enquanto ele soluçava.

Bu Mus nos reuniu sob o *filicium*. Erguendo o tom de voz para competir com o barulho das máquinas, disse que Pak Harfan sem dúvida não iria querer ver nossa escola destruída.

– Este é o momento para sermos fortes – disse ela, pousando o olhar sobre cada um de nós e nos infundindo ânimo. – Vamos lutar por esta escola, aconteça o que acontecer. Temos que defender a honra de Pak Harfan! – exclamou com voz rouca, tentando conter a emoção. Suas mãos tremiam. À menção do nome de Pak Harfan, fomos assaltados pela tristeza e tivemos de engolir o choro.

– Enxuguem as lágrimas – disse Bu Mus com firmeza, enquanto tentava esconder as dela. – Enxuguem as lágrimas imediatamente! Fora desta sala, nunca deixem que vejam vocês chorando.

Então Bu Mus saiu da sala de repente. Nós a seguimos. No pátio, ela marchou a passos rápidos, resoluta, em direção ao barulho ensurdecedor. Então, gritou para os operários da PN:

– Desliguem essas máquinas!

Os homens reagiram com espanto e se entreolharam.

– Desliguem essas máquinas! Mandei desligar!

As máquinas pararam na mesma hora. Todos os trabalhadores estavam estupefatos.

– Destruam esta escola se quiserem. Mas antes terão que passar por cima do meu cadáver!

Imediatamente formamos uma barreira humana na frente de Bu Mus. Se a PN quisesse passar por cima da nossa escola e da nossa professora, teria primeiro que passar por cima de nós.

Uma mocinha desafia o rei

Desde o início, todos sabiam que estávamos silenciosamente desafiando a PN. Todos sabiam também que Bu Mus enviara uma carta em resposta ao aviso da PN que condenava nossa escola. No entanto, quando gritou com os operários para que desligassem as máquinas, Bu Mus expressou ostensivamente sua intenção de confrontar o reino da PN. Ao longo das centenas de anos de seu governo, aquela era a primeira vez que a PN se via desafiada abertamente por um cidadão comum – uma mocinha, professora de uma escola pobre de aldeia.

Segundo sua carta, Bu Mus insistia em se encontrar com o chefe da PN. Isso demonstrava enorme coragem. Ninguém jamais agira dessa forma – nem mesmo o chefe da autarquia cujo prédio havia sido esmagado pelas dragas.

Por causa de seu comportamento, muita gente achou que Bu Mus houvesse enlouquecido. Toda manhã ela passava pelo mercado pedalando o mais rápido possível, pois não aguentava a zombaria. No entanto, nem todos agiam assim. Ela era aplaudida pelos barbeiros, vendedores de caldo de cana, visitantes dos quiosques de café e atendentes de estacionamento.

– Aguente firme, Bu Mus – gritavam. – Estamos do seu lado!

Algumas pessoas de mentalidade estreita começaram a intimidá-la. Os pessimistas tentaram lhe explicar que seu comportamento tolo não a levaria a lugar algum. Naquela época enfrentar os poderosos era um tabu. Muitas vozes críticas haviam desaparecido misteriosamente.

Ainda assim, Bu Mus não recuou. Manteve com firmeza sua posição de que, se não fôssemos mesmo capazes de impedir que as dragas destruíssem nossa escola e extraíssem o estanho do solo dela, ao menos teríamos de ser ouvidos pela mais alta autoridade da PN, para lhe dizer o que a Muhammadiyah significava para nós.

Mas quem era Bu Mus? Quem éramos nós? Não passávamos de aldeões pobres e sem importância. Nossa escola não era importante. Não havia funcionários cujos filhos estudassem nela para nos defender. Além disso, durante todo aquele tempo, nossa escola não passara de um aborrecimento para o governo. O chefe da PN estava muito acima de nós. Não desceria do seu pedestal nem para nos informar as horas. Tinha coisas muito mais importantes a fazer para perder tempo com uma insignificante escola de aldeia. A PN delegou esse assunto ao chefe da equipe de prospecção, o funcionário administrativo mais subalterno de seus quadros.

O chefe da equipe de prospecção era um homem de meia-idade bem-educado. Não tinha talento para negociar. Não estava nada satisfeito com a tarefa de se encontrar com Bu Mus – talvez respeitasse a coragem dela ou sentisse que condenar nossa escola era moralmente errado.

– Fui encarregado pela empresa de falar com você sobre a questão de transferir a escola para outro lugar, para que as dragas possam operar aqui – disse ele sem perder tempo com amenidades.

Bu Mus sorriu, mas não respondeu. Ele esperou, mas nossa professora permaneceu calada. Aquele chefe de equipe era esperto o bastante para saber que, não respondendo, Bu Mus já dera sua resposta. Ele agradeceu e pediu licença para se retirar.

– Vou informar meu chefe da sua decisão, senhora.

O chefe dele, o capataz principal, reagiu com desagrado ao saber o que acontecera. Gritou com o chefe da equipe de prospecção, que, para começar, não gostara de ter recebido aquela tarefa. O capataz estava numa situação difícil, já que sua operação ia ser comprometida só porque uma escola de aldeia mostrava coragem bastante para se pôr no caminho da exploração do estanho.

Antes mesmo de tudo isso acontecer, movido pela irritação, o capataz já havia cometido um erro grave, que prejudicou as negociações. Ele mandara seu subordinado convocar Bu Mus ao seu escritório. Ela franziu a testa.

– Por favor, diga ao capataz que, se ele precisar de nós, estaremos aqui. A discussão acerca do destino desta escola deve aconteceer na frente dos meus alunos, dentro desta sala. São eles que mais têm a perder com esta história.

O capataz finalmente apareceu. Sem muita conversa, tirou do bolso uma grande calculadora e mostrou a Bu Mus um valor bastante alto.

– São muitas rúpias, Bu Mus. Vocês podem comprar um lote de terra 10 vezes maior que este. Podem construir uma escola 10 vezes melhor que esta.

Pronunciou cada frase num tom condescendente.

– Senhor capataz, esta escola não é minha, é do povo. Além do mais, já cansei de repetir: por mais decrépita que ela seja, não venderemos a escola nem a terra sobre a qual está constuída, não importa quão alta seja a oferta.

Sua reação foi calma e, pela forma como falava, qualquer um saberia que, para alguém como ela, dinheiro era irrelevante. Embora fosse miseravelmente pobre, Bu Mus jamais se deixara deslumbrar pelo dinheiro.

O capataz se ofendeu e retrucou, vingativo:

– Bom, talvez porque vocês não tenham mesmo o direito de vender. Pelo que sei, isto aqui é propriedade da comunidade religiosa, não pertence a vocês.

O argumento do capataz realmente era válido aos olhos do direito de propriedade, mas muito inadequado naquele caso. Suas palavras em breve se voltariam contra ele.

– Muito bem, meu senhor. De fato, esta terra é da comunidade religiosa, logo, não pode ser vendida. Esta terra foi confiada a nós e honraremos essa confiança. Sendo o senhor muçulmano, será que preciso lhe explicar o significado de confiança para um muçulmano?

O rosto do capataz ficou roxo de vergonha.

O chefe da mineração, patrão do capataz, ficou furioso. Era muito temperamental, que havia começado a carreira como chefe das forças especiais de segurança da PN, os sujeitos armados de AK-47. O homem se zangou porque o capataz não tinha sido capaz de lidar com uma tarefa tão simples. Frustrado e já preocupado com as negociações com os investidores em Jacarta e Belitung, foi à nossa escola de aldeia para resolver o que parecia um probleminha trivial.

Embora soubesse que enfrentava um funcionário reconhecidamente severo, Bu Mus permaneceu calma. Mahar, porém, não estava tão tranquilo. Incumbiu Syahdan, nosso agente secreto, de fazer uma investigação. Syahdan relatou que o chefe da mineração tinha um cérebro embotado e uma natureza beligerante – uma combinação perigosa. Mahar reuniu os membros do Laskar Pelangi sob o *filicium*. Disse então que a situação tinha o potencial de se tornar inflamada e até mesmo de escapar ao controle. Discutimos o assunto. Finalmente encontramos uma solução, mas era o tipo de coisa que vínhamos tentando evitar. A sugestão veio do nosso político, Kucai:

– Vou convidar meus amigos repórteres de Tanjung Pandan.

Era uma ideia brilhante.

O chefe da mineração aproximou-se de nossa escola correndo. Sua linguagem corporal deixava claro que ele estava ali com o intuito de se enfurecer.

– Bu Mus – começou com hostilidade –, será que preciso lhe recordar que a PN é propriedade do Estado? Existem regras governamentais que garantem liberdade operacional às atividades estatais em prol do benefício público!

– Benefício público? – indagou Bu Mus, que era uma boa professora, dona de vasto conhecimento e notável autocontrole.

Tratava-se de uma pergunta retórica, que nitidamente demonstrava que o *público* mencionado pelo chefe da mineração não incluía os habitantes nativos.

– Meu senhor, será que preciso lhe recordar que existem leis que garantem o direito do cidadão à educação? Este direito está assegurado pela Constituição deste país. Pelo que sei, a Constituição é a suprema lei nacional. Quer que eu cite o artigo para o senhor?

O chefe da mineração ficou atônito. Subestimara Bu Mus e agora era como se tivesse sido atingido por um tijolo. Devia ter aprendido com a experiência do chefe da equipe de prospecção e do capataz principal.

– Se o senhor insistir, vamos nos amarrar a esta escola.

O chefe da mineração queria extravasar sua fúria, mas estava ciente da presença dos repórteres, prontos para bater uma foto que sem dúvida estamparia as primeiras páginas dos jornais no dia seguinte. Sob a foto, a legenda diria:

Representante da PN é cruel com pequena comunidade

ou

Chefe da mineração desconhece a Constituição!

O homem se viu numa enrascada. Teve que admitir que Bu Mus tinha razão. Também teve medo de virar manchete. Os repórteres perceberam suas intenções com base em seus xingamentos e na falta de compostura na velha escola islâmica. Sabíamos que existem duas coisas neste mundo contra as quais não se pode lutar: Deus e os repórteres.

No dia seguinte a notícia de nossa resistência apareceu nos jornais locais. E, de uma hora para outra, nossa escola num barraco de copra ficou famosa. Por todo lado havia gente falando da mocinha com coragem suficiente para desafiar o rei e dos 11 alunos que, de repente, haviam sido promovidos a "heróis exemplares". As matérias geraram uma enorme onda de solidariedade por nós e também alimentaram todo tipo de crítica, que já fervilhava nas barracas de café.

Num piscar de olhos, por meio dessas barracas, é claro, espalhou-se o boato de que Bu Mus era, na verdade, uma advogada do serviço público que se formara numa universidade de ponta em Jacarta e andava disfarçada de professora de uma escola de aldeia. Supostamente, para aperfeiçoar o disfarce, também fingia ser costureira. Para completar, Pak Harfan também tinha sido um professor de mecânica de bicicletas que, durante 51 anos, se disfarçara de professor pobre. Também fingia cultivar mandioca em sua horta só para disfarçar.

Os alunos, com efeito, eram filhos de gente rica. Nossos pais fingiam que éramos crianças pobres. Supostamente fazíamos tudo isso para denunciar o tratamento injusto dado pela PN ao povo de Belitung.

Como resultado do alarde em torno da história, nossa escola, que nunca recebia visitas nem atenção, tornou-se bastante movimentada.

Políticos, membros de partidos e membros da assembleia legislativa se alternavam em visitas, junto a altos representantes do governo. De repente todos pareciam interessados em nosso problema. Durante todo esse tempo haviam passado pela nossa escola, dirigindo pela estrada principal a caminho de seus escritórios de luxo, sem jamais pensar duas vezes nela. Era como se tivessem acabado de descobrir que havia uma escola ali. A notícia da grande quantidade de estanho debaixo da construção e a oportunidade de passarem a imagem de guardiões do bem-estar daquelas crianças curaram sua cegueira. Como diz o velho provérbio malaio, o cheiro de mel atrai zangões ruidosos. Como tanta gente passara a ser solidária com a nossa escola, funcionários e autoridades começaram a chover sobre nós como moscas.

Houve quem aparecesse disposto a nos representar e falar em nosso nome gratuitamente. E, de repente, todos se tornaram generosos. Alguns queriam remunerar Bu Mus pelos anos de serviço sem salário. Organizações e instituições se ofereceram para reformar nossa escola.

Por tudo isso representar ganhos pessoais, Bu Mus educadamente declinou de toda a ajuda. Uma instituição quis doar uma bomba d'água e teve essa proposta recusada várias vezes. Mas eles estavam decididos e, certa noite, instalaram a bomba no poço sem nossa autorização. Depois tiraram uma foto junto à bomba, com a escola ao fundo.

Bu Mus deu muitas entrevistas. Até eu fui entrevistado e fotografado algumas vezes. Sempre que me faziam perguntas eu tremia. Não sabia o que estavam indagando nem como eu devia responder. O importante é que fomos fotografados. O mais feliz com isso, é claro, era Harun. Toda vez que tiravam uma foto sua, ele erguia três dedos.

Nesse meio-tempo, Kucai ria sozinho, eufórico por sua carreira política estar se desenvolvendo tão bem. Podia ser um sonso, mas dessa vez merecia os parabéns. A atenção despertada foi tão grande que acabou perturbando o Taikong.

O cargo de Taikong era diretamente superior ao de chefe da mineração. Só ficava abaixo do diretor da PN. Era uma posição que despertava orgulho. Por ser um posto tão respeitável, seus ocupantes em geral levavam o título, *Taikong*, para a aposentadoria – como, por exemplo, o nosso professor de estudos corânicos, Taikong Razak.

O Taikong se expressava de um modo diferente de seus subalternos – o chefe da equipe de prospecção, o capataz e o chefe da mineração – porque era muito instruído. Ele não saía distribuindo ordens e ameaças a torto e a direito.

– Não é a PN que estou desafiando. E não é por esta escola que estou lutando, mas por milhares de crianças malaias – esclareceu Bu Mus.

O Taikong assentiu.

– Este prédio não é apenas uma escola, Taikong. Ele se tornou um símbolo da esperança de educação para os pobres. Se esta escola for derrubada, as crianças da aldeia ficarão para sempre presas em plantações de pimenta, fábricas de copra, barcos que precisam de calafetagem e armazéns chineses. Acreditarão menos ainda na utilidade de escolas de aldeia e deixarão de crer na própria instrução.

O Taikong encarou Bu Mus surpreso. Afirmou então que, se tivesse o poder de decidir, cancelaria a desapropriação.

– Mas o poder está nas mãos do funcionário mais alto em toda a hierarquia, Bu Mus.

Aplaudimos quando o Taikong disse que arranjaria um encontro entre nós e o presidente da PN. Embora houvesse poucas chances de nossa escola ser salva, nossa persistência havia, no mínimo, feito com que ele aceitasse se reunir conosco.

O paraíso, quem diria, fica na nossa aldeia

Finalmente, com a ajuda do Taikong, a carta de Bu Mus foi respondida pela secretária da PN, nos informando a data em que o presidente da empresa faria a gentileza de nos receber.

A aldeia fervilhava com os comentários sobre a reunião – a primeira desse tipo a acontecer. Muita gente entrou em contato com Bu Mus se oferecendo para nos representar. Ela recusou todas as ofertas. Queria ir apenas com seus alunos.

Nossa causa ganhou mais adeptos. Seus ressentimentos com a PN – enterrados durante todo esse tempo – vieram à tona. Eles eram muitos. Importavam-se. E ainda que nossas tentativas estivessem fadadas ao fracasso, nosso pioneirismo abrira os olhos do povo, mostrando que uma empresa, mesmo que fosse estatal, não podia tratar as pessoas como lhe conviesse. Aqueles que haviam chamado Bu Mus de louca faziam de tudo para retirar o que tinham dito. Jamais imaginaram que ela seria recebida pelo presidente da PN.

Nós nos concentramos na reunião. Bu Mus, com a ajuda do nosso político Kucai, escreveu um ótimo discurso. Tinha cinco páginas de papel ofício. Pedimos emprestada uma máquina de escrever no escritório da prefeitura. Sahara foi a datilógrafa.

O discurso começava citando o preâmbulo da Constituição de 1945 e prosseguia com a história da educação islâmica em Belitung. Depois vinha a história das pobres crianças malaias que não acreditavam mais na educação. Não ficaram de fora relatos dramáticos sobre as lutas pela educação promovidas por heróis desconhecidos, como Pak Harfan e outros pioneiros. E era temperado pelo prestígio conquistado com os dois fantásticos troféus que ganhamos.

Antes da conclusão, a conselho de Kucai, Bu Mus citava o artigo 33 da

Constituição, aquele que diz que todo cidadão tem direito à educação. Depois de tudo isso, a conclusão era bastante simples: *Por isso, meu senhor, não feche a nossa escola.*

Conforme planejado, nos reunimos diante do portão principal da Propriedade. Usávamos nossas melhores roupas. Aparentemente, até nas melhores roupas de Syahdan e Mahar faltavam alguns botões. As de Lintang estavam salpicadas de seiva de jambeiro e as minhas eram vestes religiosas – que eu ganhara ao ficar em terceiro lugar num concurso *azan*, no ano anterior. Antes de partir para o escritório central da PN, rezamos juntos. Foi ao mesmo tempo divertido e tocante.

Os guardas abriram o portão e nos convidaram a entrar.

O que aconteceu em seguida seria difícil de esquecer durante muitos anos. Ficamos bem juntinhos, com medo de seguir em frente de tão atônitos diante de uma visão com a qual nunca tínhamos ousado sequer sonhar.

Era a primeira vez que qualquer um de nós – com exceção de Flo – via a Propriedade. Parecia que não estávamos mais em Belitung.

O prédio mais próximo parecia um castelo. Dele vinha um som estranho que agora sei que era música clássica. Animais estranhos passeavam à nossa volta. Alguns anos depois descobrimos o nome daquelas criaturas no *Himpunan Pengetahuan Umun* – um livro de conhecimentos gerais. Eram perus, pavões, pombos-correios e poodles. Estavam soltos, sem ninguém que os vigiasse. Havia alguns gatos de aparência igualmente estranha. Nunca tínhamos visto gatos como aqueles. Eram muito diferentes dos gatos da aldeia, que sempre davam a impressão de querer roubar alguma coisa. Os dali eram elegantes, bonitos e não se mostravam famintos. Suas caras denunciavam quanto eram mimados. Eram gatos angorás.

Por ser moradora da Propriedade, Flo tentou ser útil como guia, mas não prestamos atenção ao que ela dizia porque estávamos impressionados demais com as moradias luxuosas.

– Essas casas foram deixadas pelos colonizadores holandeses. Seu estilo arquitetônico é vitoriano – explicou Flo.

As cortinas das casas eram grandes e tinham camadas. Os jardins eram do tamanho do terreno da nossa escola, cobertos por uma grama muito bem-

-cuidada, parecendo um campo de golfe. Havia um parque com um lago, atrás do qual cresciam lírios realmente lindos.

– *Ibunda* Guru... – sussurrou Sahara, trêmula. – O paraíso, quem diria, fica na nossa aldeia.

Bu Mus parecia perdida no tempo e no espaço, prendendo a respiração, engasgada com as palavras.

– *Subhanallah*, menina, Alá é o mais santo... Olhe para este lugar!

Os seguranças nos escoltaram até o escritório central da PN, no centro da Propriedade. Em seguida fomos convidados a entrar na sala do secretariado, onde Bu Mus reencontrou suas antigas colegas de turma que haviam se tornado secretárias e funcionárias administrativas da PN – Midah, Aini, Nizam, Izmi e Nurul. Todas pareciam muito mais abastadas que Bu Mus. Suas roupas eram boas, enquanto as de Bu Mus eram bastante simples.

Um homem com jaqueta de safári se aproximou e nos pediu que entrássemos na sala de reuniões. A sala de reuniões era muito mais chique. A mobília era grande e imponente. Fomos tomados de nervosismo apenas por estar ali. Não demorou muito e outro homem, que imediatamente concluímos tratar-se do presidente da PN, entrou, acompanhado por outros três vestidos de terno. Ele dava a impressão de ser a maior das autoridades e os que o cercavam corriam de um lado para outro, na expectativa de atendê-lo. Um dos homens de terno era o Taikong.

Nossa previsão sobre sua aparência revelou-se totalmente errada. Pensávamos que ele pareceria o capataz, intimidador e disposto a vencer. No entanto, o presidente da PN era muito diferente. Era um homem pequeno, de rosto barbeado e aparência muito inteligente. O cabelo ficava branco e rareava prematuramente. Passava uma impressão de cordialidade e disposição de ouvir as opiniões dos outros. Olhou para Bu Mus por um instante e depois sorriu.

Uma mulher se levantou, fez algums cumprimentos – bom isso, bom aquilo – e, em seguida, disse a Bu Mus:

– Por favor, diga-nos por que você e seus alunos queriam falar com o presidente.

Bu Mus ajeitou seu *jilbab* e se levantou. Embora tivesse enfrentado várias situações difíceis, como ser intimidada pelo Sr. Samadikun e pelo chefe da mineração, aquela foi a primeira vez que a vi titubear. Ela abriu seu discurso de cinco páginas.

Estávamos prontos para ouvir a voz de Bu Mus tremer ao proferir o discurso, citando o preâmbulo da Constituição, a luta infindável por educação, apresentando nossa escola como um símbolo da instrução para o povo marginalizado, discorrendo sobre o destino das pobres crianças malaias e da educação como direito humano. Estávamos prontos para aplaudir cada parágrafo, apoiando Bu Mus. No entanto, ela permaneceu calada, encarando o papel à sua frente. Passaram-se alguns instantes, mas ela parecia incapaz de ler o discurso.

– Pode falar, minha senhora – incentivou a mulher.

Bu Mus não fez nada. Dava a impressão de que queria dizer milhares de coisas que não estavam devidamente abordadas naquelas cinco páginas. Nenhuma palavra saiu de seus lábios. As ex-colegas a observavam com impaciência.

– Vamos, Mus, esta é a sua chance. Fale! – sussurrou Nurul.

Bu Mus continuou calada. O presidente da PN observava, surpreso.

– É muita gentileza do presidente recebê-los. Você disse que tinha algo a dizer. Pois diga! – rosnou Izmi.

Bu Mus não deu um pio. Continuamos a observar e a cochichar. O que dera na nossa professora? Seria um ataque de medo de palco? Nizam tamborilava sobre a pasta que estava à sua frente na mesa, desapontada ao ver Bu Mus muda como uma pedra.

– Diga o que você quer dizer, Mus! – zangou-se.

A mulher que abrira a reunião tentou acalmar as amigas de Bu Mus. Kucai parecia impaciente, como se quisesse arrancar o discurso das mãos da professora. Talvez pretendesse lê-lo, ele mesmo, ali na frente do presidente da PN.

– O que foi, *Ibunda* Guru? – sussurrou Sahara.

Bu Mus continuou calada.

– Vamos lá, Ibu Guru, não tenha medo. Fale – disse o presidente.

Em vez de responder, Bu Mus o encarou. Seus olhos se arregalaram e seu corpo estremeceu. Apertou ainda mais os papéis que segurava. Era como se estivesse possuída por alguma coisa. Depois de estudar com ela durante tantos anos, sabíamos, por instinto, o que estava acontecendo. Bu Mus provavelmente pensava em Pak Harfan. Estava assombrada pelos rostos dos fundadores da Escola Muhammadiyah em Belitung, que, por fundar a escola, tinham sido ameaçados, presos, torturados, exilados, descartados e mortos pelas autoridades coloniais. Ela não conseguia suportar a ideia de ter que defender a escola sozinha. De todo jeito, não eram as autoridades coloniais que ela enfrentava ali, mas seus próprios compatriotas. As lágrimas encheram seus olhos, mas Bu Mus se recusou a chorar. Jamais quis parecer fraca na nossa frente.

A sala estava em silêncio. Bu Mus tirou da bolsa alguma coisa enrolada num lenço. Aproximou-se do presidente da PN e lhe entregou o embrulho. Depois voltou para sua cadeira.

O homem abriu o embrulho e encontrou uma caixa de giz. Abriu a caixa e tirou dela alguns pedacinhos de giz que haviam sido usados por Bu Mus.

– Obrigado, Ibu Guru – falou ele.

Pedimos licença para sair.

Pobreza, uma mercadoria

Voltamos para casa de mãos abanando. Nossa missão fracassara. Bu Mus ficara tão sentimental e emotiva que não conseguira agir de modo profissional e fazer o discurso em defesa de nossa escola. Nós mesmos não podíamos fazer nada. A imponência da Propriedade nos esmagou, fazendo com que perdêssemos completamente a coragem. Era verdade o que todos disseram: a Propriedade e a PN eram fortes demais para serem desafiadas.

Só nos restava aceitar o nosso destino. Tudo o que tínhamos feito para manter nossa escola – enfrentar o supervisor, trabalhar como loucos para ganhar prêmios de prestígio, desafiar o rei – fora em vão. Ela seria varrida da face da Terra. Precisávamos aceitar nosso amargo destino.

Concordamos em ir à escola na terça-feira seguinte para resgatar o que restara de valor – nossos dois magníficos troféus. Essas eram as únicas coisas valiosas que possuíamos e só eram valiosas para nós. Também concordamos em nos despedir debaixo do *filicium*. Que coisa mais triste!

No entanto, quando chegamos à escola na manhã de terça-feira, tivemos uma surpresa – o barulho das máquinas que nos aterrorizava havia meses tinha cessado. Também ficamos pasmos ao ver operários da PN desmontando as barracas e a equipe de logística empacotando tudo, como se estivesse prestes a levantar acampamento. As dragas que antes apontavam para a nossa escola estavam viradas para o outro lado.

Bu Mus disparou pelo pátio para descobrir o que estava acontecendo.

Um carro de luxo entrou no terreno. Um homem desceu dele e se aproximou de Bu Mus. Era o Taikong. Sorrindo, ele falou conosco. O que disse nos fez pular de felicidade.

– O presidente da PN ordenou ao comandante das dragas que se retirasse.

Bu Mus ficou profundamente emocionada. Levou as mãos ao peito. Agradeceu ao Taikong e correu até os fundos da escola. Nós a seguimos. Bu Mus resgatou a placa com o nome da escola, que havia caído e jazia no chão de terra de cabeça para baixo. Limpou-a com a barra do *jilbab* até que a inscrição pudesse ser lida de novo:

SD MD
Sekolah Dasar Muhammadiyah

الأمْرُ بِالمَعْرُوفِ وَالنَّهْيُ عَنِ المُنْكَرِ

Depois de esfregados várias vezes, os raios de sol gravados na placa voltaram a brilhar. Nossa velha escola ressurgia dos mortos e voltava à vida.

Estávamos eufóricos por ter a escola de volta. Bu Mus hasteou a bandeira vermelha e branca no pátio. Ela tremulou magnífica, soprada pelo vento, pela poeira e pelo som da maquinaria pesada que deixava nosso terreno. Dançamos em volta do mastro.

Bu Mus nos deu tarefas para recuperar a escola. Consertamos o telhado, penduramos o quadro-negro de volta na parede, erguemos uma viga mestra extra para evitar que a escola desabasse e replantamos o jardim destruído.

O estranho é que, depois de saber que a escola não seria derrubada pelas dragas, os políticos, os membros dos partidos e representantes do governo que tantas vezes tinham nos visitado sumiram de repente. Sua cegueira ressurgira. Os demais voltaram à antiga indiferença.

Até a instituição que instalara a bomba d'água sem autorização levou-a de volta, novamente sem avisar.

A experiência me ensinou algo importante sobre a pobreza: ela é uma mercadoria. A PN cancelou os planos de extração de estanho no terreno de nossa escola, mas isso não nos deixou menos pobres. Como não seríamos mais varridos do mapa, não havia mais conflito com a PN. Ninguém poderia chantagear a empresa para tirar proveito da situação ou se tornar famoso por defender os pobres. Ninguém se tornaria um herói de ocasião, nenhum voto seria ganho com o incidente. Não haveria fotos tristes coladas em pedidos para arrecadação de fundos. A meia-volta das dragas derrubara o valor de mercado da pobreza da nossa escola.

Minha promessa a Bu Mus

Desde manhã o céu estava escuro e então caiu uma chuva forte. Espirrávamos água, correndo pela lateral da estrada cheia de poças em direção à escola, cobrindo a cabeça com o que podíamos.

Todos os 11 alunos estavam na sala, mas Bu Mus ainda não chegara. A chuva ficou mais forte. Trovões ribombavam. Na ponta dos pés, tentávamos espiar pelas frestas nas tábuas da parede. Estávamos aflitos à espera de Bu Mus. Então ela surgiu à distância, correndo pelo pátio com passinhos curtos, debaixo do temporal, usando uma folha de bananeira como guarda-chuva, parando a toda hora debaixo das árvores *gayam* que margeavam um dos extremos da escola.

Nós a observamos com preocupação. Ninguém disse nada, mas eu sabia que o coração de todos os outros alunos estava tão comovido quanto o meu, com um sentimento de pena misturado a orgulho e admiração. Todos os obstáculo haviam sido superados por uma jovem magrinha e aparentemente impotente. Mas quanto poder tinha!

Pelas frestas na parede, Bu Mus nos viu enfileirados. Estava encharcada, mas riu, alegre, impaciente para chegar até seus alunos. Mais uma vez sentimos que, para ela, éramos as mais valiosas crianças malaias. Bu Mus não queria perder nenhum de nós. Também sentíamos que ela era metade de nossas almas. Tínhamos tanta sorte por Alá ter nos enviado uma professora como Bu Mus! Seus serviços eram realmente indescritíveis. No momento em que Bu Mus atravessou o pátio usando uma folha de bananeira como guarda-chuva, fiz a ela uma promessa do fundo do meu coração: quando crescesse, escreveria um livro para essa professora.

Bu Mus logo reacendeu nosso ânimo. Nossa escola voltou a ser o que era, tranquila em seus feitos, celebrando o aprendizado mesmo em suas limitações, digna em sua humildade e serena em sua pobreza.

Antes que nos déssemos conta, o dia da entrega do boletim chegou novamente. Era um dia festivo porque nossos pais iam à escola. Depois viria o mês dos nossos exames finais. As notas superiores a cinco apareciam em tinta azul e as inferiores, em tinta vermelha. Se tirássemos mais de três notas vermelhas perdíamos o direito de fazer os exames finais para passar de ano.

O primeiro lugar continuava a ser de Lintang. Recuperei o segundo. Harun não gostava de nenhum número exceto o três e pediu a Bu Mus que lhe desse essa nota em todas as matérias. Olhou para os números, um atrás do outro, e riu sonoramente. Mostrou-se feliz, apesar de seu pedido tê-lo relegado ao quarto lugar mais baixo da turma.

Kucai, pela primeira vez em sua carreira de representante de turma, admitiu seu erro. Era verdade que estávamos habituados a trabalhar em meio período depois das aulas, mas Kucai havia incitado os integrantes do Laskar Pelangi a deixar a escola e trabalhar em horário integral. De uma forma muito gentil, pediu a Bu Mus que reduzisse em dois pontos a nota que recebera em ética islâmica. Suas notas nunca haviam sido muito boas mesmo, por isso diminuí-las fez com que ele ficasse imediatamente atrás de Harun.

Bu Mus não ficou tão surpresa com Harun e Kucai. Foi a dupla que ocupou as últimas posições que fez com que ela massageasse as têmporas. O mais preocupante era que os dois haviam perdido o interesse por causa da obsessão pelo paranormal, uma violação grave para os islâmicos. Para piorar, tal violação acontecia numa escola islâmica. Essas duas criaturas dramáticas eram, naturalmente, Mahar e Flo.

Enquanto a euforia pela organização secreta que haviam fundado – a *Societeit de Limpai* – crescia cada vez mais, as notas de Flo e Mahar despencaram mais rápido que um paraquedista. Números em vermelho enchiam seus boletins como se fossem as costas de alguém após uma *dikerok* – massagem tradicional que usa uma moeda e arranha a pele. A dupla só obteve notas azuis em conhecimento agrícola, artesanato, etiqueta e indonésio – e, nesta última, só porque falavam a língua. As notas de Flo foram as piores. Em matemática, inglês e ciências, ganhou um bando de cisnes nadando no lago – três 2. Suas notas tinham sido ainda piores que as de Harun.

Mahar e Flo estavam em situação crítica e era bem provável que repetissem de ano. Já haviam recebido três avisos por escrito. Esse problema fez com que o pai de Flo conspirasse secretamente com Ibu Frischa, a diretora da Escola PN, para atrair Flo de volta. Ibu Frischa prometera que Flo receberia notas dignas de orgulho. A fim de tentar atrair a menina, mandou um jovem professor bonitão da PN para se encontrar com ela.

Naquela noite, passamos pelo mercado ao voltar para casa depois de um jogo de futebol. Ibu Frischa e o professor bonitão estavam fazendo compras. Flo se aproximou de Ibu Frischa como um caubói disposto a um acerto de contas:

– Meu nome é Flo, Floriana – disse ela, cumprimentando Ibu Frischa. A diretora assentiu educadamente e abriu para Flo seu sorriso mais doce. – Por favor, tenha a gentileza de informar a esse homem que jamais abandonarei Bu Mus nem a Escola Muhammadiyah.

E Flo encerrou o assunto. Ibu Frischa e o professor bonitão ficaram ali, tontos, e a ideia de atrair Flo de volta à Escola PN jamais foi mencionada de novo.

Flo e Mahar se esforçaram para tentar encontrar uma solução para a crise que enfrentavam. Viram-se num dilema. Queriam continuar frequentando a escola, mas, ao mesmo tempo, estavam viciados no mundo sobrenatural.

Do nada, Mahar teve a mais absurda das ideias: eles tentariam um caminho que conheciam muito bem – um atalho xamânico, um método único, ridículo e de alto risco.

Mahar e Flo estavam convencidos de que o poder sobrenatural podia lhes fornecer uma solução mágica para as péssimas notas na escola. E conheciam alguém que podia invocar exatamente o tipo de poder capaz de ajudá-los. Ele provara esse poder ao mostrar o caminho até Flo quando ela se perdera na montanha Selumar. Claro que essa pessoa poderosa, meio homem, meio fantasma, era Tuk Bayan Tula.

Segundo Flo e Mahar, esse problema escolar era uma coisa tola, uma trivialidade para o rei dos xamãs. Os dois acreditavam que ele poderia facilmente transformar um seis num nove, um quatro num oito e uma nota vermelha numa azul.

Tendo bolado um plano infalível, os dois riram e pularam de alegria. As nuvens que toldavam seus rostos durante as censuras de Bu Mus sumiram. Na classe, mostravam-se encantados e não se davam o trabalho de estudar nem um pouco.

Todos os membros da *Societeit* receberam com entusiasmo a ideia de visitar Tuk Bayan Tula na ilha dos Piratas. Na verdade, havia muito tempo que desejavam visitar seu xamã. Mas o risco envolvido era grande. Se Tuk Bayan Tula não estivesse disposto a recebê-los, jamais voltariam para casa. Ainda assim, todos se mostraram dispostos a correr o risco para que tivessem uma chance de ver o rosto de Tuk Bayan Tula, mesmo que apenas uma vez.

A jornada de barco até a ilha dos Piratas foi a atividade paranormal mais importante e representou o auge de tudo o que a *Societeit* fizera até então. A expedição era extremamente cara. Foi preciso alugar um barco a motor com potência de, pelo menos, 40 cavalos e contratar um comandante veterano – um homem do povo sarongue, que cobrou um valor muito alto, pois tinha experiência, conhecia a reputação de Tuk Bayan Tula e não queria morrer a troco de nada.

Todos os membros da *Societeit* tentaram levantar recursos. Mahar empenhou a bicicleta que herdara do avô. Flo vendeu o colar e a pulseira de ouro que ganhara da mãe. Mujis abriu mão do seu bem mais precioso, um rádio Philips de duas bandas. Também pegou trabalhos extras de mata-mosquito até mesmo em Tanjung Pandan. Chegou a estendê-los não apenas a mosquitos, mas também a ratos, lagartos e até formigas. Estava pronto para exterminar qualquer praga. O sócio desempregado recolheu lixo e o vendeu para conseguir dinheiro. O que largara a faculdade pediu um empréstimo ao pai. O músico do órgão eletrônico empenhou seu instrumento, seu ganha-pão. O chinês que folheava objetos a ouro quebrou o cofrinho em forma de porco diante dos filhos chorosos. O caixa do banco BRI fez hora extra até a meia-noite. O capitão do porto aposentado empenhou sua cristaleira – que precisou de quatro pessoas para ser carregada –, o que acabou gerando uma briga séria entre ele e a esposa. Eu mesmo prestei meus serviços ao oficial portuário.

Nossos corações estavam acelerados com a expectativa do dia da partida. Quando o dinheiro apurado foi espalhado na mesa, descobrimos ter recolhido um milhão e meio de rúpias. Incrível! O dinheiro – boa parte dele em moedas – tilintava.

Estremeci, pois nunca vira tanto dinheiro. Sem falar que, como secretário, precisava guardá-lo. Acariciei o monte de moedas e fiquei surpreso com a sensação de estar rico. Na verdade, para quem foi pobre desde antes de entrar no útero materno, essa é uma sensação um tanto aterrorizante.

Guardei cuidadosamente o dinheiro no bolso e jamais me afastei dele. De repente, todo mundo parecia ladrão. É verdade que o dinheiro exerce uma influência cruel.

Partimos no dia seguinte à tardinha. Muitos pescadores nos avisaram que a estação dos temporais já começara e que ir à ilha dos Piratas era uma péssima ideia. Mesmo assim não recuamos. A atração do poder subrenatural de Tuk Bayan Tula era muito forte. E a determinação de Flo e de Mahar para solucionar o problema que enfrentavam na escola também era enorme. Só não nos demos conta de que, no meio do mar, a morte nos aguardava.

A ilha dos Piratas

Às quatro da tarde de sábado partimos para a ilha dos Piratas.

No início, foi muito divertido. Golfinhos nos seguiam e o sol brilhava. Não muito depois, porém, à medida que se aproximava a hora da prece *magrib*, nosso barco começou a chacoalhar. As ondas cresciam a cada momento. Quanto mais avançávamos, mais difícil ficava controlar o barco.

As condições anteriormente tranquilas tinham se tornado uma ventania. Um amontoado de nuvens negras parecia prestes a cobrir o barco e os relâmpagos riscavam o céu, um após o outro.

O comandante tentou dar meia-volta, mas o motor de 40 cavalos não era potente o bastante, e ele teve medo de que, se optasse por enfrentar as ondas, o barco acabasse virando. O mar estava enfurecido.

Logo nos demos conta de que a situação se tornara perigosa. E a tempestade de verdade ainda nem havia chegado. Ondas gigantescas açoitavam o barco. Fizemos um pequeno círculo em torno do mastro e tentamos aguentar firme, como pessoas unidas para enfrentar a morte.

Num piscar de olhos, a viagem tranquila se transformara numa luta pela sobrevivência. Arrependi-me de ter me juntado a essa expedição com os malucos da *Societeit* para procurar um xamã que nem sequer se importava com a própria vida. Contemplei a superfície escura do mar, incapaz de imaginar o que haveria ali embaixo. Morri de medo de afundar naquele estranho mundo de trevas.

Estávamos impotentes. Era como se estivéssemos nas mãos de um gigante, que nos jogava de um lado para o outro. A tempestade se aproximava. Quando chegou, atacou sem dó nem piedade. Provocou remoinhos e fez o barco girar sem parar, como um pião. Caímos todos no deque. O comandante não perdeu tempo: baixou a vela rasgada pelo vento e fechou o porão, tirou objetos cortantes do caminho e desligou o motor. Mandou, então, que nos amarrássemos ao mastro, passando a corda pela cintura, para que não fôssemos atirados ao mar.

A expressão do comandante não parecia nem um pouco esperançosa. Ele também se prendeu ao mastro. Se afundássemos, nossos corpos flutuariam presos às extremidades das cordas no fundo do mar, como tentáculos de um polvo.

As ondas não davam sinal de arrefecimento. Na verdade, sua fúria só fazia aumentar. Só nos restava esperar que o barco afundasse.

O momento que temíamos chegou. Vimos, a distância, uma onda incrivelmente alta. Estremecemos de medo. A onda quebrou em cima do barco, partindo o mastro onde estávamos amarrados e criando duas grandes "lascas". Uma delas fincou-se no corpo do barco, abrindo um buraco por onde a água começou a entrar.

Mujis, Mahar e o chinês, que até então se agarravam à vela, foram atingidos pelo outro pedaço e atirados no deque. Se o porão não estivesse fechado, os três teriam virado comida de criaturas marinhas. Eles gritaram de medo, tomados por um pânico paralisante. Achei que fosse o fim para todos nós, que o mar logo se tingiria de vermelho quando os tubarões dessem início ao seu banquete. No entanto, no momento mais crítico, ouvi um grito abafado. O capitão do porto aposentado gritava repetidamente o *azan* – a chamada para as preces –, enquanto éramos jogados de um lado para outro com violência e a água enchia o barco. Aos poucos, porém, os chacoalhões foram serenando, como num passe de mágica.

O capitão aposentado ecoou a *azan* várias vezes e, conforme ela ressoava, o mar revolto se acalmava mais e mais. Em pouquíssimo tempo, as ondas tenebrosas se assentaram, reabsorvidas pelas nuvens negras. Ficamos pasmos ante a mudança drástica. As ondas selvagens foram domadas e, um instante depois, o vento parou, como se um ventilador tivesse sido desligado. A tempestade ameaçadora sumiu como se nunca houvesse existido. Várias vezes eu ouvira o povo sarongue dizer que, sempre que alguém se encontrar numa situação no mar em que não haja nada mais a ser feito para salvar a vida, o último recurso é invocar a ajuda de Alá por meio da *azan*. Comprovamos que era verdade.

A noite caiu.

O comandante estudou a lua quase cheia e as estrelas que brilhavam no céu. Ligou o motor. O barco se pôs em marcha novamente.

Não muito depois, ele desligou o motor e observou o horizonte com um olhar treinado. Vimos sombras escuras à frente, pouco nítidas, encobertas pela bruma. Ficamos preocupados, imaginando que outros perigos nos aguardavam – piratas, talvez, animais grandes ou, quem sabe, mais uma tempestade. De repente, o comandante apontou e gritou numa voz rouca:

– A ilha dos Piratas!

Ela se erguia isolada, como um objeto estranho cercado pelo mar. Parecia que não queria ser visitada. Uivos longos de cães selvagens podiam ser ouvidos praguejando contra os fantasmas que assombravam o lugar.

A ilha transpirava misticismo e dava a impressão de que era um cemitério. Heresia, traição e rebeldia contra Deus. Havia gritos de animais oferecidos em sacrifício. Era possível sentir o forte odor de sangue, o fedor de cadáveres deixados a céu aberto e a fumaça do incenso usado para invocar o demônio.

Os cães que uivavam na calada da noite não podiam ser vistos. Às vezes o som lembrava o de bebês chorando ou de velhinhas desamparadas clamando por misericórdia enquanto eram lambidas pelas chamas do inferno. Esses sons nos desanimaram. O poder hipnótico de Tuk Bayan Tula era enorme. Naquele momento tive que admitir que Tuk Bayan Tula, fosse quem fosse, era, sem dúvida, um xamã poderoso.

Descemos do barco e seguimos uma trilha que ia dar na entrada de uma caverna. Ao chegar lá, encontramos folhas de palmeira estendidas para cada um de nós. Estávamos sendo saudados e tínhamos de nos dispor a aceitar o risco de morrer.

Dentro da caverna vimos um pano fino flutuando no ar. Lentamente, como fumaça que se desprende da madeira úmida sendo queimada, uma figura de porte alto surgiu. Movia-se sem tocar o chão. Todos duvidavam da existência da magia, mas vi com meus próprios olhos um ser humano flutuar, movendo-se de um lado para outro como um objeto sem peso. Esse homem possuía magia, era temido por todos os malaios e era o único humano com conhecimento de bruxaria suficiente para atravessar o mar. Era Tuk Bayan Tula, meio homem, meio fantasma.

Tuk Bayan Tula estava a dois metros de nós, que nos mantínhamos respeitosamente de pé à sua volta. Um pano preto envolvia seu corpo. O cabelo castanho grisalho, o bigode e a barba eram compridos e malcuidados. As maças do rosto, bem definidas, sugeriam sua capacidade para atos inimaginavelmente cruéis. As sobrancelhas eram espessas e protuberantes, mostrando que ele não tinha medo de nada, nem mesmo de Deus. O que mais se destacava nele eram os olhos, cintilantes como os de um urso, totalmente pretos.

O xamã fantasmagórico não se mostrou nem um pouco amistoso. Mahar o encarava mudo, sem coragem de se aproximar. Flo chegou mais perto de Mahar e pegou sua mão. Essa menina extraordinária puxou Mahar na direção do xamã sem nenhuma hesitação.

Com o maior cuidado, Mahar sussurrou algo para Tuk Bayan Tula. O xamã não lhe deu a menor atenção. Voltou o olhar para o mar que cintilava sob o luar. Mahar, numa voz que mal podia ser ouvida, lhe contou do perigo mortal que havíamos enfrentado em nossa jornada para encontrá-lo.

– ... tempestade... ventos fortes... mastro quebrado... *azan*...

Tuk Bayan Tula ouvia sem interesse. Mahar prosseguiu, explicando por que estávamos ali.

– Flo e eu... vamos ser expulsos da escola... Já recebemos três notificações por causa de nossas notas baixas... Queremos pedir sua ajuda para passar nos exames.

Inesperadamente, Tuk Bayan Tula virou-se para Mahar e Flo. As duas crianças ficaram mortalmente pálidas. O xamã deu um tapinha no ombro de Mahar e balançou a cabeça. Mahar se iluminou. Os membros da *Societeit* se encheram de orgulho porque seu chefe havia sido tocado pelo xamã poderoso que todos eles consideravam sagrado. Mahar sabia o que precisava fazer. Pegou um pedaço de papel e uma caneta e respeitosamente entregou-os a Tuk Bayan Tula. O xamã os recebeu e voltou para dentro da caverna com uma rapidez incrível.

O que aconteceu em seguida foi muito estranho. Ouvimos vozes exaltadas vindo de dentro da caverna, como se 10 pessoas estivessem brigando. Chegamos mais perto uns dos outros, em alerta, com medo dos uivos dos animais invisíveis.

Parecia óbvio que Tuk Bayan Tula enfrentava criaturas terríveis lá dentro. Aparentemente, para atender ao pedido de Mahar, ele precisava rechaçar milhares de fantasmas. Vestígios de arrependimento surgiram no rosto do garoto. Ele não podia suportar a ideia de que seu adorado ídolo morresse por causa de seu pedido para passar no exame escolar.

De dentro da caverna saía poeira levantada pela luta de criaturas selvagens. A batalha continuou intensa, até que um grito de derrota enfim foi ouvido. Dezenas de figuras indistintas, como cadáveres cobertos de panos pretos, saíram voando da caverna, acima dos topos das *sntigi*, e desapareceram sobre o mar.

Tuk Bayan Tula voltou à entrada da caverna. O pano que lhe enrolava o corpo estava rasgado e seu rosto, todo arranhado. Fiquei assustado ao ver alguém tão poderoso naquele estado deplorável. Ele havia arriscado a alma para atender ao pedido de Flo e de Mahar e ajudá-los a não serem expulsos da escola.

Tuk Bayan Tula ergueu bem alto um rolo de papel com suas ordens e pareceu dizer: *Vejam isto, seus vermes inúteis. Ninguém, plenamente visível ou na condição de fantasma, é páreo para mim. Derrotei demônios das profundezas do inferno para obter milagres que desafiam as leis da natureza. Suas notas se transformarão nas trevas para salvá-los nessa velha escola. Peguem seu prêmio por serem crianças corajosas que enfrentaram a morte para estar comigo.*

Tuk Bayan Tula estendeu o rolo de papel para Mahar, que o segurou com ambas as mãos, como se fosse um mendigo prestes a morrer de fome aceitando um prato de comida. Flo, Mahar e todos os membros da *Societeit* fizeram uma reverência para Tuk Bayan Tula. Eu não quis me curvar, o que deixou Mahar bastante insatisfeito.

Ele enfiou o rolo de papel num cilindro usado para guardar petecas de badminton e depois o guardou no bolso do casaco.

Tuk Bayan Tula estabeleceu condições para a abertura da mensagem quando chegássemos em casa e, apontando para o barco, indicou que deveríamos partir. Rápido como um raio e o vento, ele sumiu, engolfado pela escuridão e pela fumaça de incenso na caverna.

Corremos para o barco. O comandante imediatamente ligou o motor e zarpamos. Selamos um acordo para abrir a mensagem dali a três dias, debaixo do *filicium*, depois da aula.

A mensagem do xamã

Foi um acontecimento incomum. No meio do dia várias pessoas se reuniram no pátio da escola. Todos os membros do Laskar Pelangi estavam lá, assim como os integrantes da *Societeit de Limpai*. E também a delegação enviada à ilha dos Piratas em busca de Flo.

Mahar convidara ainda o comandante, os fofoqueiros das barracas de café, o chefe do correio, comandantes de barco e um punhado de amadores em questões paranormais. Todos estavam animados para testemunhar a abertura da mensagem da ilha dos Piratas.

Mahar fez um pedido especial a Kucai para que convidasse também seus amigos dos jornais de Tanjung Pandan, os mesmos que haviam nos apoiado durante a ameaça das dragas. Para Flo e Mahar, a expedição até a ilha dos Piratas para encontrar o poderoso xamã Tuk Bayan Tula era um evento extraordinário que merecia ser compartilhado com toda a ilha de Belitung. Muitas pessoas haviam empreendido tais expedições, mas ninguém tivera sucesso: ou foram escorraçadas por Tuk Bayan Tula ou se perderam no mar.

Kucai fez o convite aos repórteres. Jornalistas, contudo, são seres racionais, e não quiseram se envolver nos assuntos xamânicos de Flo e Mahar.

A história bem-sucedida da jornada da *Societeit* até a ilha dos Piratas e seu retorno com uma mensagem do xamã se espalhou rapidamente pela aldeia e logo aumentou a reputação da *Societeit*. O sucesso da expedição fez cessarem os insultos à *Societeit*, que, de uma hora para outra, deixou de ser um bando de ridículos desocupados e se transformou num respeitável grupo de elite. Por isso havia tanta gente reunida no pátio da escola naquela tarde, para dar os parabéns a Mahar por sua conquista xamânica, ouvir as histórias, satisfazer a própria curiosidade sobre o xamã meio homem, meio fantasma, e descobrir que tipo de receita mágica ele fornecera para que os péssimos alunos passassem nos exames.

O mais estranho era que, por causa do sucesso da *Societeit*, os presentes também queriam se tornar membros da organização pró-fantasmas. Consideravam Mahar o próximo Tuk Bayan Tula e Flo, um novo xamã inspirador. Estavam dispostos a abrir mão do raciocínio lógico em troca do raciocínio excêntrico de Mahar. Como secretário da *Societeit*, eu estava ocupadíssimo anotando todos os nomes dos aspirantes a membros.

Flo e Mahar esperaram impacientemente que Bu Mus fosse para casa. Se ela descobrisse, com certeza encerraria a cerimônia de abertura da mensagem.

Depois que a professora deixou a escola, Flo e Mahar saíram da sala com a felicidade estampada em seus rostos. Todos seguiram seus passos leves em direção ao *filicium*.

Os rostos de ambos brilhavam de prazer, pois o peso das notas baixas que os vinha atormentando logo desapareceria. Estavam convencidos de que Tuk Bayan Tula salvaria seus futuros, assim como salvara Flo da outra vez.

Mahar tomou seu lugar, de pé sobre uma raiz protuberante da árvore, a mais alta de todas, espaço que havia sido reservado para ele por seus seguidores. Assemelhava-se a um pódio. Mahar transpirava dignidade. Seu olhar varreu a plateia.

Como sempre, antes do ritual, Mahar fez um discurso. A verdade é que ele era viciado em fazer discursos. Alisou o cilindro com a mensagem que continha o seguro de educação dele e de Flo.

– A sorte favorece os destemidos! – bradou.

A plateia irrompeu em aplausos e os mais altos vinham dos membros da *Societeit*, saudando o início do imponente discurso.

– Vendemos nossos bens, corremos o risco de ser banidos da face da Terra por Tuk Bayan Tula, mas, no fim, provamos que a *Societeit de Limpai* não é um bando de idiotas!

Os membros da *Societeit* assentiram, orgulhosos de si mesmos e, sobretudo, de seu líder, Mahar.

– Partimos para o mar, quase nos afogamos, mas fomos salvos pela *azan* do capitão do porto.

O capitão ficou encantado ao receber o elogio do líder, embora a sua esposa ainda reclamasse da venda da cristaleira. Estendeu os braços e fez repetidas reverências ao estilo japonês.

– Nós testemunhamos a luta mortal de Tuk Bayan Tula contra fantasmas a fim de obter esta mensagem! Como presidente da *Societeit*, sinto-me respeitado por ele!

Então Mahar fez então seu gesto característico, irritante e curioso.

– Parapsicologia, metafísica e paranormalidade são úteis em qualquer área! – afirmou. Em seguida apontou para nós, seus colegas de turma, e disse: – Vocês, aí! Podem ler livros até que fiquem cegos. Podem estudar até pôr as tripas para fora, mas Tuk Bayan Tula há de nos tornar, a mim e a Flo, mais inteligentes que vocês. Podemos passar de ano até que não haja mais séries para cursar!

Meu estômago doía de tanto esforço para conter o riso, mas fiquei surpreso de ver como Mahar era bom orador. Seu discurso foi melhor do que qualquer um feito por nosso político, Kucai. Melhor até que os discursos do ministro da Educação.

Finalmente o momento tão esperado chegou.

Mahar abriu o cilindro lacrado. Seu rosto estava ao mesmo tempo sorridente e tenso. Logo leria a declaração de independência dele e de Flo da exigente colonização educacional. Com muito cuidado, tirou o rolinho de papel de dentro do cilindro.

Não o abriu de imediato, optanto por concluir, primeiro, o discurso com voz trêmula:

– Esta é a mais alta honraria para a *Societeit de Limpai*.

Todos queriam saber quais eram as palavras mágicas escritas pelo xamã mais poderoso do mundo. Todos os corações batiam acelerados. Os presentes se aproximaram de Mahar. Os que não conseguiram chegar perto o suficiente tinham subido nos galhos baixos do *filicium*, pois desejavam testemunhar a leitura da mensagem. O rosto de Flo estava vermelho de tentar controlar a excitação. Ela pulava, incapaz de esperar mais um segundo pela deliciosa surpresa. Lentamente, Mahar abriu o rolinho. Nele estava escrito nitidamente:

Estas são as instruções de Tuk Bayan Tula:
Se quiserem passar nos exames,
Abram os livros e estudem!

A despedida

Estávamos odiando o comportamento teimoso de Sansão. No momento, travávamos um grande debate sob o *filicium*. Nove contra um. Ele defendia tolamente sua posição. Não queria ceder.

O tópico do debate na verdade era bem simples. Na noite anterior, havíamos assistido ao filme *Pulau Putri*, ou *Ilha da Princesa*, estrelado por um famoso comediante indonésio, S. Bagyo. No filme, Bagyo se perdia numa ilha deserta habitada exclusivamente por mulheres. O lugar vinha sendo aterrorizado por uma bruxa terrível. O riso da bruxa já bastava para fazer a plateia molhar as calças.

Duas vezes por mês assistíamos a filmes depois da prece *magrib* num celeiro onde normalmente os operários da PN se reuniam. Os filmes eram fornecidos pela PN especialmente para os filhos de não funcionários. O local também era conhecido como cinema dos operários. A qualidade era a mesma de um drive-in de segunda classe. Havia dois alto-falantes para reproduzir o som. Como o piso não havia sido projetado para um cinema normal, os espectadores lá no fundo não conseguiam enxergar a tela. Nós 10, inclusive Flo, ocupamos o último banco.

Os filhos dos funcionários da PN frequentavam um lugar diferente, chamado *Wisma Ria* (casa de diversão). Toda semana havia filmes lá. Os espectadores eram apanhados por um ônibus azul e, naturalmente, havia uma placa do lado de fora avisando: "Proibido entrar sem autorização".

Não fazíamos ideia de que um filme com um título tão bonito – *Ilha da Princesa* – fosse, na verdade, um filme de terror. Pelo título, pensamos que veríamos algumas belas princesas se besuntando com óleo de bronzear e correndo, rindo, pela praia.

– Legal – exclamou Kucai, encantado.

Mas estávamos muito enganados. Mal o filme começou, surgiu a bruxa com sua gargalhada sinistra. Espíritos maléficos se juntaram a ela. S. Bagyo fugiu para salvar a própria pele.

Sentado lá atrás pude ver os filhos dos operários se encolhendo em seus lugares toda vez que a malvada bruxa voadora aparecia. As meninas choravam. Algumas crianças não tiveram estômago para assistir e saíram correndo do cinema decrépito para nunca mais voltar.

Do meu lugar, vi Sansão, à minha esquerda, decidido a não assistir a cena alguma, escondendo a cabeça debaixo do braço de Syahdan. Syahdan, por sua vez, enfiou a dele debaixo do braço de A Kiong, que fez o mesmo com Kucai, que fez o mesmo comigo. Trapani e eu nos escondemos debaixo dos braços de Mahar. Trapani chorava feito um bebê e chamava pela mãe a cada vez que a bruxa destruía uma aldeia. Mahar manteve a cabeça baixa como se estivesse rezando.

Os únicos que continuaram assistindo foram Sahara, Flo e Harun. Os três soltaram sonoras gargalhadas ao verem S. Bagyo correr como um maluco para escapar da bruxa. Quando conseguiu fugir, os três aplaudiram.

Voltamos para casa de mãos dadas. Quando passamos pelo cemitério, a mão de Trapani ficou fria como gelo.

No dia seguinte, durante o intervalo da tarde, Sansão teimou que S. Bagyo é que perseguia a bruxa. Não sei de onde ele tirou essa conclusão. Todos protestamos em uníssono, pois isso era exatamente o oposto do que tínhamos visto.

– Impossível – contestou Kucai.

– Vi você tremendo escondido debaixo do braço de Syahdan – implicou A Kiong.

Sansão tentou se defender:

– Você assistiu? Pelo que sei, Sahara, Flo e Harun foram os únicos que não se esconderam.

Sahara nos encarou com desgosto.

– Vocês, garotos, são todos uns covardes! – exclamou ela, direta.

Harun assentiu, apoiando veementemente Sahara.

– Só porque apenas espiávamos de vez em quando não quer dizer que não sabemos como era a história – interveio Kucai, encurralando Sansão, mas olhando para mim.

Ao ouvir as palavras *espiávamos de vez em quando*, Sahara ficou ainda mais enojada.

– Meninos são patéticos!

Harun bateu a palma de sua mão na dela. Sansão respondeu para Kucai:

– Ah! Quem é você para bancar o sabichão, afinal? Vá ajeitar o cabelo.

Todos rimos. Kucai sacou um pente.

Estávamos numa guerra de palavras, mas Trapani parecia distante. Ultimamente ele vinha se mostrando mais calado que de hábito e quase sempre parecia em transe.

Sansão fincou o pé em defesa de sua opinião equivocada. Eu sabia por quê. Ele tinha vergonha de admitir que se escondera debaixo do braço de Syahdan. Não queria que sua imagem máscula fosse destruída por ter tido medo de um filme.

A batalha se inflamou mais ainda. Precisávamos de um mediador com conhecimento amplo e palavras inteligentes para encerrar aquela discussão inútil. Infelizmente, o inteligente, aquele que sempre fornecia a solução para todos nós, não aparecia havia dois dias. Não tínhamos notícias dele.

No dia seguinte Lintang faltou novamente e começamos a ficar preocupados. Em todos aqueles anos juntos, ele jamais faltara às aulas. Estávamos na estação das chuvas, não era época de trabalhar como carregador de copra. Também não era época de catar vôngoles. As seringueiras haviam sido drenadas no mês anterior. Alguma coisa séria devia ter acontecido para que ele faltasse, mas sua casa ficava longe demais para mandar alguém em busca de notícias.

Chegou a quinta-feira, o quarto dia seguido sem que Lintang aparecesse. A sala parecia vazia sem ele.

Eu contemplava nostálgico o lugar vago ao meu lado. Olhei com tristeza o galho do *filicium* onde ele se sentava para apreciar o arco-íris. Estávamos perdidos e aflitos. Enquanto estudávamos, meu olhar se fixou no troféu do Desafio Acadêmico, a maior conquista que o pobre menino do litoral dera à nossa escola. Senti saudade de Lintang.

As aulas não eram as mesmas sem ele – tudo parecia incompleto, sem charme, e nossa motivação desapareceu. Todos estavam mais calados. Sentíamos falta de suas respostas brilhantes, de suas palavras inteligentes e de vê-lo debater com a professora. Sentíamos falta até do seu cabelo desgrenhado, daquelas sandálias horrorosas e da bolsa de ratã.

Bu Mus tentou descobrir o que estava acontecendo e mandou um recado por aqueles que eventualmente pudessem passar pela aldeia de Lintang.

Aflito, pensei em todas as terríveis possibilidades. Esperamos até o final da semana.

Na manhã da segunda-feira seguinte esperávamos vê-lo com seu sorriso cintilante e uma história nova e surpreendente. Mas ele não apareceu. Enquanto pensávamos em lhe fazer uma visita, um homem magro e descalço que morava na aldeia de Lintang chegou e entregou uma carta a Bu Mus.

Ela leu a mensagem. Ao longo dos anos, tínhamos enfrentado muitas dificuldades com Bu Mus. Provações sem fim se abateram sobre nossa professora, mas aquela foi a primeira vez que a vimos chorar. Suas lágrimas molharam a carta. Ficamos atônitos. Aproximei-me dela e Bu Mus me deu a carta para que eu lesse. Era curta.

Ibunda Guru,
Meu pai faleceu. Irei à escola amanhã para me despedir.

Seu aluno,
Lintang

Como primogênito da família de um pobre pescador, Lintang agora tinha que sustentar a mãe, as irmãs, os avós e os tios desempregados. Não havia a menor chance de que continuasse os estudos, pois devia assumir a responsabilidade de ganhar dinheiro para alimentar pelo menos 14 pessoas. Esse enorme fardo deveria ser carregado por um menino tão jovem porque seu pai, magro e de expressão doce, havia morrido. O homem-pinheiro desabara. Seu corpo foi enterrado junto com as grandes expectativas com relação ao filho e, infelizmente, sua morte também matou as grandes aspirações do garoto. Essas duas pessoas extraordinárias do litoral foram enterradas na ironia.

Nós nos despediríamos sob o *filicium*.

Eu estava morrendo por dentro. Sentia um vazio no peito. A despedida ainda não começara e Trapani já soluçava. Sahara e Harun choravam de mãos dadas. Sansão, Mahar, Kucai e Syahdan não paravam de lavar o rosto "para as orações", insistiam, mas na verdade era para limpar as lágrimas. A Kiong estava em choque e queria ficar sozinho. Flo, que acabara de conhecer Lintang e não se emocionava com facilidade, mostrava-se melancólica. Olhava para o chão com olhos vidrados. Foi a primeira vez que a vi triste.

Tínhamos que abrir mão de um gênio nato. Lintang era o membro mais importante do Laskar Pelangi, um cavalheiro no meio de nós. Ele nos dera a maior conquista que tivéramos na vida e era o herói que elevara a dignidade da nossa escola. Eu me lembrava de ter vislumbrado sua inteligência na primeira vez que ele segurara o tipo errado de lápis, no primeiro dia de aula. Eu me lembrava da clareza de seu raciocínio, do brilho de seu coração. Ele era meu Isaac Newton, meu Adam Smith e meu André Ampère.

Lintang era um farol, uma espécie de estrela-guia para os marinheiros perdidos no mar. Irradiava energia, alegria e vitalidade imensas. Perto dele, ficávamos banhados em luz, uma luz que clareava nossos pensamentos, incendiava nossa curiosidade e abria o caminho para a compreensão. Com ele aprendemos sobre humildade, determinação e amizade. No momento em que apertou aquele botão na mesa de mogno durante o Desafio Acadêmico, Lintang inflou nossa autoconfiança, fazendo com que ousássemos sonhar, lutar contra o destino e acalentar aspirações.

Ele era como uma estrela que explodia antes do amanhecer, enquanto todos ainda dormiam. A luz dessa explosão iluminava o céu sem que ninguém soubesse, sem que ninguém se importasse. Como uma estrela cadente, Lintang explorava sozinho os planetas do conhecimento e depois se afastava. Naquele dia, ele sairia de cena. Faltavam apenas três meses para os exames finais. Senti uma tristeza incrível porque um menino genial, um nativo da ilha mais rica da Indonésia, precisava largar a escola em função da pobreza. Naquele dia um camundongo morreu de fome no meio de um celeiro cheio de arroz.

Rimos, choramos e dançamos juntos ao redor de fogueiras. Nunca nos cansamos de suas ideias originais e rebeldes. Ele nem tinha partido e já sentíamos saudade de seu olhar divertido, do seu sorriso inocente e de cada palavra inteligente que dizia. Sentíamos falta do mundo ímpar de inteligência infinita que existia em sua mente e de sua humildade inesgotável.

A história de Lintang era uma história típica da Indonésia, a história de crianças inteligentes de famílias pobres, ignoradas. O dia que o homem-pinheiro tanto temera muitos anos antes finalmente havia chegado. Eu perdia meu companheiro de anos. Tudo se tornava ainda mais doloroso porque a perda do potencial de Lintang representava o maior desperdício do mundo. Que injustiça! Lintang, que lutara até a morte pela instrução, agora tinha que desistir. Quando nossa escola esteve prestes a ser destruída, ele aguentou firme para nos insuflar ânimo. Odiei aqueles que viviam no luxo na Propriedade. Odiei a mim mesmo e aos meus colegas por não sermos capazes de ajudar Lintang. Nossos pais tinham que lutar diariamente para ganhar a vida.

Quando Lintang apareceu, seu rosto tinha uma expressão vazia. Eu sabia que seu coração chorava, lutando desesperadamente contra o desejo de não dizer adeus. A escola, os amigos, os livros e as aulas eram tudo para ele, sua vida e seu amor.

Fez-se um silêncio sepulcral. Os pássaros que em geral brincavam nos galhos do *filicium* também se calaram. O coração de todos estava afogado em lágrimas por ver a pérola do conhecimento arrancada da escola. Abraçamos Lintang em despedida. Suas lágrimas rolaram devagar, seu abraço apertado deixava claro que ele não queria partir. Seu corpo estremeceu quando sua alma nobre foi obrigada a deixar a escola.

Não aguentei olhar para aquele rostinho infeliz e, por mais que me esforçasse, a tristeza me venceu e derramou as lágrimas de meu olhos. Elas se transformaram num gemido mudo, seco. Como doía! Não consegui sequer emitir um fragmento de palavra para me despedir. Todos soluçávamos. Os lábios de Bu Mus tremiam para conter as lágrimas e seus olhos estavam vermelhos. Ela queria que fôssemos fortes. Meu peito se apertou por vê-la assim. Aquela tarde foi a mais triste na história de Belitung, do delta do rio Linggang à praia de Pangkalan Punai, da ponte Mirang a Tanjung Pandan. Foi a tarde mais triste do mundo.

Naquele momento percebi que éramos todos irmãos da luz e do fogo. Juramos ser fiéis em meio aos relâmpagos e furacões de revirar montanhas. Nosso juramento foi escrito nas sete camadas do céu, testemunhado pelos misteriosos dragões que governam o mar da China. Juntos, éramos o mais belo arco-íris criado por Deus.

Doze anos depois...

Prevendo Deus

Uma mulher de meia-idade e um homem chamado Dahrodji se aproximaram de mim. Problema – devia ser mais um problema!

– Se a senhora quer se zangar, despeje tudo em cima desse enrolado – disse Dahrodji, irritado.

A mulher, bastante atraente para sua idade, me examinou com cuidado. Ela se lamentou por um instante. Sua maquiagem, a forma estranha como pronunciava os erres e gês, as sobrancelhas arqueadas e o jeito como me olhava me deram a impressão de que havia passado um bom tempo no exterior e já estava farta das ineficiências de nosso país.

Provavelmente enfrentava algum problema sério. Sim, era sério. A carta enviada pela alfândega cobrando o imposto sobre um quadro comprado no exterior chegara com atraso porque eu cometera um erro ao separar a correspondência. Em vez de ir para a caixa Ciawi, a carta acidentalmente tinha ido parar na caixa Gunung Sindur. Erro humano.

Eu já me enrolara três vezes essa semana. Botei a culpa na sobrecarga de trabalho. Dahrodji, o chefe das expedições, não quis saber do meu problema. Eu não conseguia lidar com a explosão de cartas e as extensões de códigos postais que não me eram familiares.

Olhei sem esperança para os três sacos de cartas com o timbre *Union Postale Universele*, enquanto a mulher reclamava. Naquele instante odiei a droga da minha vida. Um dos sinais de uma vida medíocre é ouvir os gritos de um cliente antes mesmo de ter conseguido tomar o café da manhã. No entanto, depois de tanto tempo trabalhando nos correios, eu aprendera a desligar temporariamente meus ouvidos. Por isso a moça que estremecia à minha frente parecia Greta Barbo em um filme em preto e branco, mudo.

– *Hoe vaak moet ik je dat nog zeggen!* – despejou ela e se virou para ir embora.

Se eu não estivesse enganado, sua frase queria dizer: *Reclamei várias vezes e você continua a errar!*

Voltei a contemplar, indiferente, os três sacos de cartas.

Embora eu me sentisse mal por terem gritado comigo, ainda precisava separar a correspondênica, pois, às oito da manhã, o primeiro turno dos carteiros teria que levar as entregas especiais. Eu era funcionário dos correios, um separador – departamento em que a pontualidade era vital – e trabalhava no turno da manhã, que começava após a oração *subuh*, ao amanhecer.

Eu estava profundamente desanimado com a ironia da minha vida. Meu plano A de me tornar escritor e jogador de badminton desaparecera depois de tantos anos, enterrado no fundo de uma caixa de cartas a serem separadas. Até mesmo meu plano B, escrever um livro sobre badminton, fracassara, embora no fundo do coração eu ainda me apegasse aos doces louvores dos ex-campeões e do ministro da Educação.

O livro já havia sido escrito. Tinha 34 capítulos e mais de 100 mil palavras. Para escrevê-lo, eu tinha feito uma intensa pesquisa na federação de badminton. Cheguei até a estudar a cultura pop e as tendências de desenvolvimento pessoal a fim de enriquecer o texto. O título era impressionante: *Badminton e a arte de fazer amigos*. A Indonésia nunca vira um livro como aquele. Infelizmente, com base em ponderações comerciais, não havia editores dispostos a publicá-lo. Estavam mais interessados em literatura pornográfica cheia de palavras como camisinha, masturbação e orgasmo, porque esse tipo de livro era mais lucrativo. Os tolos editores haviam se esquecido do princípio de *mens sana in corpore sano*.

Veja o que eu havia me tornado: nada além de um homem que tentava se tranquilizar diariamente. E, por mais que tentasse me manter calmo, me fortalecer, eu vivia quase afogado numa enxurrada de fracassos que se amontoavam sobre mim. Muito tempo atrás, Bu Mus e Pak Harfan haviam me ensinado a não recuar diante das dificuldades, mas a essa altura da vida o destino me dera um nocaute técnico.

Então, numa manhã especialmente frustrante, debaixo de uma forte chuva, juntei as quatro cópias do meu manuscrito, seis disquetes contendo os arquivos, um peso de papel de estanho que pesava meio quilo, do tipo usado em sacolas postais, e amarrei tudo com corda de plástico, dando um nó impossível de desatar. Corri para a ponte Sempur, em Bogor, no oeste de

Java. Ali, impelido por meu coração partido, fechei bem os olhos e atirei meu livro de badminton, meu plano B de realização pessoal, nas profundezas do rio Ciliwung. Se não ficasse preso nas pedras do fundo do rio, ele flutuaria nas águas que corriam em direção à Jacarta, levando embora meus sonhos.

Sempre que enfrentava a incerteza, eu costumava correr para o lugar mais lindo que conhecia – aquele que descobrira na infância quando um grande amor me dominou pela primeira vez. O lugar era uma bela aldeia com jardins floridos cercados por muros de pedra cinza e trilhas na mata sombreadas por ramos de ameixeiras. Edensor, o nirvana da minha imaginação.

A aldeia é a cura para meu coração partido. Quanto mais difícil se tornava a minha vida, maior a frequência com que eu relia o livro de Herriot. Muitas vezes visitava Edensor em sonhos. Quando acordava, meu peito doía, porque eu me lembrava de A Ling e a vida ficava ainda mais intolerável.

Um dia, quando voltei para casa depois de separar a correspondência, sentei-me sozinho debaixo de uma árvore qualquer, nos limites do campo Sempur, perto da pensão onde morava, em frente às águas do Ciliwung, e reclamei com Deus:

– Alá, não pedi ao Senhor, há tanto tempo, que, se eu fracassasse no meu desejo de ser escritor e jogador de badminton, fizesse de mim qualquer coisa menos um funcionário de correio? E para não me dar um emprego que começasse na hora do *subuh*?

Aparentemente, Alá respondera à minha prece fazendo exatamente o oposto do que eu pedira. É assim que Deus opera. Se considerarmos as preces e suas respostas como variáveis na função linear divina, então elas em nada diferem da estação das chuvas. O máximo que se pode fazer é uma previsão. Deixe que eu lhe diga uma coisa: as ações de Deus são estranhas. Ele não obedece a postulados ou teoremas.

Assim, essa era minha vida. Numa suposição conservadora, os funcionários do departamento de estatística do governo descreveriam alguém como eu como *gente que trabalha no setor de serviços públicos, consome menos de 2.100 calorias por dia e está perto da linha da pobreza.*

Pobreza, minha amiga de toda a vida. Somos íntimos desde quando eu estava no útero da minha mãe. Fui um bebê pobre, uma criança pobre, um adolescente pobre e agora sou um adulto pobre. Eu me acostumei com a pobreza assim como me acostumei a tomar banho diariamente.

Meus dados demográficos eram viver sozinho, ignorado, trabalhar 10 horas por dia e pertencer à faixa etária entre 20 e 30 anos. Mas minha identidade psicográfica era: um homem solitário desesperadamente carente de atenção. Os profissionais de marketing me considerariam parte do seu público-alvo para tônicos capilares, pílulas de crescimento, produtos para prevenir queda de cabelo, cintas, desodorantes ou qualquer coisa cujo objetivo fosse aumentar a autoconfiança. O mundo não se importava comigo e o país só me conhecia por meio do meu código de nove dígitos que me identificava como funcionário do serviço postal federal: 967275337.

Não havia prazer no trabalho de separar a correspondência. Esse emprego não aparecia entre as profissões representadas pelos alunos da Escola PN na festa da Independência. Diariamente despejavam sobre mim dezenas de sacos postais vindos de lugares de cujos nomes eu jamais ouvira falar. O suor se misturava à poeira. Meu futuro seria me aposentar pobre, visitar rotineiramente a clínica de exames que o seguro do governo me garante e depois morrer miseravelmente como um joão-ninguém.

Depois do trabalho eu me sentia exausto demais para ter uma vida social e, talvez por causa da frustração dos sonhos não realizados, comecei a sofrer de uma doença típica de quem vive sob estresse: insônia. Toda noite, meio adormecido, meio acordado, eu me via hipnotizado pelas histórias *wayang* no rádio. Quando a história *wayang* acabava, eu não conseguia dormir e passei a gostar de ouvir a estática até o amanhecer. Aos poucos, mas inquestionavelmente, a insanidade ia se apoderando de mim.

Após uma noite torturante, bem cedo pela manhã, enquanto os moradores de Bogor ainda se enroscavam em suas camas quentinhas, eu precisava sair para trabalhar. Arrastava-me da cama no frio e pedalava até o escritório do correio margeando o rio Ciliwung, ainda coberto pela bruma matinal, para separar milhares de cartas. Quando os moradores de Bogor acordavam, bocejavam e voltavam a se enroscar em suas camas como lagartas ou abriam os jornais diante do chá quente com torradas, eu também estava tomando meu café: as queixas da ilustre senhora holandesa.

Essa era a minha vida. Meu futuro se afigurava incerto e eu já não fazia ideia do que ele me reservava. Só havia incerteza. A única coisa certa é que eu era um fracasso. Xingava a mim mesmo toda vez que precisava ficar de pé no pátio do correio no 17º dia de cada mês para a cerimônia de hasteamento da bandeira do Corpo Indonésio de Funcionários do Governo.

Se ainda havia algo de animador em minha vida era Eryn Resvaldya Novella. Ela era inteligente, religiosa, bonita e generosa. Tinha 21 anos. Eu a chamava de *premiada,* pois acabara de ganhar o prêmio de melhor aluna de uma das universidades de maior prestígio da Indonésia, onde estudava Psicologia. O pai de Eryn era meu irmão e havia sido demitido da PN. Assumi a responsabilidade de bancar seus estudos.

A exaustão de trabalhar o dia todo desaparecia por completo sempre que eu via Eryn e seu entusiasmo pelo estudo, sua atitude positiva e a inteligência refletida em seus olhos. Eu estava disposto a fazer horas extras e aceitar trabalhos diferentes, como o de tradutor de inglês, datilógrafo ou fotocopista em meio expediente. Sacrificava qualquer coisa, tendo inclusive empenhado meu gravador, o bem mais valioso que tinha, para financiar os estudos de Eryn.

Minha experiência com Lintang foi traumática. Às vezes eu dava muito duro por Eryn para aplacar minha culpa por não ter sido capaz de ajudar Lintang. Eryn havia feito brotar em mim a sensação de que, por mais infeliz ou fracassado que eu fosse, ainda era um pouco útil ao mundo. Nada na minha vida me dava orgulho naquele momento, mas eu queria dedicá-la a algo importante. Eryn era a única coisa que fazia sentido.

Ela estava em pânico. Sua proposta de monografia havia sido rejeitada dezenas de vezes por seu orientador. Ela concluíra o currículo obrigatório no semestre anterior e passara os últimos cinco meses buscando um bom tema para o trabalho final. Com a carta de recusa mais recente, o orientador anexara 15 páginas de títulos de tese já escritas por outros alunos. Dei uma olhada na lista. Quase 30 alunos já haviam discorrido a respeito de transtornos de personalidade, dezenas de outros abordaram a satisfação no trabalho, a síndrome de Down e o aconselhamento infantil. Inúmeros tinham optado por falar de autismo.

Como Eryn era uma aluna premiada, o orientador exigia que ela abordasse algum tema novo, diferente, capaz de gerar uma descoberta científica. Eu concordava com isso.

De fato, Eryn já tinha uma ideia sobre qual seria esse tema ímpar e me contou entusiasmada que gostaria de pesquisar um distúrbio psicológico em que um indivíduo é totalmente dependente de outro a ponto de ser incapaz de fazer qualquer coisa sem a pessoa de quem depende. Ela consultou o orientador, que deu sua aprovação.

O problema é que esse tipo de distúrbio é raro. Havia alguns casos de dependência, mas sua intensidade era baixa, o que tornava desnecessário um tratamento especial. Eryn precisava de um caso agudo. Durante a pesquisa, se correspondeu com psicólogos, psiquiatras, professores universitários, instituições de saúde mental e médicos em toda a Indonésia. Eryn vinha buscando um caso havia quase quatro meses e a procura até então tinha sido infrutífera, o que começava a deixá-la frustrada.

Certo dia, porém, a sorte lhe sorriu. Ela recebeu uma carta do diretor do hospital Sungai Liat para Doentes Mentais em Bangka, dizendo que havia lá um caso como o que ela procurava.

Ficamos superanimados, pois a ilha Bangka é vizinha de Belitung. As duas ilhas se situam na mesma província, Bangka-Belitung. Por isso, quando ela me pediu que a acompanhasse, não me importei de tirar uma folga do meu trabalho de separador de cartas. Também programamos visitar nossa aldeia natal, em Belitung.

O hospital Sungai Liat para Doentes Mentais era muito velho. Construído pelos holandeses, era chamado pelo povo de Belitung de *Zaal Batu*, ou *quarto de pedra*, pois esse era o material de que eram feitas as paredes nas salas de exame. Como não havia hospitais desse tipo em Belitung – ainda hoje não há –, quem sofresse de doenças mentais graves quase sempre tinha que ser mandado de barco para o hospital psiquiátrico em Bangka. Por isso, o nome *Zaal Batu* sempre significou algo doloroso, desesperado e sombrio para o povo de Belitung.

Quando chegamos, a *azan* ecoava das mesquitas em torno do *Zaal Batu*. Entramos no velho prédio branco sustentado por colunas altas.

Havia ali portas de aço com trancas enormes, ambulatórios cheios de pequenos frascos de medicamentos, mesas de exame com rodinhas, funcionários de branco e pacientes falando sozinhos ou olhando estranhamente para o nada. O cheiro era de hospital.

Um enfermeiro se aproximou de nós. Sabia que estávamos sendo aguardados, por isso abriu a porta. Entramos num corredor comprido com quartos de ambos os lados. Olhei os rostos dos pacientes por trás das grades de metal, que se transformaram em pernas humanas por entre as quais pude ver um rosto familiar com marcas de varíola. A tristeza do hospital psiquiátrico abriu um lugar sombrio em minha mente – o lugar onde se escondia Bodenga.

O enfermeiro nos levou até o escritório do professor Yan, o diretor do hospital que havia escrito para Eryn. Ele tinha um rosto sereno e seus dedos acariciavam um *tasbih* – contas de oração – que segurava na mão.

– Este é um caso extremo de dependência materna – esclareceu com a voz pesada. – O jovem não pode ser afastado da mãe nem por um minuto sequer. Se acorda e não a vê, grita histericamente. A dependência crônica acabou levando a mãe à loucura. Eles estão juntos aqui há quase seis anos.

Foi pavoroso ouvir aquilo.

O professor Yan nos conduziu a um pequeno aposento isolado. Tive medo de imaginar o que veria. Será que eu era suficientemente forte para observar tamanho sofrimento? Quem sabe não seria melhor se eu esperasse do lado de fora? Porém era tarde demais – o professor Yan já abrira a porta.

Ficamos de pé na entrada. O quarto era grande e mortalmente silencioso. A única iluminação vinha de um abajur baixo cuja luz não se projetava até o teto alto. Não havia mobília no quarto, salvo um banco estreito e comprido num dos cantos.

Ali, naquele banco, a poucos passos de nós, sentavam-se duas pobres criaturas muito próximas uma da outra: mãe e filho. Pareciam ansiosos, quase como se implorassem para serem salvos.

O filho, muito magro, sentava-se ereto, o cabelo longo cobria seu rosto. As costeletas, as sobrancelhas e o bigode eram espessos e revoltos. A pele tinha uma tonalidade cinza.

A mãe era frágil. Seus olhos escondiam uma dor enorme. Usava chinelos grandes demais para seus pés. O rosto mostrava o insuportável estresse mental que a abatia.

Os dois nos olhavam de vez em quando, mas, durante a maior parte do tempo, mantinham a cabeça baixa. O filho apertava com força o braço da mãe. Quando entramos, ele se aproximou mais dela. Eu me desculpei e pedi para sair do aposento cheio de dor. Aquela visão me acertara como uma tonelada de tijolos.

O professor Yan ajudou Eryn a entrevistar os dois pacientes. Uma hora e meia depois, a entrevista terminou.

Eryn fez um sinal para que eu entrasse e me despedisse da mãe e do filho. Voltei ao quarto e tentei sorrir, embora meu coração estivesse partido só de imaginar quanto eles sofriam.

Nós três estávamos nos retirando. Eryn e o professor Yan saíram antes de mim. Fui o último e me virei para fechar a porta. Naquele momento, fui surpreendido ao ouvir meu nome.

– Ikal...

Eryn e o professor Yan também ficaram surpresos. Não havia mais ninguém ali além de nós e aquelas duas pobres almas. A voz definitivamente viera de dentro do quarto. Hesitei em abrir a porta.

– Ikal – chamou novamente a voz.

Sem dúvida era um dos dois pacientes me chamando.

Girei a maçaneta da porta e entrei de supetão. Aproximei-me com cuidado, parando a alguns metros de distância. Ambos ficaram de pé. Observei-os com atenção. A cabeça da mãe estava baixa e o filho chorava. Os lábios tremiam enquanto pronunciavam meu nome repetidamente, como se houvesse anos que me esperasse. Acenou, então, para que eu me aproximasse. Ainda totalmente confuso, dei um passo à frente e olhei os dois mais de perto. O jovem tirou o cabelo do rosto e fiquei abismado. Não conseguia acreditar no que via. Tive vontade de gritar. Eu conhecia aquele homem – era Trapani.

Plano C

O ônibus que nos levou à nossa aldeia passou pela loja *Sinar Harapan*. O lugar não mudara nada – continuava uma bagunça. Ao lado, havia uma nova loja chamada *Sinar Perkasa* – Raio de Energia. O ajudante dali chamou minha atenção. Era forte e alto, com cabelo na altura dos ombros preso para trás, como o de um samurai. As mangas da camisa estavam arregaçadas. Eu não me surpreenderia se o nome da loja tivesse sido inspirado nele.

O ajudante parecia bem amistoso e feliz com seu trabalho. Carregava um monte de mercadorias recém-compradas: um saco de arroz em cada ombro, um pneu de bicicleta em volta do pescoço e sacolas de compras de plástico penduradas em ambos os braços. Brincalhão, desafiou o patrão a aumentar a carga, pois era forte o suficiente para aguentar mais peso. Rindo, o patrão atirou mais um saco de arroz sobre o ombro do homem. O ajudante era agora um armazém ambulante e mal se aguentava em pé.

Precisei me esforçar para conter o riso enquanto o observava carregar tudo aquilo até uma picape. A seu lado, caminhando aos tropeços, estava a mulher gordinha que fizera a compra. Outra mulher gritava ansiosa da porta da loja para ele não exagerar na dose de esforço. O ajudante, todo orgulhoso, continuou andando, ainda que cada passo desequilibrado fosse ligeiramente mais arrastado que o anterior.

Voltei meu olhar para a *Sinar Harapan* e sorri com as lembranças nostálgicas da loja. Os sentimentos ainda eram belos, mesmo depois de adulto. Aparentemente, aquele meu amor fora mais profundo do que as latas velhas de querosene ainda empilhadas na loja. Dentro daquele ônibus decrépito, sitiado pela saudade, de repente me senti sortudo por ao menos ter expressado meu amor. Eu sabia que nem todos têm essa chance e nem todos vivem a experiência tão emocionante no primeiro amor. Embora tivesse perdido minha amada, ainda me considerava um sujeito de sorte.

Podemos nos tornar céticos, sempre desconfiados, porque fomos enganados uma única vez por uma única pessoa. Um amor sincero, porém, parece mais que suficiente para alterar toda a percepção que se tem desse sentimento. Comigo, pelo menos, foi assim. O amor não tem me tratado bem na vida adulta, mas continuo a acreditar nele, tudo por causa de uma garota com unhas divinas na loja *Sinar Harapan*. Onde estaria ela agora? Eu não sabia e, por enquanto, não queria saber. A imagem do amor era bela como um lago de lótus e preferia mantê-la assim. Se reencontrasse A Ling, talvez essa imagem desbotasse. Talvez agora ela tivesse varizes, celulite, barriga e bolsas sob os olhos. Ela havia sido a Vênus do mar da China Meridional e eu queria me lembrar dela dessa forma.

Peguei na minha sacola *If Only They Could Talk*, o livro que A Ling me dera como símbolo do nosso primeiro amor. Sentado ali no ônibus, percebi que toda a minha vida adulta tinha sido inspirada por aquele livro, agora em frangalhos, pois eu o levava para todos os lados. O exemplo de Herriot, a aldeia de Edensor que ele descrevia e a conexão do livro com a minha experiência emocional com A Ling me inspiraram a encarar o futuro com otimismo.

Uma semana depois de eu ter atirado meu manuscrito *O badminton e a arte de fazer amigos* no rio Ciliwung, vi o anúncio de uma bolsa de estudos oferecida pela União Europeia para um curso de mestrado.

Fui direto para casa. Peguei um pedaço de papel, uma caneta, sentei-me numa cadeira em frente à mesa e comecei a elaborar etapas de um plano. Este era o meu plano C: eu queria concluir meus estudos!

Estudei como louco para o exame de admissão na universidade que Eryn frequentava. Depois de ser aceito, comecei a levar a vida como se fosse uma batalha. Trabalhava dia e noite. Separava as cartas e aceitava todo tipo de bico que aparecesse para poder pagar a faculdade. Eu ainda não conseguira um diploma de graduação, mas estava decidido a ganhar a bolsa de mestrado da União Europeia. Foco! Foco! Esse era o meu mantra.

Terminei rapidamente meu curso de graduação e, sem perder tempo, preenchi o formulário para a bolsa de estudos.

Eu não perdia um minuto sequer com qualquer outra coisa que não fosse o estudo para o teste. Li todos os livros que pude.

Eu lia enquanto separava cartas, enquanto comia, enquanto ouvia as histórias *wayang* no rádio, à noite, deitado na cama. Lia na *angkot*, a minivan que fazia o transporte público. Também lia nos *becaks*, os triciclos-táxi. Lia no banheiro, enquanto lavava roupa, enquanto caminhava, enquanto os clientes gritavam comigo, enquanto meu chefe jogava ofensas sutis para cima de mim e durante a cerimônia de hasteamento da bandeira. Se os seres humanos fossem capazes de ler dormindo, sem dúvida eu também teria feito isso. Às vezes eu lia jogando futebol. Lia até enquanto estava lendo. As paredes do meu quarto na pensão eram cobertas de fórmulas matemáticas, de páginas de teste de aptidão e regras gramaticais.

Numa noite de sábado fui ao mercado Anyar em Bogor. Numa *kaki lima* – vendinha ambulante – encontrei um homem de Minang vendendo pôsteres. Um rosto gentil com óculos de aros redondos chamou minha atenção. Eu sabia que, naquele momento, precisava de inspiração. Comprei a foto. Naquela noite, John Lennon sorriu na parede do meu quarto. Na parte de baixo do pôster, escrevi sua frase mágica, que sempre me incitava a ser mais eficiente: *A vida é o que acontece enquanto você está ocupado fazendo outros planos!*

Logo me tornei um frequentador assíduo da biblioteca do LIPI (o Instituto Indonésio de Ciências), em Bogor. Eu agora pedia o turno do *subuh*, que antes odiava, para que pudesse voltar mais cedo para casa e estudar. Quando meu volume de trabalho era pesado, eu fazia pequenos resumos das minhas leituras em pedacinhos de papel – um método de associação simples que Lintang me ensinara. Lia os papeizinhos enquanto esperava que os entregadores descarregassem do caminhão os sacos de cartas.

Em casa, eu estudava até tarde da noite. Minha insônia, afinal, se tornou minha aliada. Fui o insone mais produtivo que já existiu. Sempre que me cansava de estudar, eu abria *If Only They Could Talk*. Herriot e eu nos tornamos amigos íntimos.

Preciso conseguir essa bolsa. Não há outra opção. Preciso consegui-la! Essas eram as palavras que ecoavam no meu coração toda vez que parava diante do espelho. Aquela bolsa era minha passagem para fugir de uma vida da qual eu não tinha orgulho.

O processo de seleção para a bolsa se estendeu por vários meses e era de enlouquecer. Começou com uma rodada eliminatória num estádio de futebol cheio de candidatos. Sete meses depois, cheguei a uma fase chamada de rodada decisiva, que consistia de uma entrevista numa famosa instituição em Jacarta. A última entrevista foi conduzida por um ex-ministro elegante, verdadeiro amante de cigarros. "Um hábito nojento", lembrei-me de ouvir Morgan Freeman dizer num filme.

Cheguei à instituição usando uma gravata pela primeira vez na vida. Aquela coisa não queria ser minha amiga.

Uma mulher me mandou entrar numa sala. O fumante já estava acomodado lá, com um cigarro preso entre os lábios.

Ele ordenou que eu me sentasse à sua frente e me examinou com atenção. Devia ter pensado que aquele garoto de aldeia decerto envergonharia a Indonésia no exterior. Então leu minha carta-justificativa – a carta escrita por cada candidato explicando por que se julgava merecedor da bolsa de estudos.

O ex-ministro deu uma tragada profunda no cigarro, mas nenhuma fumaça saiu de sua boca em seguida. Parecia mágica. Ele a engolira e a deixara assentar um instante no peito. O olhar pareceu relaxar, enquanto ele piscava algumas vezes, devagar, saboreando o veneno da nicotina. Então, com um sorriso horrivelmente satisfeito, soltou a fumaça no meu rosto.

Meus olhos arderam e lutei contra a tosse e a náusea, mas o que podia fazer? O homem à minha frente tinha nas mãos o tão necessário ingresso para o meu futuro. Enquanto a vontade de vomitar crescia, mantive-me firme e respondi seu sorriso com outro, falso como o de um comissário de bordo.

– Bem... Sua justificativa é interessante. Seus motivos e a forma como você os expôs em inglês me impressionaram – comentou ele.

Sorri novamente, dessa vez como um corretor de seguros.

Ele ainda não sabe, mas os malaios são muito bons com as palavras, pensei.

Então o ex-ministro abriu a pasta com minha proposta de pesquisa, que continha minha área de enfoque, os materiais a serem utilizados e o tema da tese que eu elaboraria se recebesse a bolsa.

– Ora, isso é muito interessante!

Ele queria continuar falando, mas seu amado cigarro aparentemente era mais importante. Mais uma vez, encheu os pulmões de fumaça. Ouso dizer que, numa radiografia, seus pulmões apareceriam negros. Não só na Indonésia, mas em todo o mundo, ele era famoso por sua inteligência. Suas contribuições para o país não eram nada modestas. Como explicar, então, que fosse tão idiota com relação ao fumo?

– Hum-hum... Este é um assunto que merece ser mais estudado, um tema cheio de desafios. Quem orientou você a redigir isto? – indagou, com um sorriso largo que permitiu que a fumaça lhe escapasse da boca.

Eu sabia que aquela era uma pergunta retórica. Sorri. *A Escola Muhammadiyah, Bu Mus, Pak Harfan, Lintang e o Laskar Pelangi*, respondi em meu coração.

– Há muito tempo espero uma proposta de pesquisa como esta. Finalmente ela apareceu e logo das mãos de um funcionário dos correios! Por onde você andou esse tempo todo, meu jovem?

Outra pergunta retórica. Sorri e pensei *Em Edensor*.

Minha proposta era estender a pesquisa de um modelo de transferência de preço. Planejei o modelo para solucionar o problema de apreçamento dos serviços de telecomunicações e ele também poderia ser usado como referência para sanar problemas de disputas entre as operadoras de telecomunicação. Desenvolvi o modelo usando equações multivariadas, cujos princípios eu aprendera com Lintang, tantos anos antes.

Não muito tempo depois da entrevista, comecei meus estudos numa universidade na Europa. Minha nova situação me fez ver a minha vida sob uma perspectiva diferente. Mais que isso, senti alívio por ter quitado minha dívida moral com a Escola Muhammadiyah, com Bu Mus, Pak Harfan, Lintang e o Laskar Pelangi.

A terceira promessa dele

O ônibus decrépito arrastou-se pelo mercado. A loja *Sinar Harapan* sumiu de vista. Logo desci do ônibus em frente à casa de minha mãe.

Vinda de uma casa vizinha, ouvi a canção *Rayuan Pulau Kelapa* – "Fascínio da ilha do coco". Esta canção era a marca registrada da rádio Republik Indonesia e indicava a hora do noticiário. O dia estava quente e sereno, mas o silêncio foi quebrado por uma longa buzinada de um caminhão articulado com capacidade para 10 toneladas. Tinha eixos duplos e 18 rodas de 1 metro de largura.

Um homem pequeno se balançava no banco do motorista. Era pequeno demais para o enorme caminhão que dirigia para transportar sílica.

– Então, você enfim voltou para casa, Ikal. Hoje é um dia movimentado! Venha até o alojamento – gritou o motorista.

Larguei as quatro sacolas que levava nos ombros, mas tudo o que consegui fazer foi acenar. Fiquei ali dando adeus à poeira enquanto o caminhão se afastava.

No dia seguinte visitei o alojamento a convite do motorista baixinho. O prédio se estendia ao longo da praia e não tinha porta – como uma baia para gado. Era ali que dezenas de motoristas transportadores de areia descansavam quando pegavam turnos de 24 horas, sempre correndo por causa dos prazos apertados que tinham para encher as balsas com milhares de toneladas de recursos de Belitung. Seu destino era desconhecido.

Entrei no alojamento e olhei em volta. No centro havia um fogareiro onde os homens podiam se aquecer depois de pegar o vento frio do mar. No canto, empilhavam-se latas de querosene, pacotes de cigarros, cavaletes, várias chaves, bombas de gasolina e uma jarra de água potável. Era uma grande bagunça. Panelas escuras, pratos de estanho, caixas de repelentes de mosquito, café e pacotes vazios de macarrão instantâneo estavam espalhados pelo chão sujo, onde um tapete de oração também estava jogado. Havia um calendário de mulheres de biquíni pendurado, torto, na parede. Embora estivéssemos em maio, ninguém se importara em virar a página de março – aparentemente todos concordavam que a modelo de março era mais bonita.

O motorista que me saudou na véspera era um dos muitos caminhoneiros hospedados no alojamento. Ele me encarava, sentado num sofá próximo ao fogareiro. Era sujo, pobre, solteiro e malnutrido – Lintang.

Eu não disse nada. Não havia dúvida de que ele estava exausto de tanto lutar contra seu destino. Os braços eram fortes por causa do trabalho pesado, mas o restante do corpo parecia magro e frágil. Apesar da pele ressequida, suja de graxa e corroída pela gasolina, o brilho de inteligência em seus olhos e o sorriso bem-humorado ainda estampavam seu rosto. O cabelo estava mais vermelho e mais desgrenhado. Lintang e o alojamento eram de dar pena – uma pena ver tanta inteligência desperdiçada.

Continuei calado, com o coração apertado. O alojamento ficava num pedaço de terreno que se projetava sobre o mar. Ouvi um barulho alto. Olhando pela janela à minha direita, vi um rebocador passar devagar, puxando uma balsa. O ruído trovejante do motor fez estremecerem as vigas do dormitório. A fumaça negra encheu o ar. O rebocador rompeu a serenidade do mar, deixando ondas e água brilhosa em sua esteira, e o óleo que flutuava dava à água a aparência de vidro multicolorido.

Continuei observando o rebocador barulhento, mas, naquele instante, senti como se não fosse ele que estivesse se mexendo, mas sim eu e o alojamento. Lintang, que me observava desde o início, leu minha mente.

– A relatividade da simultaneidade de Einstein – disse ele. Depois deu um sorriso amargo. A saudade da escola devia fazê-lo sofrer.

Também sorri. Entendi que Lintang não sentira exatamente o mesmo que eu. Duas pessoas olhando o mesmo objeto a partir de perspectivas diferentes sempre têm percepções distintas. Por isso Lintang mencionara simultaneidade. Essa perspectiva também era útil para observarmos nossas vidas agora.

Um instante depois, ouvi novamente o mesmo barulho. Era um segundo rebocador tomando a direção oposta à do primeiro. A popa do primeiro rebocador ainda não desaparecera por completo de vista. Olhei para a esquerda e para a direita, comparando seus tamanhos.

Lintang observou meu gesto. Eu sabia que ele estava lendo minha mente mais uma vez. Esse seu talento jamais deixara de me fascinar.

– Paradoxo – falei.

Lintang sorriu.

– Relativo – respondeu ele.

Eu dissera paradoxo porque o tamanho do rebocador que eu – como um objeto imóvel – previ seria diferente daquele previsto por quem estivesse dentro do rebocador.

– Paradoxo, não. Relativo – explicou novamente Lintang. – O tamanho de um objeto em movimento visto por agentes imóveis e em movimento não é o mesmo. Esta é uma hipótese comprovada, a de que o tempo e a distância não são absolutos, mas relativos. Einstein desafiou Newton com essa noção e esse é o primeiro axioma da teoria da relatividade que o lançou para a fama.

Ah, Lintang! Desde que éramos pequenos, eu jamais deixara de admirar a figura à minha frente. Meu ex-colega de carteira, que agora ocupava um alojamento de trabalhadores, continuava brilhante. Ainda que seus olhos brincalhões parecessem agora bolinhas de gude foscas, sua intuição continuava aguçada como a atenção de um falcão espiando galinhas.

Enquanto me perdia em pensamentos sobre isso, observei Lintang com atenção e me senti terrivelmente triste. Meu pensamento voou quando o imaginei usando calças brancas compridas e um colete de poliéster tricotado por cima de uma camisa verde-água de mangas compridas, subindo ao palco para apresentar um trabalho num reputado fórum científico. O trabalho trataria, provavelmente, de descobertas no campo da biologia marinha e da física nuclear.

Talvez ele fosse o mais merecedor de viajar a países estrangeiros e ser premiado com uma bolsa de estudos de prestígio do que os que se afirmam intelectuais, mas não passam de cientistas de mentirinha que não deram contribuição alguma para a sociedade além de seus projetos acadêmicos e suas notas. E isso não beneficiava a ninguém além deles mesmos – que viviam ocupados amealhando suas fortunas. Eu gostaria de ver o nome de Lintang assinando um artigo numa revista científica. Gostaria de dizer a todo mundo que Lintang, o único especialista em genética da Indonésia, alguém que dominara o triângulo de Pascal no ensino fundamental e que, muito cedo na vida, entendera diferenciais e integrais, tinha sido aluno da Escola Muhammadiyah em Belitung e meu colega de carteira.

Lintang, porém, não passava de um homem magro de cócoras à espera do início do seu turno de trabalho pesado. Ele abdicara amargamente da aspiração de se tornar um matemático e trabalhava duro transportando sílica por um ínfimo salário semanal. Eu me lembrei de todos aqueles anos quando ele fechava os olhos durante não mais que sete segundos e encontrava a resposta para um difícil problema de matemática. Quando ele gritou "Joana d'Arc!". Quando reinou absoluto no Desafio Acadêmico, elevando às alturas a nossa autoconfiança. Agora, sentava-se num canto do alojamento, parecendo inseguro quanto ao próprio futuro.

Olhei ao redor com tristeza. A foto de casamento de seus pais estava pendurada na parede. Lintang a levara com ele para o Desafio Acadêmico. A foto com um fundo de papel de parede estampando uma campina, um sedã cercado por uma família risonha e árvores estranhas de folhas vermelhas, com o objetivo de parecer que era algum lugar na Europa. Até então, eu várias vezes imaginara Lintang se transformando no primeiro matemático malaio. Essa fantasia, porém, se evaporou, pois meu Isaac Newton fora parar ali, naquele alojamento sem porta.

– Não fique triste, Ikal. Ao menos cumpri a promessa que fiz a meu pai de não virar pescador.

Essas palavras partiram mais ainda meu coração e me deixaram furioso. Fiquei decepcionado por tantas crianças inteligentes serem obrigadas a abandonar os estudos por motivos econômicos. Amaldiçoei todos os idiotas que arrogantemente se passavam por sabichões. Odiei os filhos dos ricos que jogavam fora a própria instrução.

Belitung, a ilha da ironia

E agora vem a parte mais triste da história. Como nem uma folha sequer cai sem o conhecimento de Deus, não é absurdo comparar a PN com a Torre de Babel. Trata-se de uma analogia pertinente, pois, quando nossa província, Bangka-Belitung, foi criada, sua abreviação oficial era *Babel*.

No início da década de 1990, o preço da tonelada métrica de estanho caiu vertiginosamente de 16 mil dólares para 5 mil dólares. A PN foi instantaneamente a nocaute. Todas as suas instalações foram fechadas e dezenas de milhares de funcionários foram dispensados, na maior demissão em massa que a Indonésia – e talvez até o mundo – já vira.

Quando a PN estava no auge, apoiava-se em nada mais que hipocrisia, assim como a Babilônia e a Lemúria. Talvez por isso Deus tenha punido as três reduzindo-as a cacos humilhantes. Aparentemente, não é preciso que a destruição esteja prevista no Talmude para que aconteça na vida real.

Sem aviso, a gigantesca empresa que reinara durante centenas de anos desmoronou em questão de dias. Assim, Babel representou um mau agouro contra o qual era necessário se precaver. Deus destruíra a arrogância em Belitung, exatamente como destruíra a decadência na Babilônia.

A queda nos preços mundiais do estanho não aconteceu somente por conta de uma crise econômica mundial, mas também por causa da descoberta de materiais alternativos. A situação ficou ainda pior com a descoberta de grandes reservas de estanho em outros países, como a China. A PN acabou sufocando como um peixe atirado do aquário no chão da sala.

O governo central, que durante anos havia rotineiramente recebido royalties e dividendos de bilhões de rúpias, subitamente começou a agir como se não conhecesse a pequena ilha. Virava a cara quando os moradores de Belitung reclamavam da indenização injusta pelas demissões em massa. Afinal, o bagaço da cana é jogado fora quando deixa de ser doce. O sindicato e seu jargão desapareceram depois que, de uma hora para outra, a galinha deixou de botar ovos de ouro. A ilha de Belitung, que um dia cintilara como milhões de águas-vivas, ficou opaca e sinistra como um navio fantasma à deriva – escura, abandonada e sozinha.

Os que sentiram mais fortemente o golpe foram, é claro, os membros trabalhadores que moravam na Propriedade, não só porque perderam seus cargos e sua imagem, mas também porque havia muito tinham se entrincheirado numa mentalidade feudal organizada e, de repente, se viram pobres e sem a proteção do sistema. Foi uma chacina de toda essa imagem.

A *verloop* nas luxuosas pousadas da PN em Java duas vezes por ano teve que ser trocada por jardinagem, colheita, pescaria, escavação, captura de animais em armadilhas, prospecção e mergulho para prover o sustento das famílias. A história de Mahar sobre as pinturas lêmures paleolíticas nas paredes da caverna que sussurravam avisando que um grande poder cairia em Belitung finalmente se concretizou. Esse poder era a PN Timah. *Lêmures*: os espíritos banidos que ressurgem. Ocorreu um anacronismo com os residentes da Propriedade, que passaram a buscar comida nas florestas e nos rios, vivendo primitivamente como os antigos povos malaios.

Como não estavam habituados a dificuldades, sem falar no ônus de filhos instransigentes que se recusavam a diminuir o padrão de vida enquanto estudavam em caríssimas universidades em Jacarta, o estresse dessas pessoas tornou-se ainda mais intenso. Não era raro que sofressem derrames, precisassem de cirurgias cardíacas, tivessem mortes súbitas, que seus filhos largassem os estudos e contraíssem montanhas de dívidas. Todos estavam se engasgando com suas colheres de prata.

Os incapazes de aceitar a realidade, levavam uma vida marcada pelo autoengano. Os que não suportavam se ver pobres de repente afetavam uma postura cheia de falso orgulho para ostentar poder e riqueza que já não lhes pertenciam mais. Cedo ou tarde acabavam virando piada nas barracas de café. Os iludidos e portadores da síndrome do poder perdido não duravam muito. Logo eram internados no *Zaal Batu*, o hospital para doentes mentais na ilha Bangka. A roda-gigante mudara de direção e em grande velocidade, atirando longe e às cambalhotas seus passageiros.

A imponência da Escola PN desapareceu nas entranhas da Terra. Muitos alunos largaram a escola ou a própria ilha de Belitung com suas famílias, voltando para seus locais de origem. Afinal, não tinham nada a ver com isso. Belitung não era seu lar. Que virasse uma ilha fantasma. Que os nativos aguentassem as consequências. O que restou dos alunos da Escola PN foi remanejado para as escolas nacionais em Tanjung Pandan.

Batalha

A Propriedade foi abandonada.

O país das maravilhas imediatamente se transformou nas montanhas dos Cárpatos onde moravam Drácula e sua família. À noite, aquela zona era um breu. As figueiras-de-bengala deixaram de ser bonitas, revelando sua genuína natureza: terreno fértil para espíritos malignos. Sua folhagem densa encobria a estrada principal onde esses espíritos espreitavam quem por ali passasse, prontos para dar o bote. Os lagos artificiais tornaram-se lares para os lagartos-monitores.

Em 1998 o povo da Indonésia exigiu reformas. Estudantes corajosos derrubaram o presidente Suharto, que ficara no poder durante 32 anos. Seu Regime da Nova Ordem chegou ao fim.

O povo de Belitung achou que a Propriedade havia sido protegida pelo Regime da Nova Ordem e logo considerou-a sem dono. Inspirados pelo caos em Jacarta, certa noite milhares de pessoas invadiram a Propriedade, que se transformou num campo de batalha.

Os nativos que durante dezenas de anos, por causa do abismo criado pela PN, nutriram ressentimento pela Propriedade, os que achavam que tinham sido tratados com injustiça, aqueles cuja propriedade fora destruída e cuja terra havia sido apreendida saquearam as casas em estilo vitoriano na prestigiosa área residencial sem dono. A Polícia Especial da PN fugiu para salvar a própria pele. Como o proletariado retaliando a burguesia pelo abominável tratamento recebido, os nativos derrubaram paredes, destelharam casas, roubaram os gansos, destruíram cercas, roubaram portas, arrancaram batentes de janelas e azulejos, quebraram todos os vidros que encontraram, arrastaram cortinas e fugiram com o que puderam carregar.

As placas de alerta *Proibido entrar sem autorização* foram retiradas e levadas para casa como recordações, à semelhança das pedras do Muro de Berlim. Alguns saqueadores enfurecidos pararam e se sentaram no grande sofá *chesterfield*, comeram na caríssima mesa de terracota, fingindo que eram funcionários da PN, antes de voltar à pilhagem.

A casa do mais alto representante da PN, que se erguia gloriosa como um castelo no alto da montanha Samak e gozava de uma vista espetacular para o mar da China Meridional, foi saqueada e posta abaixo sem piedade. O maior gerador da Ásia - chamado de IC - foi queimado, restando dele apenas cinzas.

Do grande hospital da PN também só sobraram ruínas. Os medicamentos foram espalhados pela rua. Cadeiras de rodas e mesas de exames foram levadas para casa. À época, eu ainda podia sentir um cheiro ruim; eram bandejas de Revenol - o fedor da riqueza e da negligência em relação aos pobres.

Os saques duraram dias. Fios de telefone foram enrolados. Cabos elétricos de alta voltagem eram cortados com machados, provocando pequenas explosões que lembravam fogos, como uma chuva de meteoros. As dragas foram serradas em pedaços e vendidas por quilo. Uma dinastia poderosa e arrogante havia sido reduzida a pó. Junto com ela, apagou-se a luz de tudo que representava o poder da corporação que tornou Belitung famosa em todo o modo como a Ilha do Estanho.

O mais curioso é que os habitantes nativos ficaram livres para explorar o estanho onde bem entendessem, a fim de reerguer a economia de Belitung. Eles escavaram seus próprios quintais e venderam o metal como água no mercado criado por eles mesmos. No passado, essa ação seria considerada *subversiva* pela PN.

Os nativos peneiravam o estanho com as próprias mãos. Abriram novas escolas e crianças como Lintang foram salvas. Na ilha de Belitung não foi uma corporação gigante nem o governo, mas os próprios pobres que garantiram o direito básico de todo ser humano à educação.

Não desista

Nossa escola se manteve firme durante alguns anos depois que saímos de lá. Aquele velho clichê *o que não te mata te fortalece*, foi comprovado diversas vezes pela Muhammadiyah.

Olhe só para nós: sobrevivemos às ameaças ferozes do Sr. Samadikun, enfrentamos as dragas que pretendiam varrer nossa escola do mapa e superamos as dificuldades econômicas que nos sufocavam diariamente. Acima de tudo, porém, sobrevivemos à mais grave de todas as ameaças: nós mesmos e nossa descrença no poder da educação associada à baixa autoconfiança.

Não tínhamos nenhuma autoestima, consequência de termos sido sistematicamente discriminados e marginalizados durante anos por uma corporação que se infiltrava em todos os setores de nossas vidas. Essa pressão nos deixou apavorados diante de competições e temerosos de sonhar. Mas dois amigos muito especiais – Mahar e Lintang – nos infundiram coragem, e nossos dois professores – Bu Mus e Pak Harfan – foram os guardiões que nos ajudaram a vencer quaisquer dificuldades que surgissem.

No fim, porém, nossa escola acabou sendo derrotada. Fomos vencidos pelo mais forte, mais cruel e mais impiedoso inimigo invisível da educação, que lentamente corroeu os alunos, os professores e até mesmo o próprio sistema educacional, como se fosse um tumor maligno. Esse inimigo é o materialismo.

Atualmente, o mundo da educação não enxerga mais a escola como Pak Harfan a enxergava – o conhecimento como valor próprio e a educação como celebração do Criador. A escola não precisa ser apenas um meio para chegar ao próximo nível, ganhar dinheiro e ficar rico. Em vez disso, Pak Harfan via a escola como uma evocação da humanidade, representando a dignidade, a alegria de aprender e a luz da civilização. A escola hoje em dia não é mais um lugar para moldar o caráter, mas uma parte do plano capitalista para o indivíduo se tornar rico e famoso, para exibir títulos acadêmicos e obter poder.

Por causa disso, não havia mais pais dispostos a mandar seus filhos para uma escola islâmica de aldeia. O prédio se inclinou mais. A viga sagrada que o próprio Pak Harfan carregara nos ombros quando a escola foi construída – a viga em que registrávamos nosso crescimento – vergou a ponto de não poder mais ser restaurada.

Numa tarde infeliz, depois da chuva, um arco-íris formou um semicírculo no céu, começando na cabeceira do rio Mirang e depois mergulhando no manguezal próximo à ponte Linggang. No instante em que ele surgiu, a viga sagrada se inclinou um pouco mais e depois desabou. Sem que ninguém soubesse, uma escola lendária, de quase 120 anos, ruiu. Junto com ela, ruiu o palco em que o nosso drama infantil, Laskar Pelangi, foi encenado. No dia seguinte, era possível ver a escola largada no chão como um animal gravemente ferido.

Depois que nossa escola desmoronou – tragicamente derrubada pelo vento –, Bu Mus parou de ensinar por um tempo e passou a se dedicar integralmente à costura. Lecionar, porém, era sua verdadeira vocação. Nunca vi ninguém que amasse tanto a profissão quanto Bu Mus e, por isso mesmo, nunca vi ninguém tão feliz com seu emprego quanto ela. Mais tarde resolveu voltar a dar aulas e foi contratada como professora do ensino público numa escola de ensino fundamental. Ainda assim, admite que até hoje nunca encontrou alunos tão fenomenais quanto Lintang e Mahar.

Meu estômago doía de tanto conter o riso observando o ajudante da *Sinar Perkasa* se esforçar para carregar todas aquelas mercadorias. Ele andava como um gorila, exatamente como quando o chutei entre as pernas durante o surto da doença mental número cinco: fortalecer os músculos peitorais com uma bola de tênis cortada ao meio.

Muitos anos haviam se passado, mas o reconheci imediatamente. Sansão jamais permitira que sua imagem máscula se deteriorasse. Tentou como pôde continuar andando até a picape e acomodar todas as compras na parte traseira.

Recebeu uma gorjeta da dona da picape. Agradeceu, assentiu educadamente com a cabeça e então voltou à loja. Entregou o dinheiro ao proprietário, que soprou as notas acima da mercadoria, para dar sorte. Sua esposa balançou a cabeça. Reconheci na hora o dono da loja por causa do formato de sua cabeça: A Kiong ainda parecia ter uma lata em cima do pescoço.

No entanto, seu destino era bem melhor que o meu. Ao menos tinha se casado. E sua esposa não era outra senão sua ex-arquirrival: Sahara.

Sempre que tinham um tempinho livre, Sansão, A Kiong e Sahara visitavam Harun.

Harun ainda contava a mesma história sobre a gata de três listras que deu à luz três filhotes – também com três listras – no terceiro dia do mês. Exatamente como antes, Sahara ouvia de um jeito leal e sincero. Se antes era uma criança presa num corpo de adulto, Harun era agora um adulto preso na mente de uma criança.

Ele visitava regularmente Trapani, que havia saído do *Zaal Batu.* Toda sexta-feira à tarde pedalava os 40 quilômetros até a casa de Trapani. Saía sempre no mesmo horário: às três horas.

As aspirações de Harun não haviam mudado – ele continuava querendo ser Trapani quando crescesse. Muitas vezes Harun se entristecia por conta do sonho não realizado, imagino que porque Trapani já fosse um adulto e Harun, velho. Levei bastante tempo para elaborar essa teoria, sobre a qual ainda não estou totalmente seguro. É uma questão complicada.

Se alguém fosse avaliar as nossas situações agora, as aspirações fracassadas eram as minhas, as de Harun, de Trapani, que queria ser professor, e de Lintang, que sonhava em ser matemático. E estava claro que A Kiong desistira de esconder a cabeça de lata debaixo de um quepe de comandante. Sua esposa, Sahara, também não conseguira se tornar uma ativista dos direitos da mulher.

O mais triste, acho, era Sansão. Ele nem sequer foi capaz de alcançar o simples objetivo de virar lanterninha de cinema. De todos nós, sempre fora o mais pessimista. Vejo isso por toda parte: os mais infelizes neste mundo são os pessimistas.

Enquanto isso, Syahdan continuava correndo atrás do sonho de se tornar ator, porém mal conseguia sobreviver em Jacarta. Juntara-se a um grupo de teatro, mas o problema é que na Indonésia as pessoas quase nunca vão ao teatro. Syahdan parecia um menino perdido em Jacarta. Nunca mais tivemos notícias dele.

Quanto a Mahar, também jamais desistiu do sonho de ser um xamã. Porém, exatamente como antes, não se preocupava com esse tipo de coisa. Continuava convencido de que o futuro a Deus pertence e que iria, com fé, aguardar seu destino circular. Além do mais, andava ocupado providenciando uma patente para um brinquedo tradicional: a folha *pinang hantu* com a qual costumávamos nos divertir na estação das chuvas.

Flo, a última a se juntar ao Laskar Pelangi, jamais revelou suas aspirações. Descobrimos mais tarde que se casara com o caixa do banco BRI, seu colega na extinta *Societeit de Limpai* (depois que a expedição à ilha dos Piratas teve como resultado uma mensagem ridícula de Tuk Bayan Tula, Mahar, na condição de líder do grupo, encerrara suas atividades).

Ao longo dos nossos dias de Laskar Pelangi na escola, Kucai sempre foi o perdedor quando se tratava de notas. Nunca deixou de ser vítima de nossas provocações por causa de tanta nota baixa. Ele praticamente adotou o número em forma de cisne como sua nota de matemática. O número três, no formato de um morcego, ocupava permanentemente o espaço destinado a ciências. Ele e Harun eram os piores alunos da turma. Mas olhe para Kucai agora: aquele que todos supúnhamos ser o mais burro foi o único seguidor do profeta Maomé entre nós a concretizar suas aspirações.

Kucai era uma criatura social que desde a mais tenra idade entendeu com uma clareza excepcional a nossa cultura e o funcionamento do sistema de valores na nossa sociedade. Se um populista for talentoso o bastante para se defender por conta própria, será bem-sucedido politicamente. Assim, desde o início, Kucai manteve suas qualidades primordiais: as de ser um populista, debatedor compulsivo, sabichão e um tantinho sem vergonha. Acabou se candidatando por um partido político e realizando seu plano A de obter uma cadeira na câmara dos deputados. Quem é o verdadeiro gênio, afinal? Lintang ou Kucai? Lintang, sempre em primeiro lugar, ou Kucai, sempre em último?

Quando foi eleito deputado, Kucai nos convidou para comemorar numa barraca de café. Depois, expressou sua gratidão a nós, sobretudo a Lintang, que, segundo ele, lhe servira de inspiração. Seu rosto ficou inchado com o esforço para conter as lágrimas.

– Lintang, meu amigo, muito obrigado por me fazer o que sou hoje – agradeceu Kucai em seu estilo de político de terceira classe.

Seus olhos estavam vidrados. Ele contemplou Lintang com tristeza, mas seu olhar se fixou em Harun.

Sob o ponto de vista materialista, não podíamos dizer que o futuro dos membros do Laskar Pelangi estivesse assegurado, mas nos sentíamos sortudos por termos tido a oportunidade de estudar numa escola pobre com professores extraordinários que nos fizeram reconhecer o valor da educação, amar a escola e celebrar a alegria de aprender.

Percebemos que os indivíduos que somos hoje foram moldados naquela escola, tantos anos antes. Porém, a lição mais valiosa que aprendemos durante aquele tempo mágico foi a que nos ensinou Pak Harfan e que eu via estampada no rosto de todos os membros do Laskar Pelangi. Aprendemos a dar o máximo possível e não extrair o máximo possível. Essa mentalidade nos tornava sempre gratos, mesmo na pobreza. Os pobres Pak Harfan e Bu Mus nos deram a mais bela infância, amizades e almas ricas, algo inestimável, ainda mais valioso que quaisquer aspirações. Talvez eu esteja errado, mas acredito que esse seja o verdadeiro sopro da educação e a alma de uma instituição chamada escola.

Tive a sorte de poder continuar meus estudos num país estrangeiro, distante da minha pátria, e mais tarde viajar para vários lugares como mochileiro. Aonde quer que eu fosse, sempre me interessava em ver como os indivíduos interagiam em determinado sistema social e como encaravam a vida que levavam. Aproveitei bastante minha profissão informal de observador da vida.

Estive com líderes de várias religiões. Perguntei-lhes sobre a sabedoria da vida. Vi pessoas buscando a paz por meio de um estilo de vida boêmio. Também vi quem partisse para Meca, para a Índia, para Belém e para o Himalaia a fim de procurar paz de espírito em sua completa dedicação a uma crença. Até encontrei com frequência aqueles que buscavam desesperadamente encontrar a si mesmos, aventureiros que às vezes acabam com a polícia em seu encalço.

Tentei tirar uma conclusão de todas as experiências que vivi. Aparentemente, porém, eu não precisava ter viajado tanto. Não precisava conquistar o mundo nem conhecer um monte de gente. A conclusão final, a sabedoria em que acredito, é a simples filosofia que extraí dos anos de aprendizado na escola da esperança, que, no fim, foi derrubada pelo vento.

A sabedoria era tão simples quanto aquela escola humilde. Destino e esforço são as duas montanhas azuis que ninam e confortam a humanidade. Essas montanhas conspiram entre si para criar o futuro e a maioria de nós acha difícil entender como elas trabalham juntas. Os que fracassam em alguma área da vida culpam Deus. Dizem que são pobres porque Deus quis assim. Os que estão cansados de tentar cruzam os braços, esperando que seu destino mude sozinho. Os que não querem trabalhar duro aceitam o próprio destino porque acham que é impossível mudá-lo – afinal, tudo já está escrito, ou é nisso que acreditam. Assim, os preguiçosos são terreno fértil para o demônio. O que sei com certeza, porém, com base em minha experiência naquela escola pobre, é que uma vida de trabalho duro é como pegar uma fruta de um cesto com os olhos vendados. Não importa qual seja a fruta que acabe em nossa mão, pelo menos temos uma fruta. Por outro lado, a vida sem trabalho duro é como procurar um gato preto num quarto escuro, de olhos vendados, sendo que o gato nem está lá.

Essas simples pérolas de sabedoria, acredito, foram as responsáveis por me levar a querer sempre aprender e trabalhar duro. Estou convencido de que minha crença, não o fato de eu ter sido bom aluno, foi o que me possibilitou terminar meus estudos na Europa. Voltei para a Indonésia e trabalhei numa empresa de telecomunicações.

Estava nesse emprego em 2004, quando um tsunami catastrófico destruiu Aceh. Centenas de milhares de pessoas morreram. Ofereci-me como voluntário e passei três semanas naquele lugar.

A caminho do aeroporto, depois de encerrar meu trabalho voluntário, vi uma jovem usando um *jilbab*. Ela estava de pé no acostamento da estrada segurando um cartaz. Atrás dela, jazia uma escola destruída pelo tsunami. Em seu cartaz estava escrito: *Venham, não desistam da escola.*

Fiquei atônito. Aquela jovem podia ser uma professora tentando reunir o que restara de seus alunos após a tragédia. De repente me vi lutando para conter as lágrimas. Fiquei emocionado com a força da jovem e, naquele momento, me lembrei de uma professora que certa vez me disse que perder um aluno era como perder metade de sua alma.

Foi então que me lembrei de minha velha promessa – a que fiz no sexto ano ao ver Bu Mus atravessando o pátio da escola, protegendo-se da chuva com uma folha de bananeira. Do fundo do meu coraçãozinho, jurei que escreveria um livro para ela. O livro seria meu presente, a prova de que eu realmente agradecia e valorizava tudo o que ela tinha feito por nós.

Dois dias depois, em Bandung, voltei do trabalho e comecei a escrever o livro. Nos dias que se seguiram, sorri para mim mesmo, dei gargalhadas, me emocionei, me aborreci e me vi soluçando noite adentro, sozinho. Antes que me desse conta, já havia escrito 600 páginas.

Como toque final, senti alívio de escrever uma dedicatória na primeira página: *Dedico este livro a meus professores, Ibu Muslimah Hafsari e Bapak Harfan Effendy Noor e a meus dez amigos de infância, os guerreiros do arco-íris.*

Setiap warga negara
berhak mendapat pendidikan
(Undang-Undang Dasar Republik Indonésia, Pasal 33)

Todo cidadão tem direito à educação
(Constituição da República da Indonésia, Artigo 33)

Nota da tradutora para a língua inglesa

Ouvi pela primeira vez o nome *Laskar Pelangi* em setembro de 2008. De repente, ele estava em todos os lugares: o livro, a música, o filme. Primeiro livro da quadrilogia de inspiração biográfica escrita por Andrea Hirata, *Laskar Pelangi* tomou a Indonésia de assalto desde sua publicação, em 2005, vendendo um número recorde de exemplares. Sua popularidade permanece insuperável. Em 2008, a história foi adaptada para o cinema. O filme conquistou prêmios e reconhecimento mundial.

Tanto como história quanto como obra literária, *Laskar Pelangi* é inestimável – de tão admirado, tem sido usado no lugar da tradicional aliança quando um rapaz pede uma moça em casamento. O livro apresenta um jeito novo e único de contar uma história. Ambientado na ilha indonésia de Belitung, *Laskar Pelangi* é um relato triste, porém cheio de leveza. Fala do povo oprimido protestando com admirável bom humor, sem xingamentos, sem violência, sem um movimento político sectário e sem que ninguém assumisse sua causa. Os contratempos do crescimento são retratados de forma brilhante. O leitor ficará emocionado com o primeiro amor absurdo, porém puro, e não poderá deixar de sorrir ante a inocência das crianças que planejam seriamente seus futuros. Acima de tudo, *Laskar Pelangi* aborda temas sérios, como o direito à educação e a exploração corporativa, contextualizando-os na narrativa de amizade e de uma bela jornada pela infância.

A Belitung que descobri no livro me tocou tão profundamente que me senti obrigada a visitá-la. Assim, junto com minha amiga Kate, planejei uma viagem de Natal a Belitung – e com "planejei" quero dizer que comprei as passagens e deixei o restante por conta do destino. Acabamos hospedadas na casa do irmão de Andrea Hirata, Pak Diding. Ficamos apaixonadas por Belitung: pelo povo, pela paisagem e pela cultura. Parecia um lar longe de casa. Alguns meses mais tarde, Andrea me pediu que revisasse dois esboços de traduções para o livro. Dei minha opinião e ele acabou me convidando a traduzi-lo. Na época, eu estudava literatura na Universitas Indonesia e fiquei ao mesmo tempo fascinada e apreensiva. Aceitei a tarefa e começamos a tradução no final de março de 2008.

Traduzir essa obra-prima não foi fácil. Levei sete meses. Trabalhei na tradução em casa, em táxis, cafés, viagens aéreas, aeroportos e durante o horário de almoço na faculdade. Trabalhei nela em Java, Bali, Sumatra e Belitung; em Cingapura, nos Estados Unidos, na Malásia e na Coreia do Sul. Esta tradução visitou muitos lugares. Algumas partes foram mais fáceis que outras, e tive muita ajuda ao longo de todo o processo. Uma coisa muito importante que era difícil de dominar foi passar, em inglês, a mesma emoção que Andrea passa no original. Além de transmitir emoções universais, um dos maiores desafios foi transpor a construção da ironia que permeia todo o texto, assim como chegar a uma conclusão sobre como gostaríamos de traduzir a expressão *Laskar Pelangi*. O filme teve vários lançamentos internacionais com o título *Rainbow Troops* (Os guerreiros do arco-íris), então optamos por ficar com ele, por uma questão de coerência. No entanto, essa solução não me encanta e já ouvi muitas críticas sobre ela. Por isso, depois que a expressão é apresentada e traduzida pela primeira vez, a versão indonésia é mantida o restante do tempo.

A tradução cultural e os dilemas consequentes – saber quando explicar algo e quando simplesmente deixar como está – foram nossas preocupações constantes. Um dos objetivos de traduzir *Laskar Pelangi* para o inglês foi compartilhar o livro com o mundo – não apenas com as bibliotecas e salas de aula de Estudos do Sudeste Asiático. Na esperança de que *Laskar Pelangi* agrade a um público mais amplo, decidimos manter distância dos glossários e das notas de rodapé.

Outro objetivo dessa tradução foi fornecer aos estudantes indonésios de inglês uma referência de estudo escrita por alguém de seu próprio país. Frequentemente, estudantes indonésios têm a tarefa de apresentar trabalhos sobre romances em língua inglesa – que inspiração e motivação poderiam ser melhores do que um livro de autoria de um compatriota e cuja história se passa em seu próprio país?

A jornada épica que é *Laskar Pelangi*, a natureza do livro em si e o tema central da educação (sob todo e qualquer ângulo: a forma como os indivíduos valorizam a própria existência, na comunidade, entre eles mesmos) contribuem para tornar este livro uma experiência universalmente tocante. A educação é um direito básico do ser humano e em todo o mundo existem crianças e professores que ainda lutam para garantir esse direito. Há pouco tempo conversei com um professor em Java que às vezes perde seus alunos, que precisam trabalhar. Assim como Bu Mus e Pak Harfan, ele ganha menos de 25 dólares por mês e muitas vezes extrapola suas obrigações de professor, indo à casa dos alunos que faltam às aulas mais de três dias seguidos. Em virtude de pobreza, casamento, falta de professores, falta de alunos, sem falar nas catástrofes naturais e sociais, muitas crianças não têm acesso à educação. *Laskar Pelangi* é o produto da inspiração – e um veículo para transmiti-la – para superar essas circunstâncias. Este é um dos motivos da grande popularidade do livro na Indonésia.

Espero que todos amem esta história tanto quanto eu. *Selamat membaca.*

Angie Kilbane

Jacarta, 4 de outubro de 2009

Conheça outros títulos da Editora Arqueiro

O melhor de mim
Nicholas Sparks

Na primavera de 1984, os estudantes Amanda Collier e Dawson Cole se apaixonaram perdidamente. Embora vivessem em mundos muito diferentes, o amor que sentiam um pelo outro parecia forte o bastante para desafiar todas as convenções de Oriental, a pequena cidade em que moravam.

Nascido em uma família de criminosos, o solitário Dawson acreditava que seu sentimento por Amanda lhe daria a força necessária para fugir do destino sombrio que parecia traçado para ele. Ela, uma garota bonita e de família tradicional, que sonhava entrar para uma universidade de renome, via nele um porto seguro para toda a sua paixão e seu espírito livre. Infelizmente, quando o verão do último ano de escola chegou ao fim, a realidade os separou de maneira cruel e implacável.

Vinte e cinco anos depois, eles estão de volta a Oriental para o velório de Tuck Hostetler, o homem que um dia abrigou Dawson, acobertou o namoro do casal e acabou se tornando o melhor amigo dos dois.

Seguindo as instruções de cartas deixadas por Tuck, o casal se verá diante de sentimentos que há décadas sufocava. Após tanto tempo longe, Amanda e Dawson irão perceber que não tiveram a vida que esperavam e que nunca conseguiram esquecer o primeiro amor. Um único fim de semana juntos e talvez seus destinos mudem para sempre.

Num romance envolvente, Nicholas Sparks mostra toda a sua habilidade de contador de histórias e reafirma que o amor é a força mais poderosa do Universo – e que, quando duas pessoas se amam, nem a distância nem o tempo podem separá-las.

A CABANA
William P. Young

Publicado nos Estados Unidos por uma editora pequena, *A cabana* se revelou um desses livros raros que, a partir do entusiasmo e da indicação dos leitores, se torna um fenômeno de público – mais de 20 milhões de exemplares vendidos – e de imprensa.

Durante uma viagem de fim de semana, a filha mais nova de Mack Allen Phillips é raptada e evidências de que ela foi brutalmente assassinada são encontradas numa velha cabana.

Após quatro anos vivendo numa tristeza profunda causada pela culpa e pela saudade da menina, Mack recebe um estranho bilhete, aparentemente escrito por Deus, convidando-o a voltar à cabana onde aconteceu a tragédia.

Apesar de desconfiado, ele vai ao local numa tarde de inverno e adentra passo a passo o cenário de seu mais terrível pesadelo. Mas o que ele encontra lá muda o seu destino para sempre.

Em um mundo cruel e injusto, *A cabana* levanta um questionamento atemporal: *se Deus é tão poderoso, por que não faz nada para amenizar o nosso sofrimento?*

As respostas que Mack encontra vão surpreender você e podem transformar sua vida de maneira tão profunda como aconteceu com ele. Você vai querer partilhar este livro com todas as pessoas que ama.

Água para elefantes
Sara Gruen

Desde que perdeu sua esposa, Jacob Jankowski vive numa casa de repouso, cercado por senhoras simpáticas, enfermeiras solícitas e fantasmas do passado. Durante 70 anos Jacob guardou um segredo: nunca falou a ninguém sobre o período de sua juventude em que trabalhou no circo. Até agora.

Aos 23 anos, Jacob era um estudante de veterinária, mas teve sua vida transformada após a morte de seus pais num acidente de carro. Órfão, sem dinheiro e sem ter para onde ir, ele deixa a faculdade antes de fazer as provas finais e, desesperado, acaba pulando em um trem em movimento, o Esquadrão Voador do circo Irmãos Benzini, o Maior Espetáculo da Terra.

Admitido para cuidar dos animais, Jacob sofrerá nas mãos de Tio Al, o empresário tirano do circo, e de August, o ora encantador, ora intratável chefe do setor dos animais.

É também sob as lonas que ele se apaixona duas vezes: primeiro por Marlena, a bela estrela do número dos cavalos e esposa de August; e depois por Rosie, a elefanta aparentemente estúpida que deveria ser a salvação do circo.

Água para elefantes é tão envolvente que seus personagens continuam vivos muito depois de termos virado a última página. Sara Gruen nos transporta a um mundo misterioso e encantador, construído com tamanha riqueza de detalhes que é quase possível respirar sua atmosfera.

Julieta

Anne Fortier

Julie Jacobs é uma moça reservada e solitária. Ainda criança, perdeu os pais num terrível acidente de carro e foi criada por sua tia-avó Rose. Durante toda a vida, Julie teve problemas de relacionamento com Janice, sua insuportável irmã gêmea, e a pessoa de quem se sentia mais próxima era Umberto, o fiel mordomo de Rose.

É ele que vai ao seu encontro para dar a triste notícia da morte da tia e lhe entrega uma carta com uma revelação bombástica: seu verdadeiro nome é Giulietta Tolomei. A carta diz também que, antes de morrer, sua mãe descobrira um antigo tesouro de família e, ao que parece, algo muito valioso ainda está escondido em Siena.

Embora descrente, Julie viaja para sua cidade natal a fim de recuperar a herança da mãe. Ao chegar lá, encontra apenas objetos velhos, aparentemente sem valor. Ela também conhece algumas pessoas, quase todas adoráveis, com exceção de Alessandro, de quem desgosta de cara.

Lendo um velho diário que encontrou entre os pertences da mãe, Julie descobre que sua família, os Tolomei, tem uma antiga inimizade com os Salimbeni e que essa rixa provocara uma tragédia que atravessou os séculos – e que Shakespeare tornou mundialmente famosa ao escrever *Romeu e Julieta.*

Quanto mais fundo ela mergulha na história de seus ancestrais, Romeo e Giulietta – e de sua própria família –, e quanto mais perto chega do tesouro supostamente deixado pela mãe, maiores são os riscos que a cercam.

Pouco a pouco Julie, ou Giulietta, vai perceber que, nessa cidade, passado e presente parecem indissociáveis. E que nem sempre se pode ter certeza de quem é ou não confiável.

O guardião de memórias

Kim Edwards

Casados há poucos anos, Norah e David esperavam felizes a chegada de seu primeiro filho. Mas essa alegria duraria pouco: o destino havia preparado uma surpresa que mudaria para sempre a trajetória dos dois.

O que deveria ser uma boa notícia transforma-se num terrível pesadelo. Norah dá à luz duas crianças: Paul, um menino saudável, e Phoebe, portadora da síndrome de Down. Imediatamente, David lembra-se da complicada infância ao lado de uma irmã com a mesma doença. Desejando ardentemente poupar a esposa e a si mesmo desse sofrimento, ele decide expulsar a filha de suas vidas.

Mas o preço dessa decisão acaba sendo alto demais – e não há chance de voltar atrás. Pouco a pouco, a culpa corrói o núcleo da família, e durante os 25 anos seguintes cada um vai lentamente se fechando em torno de suas próprias angústias.

Atormentado pelo arrependimento, David fica obcecado por fotografar imagens de crianças, tentando compensar a saudade da filha. Norah, cada vez mais afastada da vida do marido, entrega-se ao álcool e a pequenas infidelidades, buscando em vão distrair-se da avassaladora dor da perda.

Enquanto isso, Paul sente na pele a rejeição dos pais, que parecem mais envolvidos na suposta morte da irmã do que na sua vida. Em outra cidade, porém, Phoebe cresce feliz e cercada de cuidados pela mãe adotiva, que luta para dar à menina uma vida digna e livre de preconceitos.

Com a rara habilidade de unir emoção e suspense, Kim Edwards explora as sutilezas das relações humanas e os dilemas de uma família que tenta seguir adiante, apesar de despedaçada. Ao mesmo tempo comovente e perturbador, *O guardião de memórias* é um livro inesquecível.

Diário de Suzana para Nicolas
James Patterson

Depois de quase um ano juntos, o poeta Matt Harrison acaba de romper com Katie Wilkinson. A jovem editora, que não tinha qualquer dúvida quanto ao amor que os unia, não consegue entender como um relacionamento tão perfeito pôde acabar tão de repente.

Mas tudo está prestes a ser explicado. No dia seguinte ao rompimento, quando Katie volta para casa, encontra um pacote deixado por Matt. Dentro dele, um pequeno volume encadernado traz na capa cinco palavras, escritas com uma caligrafia que ela não reconhece: "Diário de Suzana para Nicolas".

Ao folhear aquelas páginas, Katie logo descobre que Suzana é uma jovem médica que, depois de sofrer um infarto, decidiu deixar para trás a correria de Boston e se mudar para um chalé na pacata ilha de Martha's Vineyard. Foi lá que conheceu Matt. E lá nasceu o filho deles, Nicolas.

Por que Matt teria lhe deixado aquele diário? Agora, confusa e sofrendo pelo fim do relacionamento, é nas palavras de outra mulher que Katie buscará as respostas para sua vida.

O diário de Suzana para Nicolas é uma história de amor que se constrói ao virar de cada página. Cada revelação é mais uma nuance sobre seus personagens. Cada descoberta é um fio a mais a ligar vidas que o destino entrelaçou.

A vida em tons de cinza

Ruta Sepetys

Lina Vilkas é uma lituana de 15 anos cheia de sonhos. Dotada de um incrível talento artístico, ela se prepara para estudar artes na capital. No entanto, a noite de 14 de junho de 1941 muda para sempre seus planos.

Por toda a região do Báltico, a polícia secreta soviética está invadindo casas e deportando pessoas. Junto com a mãe e o irmão de 10 anos, Lina é jogada num trem, em condições desumanas, e levada para um *gulag*, na Sibéria.

Lá, os deportados sofrem maus-tratos e trabalham arduamente para garantir uma ração ínfima de pão. Nada mais lhes resta, exceto o apoio mútuo e a esperança. E é isso que faz com que Lina insista em sua arte, usando seus desenhos para enviar mensagens codificadas ao pai, preso pelos soviéticos.

A vida em tons de cinza conta a história de um povo que perdeu tudo, menos a dignidade, a esperança e o amor. Para construir os personagens de seu romance, Ruta Sepetys foi à Lituânia a fim de ouvir o relato de sobreviventes dos *gulags*. Esse livro descreve uma parte da história muitas vezes esquecida: o extermínio de um terço dos povos do Báltico durante o reinado de horror de Stalin.

Para Estônia, Letônia e Lituânia, essa foi uma guerra feita de crenças. Esses três pequenos países nos ensinaram que a arma mais poderosa que existe é o amor, seja por um amigo, por uma nação, por Deus ou até mesmo pelo inimigo. Somente o amor é capaz de revelar a natureza realmente milagrosa do espírito humano.

INFORMAÇÕES SOBRE OS
PRÓXIMOS LANÇAMENTOS

Para saber mais sobre os títulos e autores da EDITORA ARQUEIRO, visite o site www.editoraarqueiro.com.br ou siga @editoraarqueiro no Twitter. Além de informações sobre os próximos lançamentos, você terá acesso a conteúdos exclusivos e poderá participar de promoções e sorteios.

Se quiser receber informações por e-mail, basta cadastrar-se diretamente no nosso site.

Para enviar seus comentários sobre este livro, escreva para atendimento@editoraarqueiro.com.br ou mande uma mensagem para @editoraarqueiro no Twitter.

EDITORA ARQUEIRO
Rua Funchal, 538 – conjuntos 52 e 54 – Vila Olímpia
04551-060 – São Paulo – SP
Tel.: (11) 3868-4492 – Fax: (11) 3862-5818
E-mail: atendimento@editoraarqueiro.com.br